在 **文字**
与
光影 之间

彭 程——著

人 民 出 版 社

责任编辑:刘海静

责任校对:张红霞

图书在版编目(CIP)数据

在文字与光影之间/彭程 著. —北京:人民出版社,2020.7
ISBN 978-7-01-022264-6

Ⅰ.①在… Ⅱ.①彭… Ⅲ.①文艺评论-中国-当代-文集
Ⅳ.①I206.7-53

中国版本图书馆 CIP 数据核字(2020)第 118023 号

在文字与光影之间

ZAI WENZI YU GUANGYING ZHIJIAN

彭 程 著

人民出版社 出版发行

(100706 北京市东城区隆福寺街 99 号)

北京盛通印刷股份有限公司印刷 新华书店经销

2020 年 7 月第 1 版 2020 年 7 月北京第 1 次印刷
开本:880 毫米×1230 毫米 1/32 印张:15
字数:318 千字

ISBN 978-7-01-022264-6 定价:65.00 元

邮购地址 100706 北京市东城区隆福寺街 99 号
人民东方图书销售中心 电话 (010)65250042 65289539

目　录

第一辑　文心探幽

第二辑　书山缘径

第三辑 艺海系缆

在文字与光影之间

第一辑
文心探幽

中华美学精神是文学创作的富矿

　　二十世纪的英国现代派诗人艾略特,在他的充满了厚重历史感的著名论文《传统与个人才能》中,以一种高亢的声调,为当时备受贬抑的文学传统呐喊。他指出,一个诗人的作品,"不仅最好的部分,就是最个人的部分也是他前辈诗人最有力地表明他们的不朽的地方"。他强调传统是历时性和共时性的结合,是现在和过去的意识的统一体。"诗人,任何艺术的艺术家,谁也不能单独地具有他完全的意义,他的重要性以及我们对他的鉴赏就是鉴赏对他和以往诗人以及艺术家的关系";"不但要理解过去的过去性,而且还要理解过去的现存性,历史意识不但使人写作时有他自己那一代的背景,而且还要感到从荷马以来欧洲整个的文学及其一国整个文学有一个同时的存在,组成一个同时的局面"(以上为卞之琳译文)。这些论述其实可以归纳为一句话:传统是使一部作品流传于世的根本。

　　当时英国诗坛乃至整个文学界,正处在一种强调个性、力图创新、摆脱传统束缚的活跃氛围中,此文的发表,堪称产生了一种大声疾呼、当头棒喝的效果。它对传统的重要性和巨大影响,给予了充分的揭示和强调。文学传统是难以摆脱的,是一种精神基因般的存在,不管是否对这一点有自觉的、清晰的意识,每一个作家事实上都会从作为母语的本民族或国家的文学传统中获得滋养，哪怕这种影响并非他情愿接受的。

而如果进一步追根溯源，就会发现，这种文学传统的影响，不仅仅是作家作品的影响，更是体现为蕴含在作品中的美学精神的影响。文学传统的诸要素中，美学精神处于核心地位和关键层面。或者换一种表述，我们从具体的作家作品中获得的启发，每每直接表现为人物的塑造、故事的布设、叙述的角度、语言的调性、氛围的酿造等，它们固然十分重要，但在这些显性层面的背后，还有一种属于隐性的、深层的东西。它往往容易受到忽略，但却是真切存在着的，而且是一种更为根本的存在，是上述容易感知到的方方面面的动力和依据。仿佛江河蜿蜒纵横，但只要一路追溯，就能够寻找到最初的源头。这就是体现了一个特定民族的根本性审美追求的美学精神。它属于该民族的独特的文化传统，突出地呈现在文学和艺术中，是仿佛空气一样的弥漫、浸润和渗融。

有了这样的认识作为铺垫，再来学习习近平总书记在文艺工作座谈会上的有关论述，就会对当代中国的文学创作如何从中华美学精神中汲取滋养，有更为深入的感悟，更为丰富的收获。

习近平总书记在文艺工作座谈会上精辟地指出，中华优秀传统文化是中华民族的精神命脉，是涵养社会主义核心价值观的重要源泉，也是我们在世界文化激荡中站稳脚跟的坚实根基。要结合新的时代条件传承和弘扬中华优秀传统文化，传承和弘扬中华美学精神。

中华优秀传统文化的一个重要组成部分,就是优秀的文学艺术作品。而另一方面,作为一种以审美的方式把握世界的意识形态,优秀文艺作品同时也是优秀传统文化所蕴涵和倡导的价值观念的重要载体和传播渠道。在这个话题范畴中,文艺作品体现了目的和手段的统一。正如黑格尔所说,"在艺术里,感性的东西是经过心灵化了,而心灵的东西也借感性而显现出来了",将思想寄寓于形象、审美过程与意识形态表达相互浸染彼此渗透的文艺,对于促进心灵的净化、道德的完善、社会的进步,具有十分独特的效果。它仿佛春风化雨、润物无声,在潜移默化中起到濡染教化的作用。而作为体现了中华民族五千年文明发展中形成的集体审美意识的精华的中华美学精神,其形成、发展和完善的最主要途径,也是文艺审美活动即文艺作品的创作、欣赏和传播。这样,我们就会发现一种清晰醒豁的逻辑关联:包括文学作品在内的一切优秀的文艺作品,与中华优秀传统文化和中华审美精神之间,是一种相互贯通、生发和映照的关系。

要有效地传承和弘扬中华美学精神,首先需要准确认识什么是中华美学精神的核心内涵。中华美学精神,首先体现为其超拔高迈的价值追求,是中华民族的核心价值观在审美领域的积淀和呈现。追求至真、至善、至美以及相互之间的统一,是其最为本质的属性。这种种价值关怀,尤其充分地体现在文学艺术作品中。以古典文学为例,追寻真理,赞美崇高,追求人格完善,期盼天下大同,对家国社稷的深沉的爱,对人间苦难的深切悲悯……对这些位居价值序列前端的品德或境界的灵魂诉求，我们分别自屈原的肺腑之声（"亦余心之所善兮，虽九死其犹未悔"），自陆游的绝命之作（"死去元知万事空，但悲不见九州同"），自范仲淹气干青云的誓言（"先天下之忧而忧，后天下之乐而乐"），自杜甫忧心如焚的呼唤（"安得广厦千万间，大庇天下寒士俱欢颜"），自白居易笔下"满面尘灰烟火色，两鬓苍苍十指黑"的卖炭翁，自柳宗元眼中从"貌若甚戚"到"汪然出涕"的捕蛇者，自不可胜数的词句、人物、故事中，获得印证，受到感动，产生共鸣。总之，讴歌真善美，斥责假恶丑，是中华优秀传统文化中一道源远流长的精神血脉，同样也是中华美学精神的最为坚实的构成。它们过去是、今天是、明天仍将是中华民族精神大厦的牢固基础，是其生命力和创造力的源泉。

别林斯基说过："在真正诗的作品里，思想不是以教条方式表现出来的抽象概念，而是构成充溢在作品里的作品灵魂，像光充溢在水晶体里一般。"这指的正是理念借助形象化的表达所产生的突出效果。优秀的文艺作品，凭借文艺的诉诸形象、唤起感受、直抵心灵的审美特质，让思想获得了有力的表达和传播。还是以古典文学为例。如对公平和正义的向往，是人性中最为基本也最为坚韧的追求，当人们吟诵起杜甫的"朱门酒肉臭，路有冻死骨"，眼前浮现出反差鲜明的画面；当看到舞台上蒙冤的窦娥临刑前悲愤地呼喊"天也，你错勘贤愚枉为天；地也，你不分好歹何为地"，血溅白练、六月飞雪，不难想象，在阅读和观看者此刻的心中，对被侮辱被迫害者的同情、对残酷黑暗势力的愤恨，一定会变得极为强烈。这是文艺较之社会意识形态的其他传播方式独擅胜场、更具效能之处。

　　传承和弘扬中华美学精神，体现在当今的文艺创作中，就是要承继和坚守历代文艺家们在其作品中体现出来的一切进步的、关乎世道人心、顺应时代发展规律的价值关切。当然，用传承和弘扬这样的词汇，来描述今天的文艺家与中华美学精神的关系，就意味着不是简单的机械复制，而是要直面时代深刻变化的大背景，以鲜明强烈的主体意识，对中华美学精神的存在形态加以创造性转化，使得这种源自历史文化传统的精神遗产，在与新时代的碰撞互动中汲取鲜活气息，获得新的质的规定性，从而延续其生命活力。对于作家艺术家来说，这一点更直接地表现为应对审美的挑战——言说什么以及如何言说。一条有效的路径，便是从过去和今天的关联中，敏锐地捕捉精神流变的脉络，辨别源与流、恒定与变易的复杂纠葛，特别是要从中华美学精神的丰厚意蕴中发现它对于现实的映照作用。

　　今天，文学在描绘众多的领域和题材时，都可以从中华美学精神中获得镜鉴和滋养。比如，强调人与自然和谐关系的自然文学、生态文学，如今正在全球范围内蓬勃生长，满目葱茏。如果以文化传统为背景对这种文学流派寻根，中国古典美学中天人合一的思想，无疑会是一个确定的来源。古典文学中描绘大自然的名篇佳作比比皆是。从陶渊明悠然晤对的南山，到柳宗元屐痕处处的永州，从徐霞客丰富浩繁的长卷，到公安派三袁兄弟清丽隽永的小品，都让历代的汉语读者充分欣赏了山川之美，领略到生命融入美丽大自然中的圆融完满。在"美丽中国"成为国家战略目标的今天,以这样深厚丰盈的文学资源为依凭和参照,我们有充足的理由和充分的条件,创作出与梭罗的《瓦尔登湖》、利奥波德的《沙乡年鉴》、普里什文的《大自然的日历》等世界自然文学名著相比肩的杰出作品。

中华美学精神,同样体现在审美创造活动的方式中,这个方面更为鲜明地显露了民族审美思维的独特品格。中华民族在数千年的审美活动中,形成了观照和呈现世界的个性卓异的方式和方法。以中国古代文学理论和文学批评为例,原道、征圣、比兴、取象、风骨、神韵、肌理、滋味、感兴、妙悟、童心、性灵、造境、写境……与西方文学理论相比,从创作到批评,中国古代文学理论形成和发展了一系列特有的概念、范畴,它们是对中国人以文学的方式审美地把握和描绘生活的路径和特点的生动有力的概括。

把目光拉回到中国现当代文学的葳蕤园圃,也许更能够清醒地认识到中华美学精神穿越时空、代代传递的影响力。很多不朽作品,都体现了传统美学精神的魅力和韵致,打上了鲜明的民族审美风格的印记。沈从文的《边城》,老舍的《骆驼祥子》,一个描绘僻远的湘西乡村,一个摹写热闹的北平市井,前者融汇了散文的笔法和诗的抒情性,充溢着意蕴和情致,赞美淳厚质朴的人性;后者以幽默风趣的口语,鲜明浓郁的"京味儿",细致动人的心理刻画,表达了下层民众的悲欢和梦想。无论内容的价值取向,还是表达的方式风格,它们都体现了典型的中国美学精神。读莫言的作品,不难发现有很多素材是来自民间的说书、话本、神灵精怪故事,有些作品干脆就是以仿效这些民间文体的方式,表达对生活的理解,对传统的敬意。作者本人在《檀香刑》的后记中谈到,这部作品是一次有意识的"大踏步撤退",是向传统美学的回归。这方面例子不胜枚举。无论是否承认,也不管是否愿意,对一个写作者来说,他置身其间的传统文化当然也包括传统美学,就仿佛是一种文化的胎记,将会伴随他的终身。"越是民族的,就越是世界的。"围绕这个最早源自哲学家黑格尔的说法,引发了纷纭不休的争论,但在文学艺术领域,它显然获得了极高的认同。被民俗、民间、民族特色所成就的优秀作家,足以排列成一个极为豪华的阵容。

对中华美学精神的传承和弘扬,关涉民族精神、民族风格、民族气派的发扬光大,应当成为多样化的当代文学创作中的一个重要方向。这就要求我们的作家对在本土文化土壤中生长发育的美学精神要有深入的了解,对其珍贵的价值要有足够的认识和尊重,对其生命力的不竭涌流抱有充足的信心。在这样的美学精神指导下的创作实践,将有助于更多"文质兼美"的文学作品的涌现,有助于"既有数量、又有质量,既有高原、又有高峰"的良好文学生态的建设,也有助于对世界文学作出独特的贡献。

(此文系在首届中国文学博鳌论坛上的发言稿,收入中国作协创研部编:《世界视野中的中国文学与中国精神》,作家出版社 2016 年版)

传承什么，以及如何传承
——传统文化资源与今日写作

习近平总书记指出，优秀传统文化、革命文化、社会主义先进文化，三者共同构成了我们民族独特的精神标识。从众多方面来讲，优秀传统文化都是一个至关重要的维度，对于延续民族血脉，建设精神家园，具有不可替代的重要性。

文化传统仿佛是一条不竭的江河，源头在过去，而一直奔涌流淌到今天。中国历史悠久，传统文化丰富厚重。中华民族能够历经磨难而不断发展壮大，中华文明作为唯一延续至今的古老文明，仍然蓬勃葳蕤，老树新花，显然与这种文化中的强大优异的基因有关。在强调"文化自信"、弘扬"中国精神"的今天，更是有充分的理由认真传承和弘扬其中的优秀理念、智慧、气度和神韵。

文学写作，是一种发抒情感、表达思想的文化行为。如古人所言，"诗言志"，其最本质的属性之一，便是借助语言艺术，通过审美的方式来表达具体的价值诉求。那么，传统文化中许多具有强大生命力的优秀思想、伦理道德观念，足以成为历久弥新、生动鲜活的精神资源，滋养今天的写作者。

这个话题所涉内容广大浩繁，远非一篇随感性的文章能够承担，那就用举例说明的方式略作申陈。这固然是一种讨巧的做法，但却未必就难以触及神髓。既然主旨是探讨传统文化资源的化育作用，我首先想到的便是苏东坡，他堪称优秀传统文化哺育出的文艺巨匠。他文艺成就巨大，诗词文赋、书法绘画无所不精，著作宏富，才高盖世，冠绝千古；在外在事功方面，他关心国家命运和百姓疾苦，力主轻徭薄赋，在从宫廷到地方的不同职位上，包括在漫长的贬谪生涯中——他曾经自嘲"问汝平生功业，黄州惠州儋州"——每一个地方，他都致力于改善民生，革除弊政，传播文化，建树颇多；他的内在个体人格魅力尤为令人称道，亲切，温暖，乐观，旷达，幽默，潇洒，元气淋漓，天真烂漫，刚正不阿，放任不羁，为一代代的人们传诵不已，无比钦羡。

苏东坡其人、其事、其文的种种生动精妙的构成和表现，背后都有着传统思想资源的鼓荡。他所处的北宋时代，正是儒释道三教合一成为主流思潮、中国传统文化发展到鼎盛的时期，儒家的以天下为己任，佛家的普度众生，道家的委任运化，都给予他丰富深刻的滋养，成就了他卓尔不群的人格。现代作家林语堂在其《苏东坡传》中对此有出色的描写。这些足以证明优秀传统文化拥有的卓异品质、强大生命力和化育功能。

优秀民族传统文化所具有的稳定性，以及其作为一个内涵和外延都极为丰富的精神谱系的特质，使得其代代传递，赓续不已。讲仁爱、重民本、守诚信、崇正义、尚和合、求大同等，构成其核心思想理念。它们也内化为千百年来古代文人们的价值追求，在文学作品中被反复地表达。以诗文为例，"亦余心之所善兮,虽九死其犹未悔"(屈原),是以生命呵护高洁理想的沉痛而决然的表白,"穷年忧黎元,叹息肠内热"(杜甫),是为深陷苦难的百姓掬一捧悲悯同情之泪;"壮志饥餐胡虏肉,笑谈渴饮匈奴血"(岳飞),是抵御外敌收复山河的爱国主义激愤呐喊;"咬定青山不放松,立根原在破岩中"(郑板桥),是借吟咏竹石表达了对于坚韧勇毅、不屈不挠的精神人格的向往……这些源自优秀传统文化中的思想和情怀,成就了漫长岁月中一代代的诗人作家,同样也能够为今天的写作者提供取之不尽用之不竭的精神情感能源。

当然,我们要清醒地认识到,这里并非全称判断,需要大力传承弘扬的是"优秀传统文化",而不能不加区别照单全收。不能因为当下强调"文化自信",而对传统文化中的弊端放松警惕,甚至相反,以丑为美,将毒素当作营养。对传统中的腐朽没落的东西必须要辨识清楚,予以提防规避。因为涉及范围太广,只能举例说明。如就人伦关系而言,传统文化中就有不少谬误。如《论语》中的"君使臣以礼,臣事君以忠"的理想的君臣伦理,到了后世随着专制皇权的登峰造极,在现实生活中演变成了"君教臣死,臣不得不死"。高官尚且如此,普通百姓的生命无保障、人格无尊严更是可想而知。主体人格普遍丧失,臣妾角色、人身依附观念成为主流意识形态,压抑个性的结果,便是扼杀了创造力,既不利于个人的发展,也不利于社会进步、国家发展,因为国家是由个体组成的。正是因为深刻地认识到了这一点,二十世纪之初,中国共产党的重要创始人李大钊大力倡导要培养独立自由的人格，认为未来理想社会正是"个性解放"与"大同团结"的结合。

判定传统文化中哪些内容具有正向的价值，应该予以传承和弘扬，首先要看它与人类共同认可信奉的价值理念是否契合。这是一个至关重要的尺度。

2015 年 9 月，习近平总书记在联合国大会发言中提出，和平、发展、公平、正义、民主、自由，是全人类的共同价值。其后，他又在多个场合阐释对人类共同价值的理解，表达了这一超越民族国家和意识形态的"全球观"。这无疑是明白无误地宣示，我们是承认人类文化价值的普遍性的。讲话清晰地指出了对待民族传统文化的正确态度，确定了十分明确的取舍标准，就是要坚定不移地传承传统文化中那些能够体现人类共同价值、促进社会发展进步的优质内容。中国传统文化的浩瀚库存中，这样的珍宝可谓俯拾皆是。如民本思想，从上古《尚书》中的"民惟邦本，本固邦宁"，到周代《易经》中的"汤武革命，顺乎天而应乎人"，从战国时代孟子的"民为贵，社稷轻之，君为轻"，到明清之际黄宗羲的"天下为主，君为客"等，一直延绵不断。在君主专制的漫长封建社会中，它尽管难以真正实现，却始终是一股掣肘制衡的力量，哺育了一大批关心民众疾苦的思想家、文学家和政治家，而且在中国社会从传统走向现代的转型过程中发挥了积极作用。

在探讨传统文化的当代价值时，必然会面对文化的特殊性和普遍性的关系问题。今天，全球化让世界成为一个村落，技术的发展带来物质生活的高度趋同化,在这样的背景下,文化愈发需要彰显个性,文化的独特性也倍加引人瞩目。与此相关联,一个并非新鲜的说法也获得更高的出现频度:"越是民族的,就越是世界的。"怎样理解这句话才是正确和恰切的? 有必要加以认真地分析辨识,因为不同的解读可以导致大相径庭的结果。其实,"民族的"也分不同的情形。有些东西,固然为某个民族所独有,但显然不会成为"世界的",难以被文明世界认可和接纳。如一些民族曾经有砍头祭祀的传统,当然是民族的,但无论如何说也是属于野蛮的陋俗;中国满清时代男人留辫子女人裹小脚,也堪称一道独特的民族文化"景观",但显然无法推广。不能以所谓珍重文化的独特性的名义,来保护那些落后腐朽的东西。只有在蕴涵和体现了人类的"共同价值"的前提下,文化的独特性才真正具有意义。实际上,对于一个有着数千年悠久历史的古国,传统的重负和惯性今天仍然很强大,某些负面东西死灰复燃的可能性并非不存在。应该清醒地认识到,强调坚持"文化自信",强调传承"中国精神",都是有限定词的,是在开放前提下的守护和继承,是在拥抱先进价值前提下的兼容并蓄,而不能是关起门来自我欣赏,抱残守缺,夜郎自大。

　　一个具有较强的可比较性的例子,值得引起我们关注。获得诺贝尔文学奖的印度裔英国作家奈保尔,在其三度探访印度的纪实体作品《印度三部曲》(包括《幽暗的国度》《受伤的文明》《百万叛变的今天》)中,对印度文明中的种种弊端,给予了毫不留情的揭露和批判。它们羁绊了印度的发展,使这个庞大的国度长期以来仿佛置身于幽暗的阴影中，虽然这种由种姓制度、宗教沉迷、对本能的无智识的生活的肯定等所构成的文明形态，可以说是极具独特性的。他深入位于孟买的亚洲最大贫民窟达拉维。"达拉维的矛盾从各处朝我涌来，混乱疏离、悬殊的贫富差距也许令人不悦和感到威胁，但很多人在面对它时，更愿意相信其本质是饱含诗意的'波西米亚'风情而非'贫穷'。他们认为'印度的贫穷仍是个浪漫的概念，它们构成了这个国家独特性的一部分'。"奈保尔对此并不认同，他认为贫穷就是贫穷，和浪漫无缘，而和苦难、无奈、绝望相邻。他从中看到了"一个衰败中的文明的危机"。

奈保尔的思考值得中国作家借鉴。作为今天的写作者，也需要以这种客观、冷静、理性的态度，看待丰富而复杂的传统文化，该继承的继承，该摒弃的摒弃，经由创造性转化，将那些真正具有生命力的情怀、思想等，化为作品中的骨骼和血脉。

如果说以上侧重于从传统文化的内容层面进行辨析，指出其复杂性和应对策略，那么，有一种关联相对来说要更为明确清晰，那就是在艺术表达方式的层面，要向中华美学精神充分汲取营养，它们也是优秀传统文化构成中的一项内容。在这一层意义上，"越是民族的，就越是世界的"这句话，更能够获得普遍的认同，争议最少。它们更多是指向审美方式、艺术形式等方面，凸显了方法论的价值。很多民族形成了独特的审美意识和审美表达方式，它们都被证明是有效的、独具魅力的。如日本文学中的"物哀"理念，体现在川端康成的许多重要作品中；如阿斯图里亚斯、卡彭铁尔、马尔克斯等一批拉美作家,以魔幻现实主义的手法写出了一系列作品,对世界文学的发展产生了重大影响。

中华民族尤其如此。悠久厚重的历史文化,孕育出了独特的审美思维方式和表达手段。中华美学精神丰富而博大,仅仅在文学领域,就有《文心雕龙》《诗品》《艺概》《人间词话》等一大批文学理论和文学批评著作,形成了深刻精妙、系统完备的理论体系,以及鲜明形象、具体生动的修辞技法和方式路径,在其指导下产生了大量优秀的作品。中华美学精神穿越时空、恒久而鲜活的生命力,也体现在现当代不少优秀作家的创作实践中。从鲁迅、老舍、沈从文,到汪曾祺、贾平凹、阿城,传统美学元素让他们的作品具有很高的辨识度,也成为他们的艺术魅力的重要来源。今天,我们更有理由向传统美学充分学习和借鉴,以期能够更加生动有效地书写当下的生活。

这样,在保持自己充足的文化自信的同时,以虚怀若谷、海纳百川的气度,接纳东西方形形色色的先进文化;在向一切人类文明的成果敞开怀抱的同时,对自本民族历史文化土壤中孕育生长出来的精神果实,给予一种格外的眷注和呵护。一个今天的汉语写作者,应该拥有这样的认识,这样的胸襟。

(原载《文艺报》2018 年 1 月 15 日)

我们为什么喜欢散文

人们到处在生活。生活裹挟着每个人，如同空气将身体缠绕。

就像每个人相貌各异一样，每个人也都有属于自己的一份生活。就其本质的意义而言，它们都是独一无二、不可替代、无法复制的，就像指纹，是独特的"这一份"。

因为独特，也便值得诉说、交流和记忆。而写作便是最好的方式之一。

当然，也可能有人会说，这就是写作的理由吗？经历过，感知过，也就够了，最多在内心里自己咀嚼体味一番，未必要诉诸文字。

有这种想法的人，显然是不十分了解写作的意义，或者缺乏切身的写作体验。首先，倾诉是人的一种本能，就像容器里的水满了要漾出来一样自然。而经由文字来将所感所思记录下来，要远胜过口头的表达。与写作这一外在行为相同步，是经验的整理，思绪的梳理，模糊的化作清晰，粗糙的变为细腻，从飘忽的情感烟云中触摸到灵魂的真实状态，由零碎断片的感悟里演绎出完整系统的理念——文字起到了缩结、显微、扩张、提炼等多种功效。

甚至,写作还是一种治疗,借由倾诉,可以有效纾解内心的积郁苦楚。这一点已经为临床心理学反复验证过。

当然,一切文学写作也都具有这样的功效。但其他文学样式,哪一样能够像散文这般便捷直接,所受的限制最少?它的门槛之低,是得到公认的。小说要塑造人物形象,要有哪怕是最为简单的故事;诗歌要打造意象,锤炼韵律,在拘囿中舞蹈和飞翔。只有散文,能够充分容纳形形色色的内容,能够灵活使用但又不依赖任何一种方式和手段。对于写作者来说,记叙,描摹,抒情,论理,可以任意腾挪闪躲,随心所欲。对于阅读者,它随时能够进入,也随时能够抽身而出,中断和接续自然流畅。

自由的品格,是散文最为醒目的标签。

这样,散文比较其他文体,就有了更多让人们喜爱的理由。作者在写,读者在读,各自都构成了颇为巨大的群体。作品数量更是宏富无比,姹紫嫣红,蔚为大观。

阅读散文,仿佛面对一面面镜子。

这个譬喻该是过于滥俗毫无新意了。但它之所以能够被使用到如此的地步,显然有其理由。在对生活的映照这个意义上,还有什么譬喻比镜子更为恰切呢?

在阅读一些作品时,目光在篇页字行之间扫描挪移,而一种反向的运动也在悄悄地发生。我们仿佛听到了自己的心跳声,它是受到所阅读的文字的叩击而发出的。作者写下的东西,打动了我们,灵魂产生了共鸣和呼应。

当然,每个读者所置身其中的实际生活,和他所读到的作品中所描绘的生活,通常是不同的,甚至大为不同。但文学的重要作用,正是通过差异性而反映共同性,经由个别而抵达一般,建立起不同生命之间的连接和融合。差异性并不构成阻碍理解的藩篱,有时反而激发起某种类似探险的欲望。南宋大儒陆九渊所谓"人同此心,心同此理",这种人性的相通,正是一切人际交往和群体行为的基础和前提。在千差万别的生活表象背后,有着很多相同的东西,至少可以说,最重要的东西是相通的。

于是,从他人的文字中,我们扪摸到了自己的灵魂的脉搏。优秀的作品,总是能够有效地表达出我们"心中所有而口中所无"的东西,包括那些可以朦胧地意识到但难以清晰地辨认的东西。感情的种种状态,自尊和自卑,勇气和怯懦,激情澎湃或者沮丧颓唐,在作者身上发生过的,同样也曾经出现在我们的生命中。潜意识里,我们不满足于自己对世界的认识、对生活的解释,常常希望获知别人是如何评说的,虽然对此未必意识到也未必愿意承认。而散文,不动声色地为我们做到了这一点。我们在看,看不同的作者在各自的作品中,如何观察和感受、分析和剖解,而在阅读的某一时刻却惊愕地发现,分明从他的身上看到了自己。作为读者的我们和作者重叠了。

因此,说散文是一片镜子,实际上是说别人成为自己的镜子。

生活在此处,生活也在别处。与那些促使人更深入地认识自己的生活的作品相并行的,是另外一些散文,它们更多地呈现了某些异质的东西,是对我们熟谙的生活的补充和伸延,是生活朝向无垠和阔大的展开。这些东西格外让人着迷。一个人的生活总是受到局限，但他的灵魂又总是向往超越。这一点来自人性的某种特质。"从前有座山，山里有座庙，庙里有个老和尚……"不但是儿童，成人也同样受到远方和陌生的召唤，尽管具体内容不同。这种他者、远方，既是物质形态的生活和存在，同样也体现为精神生活、情感呈现、价值追求的千姿百态。很大程度上是通过王小波，人们对罗素的那句话"参差多态乃是幸福的本源"有了广泛的认知。尽管其本意是伦理学上的，但也完全可以从审美维度加以理解。

在这个意义上，散文像什么？或许更接近一台望远镜。

还需要谈到的一点是，无论属于哪种情况，在某一类优秀的散文中，常常能够看到作者和他人、个人与社会的连接。人是各种社会关系的总和，因此一篇作品的字里行间，却能折射出历史的波诡云谲，时代的风云际会。这样的散文，从具体的经验和存在的局部迈步，通向的是一个社会的政治、经济和文化的结构，一种时代精神的整体状态。这样，散文就不是一己悲欢的展示厅，个人才智的操练场，而和广大、辽阔连接。这种品格，也使得它自己得以在重要性的位阶上拥有一个不容忽视的等级。

总之，散文试图描绘和解释广阔的生活。它有雄心也有本领。

人们喜欢散文，最根本的理由也与此有关。它有效地帮助我们建立了和生活的联系，同时又将无尽的可能性向我们敞开，摆脱个体存在的有限性。它让我们有了更长的手臂，触摸这个世界,更好的视力,观察这个世界。并且在每一次端详中,能够调焦我们的目光,从宇宙之大,到纤毫之微,靡不尽显,栩栩如生。

综合考虑它的功能,散文又仿佛是一部功能强大的照相机。

一篇散文,总是要聚焦于某一种具体的生活形态,撷取的是生活的局部、侧面,有时甚至是细节,他的感受和思考,便从中孕育生发出来。每个人都写下属于自己的那一份生活和感悟,那么多篇散文,就是容纳和展现了多重生活。因此,一本散文集的形成,便是一次对丰富生活的广角扫描。

在这本散文选集中,可以看到这种朝向辽阔广袤的扩展。作品成为有力的证人。

经历和遭际,无疑最能直接孕育感悟。在《安放自我》中,梁鸿鹰追忆了他的童年少年时代以及和家人间的关系,惊异地发现了基因遗传所具有的强大力量,但正是摆脱庸常黯淡的生存的叛逆冲动,一种强烈的主体意识,让他拥有了另一种品质的生活。文学中古老的"审父"主题,被注入了某种新的蕴涵。有关生与死、命运与苦难的诘问,作为厚重的背景,生动地烘托和映照了这一主题。陈新《植满时间的疼痛》,同样执着于对父子间紧张关系的打量。从恨到爱的巨大转折,凭借的是时光的力量。随着日子的积叠,对人性的复杂性的理解也在缓慢生长,宽容的情感丝线日渐被编织进血缘的纽带。何士光《日子是一种了却》中,女性取代男人成为主角。农村岳母对于自己"当家人"的身份的执着,达到了一种病态的地步。从这种褊狭背后,作家看见的是灵魂深处的盲障。多年来潜心精研佛教，让他思索萦系其间的机缘和因果、是非和得失、牵挂和了却，赋予了一种同情的理解。吴昕儒《片断与完整》是一部缩微的家族史，让我们看到了鲜明的个性，乖谬的时代，看到了它们的相互纠缠如何塑造一个人的命运。一家人的坎坷遭际，折射出的是整个社会风云的阴晴晦明。

器物和环境，常常成为写作灵感的另外的丰富泉源。柳宗宣《绿色邮差》中，邮筒，邮局，穿着绿色服装的邮递员，长久以来曾经是一个人和远方、一个漂泊者与故乡的纽带，负责盛放和传送他们的情意和牵挂，向往和梦想。其中的万千滋味，已经被今天迅疾如闪电的手机短信微信稀释殆尽。生活可以引领生活，呼喊能够收获回声。杨海蒂《我去地坛只为与你相遇》，印证了文学所拥有的力量。史铁生的一篇杰作，让一座古老的园林成为一种观念性的存在，关于宿命，关于爱情，残疾与健全，隐忍和抗争，文字间渐次显现并展开了精神的谱系，仿佛盛夏园林中的草木一般丰富葳蕤，每个人或早或迟都能够从中获得一份启示。作为精神的外在对应物，散文并不挑选特别的物体或者处所。李培禹《总有一条小河在心中流淌》，写的是插队时知青点附近的小河，从内容到写法都并不新鲜，但读后仍然让人慨叹不已，根由就在于它诉说的是对生命中最美好的时光的记忆。青春交织着懵懂和憧憬，"只是当时已惘然"，以其深厚的人性基础，能够唤起最广泛的共鸣。

庄子说过"道在屎溺"，用词虽然不够雅驯，却有效地比况了道之无所不在。散文亦然。衣食住行,爱恨情仇,歌哭悲欢,生老病死,天地万物,季节递嬗,都是散文驰骋的疆域。只有你想不到的,没有它做不到的。收入这部散文集中的诸多篇什,是印证也是注释。一边是母亲对成长中的儿子的牵挂期待(指尖《最远的,最近的》),一边是儿子从母亲那里领悟到什么是面对生活的恰当姿态(凸凹《错位之思》);一些情感、行为,总是和特定的生命阶段相关,但往往会影响了整个人生的走向(闫红《春天只发生一次》);空中有鸟,地上有人,便有了家园感。如果能够认识到人类和自然万物都是"生命共同体",便不难理解作者将鸟巢看作"宇宙的中心"的譬喻(东君《宇宙的中心》)。总之,话题的林林总总,对接了生活的纷纭丰富。

不少作品,实际上是对数量相对有限的母题的反复陈说,仿佛音乐里的变奏曲。张大威《惜青丝》从一缕缕秀发的脱落,感叹时光的剥夺、生命的匆促,应该说是一个并无明显新意的话题,但出色的表达功夫,依然可以推陈出新。这个话题推究下去,就必然会涉及生活以及写作的一般性和特殊性的关系。固然如西谚所云"太阳底下无新事",一切存在的人和事物连同其运动,从本质上看,都个过是在时间长河中的反复的重现和轮回,但每一种具体的生存,诉诸文学就是每一次表达,仍然有其独立的价值。这源于生命的个体性,生存经验的不可复制性,即便极为相似的体验也有些许差异,即便十分相通的感受也烙上了作者自己的印记。在言说之后的言说,表达之上的表达,却因为渗入了独特的个性——哪怕只有一点——而不会让人感到厌倦。这一点,可以说正是艺术的魅惑力和绵延的动力之所在的一个重要方面。

　　也许有必要给予表达以更多的关注。言说什么之外,怎么言说也是一个问题。二十世纪初,作为一种文学批评思潮的俄国形式主义认为"形式即内容",并非只具备纯粹工具的功能。结构、语言等,都参与了内容的构建。比如说,直抒胸臆是人们听得较多的对散文写作的要求,但是针对某些题材,写作者的平静、超脱甚至冷漠,造成某种间离感,也许更能烛照对象内在的本质。在《出镜》中,南帆延续了他一向对于技术与人的关系的思考,这次是从手机自拍器切入。视觉时代,影像泛滥,身体登台,思想退场。技术不停歇的发展为生活提供了极大的便利,但今天欲望也借助它而膨胀宣泄,以至于要扭转生活,扰乱世界的等级秩序,改写被信奉已久的价值和信念。"景观社会"必然伴生某种新的文化,如何定义和评价它们? 行文挥洒自如,鞭辟入里,既机智又冷峭,我们仿佛看到作者嘴角上的一抹嘲讽的笑意。

　　写到这里,我们就比较容易为一本由多人作品汇成的散文集定位了。

　　如果诉诸譬喻,那么不同的生活,具有不同的容貌和形态。或澄澈若林间小溪,或安详若秋日池塘,或幽深若百年古潭,或奔腾若钱江之潮,或曲折若黄河九转,或辽阔若三江汇流。它们汇聚起来,就是一片浩渺博大的水体。这里水光潋滟,浪花飞溅,在某些地方,甚至惊涛裂岸。

一本散文集,就是对这样的生活的某种折射。

生活之水幻化为文字,经由目光的通道,进入我们的灵魂,给它注入某些东西。它们是关于情感,关于理性,关于人性,关于对世界的认识,关于对生命的期待。它渐渐地丰富和提升了我们,真实并且生动,缓慢然而确凿。

因此,我们没有理由不喜欢散文。

(原载《光明日报》2017 年 5 月 19 日)

虚构的边界

　　散文写作能否虚构,是一个近年来被反复提及并引发争论的话题,莫衷一是。我的看法是,既然散文属于文学样式之一种,当然要遵循文学创作的基本规律,有虚构的权利。关键是如何理解散文中的"虚构"二字。在此不妨套用一个熟悉的句式:当我们说起散文的虚构时,我们是在说什么?

　　事物总是在比较中更能够凸显自身。散文的最为本质的属性,和小说相比更容易看清楚。虚构是小说创作的核心,是通过描绘并不存在的人和故事,达到对于生活本质的揭示,是"无中生有",是虚幻中的真实。相比之下,构成一篇散文的基本材料,时间、地点、人物、事件等,都是客观存在的,散文是在"有"之上,建立起自己的艺术开掘。对于散文来说,真实是最基本的遵循,最明确的尺度,居于其价值谱系的前端。譬如一个年代中不曾存在的人物,一个人不曾经历的事件,一桩事件不曾产生的结果,一种结果不曾发生的影响,等等,这样的"无",就不应该成为散文作品中的"有"。

　　但这并不意味着堵塞了散文虚构的管道。散文的真实性,其实有着足够开阔的空间和弹性,没有理由担心它会带来对于想象力的束缚。譬如写到历史上的某个人物,在面临重大抉择时内心的矛盾冲突,虽然史料中没有记载,但基于对人性、人情和具体的时代环境的认识和理解,写作者完全可以将自己代入进去,通过设身处地的想象,进行一些场景的设置,一些细节的编织。这样的"虚构",是对中断之处的接续,是对空白之处的填补,是使其残缺漶漫之处恢复完整清晰,其本质是一种艺术提炼,当然是允许的,甚至是必要的。还有一类描写,也超越了具体的经验世界,如驰骋诗意的想象,抒发强烈的感情,上天入地,夸张变形,显然也属于虚构的范畴,但对于这样的手法,读者通常也都不会质疑其真伪,做穿凿的理解。

当然,上述种种做法的前提是,这些情感之所依附、思想之所生发的事物,应该是客观存在的。这种真实性,便是散文虚构的边界,不能逾越。倘若无视这一点,向前大步迈进,放纵想象,置基本的事实于不顾,作品中关键性的人物事件等都是缺乏依据的,那就是明显的跨界,进入了小说等以虚构为主的文学样式的领域了。当一篇散文中过度地使用这一类的"虚构"时,便意味着散文的自我消解。

这里其实关涉一种预设,或者所谓的"前理解"。当我们翻开一篇散文时,就会很自然地认为即将读到真实生活中的某个侧面或者片段:一种经历,一种情绪,一种感悟,一种玄想……它们形态不同,分属于生活在不同年代和地域中的人们,但都统一于真实性的前提之上。作为读者,想到这一点会感到内心踏实。阅读时,我们只需要评判作者感知和洞察生活的能力,而不需要甄别所讲述的内容的真伪。无论如何,真实性既是散文的立足点,也是散文的生长点,更是散文的独特魅力的重要来源。它在人们的意识里已经根深蒂固,就仿佛"两点之间最短的是直线",是不需要证明的数学公理。

那么,今天又有什么必要去颠覆这一点呢?仅仅为了表明我们在"创新"?如果对手段的追求导致了事物本质遭到篡改,这种买椟还珠式的结果真的是我们的初衷吗?从尊重存在的真实性本身入手,不是也足以表达我们对世界和生活的理解,并将自己的感受和发现传递出去吗?事实上,作为一种自由度高、主观性强的文体,散文发展到今天,推陈出新,腾转挪移,其表达手法已经不可谓不丰富了。一个写作者如果仅仅是因为喜欢营造跌宕起伏的戏剧性效果,完全可以到小说等虚构文体中去寻求实现。当你喜欢榴莲味道的浓烈奇特时,不会想到清香淡雅的枇杷也需要如此。说到底,如果取消了本质上的真实性,散文将何以确立自身的存在价值?

"从心所欲,不逾矩",这句话也可以指代散文面对的自由和约束。在真实性的边界内,散文仍然可以大有可为,天高地阔,鹰翔鱼跃。

(原载《人民日报》海外版 2018 年 6 月 27 日)

自由的呼吸吐纳

改革开放的四十多年，革故鼎新、开拓奋进成为时代最强音，如长风浩浩，涤荡大野，精神文化领域的一切都为之裹挟而大为改观。文学当然也不例外，文学诸样式中，最能直接抒发感情表达心志的散文，尤其如此。

思想解放导致了改革开放，也成为这一延续数十年的历史进程的本质和核心，成为社会生活发生天翻地覆般巨变的第一推动力。而自由的精神，便是思想解放的根本属性和突出表征。四十多年跨度中的散文创作，数量浩如烟海，流派层出不穷，主干粗壮，分蘗繁茂，难免令人目迷五色，眼花缭乱，但如果拨开纷繁表象，层层进入内里，在芜杂纷纭中找寻最大的公约数，经过提炼之后的提炼，抽象之上的抽象，仍然可能获得一种整体的把握。

大略可以用五个字，来概括和命名我的一己之见：自由的表达。

自由精神最直接的显现，是在内容题材上。在这四十多年的大多数时段中，就文学应该和能够施展其功能的范围而言，没有规定哪些区域可以纵横驰驱，哪些则必须肃静回避。自然与社会，历史和现实，一应可以诉诸写作者笔端。骨肉深情，儿女呢喃,车马喧闹的都市,鸟啼虫鸣的乡野,江山社稷的宏大叙事,平头百姓的卑微人生,哲学让人深思妙想,艺术使人痴迷陶醉,放歌纵酒是生命的张扬,手挥目送有沉静的智慧……一句话,物质和精神生活中的一切,大千世界的广阔和幽深,都天然地归属于散文的视野。

四十多年间,从一些影响广泛的篇章,不难看到这种指向的广阔性。巴金的《随想录》开启了对"文化大革命"浩劫的痛切反思,仿佛春天最初的一声炸雷,也鲜明地标举了散文介入和建设生活的姿态,朴素无华的语言中,情感恺切而沉郁;张中行的文字炉火纯青,源自传统美学的温润蕴藉的笔致中,传递出的却完全是科学民主传统孕育出的现代性价值理念,冷隽而清醒;张承志注目于底层民众的困苦和坚韧,正义和良心,清洁的精神,描绘信仰是如何温暖和提升了他们的生命;史铁生思考了生和死、残疾和健全、苦难与救赎,他的轮椅在地坛公园划出的辙迹,成为许多灵魂的开悟和再生之路;在余秋雨看来,宏大历史的深厚底蕴,其实可以通过一个个的断片,从文化角度给予解读,他的一系列体现这种理念的作品,也成为一种散文类型的滥觞;天不假年,早逝的苇岸未及充分表达他的思考,但其有限的作品中对于简朴生活、对于人和土地的关系的关注,却达到了一种少有的深刻和纯洁……列举可以一直进行下去。相对于新时期散文写作的巨大体量和多重面容,要想给出一个全面准确的概括,殊为不易。

普泛性的话题,固然可以因为经验感知的共通而容易唤起共鸣,个体化的独特遭逢和感悟,也未必就没有会意——数量广大的读者群中潜藏了众多的可能性。"须知人生的参差多姿,才是幸福的本源。"罗素这句名言,原本隶属于伦理学范畴,指的是人生价值多样化的必要性,但也不妨挪移借用,来描述散文所呈现出的纷披摇曳的面貌。无远弗届且能无微不至,无所挂碍而又无所顾惮——这应该成为且也正在成为散文王国的基本版图,散文生命体的骨架血脉。自由意味着对于个性的尊重和包容,只要是在制度法规、公序良俗的范围之内,仍然可以表达私密的、特异的甚至乖谬的事件、情感和意念。事实上,在这方面我们的确也看到了一种充分的表现。

在一些具体作品的背后,可以看到散文的观念也在不断地修订。内涵的变动势必导致外延的重构,散文的疆域也随着这种再认识而相应地扩展。譬如瞩目现实是对文学整体的基本要求,不独散文,但散文尤甚。然而什么是现实?不必局限于具体的经验或客观的存在物,主观想象所营造出的虚幻天地,前世来生,仙界魔域,也未必没有真实性的折射——想来在今天这一点基本上已经成为共识。其实,"心外本无物","我思故我在",唯心与唯物,也并非泾渭分明、判然不同,有些时刻文学甚至仰仗于这种思维。暮年的杨绛,把对已经逝去的丈夫和女儿的思念,化作一个断续跌宕的、"长达万里的梦",在梦境中的小船里、驿道上,与亲人相聚复相失,牵挂且焦虑,谁能说这是荒诞不经?当越来越多的挑战甚至颠覆传统认知的作品出现时,一些争议也便很自然地产生,如散文能否虚构,就长期成为一个焦点且迄今莫衷一是。但如果守住了本质真实的底线，人们仍然愿意给予最大幅度的宽容。不知不觉中，散文的质的规定性在缓慢地嬗变，是写作和阅读的合谋，促成了这种调整。只有在四十多年的时间刻度下，才能够真切地意识到变化幅度之大。

总之，散文的路径四通八达，应许着无限的广阔和众多的可能。如果对其覆盖的深广程度打个比方，它仍然仿佛是一阵大风，拂掠之处，大地上每一个角落，每一条罅隙，都被吹拂和灌注。就其文体的大众性而言，从没有一种其他的文学样式能够像它这样，达到对存在的如此密切而深入的贴近。笼罩在散文的广阔田亩之上的，是世界和生活的巨大而完整的投影。

自由同样体现在对散文艺术的规律性的认识和把握上，既包括继承，也包括创新。后一点尤为关键。"形式即内容"是一个理论命题，更是一种现实操作。当既有的形式和手段无法有效地表达出经验的丰富性和复杂性时，创新就成为必需。和前述内容题材的开放一样，这个方面也不曾设置禁区，无须画地为牢。几十年前，散文写作尚在传统的路径上规行矩步，当初次读到台湾作家余光中风格卓然独特的作品，以及"在中国文字的风火炉中炼出一颗丹"的观点，曾经受到一种冰水浇头般的强烈刺激，惊诧而又着迷，但如今散文写作探索的幅度，已经从整体上跨越了那个阶段。从颇为陌生化的审美体验出发，一种截然有别的新形式，涉及题旨、结构、节奏、语调等一系列的范畴，出现在蒋蓝、祝勇、宁肯、汗漫、黑陶、庞培、于坚、周晓枫、张锐锋等人的文本中，产生了相当大的冲击力。语言的密集，修辞的夸饰,意象的繁复,思路的跳宕,文体的交替……经由时光的沉淀之后,相信会有一些会被汲取和整合,成为制造散文产品的新的技术和工艺。

这样,一个合格的散文写作者就不应该再轻率地抱怨。如果他写不出好作品,如果他只能拿出一些大路货色,他首先应该检讨质疑的是他自己,他的素养和识见,是否能够与时俱新,不断精进,以便适应这一文体在流变中涌现出的新的功能属性,以及由此派生的一系列要求。

自由的关注,自由的思考,自由的表达,四十多年时光的陶冶,才有了今天堪称蔚为大观的散文成就。而在今后的四十多年,乃至更长久时间内,关于散文的生长之道,也很难想象会有根本性的歧异。天地之间,旷野之中,手足舒展,目光递送,自由地呼吸吐纳,应该是散文写作者永远秉持的姿态。

(原载《文艺报》2018 年 12 月 3 日)

向"深处"掘进

散文作为最具自由度的文学样式,就其表达的内容而言,堪称巨细无遗、靡所底止。眼中形相,心底波澜,自然风光,生活遭际,历史沉思,文化感悟……只有你不曾想到的,没有不可以成为书写题材的。每个人从自身的经验出发,写下属于自己的感悟。众多经验和感悟的集合,便具有令人眩晕的丰富性和广阔浩瀚的覆盖性,使得探索从来不曾被表达过的话题领域的努力,变得甚为困难。恰如那句流行甚广的西谚所云:太阳底下无新事。

然而另一方面,文学魅力的一个重要来源和支撑,便是作品中需要体现出与众不同的题旨意趣,哪怕只有一点点。那么,与其煞费苦心地试图向外拓展话题的边界,倒不如将目光回收内敛,在已有的题材范围内进行深加工,努力为作品赋予具有新鲜感的内涵或层面。对应着这一理念的也有一句西方谚语:与其到处挖浅坑,不如一处掘深井。回顾五年来的散文写作,与其他多种文体的探索创新一样,向深处沉潜发掘,的确正在日益成为散文写作摆脱庸常雷同、千人一面的窠臼,确立个性化存在的救赎之路。

散文作品的海量存在,使得在谈论这一命题时颇有难度,类似"老虎吃天无从下口"之感。因此,我只想以今年自己担任过评委的几个散文奖——首届"三毛散文奖"、孙犁散文奖(双年奖)和《北京文学》2015—2016 年重点优秀作品散文作品评选——的入选作品作为代表,凭借尚未褪色的阅读记忆和感受略作申陈,以期印证我的有关想法。尽管相对于当今散文写作的勃勃生机和巨大体量而言,这种个例的评析只能是蠡测管窥,但却未必不能起到些许"窥一斑而知全豹"的功效。

擅长描绘青藏高原军旅生活的老作家王宗仁,以两万字的长篇新作《十八岁的墓碑》,谱写了一曲悲壮激越、催人泪下的生命之歌。五十年前,十八岁的姑娘竹子,从冀中平原远赴高原军营和心上人成婚,难以想象的艰苦旅程、剧烈的高原反应,让她罹患感冒并急遽地转为肺气肿,如花的生命香消玉殒,而此处距目的地尚有一天的路程。昆仑山下,格尔木河畔,堆起了一座坟茔,立起了一块木板的墓碑。情爱与牺牲、军人职责与个人命运,沉甸甸的命题埋藏在悲怆哀婉的语言洪流之下。与作者以往作品的朴素凝练相比,此文笔调缠绵婉转,有些段落似乎显得有些繁复絮叨,但这却是与凭吊女性青春美丽生命的凋零这一特定内容相谐适的。老作家"衰年变法"的探索,值得称道。

多年来生活在内蒙古巴丹吉林沙漠深处的杨献平,有不少状写大漠人艰难粗粝生存的文字面世。其新作散文集《沙漠里的细水微光》,更是给人暴风裹挟着沙粒扫过脸颊的感觉。湮没已久的古老文化,大漠独特的生态景观,底层人群的生死情欲,被冷静而细腻地书写着。尤其是那一片苍凉蛮荒的土地所蕴藏的精神能量,对于人心的塑造,获得了十分丰沛的表达。痛楚中的坚韧,晦暗里的光亮,卑微中的高贵,都是经由悲悯的语调和充满质感的细节而给予了有力的揭示。虽是"细水微光",却也折射了天籁和大道。

汗漫的《一卷星辰》则展现了另外一种路径的勘探。作者此刻置身何处不再重要,他瞩目的是曾经的精神时空。《庄子》,冯至的《杜甫传》,林语堂的《苏东坡传》,张岱的《陶庵梦忆》《西湖梦寻》,李渔的《闲情偶寄》,袁枚的《随园食单》……古老中国精神生活的价值、准则,还有美学魅力,一些独特超拔的灵魂性情,被勾勒得云蒸霞蔚、满纸烟云。依托典籍生发灵感,在当今散文写作中并非罕见,但此文的优长处,在于作者强调个体生命的体验要与周遭的阔大现实勾连呼应,沉醉于古人笔下的世界并非为了逃避真实生存,而是要从时间的另一端获得这些启示。

其实摹写坚硬的现实应当更能引起共鸣,因为它会让更多的读者产生某种命运共同体的感受。雷达的万字长篇《梦回祁连》无疑具备这一特质,此外,还可以看作一位有重要影响的评论家保持了敏锐活跃的艺术思维的例证。二十世纪五十年代初,还是大四学生的作者到祁连山东麓的小县城民乐参加"四清运动",真切地感受了当时极"左"思潮下的政治生态。让古稀之年的作者魂牵梦萦的,"是隔着历史烟尘的各种亲切的面影,是那个久远年代里,人性的淳朴与异常,残酷与美丽"。生动丰满的人物形象、丰富真切的场景细节于记忆中一一浮现,一些彼时的声音气味仿佛都得到了还原。擅长理性思维的作者，在此文中却是借助鲜活的感性，让人触碰到那个畸形时代冰冷的精神内核。

曾经当过家乡地方戏演员的女作家葛水平，在《看戏去》中表达出对于一出出民间老戏的理解，不会让人感觉意外。作者都习惯于自熟悉的事物中取材。但能够让人读后印象深刻，则来源于这种理解所达到的深度。舞台小天地，人生大世界。台上和台下相通，西子湖边白娘子和许仙的调情，让山村里相互对上眼的姑娘后生脸红心跳。历史与当下同调，古代忠良奸佞的故事，在今天正以不同的版本反复搬演。戏里和戏外，生活和艺术，纠缠不清，真假难辨，迷离感、代入感都是真实的，所以才会说戏如人生或者人生如戏。"舞台是四维空间，它是你选择观望历史和现实的途径。""戏剧就是这样，在熟识的世界里尽量叫你感觉陌生化。"能写出这样的句子，显然需要谙熟生活和艺术的个中三昧。

建设生态文明凝聚了全社会的共识，从高层到民间，可谓勠力齐心。同样作为女作家，艾平将她们一贯擅长的情感描绘结合进了这一时代主题。《守候黑嘴松鸡的爱情》写的是作者到大兴安岭深处探寻珍稀禽类黑嘴松鸡交配的"爱情时刻"。为此她数天露宿于原始密林里，在与身畔树木目交神接的经历中，生发出人类应该珍惜自然的感悟。这种经由躯体触碰树干枝杈、呼吸林间草地气息而获得的真切而深刻的认知，自然不是人云亦云的二手理念所能比肩。宏大叙事固然需要锣鼓喧天的方式，但其实很多时候，一枝芦管的吹奏中，也能够隐约听到松涛的轰鸣、溪水的潺潺。作者的这一番经历难以仿效,但是却启发我们获取属于自己的独特角度和调门的重要性。

何为"深处"?如何抵达?对于散文写作,这显然是一个庞大而含混的说法,在一篇短文里难以阐释得清晰透彻。但是我想,那些体现了这种特点的作品中,应该包含下列这些要素中的某一种甚至某几种:对于熟悉的事物中某些鲜为人知的成分的揭示,而非原地踏步式的数量累积;通过变化角度或方式,获得了观测对象的新的形状样貌;基于对事物间联系的普遍性的深刻领悟,而自具体描绘对象中获得一种对于精神存在的整体性的认知;感性和理性、诗与真之间恰如其分、浑然一体的融合与相互映照……上面援引的几篇散文,我以为分别或多或少、或显或隐地体现了这些特质。不妨说,经由不同方式的"新"和"变",它们显示出了对于深度的抵达。有道是"条条大路通罗马",一个作者只需选择适合自己的路径,它们取决于各自的禀赋、素养、经历和趣味。

这些作品的出现,也是五年来散文创作不断呈现出新疆域、新格局的缩微体现,具有某种标本的意义。其背后的阔大背景,是文学要从高原向高峰进发的时代要求。这样一种时代美学精神正在成为文学创作的强有力的推手,仿佛一股浩荡春风,拂掠之处,恍若江南三月,杂花生树,草长莺飞。散文,便是其中丰茂而妖娆的一丛花树。

（原载《文艺报》2017 年 9 月 15 日）

将"我"编织进中国故事

对散文写作者来说,要讲好中国故事,首先要弄清楚什么才是中国故事。我理解,"中国故事"既是经历和遭遇,又是心情和感悟。既是外在事件的呈现,又是内在意绪的涌流。诉诸文学表达,无非对于这个纷纭变动的时代的浩瀚汗漫的生活的观照,对于在其间载浮载沉的中国人的情感和思想、梦想和追求的描绘。处在一个剧烈的社会转型期,新的诱惑在前方召唤,同时也有一些弥足珍贵的东西在无可奈何地失去,生活在以一种悖论的方式发展和行进。置身于这个时代,人们内心的喜悦和疼痛、忧虑和牵挂、缺憾和期盼,需要获得抒发。这便是"中国故事"发生的舞台和背景。这个概念包括两个维度:一是中国的,二是当下的。宽泛地讲,凡是体现了这些元素的散文写作,似乎便都可以归入这个范畴之内。

"中国故事"无疑是一个大词,主题宏大,体量巨大,是一个集体性的文学工程,仿佛一台气势宏大的交响乐曲。但每一位散文作家又都是个体性的存在,有着专属的内容和表达方式,他仿佛乐队中的一位小提琴手或者一名长笛手。他的声音,只能是一片恢弘的声响中的一道旋律。写作时,他仍然要从自己熟悉的生活入手,从自己的具有特殊性的遭际以及由之而产生的感受和思考入手。

当然,写自己最熟悉的生活,这是文艺创作的一般规律,是任何文体的写作都要遵循的,但在散文这种文学样式中,对这一点的要求显然更为强烈和彻底。散文是心声的真切诉说,是个性的坦诚袒露,这是其最为本质的属性。因此,相对于虚构性的写作更多借助于迂曲、暗示等手段,散文表达的直接性更为突出,最需要的是忠实于自己的内心,忠实于生活的本来面貌,不作伪,不夸饰。散文写作要想讲好"中国故事",这是一个关键的前提。

说到这个话题时,尤其需要厘清的是,并不是说只有某一部分题材,如正面描绘建设成就和社会进步的,才和这个主题关联密切从而是重要的,而其他内容则是疏离的、不重要的。也许某些文体如报告文学因其本身的审美属性,要求更多瞩目于那些社会关注度较高的事件或现象,但散文写作和小说一样,需要努力避开题材决定论的蛊惑。散文写作需要触及时代精神,但时代精神并非只是体现在那些吸引人眼球的喧哗热闹的新闻性的事件中,它同时也体现在,甚至要说更主要的是体现在普通人最为普通的生存状态中,寄寓在生活的每一种具体形态上,体现在自然、社会和人生的广阔领域。这种题材上的海阔天空无远弗届,正是散文的独擅胜场之处,是其巨大优势之所在。

散文写作要注意把握好少和多、局部和整体、独特性和普遍性的关系。作为个体的散文写作者,每个人都有自己的兴趣范围和关注焦点,有最为倾心的表达对象。相对于广袤无垠的生活,每个人了解到的总是有限的。哪怕他的题材再丰富,也只具有相对的意义。因此要瞄准自己感受最充分、认识最深入的内容,要避免浮泛,面面俱到、什么都写的结果,往往只是浮光掠影、浅尝辄止。这并非自我设限,因为只有如此才能将一个人的能量聚集,才有望抵达深刻和独特。史铁生执着于对命运的诘问,是因为他的遭际让他的情感和心智只能对这个话题充分敞开,从而在无穷尽的诘问探询中抵达了一个特殊的高度。

虽然每个作者写作的范围都是有限的,但只要他的写作是真诚而生动的,触及了生命的本质和生活的脉搏,就会获得共鸣和反响。而众多的写作者,因为种种因缘际会,自然会有各自关注的主题和题材。展现城镇、农村、厂矿、军营、边塞等不同地区不同行业的生活,描绘男女老幼、健全人畸零者的生存和梦想,凭吊历史想象未来,对精神超越的渴望,对于大自然的凝视和思考……不同作者的不同表达,就可以拼接出一个立体的、完整的世界,一幅当下中国社会生活的全息图景。而在这样的现象世界背后流淌的,便是思想和情感的洪流。

这样,每个人写作的小小溪流,汇聚起来,便必然会形成一大片浩渺的水面。散文写作,便是在这样的意义上同"中国故事"建立了关联。

因此,散文家写好中国故事的前提,就是忠实于自己的感受和思考,在对生活的直面中,经由各自不同的路径,并且用生动的方式,表达自己的价值诉求,讲述对于生活的理解和希望。这样,只要他有足够的真诚,他的作品便是为时代立传,为心灵存照。这样,作为散文写作者,就能够欣慰地说,面对日新月异的时代,五光十色的生活,我们没有缺席,没有失语。

（原载《文艺报》2015 年 6 月 12 日）

行走之于散文

著名作家、旅行家三毛，凭借其《撒哈拉的故事》《万水千山走遍》等一系列代表性作品闻名于世，凸显了行走对于散文写作的意义。这些作品当年红极一时，数十年后的今天仍然大受欢迎，可谓影响深远。因此，在这个以其名字命名的"三毛散文奖"颁奖的日子，围绕这一话题进行一番探索，无疑是有意义的。

经由行走而产生的散文作品，在古今中外都占到了相当的比例，是散文中的一个大类，且不乏名作。仅仅就我个人的阅读范围而言，读过并且印象深刻的，就不胜枚举。中国作品中像《徐霞客游记》自然不用说了，其他如南宋陆游的《入蜀记》，明代三袁兄弟的大量游记小品等，都是脍炙人口的佳作。把目光转向域外，也是美不胜收。十三世纪意大利旅行家马可·波罗的《马可·波罗游记》曾经风靡整个欧洲，写过《金银岛》《化身博士》等小说的英国作家史蒂文斯，也写过一部《骑驴旅行记》，描写了法国南部山野的动人风光，以及一路遇见的虔诚的修道院传教士，或淳朴或狡狯的农人；梭罗以《瓦尔登湖》而闻名，但能够长久地独居一处的他，同时也喜好旅行，有《河上的一周》一书，详细描绘了在美国东北部康科德与梅里马克河上泛舟的感受和思考。行走散文所指向的,不仅仅是山水风光,还有社会生活的广阔内容。沈从文的《湘行散记》,写了二十世纪三十年代作者返回湘西途中一路的经历,在动荡的时代背景下,美丽的故乡变得凋零破败,让作者用文字抒发"无言的哀戚"。契诃夫的《萨哈林岛旅行记》记录的是旧俄时代的监狱和苦役犯的生活,在这个"不可容忍的痛苦之地"的见闻,对他后半生的思想发展和文学创作,都产生了重要的影响。

经由行走,一个人获得一种有别于日常熟悉生活的新的体验,如果他是一位写作者,往往便意味着新的灵感源泉的涌现。固然,有一些独特卓绝的灵魂,可以在有限的范围内,让思维在无垠的空间中驰骋,如被公认为欧洲现代主义文学先驱的葡萄牙作家佩索阿,生平足迹不出里斯本道拉多雷斯大街上的会计事务所,却通过对平淡单调的生活的深入探测,营造了一个浩瀚深邃的文学宇宙。但对于大多数人来说,心理学中最基本的刺激—反应理论还是有作用的,一种新的经历和体验,有助于他从某种固定的生活中暂时挣脱出来,心灵向世界敞开,拥抱丰富和新奇。这种挣脱和拥抱,属于躯体,也属于心灵。

这便是行走文学的产生并一直兴盛的最基本的动力。它根植于人性的深处。

行走中最为直接的感受,是看到了世界的丰富多彩,见识了生活的无边无际。对这种种所闻所见的物象形态给予记载和描绘,是这一类文体最为基本的呈现方式,尤其是在交通不便、信息不畅的古代,更是具有特殊的魅力。作者对呈现于眼前的新鲜事物,不论是风光还是民俗,惊奇或赞叹之余,用文字记录下自己的印象,并传递出去,让读到的人大开眼界,受到强烈的触动。如在《大唐西域记》中,玄奘记录了他去印度求取佛经的路上,所行经的西域两百多个国家的见闻,涉及各民族生活方式、建筑、婚姻、丧葬、宗教信仰和音乐舞蹈,对沙漠中的热风流沙、海市蜃楼的幻景等都有出色的描绘,让人读来如同身历其境。

行走的收获,每每体现为两个方向。不但是行走者的目光投注于外在的诸般形相,同样也是外部客观存在的事物对内在心灵产生作用,以强烈的叩击或者沉静的濡染的方式。奥地利诗人里尔克,曾经长期沉湎于思考"创造"的本质,俄罗斯之行对他的灵魂产生了巨大的震撼,面对这片广袤雄浑的土地上的山川、河流,他激动不已:"我觉得我好像目睹了创造"。同样是德语文学一代巨擘的黑塞,将他在阿尔卑斯山漫游的感受,写成了一本散文、诗歌和水彩画的合集《流浪》,生动描绘了他所感受到的大自然的和谐、宁静和美好,这些给置身于第一次世界大战阴影中的他极大的安慰,也是对他所醉心的东方哲学和艺术的有力的印证。

在一些时候,行走所产生的作用,并非某一种具体的启发感悟,而是一种整体性的影响。清代著名诗人黄仲则,生长于江南常州,对自己作品中的柔弱气质感到不满,"自恨诗少幽燕气,故向冰天跃马行",期待在北方大自然中汲取粗粝荒蛮的气息,给诗作增添一些刚健的品格。宋代马存《赠盖邦式序》中,写了广泛的游历对司马迁胸襟和文风的养成作用:"今于其书观之,则其平生所尝游者皆在焉。南浮长淮，诉大江，见狂澜惊波，阴风怒号，逆走而横击，故其文奔放而浩漫；泛沅渡湘，吊大夫之魂，悼妃子之恨，竹上犹斑斑，而不知鱼腹之骨尚无恙乎？故其文感愤而伤激；北过大梁之墟，观楚汉之战场，想见项羽之喑呜，高帝之谩骂，龙跳虎跃，千军万马，大弓长戟，交集而齐呼，故其文雄勇猛健，使人心悸而胆栗。"在一番陈说后，他这样揭示大自然对写作的影响：醉把杯酒，可以吞江南吴越之清风；拂剑长啸，可以吸燕赵秦陇之劲气，然后归而治文著书。

行走不但关涉一个写作者的文章风格，甚至对其价值观的形成也会产生影响。法国作家纪德曾经是苏联的支持者，二十世纪三十年代应邀访问苏联，经过两个多月的近距离观察，看到了苏联社会的真实状况，那些阴暗、压制和残酷，颠覆了他对于共产主义的乌托邦想象。他回国不久，就将这些观感写成《访苏归来》公开发表，至今读来，仍然感到惊心动魄。

在大量行走性质的散文中，不难看到作者发现新事物的喜悦或感动，但作者要把自己的感受有效地传递给读者，在他们心中唤起共鸣，却并不容易，需要具备一些必要的条件。

写作者应该具有敏锐的感受力，对所闻所见有强烈、细腻、深刻的体验，并通过美的、充满生机的文字表达出来，让人读后有身临其境的亲切生动感。这是行走散文区别于一些稍带文采的导游文章的明显的外在标志。同时，他还应该具备丰富的知识储备，充分了解行经之处的历史人文、风情习俗等，这些材料的薪柴，有利于使灵感的火苗燃得更旺。但这还不够，还要有属于自己的从生活中提炼出来的见识，而不仅仅是充当"两脚书橱"，更不能人云亦云。总之，写出好的行走散文，要求写作者具备综合性的素质，涉及感受、理性等情感精神活动的各个方面。

当然，不同的描绘目标，对这些要求可能有所差异，一处未经任何人类活动干扰的自然界的风光，对感受性的要求可能会更多，而那些与政治、经济、历史、文化、宗教等内容有密切关系的地方，显然需要更多理性的烛照。

以后者为例，那些成功的作品，都是具备了上述的思想品格的。余秋雨的最受欢迎的篇章，特别是早期《文化苦旅》中的一些作品，正是因为作者用一种充满文化蕴涵的目光，来观照历史和人文的遗迹，给予颇具新意的阐发；诺贝尔文学奖获奖作家奈保尔的《印度三部曲》，是这位出生于婆罗门种姓家庭、有着长期西方教育背景和生活经历的印度裔英国人返回祖辈家园的见闻录，记录了印度的风土民情，描写了普通百姓的生活，更对这个难以摆脱古老文明痼疾的民族的前途生发出了深重的忧虑；不妨再把目光向后张望，中国杰出的新闻记者范长江，二十世纪三十年代写了一部纪实作品《中国的西北角》，是他作为《大公报》旅行记者在西北多省旅行采访的记录。他生动地描绘了当时的社会状况：国内是军阀割据、政事昏聩、吏治腐败、民不聊生、饿殍遍野，周边则虎狼环伺、边疆不靖，吞并东三省后的日寇对华北虎视眈眈，英国觊觎西藏，苏联继煽动外蒙独立后又插手我新疆事务。作品在展现残破颓败的同时，还深刻地揭示了造成这种局面的内在原因,具有政治、经济、军事、民族、社会学等多方面的价值。

时代的发展影响着文学的表达方式。对以行走为主要呈现内容的散文写作,也提出了新的要求。

譬如说,描摹自然风光曾经是一个重要的方面。今天,随着交通的便捷和技术的先进,地球上的所有地方都不复陌生神秘。南美亚马逊大河与热带丛林,北极的冰原与幽蓝色的极光,可以很容易地从照片和视频中看到。当高像素的手机随时把美景逼真清晰地拍照和传播,致力于用文字给予出色的描摹便优势不再,同时必要性也大为降低。在诸如此类的情形下,对行走散文的要求,也就有了新的尺度。它至少包括这样几个方面的路径和指向:

第一,要深入那些真正的生活现场,观察和感受那些本真状态的生存。从地理维度上讲,它们大多不是那些通都大邑,那些熟悉的名胜景点,而常常是人们寻常视野之外的生活。三毛散文的魅力,一个重要的原因就是她写出了非洲撒哈拉沙漠深处的真实的生活,如当地人用海水灌肠的场景,就让人过目难忘。年轻女作家李娟近年来备受欢迎并荣获鲁迅文学奖散文奖,就在于她的作品是对新疆阿勒泰哈萨克牧人真实生活的生动描述。她笔下的夏牧场和冬牧场,发散出浓郁的山野草原的气息,而生活在这片粗粝严酷的大自然中的人们的淳朴、辛劳和坚韧,也被刻画得生动传神。

第二,写作者对自己内心的发现和表达,比对外界物象的描摹更为重要。或者说,相比致力于客观事物的呈现,行走中内在情感的发生和运动,更应该给予充分的关注,不论是高强度的灵魂震颤,还是一种浸润式的平静感悟。

第三,对个性化的要求更高。行走文学所描绘的事物,相比其他文学样式如小说来讲,取材上更具有公共性和普遍性,因此,写作者本人的禀赋就显得尤为重要。知识和见识,素养与视野,观察和感受的方式,都会直接影响到作品的质地。特别是那些有着新颖视角、独特感悟的表达,就更容易给读者留下深刻的印象。

第四,如果说上述几点属于普遍性的原则要求,那么这里也说一个具体的方面,一个偏于技术或者操作的层面。前面说过,在数码相机和高像素手机高度普及的今天,以往针对事物外貌的视觉描写的偏重,也许可以更多地转化为对于嗅觉、触觉、听觉等多方面感官功能的描绘,获得一种通感式的表达。如朱自清《荷塘月色》中这样描写月下荷塘,"塘中的夜色并不均匀,但光与影有着和谐的旋律,如梵婀铃上奏着的名曲",将视觉形象转化为听觉形象,让感觉变得丰富立体,不论是使状物写景更为真切精确,还是使审美感受更为敏锐细腻,显然都能够起到更好的效果。

……

行走,观察,感受,思考……一个巨大的空间,在写作者面前敞开和延伸,充满了魅惑,召唤着他投身其中,用脚步丈量大地,用热情拥抱生活,不断写出动人的作品。

你自己的靶标

对于一名写作者，写什么当然至为重要。千言万语，归纳为一句话：找到最属于你的内容。

那些总是在你灵魂中萦回不去、无法躲避逃离、纠缠如毒蛇、执着如厉鬼一样的……情绪和感受，意念和思想，应当成为你的首选。

举两个例子。

一个无人不知，是史铁生的《我与地坛》。作家二十一岁双腿瘫痪，从此人生被绑缚在轮椅上，看着世界生机勃勃，看着人们奔跑跳跃。作者自嘲"生病就是我的职业"，作品都是完成于病痛的间隙间，所以他将自己的一本散文集命名为《病隙随笔》。地坛公园安静而空旷，在这里他的感知和思考都抵达了一种极致。思绪尽管散漫飘荡，但离不开核心的几点：在这样的痛苦和绝望中，要不要活下去？如果决心活下去，理由是什么？残疾能否以及如何获得拯救？……他的一系列作品，不论是长是短，是小说还是散文，是在这篇之前还是在这篇之后，其实基本上都是此一主题的延伸和变奏。

另一个所知者不多，有必要多说几句。不久前读到一本书，获得 2005 年美国国家图书奖的《奇想之年》，深受触动。作者琼·狄迪恩,是美国著名记者和作家。在她七十岁那年,相伴四十年的丈夫突发心脏病去世。打击猝不及防,震惊之后是持续的灵魂煎熬。自那一刻起,整整一年中,她都是在哀伤和思念中度过的。全部的情感和意念,都专注于这一件事情。深度的专注和沉湎,让奇特的想象纷至沓来。亡者生前和她一同去过的地方,接触过的物体,总之留下两人的共同印迹的东西,都时刻把她卷进一个回忆的漩涡里去,难以摆脱。"整整一年,我都用去年的日历来记录时间:去年的这一天我们都在干些什么,我们在哪里吃晚饭;去年的这一天,我们是不是在金塔纳的婚礼结束后坐飞机去了檀香山;去年的这一天,我们是不是从巴黎坐飞机回来。"想起了一句古诗词——"记得绿罗裙,处处怜芳草",怎样的痛切和眷念,才能让人产生并执着于这样不合常情和逻辑的想象。

自身的疾病,爱人的死亡,分别成为两个作者生命中的重大事件,时时处处,念兹在兹,仿佛患上强迫症一样。杜鹃啼血,蚌病成珠,当他们把自己充分而深入的感受和思考诉诸文学时,便获得了特别的成功和报偿。

一个人的一生,经历过的生活内容堪称丰富,但其实多数如同烟云过眼。无论是经历本身,还是从中产生出的感受和想法,真正给他的精神世界打上鲜明烙印的,其实并不多。具有这样 种性质的事件、遭遇等,当其到来时,或者像重锤击打一样猛烈,或者如同钝刀割肉一样煎熬。它们都是些什么样的事件,因为什么原因产生,因人而异,折射出的是生活的广阔和幽深,这里不作深入的探讨。但共同点是,它们都成为当事人生命中的中心事件,对他的人生走向和人生观的确立产生了关键作用。

"刺激—反应"作为行为心理学的基本原理,一样可以用来解释写作。如果一位写作者长期执着于对某一个或者某一类这样的内容对象的观察和思索,当诉诸文学表达时,就更容易具有新意、深度和质感,从而避免了沦入千人一面的泛泛之辞。

在这个意义上,英特尔前董事长兼首席执行官安德鲁·格鲁夫的名言"只有偏执狂才能生存",适合技术和商业的拓展,也同样适合于文学写作。在后一种语境中使用这种说法,更接近于一种修辞,旨在让人明确地认识到专念于合适的目标的重要性。

又想到两个例子,两部名作。契诃夫的中篇小说名作《没有意思的故事》,写的是一位著名教授晚年的苦恼困惑。因为他感觉自己缺乏一个"中心思想",缺乏"一种重要的、非常重大的东西","可是如果缺少这个,那就等于什么也没有",活着也"没意思",生活的意义和价值也变得飘忽而模糊了,为此他痛苦不堪,以致患上了严重的神经衰弱症。与之相比,舍伍德·安德森的《小城畸人》(又名《俄亥俄,温斯堡》)则展现了某种坚定和清晰。这部短篇小说集写的是美国中北部一个小镇上的众多人物,他们都是专注于内心中某个意念的人,虽然意念因人而异。这是他们的真理,生命意义之所维系,尽管有些时候也如作家所说，真理过了头就成了谬误。这未尝不可以看作一种反方向的运动：作品启示了作者，结果中寄寓了行为的某种本质。

当然，人类的经历以及相关言说都已经浩如烟海，鲜有写作者不曾触及的领域。像海明威那样去非洲乞力马扎罗山上猎狮子，像《小王子》的作者圣埃克絮佩里那样，第二次世界大战时期驾驶飞机在地中海上空巡逻……这种充满戏剧性和油彩感的经历，极少人能够遭遇。同时，甚至也不是每个人都能够拥有大喜大悲、或如峰巅或如深渊般的情感体验。好在，谢天谢地，并不是具有这样的历练才有资格写作。对于此刻作为写作者的每一个"我"，在写作中努力追求不随大流，发出自己独特的调门，却是可以做到的。这里的独特，实际上也是一个弹性概念，是在相对意义上说的，其主要的倚仗，就是要牢牢盯住自己生活经历中的那样一些东西——它们攫取了你，困扰着你，使你坐卧不宁，日思夜想，如鲠在喉，不吐不快。

对史铁生来说，正是经由这样的倾诉，他超越了身体的残疾，并达成了与命运的和解；而对于琼·狄迪恩来说，一年中的神思恍惚不会是时光的虚度，在重新执笔并写下这部作品后，她获得了心灵的解脱，也用文字印证了人性的深刻和卓越。

由此不难推论出，那些号称什么都能写的作家，并不值得特别夸耀。他们往往是用数量的丰富庞杂，掩盖实质的乏善可陈。个性是他们的作品中最稀有的品质。作为一名称得上资深的读者，对于这样的作家，我的第一反应是不去理会。这么多年下来,似乎并没有太大的损失。

时间,精力,才华……把这些宝贵的东西凝结成为一颗子弹吧,射向你心目中的某一个靶子。

(原载《人民日报》海外版 2018 年 5 月 9 日)

语言中的铀

　　不知是否与年龄有关,近年来越来越喜欢朴素简洁的风景,比如北方冬日的田野,视野中空旷疏朗,树木枯干遒劲的线条,映衬着旁边的一两处屋舍,以及远方山体硬朗粗粝的轮廓。这样看来,开始喜欢读格言、谚语等,仿佛也是必然。在语言的繁复纷纭、摇曳多姿的风景中,它们正是铅华洗尽、最为简练质朴的那一类。

　　这一点与缺少阅读大部头的闲暇时间有关,但更主要的原因,恐怕还是这个岁数的心性已经喜欢删繁就简,对一切繁文缛节都想跳过略去,直接面对后面的"干货"。格言无疑具有这样的特质。根据定义,格言是指对人生经验和各种规律的总结,用精练简洁的语言表达出来,而且具有劝诫和教育意义。推而广之,其实谚语警句等也都具有这样的品格,在只言片语中蕴涵着厚重深刻的道理。为了方便,这里都用格言来统称。通常是经由两种方式与它们晤对。一种是它们被一条条地搜集,再按照内容分门别类地排列,最终汇集成册,仿佛众多精干士兵列队接受检阅;一种是独行侠一般藏匿于浩繁文字丛林中的某一条缝隙间,倏然跳将出来,让人眼前一亮,不由得注目凝视。

　　这里堪称一片丰收的原野,语言的谷穗累累垂垂。"满招损,谦受益"(尚书),"己所不欲,勿施于人"(孔子),"不以规矩,不能成方圆"(孟子),"锲而不舍,金石可镂"(荀子),"前事不忘,后事之师"(《战国策》),"人类的全部尊严就在于思想"(帕斯卡尔),"人生如同道路,最近的捷径往往是最坏的路"(培根),"从一粒沙子可以看见整个世界"(布莱克),"过去是未来最好的预言家"(拜伦),"生命最长久的人并不是活的时间最多的人"(索尔仁尼琴)……这样的句子可以无限地抄录下去。此刻写下这些时,仿佛又回到了热衷于搜罗它们的青少年时代。这恐怕是那个年龄极为普遍的嗜好,旨在拿它们来警醒或者激励自己。当一个人自身的经历还不足以对生活产生明晰完整的观念时,总是愿意从别人的说法特别是名言中汲取资源,恰如一个孩童,一招一式总爱模仿成年人,追星族更是成为一个庞大群体。

条条大路通罗马。语言把握生活主要通过两种方式,形象的和逻辑的,文学属于前者,理论归入后者。格言因为其凝练、深邃并且经常具有形象性,是经常会被置放于两者之间的,譬如《论语》,譬如古罗马哲学家皇帝马可·奥勒留的《沉思录》,文学史和哲学史都会提及。事物的本质属性常常在与其他事物的比较中更能够看出。对格言来说,一种似乎匪夷所思的比较,是与长篇小说。二者之间有什么可比性呢? 就体量而言,无疑仿佛泰山和抔土的区别。长篇小说读来让人过瘾,关键在于它的丰富,或者说这种丰富性是牵连所有其他方面的枢机。它的巨大的体量,错综复杂的人物关系,跌宕曲折的故事情节,繁复细密的细节呈现，这一切常常共同营造出一种令人目眩的效果，如同花团簇拥或疾风骤雨，这些怎么是片言只语的格言能够相比的？

但话说回来，不管它们是如何的洋洋洒洒、浩瀚斑斓，经过一层层过滤提炼，浓缩抽象，在大多数情况下，仍然是可以用简短的几句话来概括表达它的内核的，而这样的话总是具有格言般的特质。这正是两件看似不相干的事物之间的纽结。曹雪芹写《红楼梦》，尽管自称"一把辛酸泪，满纸荒唐言"，但所揭示的盛衰无常、色空相依、"好即是了、了即是好"，却是明晰确切仿佛具有坚实质感的。莫泊桑的《一生》，女主人公在回顾自己命运多舛的一生时感叹道："人生既不像想象的那样好，也不像想象的那样坏。"这是全书最后的一句话，彰显了"卒章显其志"的效果。这样的一些话，显然已经可以归入格言，或者具备格言的功能了。不妨说，所有的长篇小说，实际上都可以理解成是从某一句格言生发铺展开来，是一颗情感或者理念的种子孕育生长的过程。发芽破土，由柔弱的树苗长成粗壮的大树，树冠茂盛，枝叶纷披，鸟雀翔集，跳跃啼叫，雨沐风梳，蔚为大观。

写到这里，我仿佛已经听到不以为然乃至讥讽的声音了。怎么可以这样简单地对比？谁能够无视展开过程中的价值和美？譬如《红楼梦》，那种性格心理、环境氛围、园林馔饮的描绘之美，岂不正是完全自足的东西吗？如果缺失了它们，《红楼梦》的魅力将何处寄寓？没有在回忆中让舌尖重新品尝到童年时吃过的小玛德琳点心的味道，没有椴花茶的香味自岁月深处飘荡而至,普鲁斯特的《追忆似水年华》又何以确定自己的不朽地位?

我完全赞成这些质疑。在其他时候,这何尝不是我要说的话。此刻,在这个特定的语境下,我只是在一种极端的意义上来作出比喻,并非否定其他的价值,不应穿凿地理解。仿佛摄影时,为了突出作为主体的人或物体,给予它们清晰的特写镜头,而将背景加以虚化处理,但并不等于背景真的就是一片虚空。

前面说过,青少年时代都喜欢搜集格言,但要真正读懂它们,却需要漫长时光的铺垫,需要凭借丰富的生命体验来给予注释。因此,格言是一种更适合老年人、至少也是生命体验较为深入的人阅读的文体。所以,乡间不识字的白发翁媪说出的质朴无华的话,倒是常常具有格言的意味,就在于它们被风霜侵蚀过,被时光浸泡过。从这个意义上说,格言更被赋予了一种在时间维度上产生和展开的特质,它最深沉的东西是属于时间的。如果说年轻时热衷于读大部头虚构作品,是在开端眺望未来,借助鲜活具体的物象形态,来窥测真实生活的未知底蕴,那么读格言,则更像是在生命旅途的后段回望过程,更多是为了印证业已获得的人生感悟,有一种借他人之酒杯浇心中之块垒的味道。

认识到了这一点,那么就不妨说,格言,就是那一类行走到人生路途的某一处时,不由自主地从心底生发出来的东西。它是抽象过的人生体验,是浓缩了的生命感慨。是概括之上的概括,是蒸馏之后的蒸馏。在这个阶段,生活的外在的鲜活形态已经不再重要,重要的是它的内核,而格言正是对于内核的揭示和表达。

诗人里尔克在《布里格日记》中写道，"应该耐心等待，终其一生尽可能长久地搜集意蕴和精华，最后或许能写出十行好诗。"那一定是最为精华的诗句，具有遗言一般的品质。言简意赅的格言，何尝不可以理解成是一代代人关于生活的遗训？这是千百年来无数生命智慧的凝结。时光的流逝，不会磨蚀而只会增益它们所蕴含的真理的品性。物质世界中，铀蕴藏着巨大的能量，一公斤铀 235 裂变所产生的能量相当于几千吨优质煤炭完全燃烧的热量。而格言，就仿佛是语言中的铀。

（原载《光明日报》2017 年 3 月 2 日）

回到先秦

匆促倏忽又一年。年初订计划，岁暮做盘点，看收获几多，阙失何在。

忝入操持文字者列，读书是职业行为、分内工作，也是个人爱好。因此一如既往，今年依然是完成任务和兴之所至相结合。今年时间较多余裕，相应地心境也更为从容，因而可以稍作筹划。年初我即为自己设定目标，暂且放下一向作为主要阅读内容的文学，多读一些传统文化书籍。这既是应和当下弘扬优秀文化传统的倡导，也是为了更加清晰地了解自己作为族群一分子的精神构造和血脉由来。

在这个理念的引导下，今年的阅读便有一个明确的指向：回到先秦。正如长江黄河珠江都发源于青海玉树，诞生于那个年代的经典，也是中国精神的"三江源"。因此，读物的遴选，基本上都是围绕被称作"经"的那些书籍而展开。

儒学自然无法避开，它是中国传统的主河道。《论语》曾经读过多遍，今年没有列入功课，倒是一册六十多年前李长之所撰《孔子的故事》，描绘传主血肉丰满，阐发思想鲜明清晰，消遣般地读过，也权当是一次愉悦的温习。它被列入"大家小书"书系，当是由于充分体现了"大手笔写小文章"的雅俗共赏的特色。着力较多的是孟子，以往未能读完全部，不足以深切理解其何以居于"亚圣"之尊。他继承了儒家道统，将之发扬光大，但其思想中鲜明强烈的人民性，却始终被后世统治者有意地淡化甚至遮蔽。"民为重，社稷次之，君为轻"，这样的话君主肯定不爱听，难怪他被供奉于孔庙中的牌位，明初差一点被杀戮成性的朱元璋逐出。

春秋时期，王室衰微，诸侯争霸，这便是《左传》故事展开的舞台。最早读到它还是刚进大学时，古汉语课上读到《郑伯克段于鄢》，郑庄公与母亲武姜挖地道见面，感觉十分怪异，实际上是那时对于人性的沟壑尚难以洞悉。有了岁月和阅历作为铺垫，今天再来读《左传》，就读出了时势和人力的纠缠，也读出了实力和名分的争斗，读出了肉食者争夺权位的尔虞我诈骨血相残，也读出了卑微者视原则胜过生命的纯洁壮烈。据说婚姻成功的要素，是"在合适的时间遇见合适的人"，其实读书也是如此，只有具备了足够丰富的人生经验，才更容易辨识世界的光亮和昏昧。

曾经数次起念读《易经》，但每一回都是望而却步。连孔子那样睿智通透，尚说"五十读易可以无大过"，为阅读设定了资格门槛，我等愚钝之人更不敢率尔操觚，还是推到以后吧。《尚书》篇幅不大，倒是囫囵吞枣地读过，周人敬畏天命，旦夕怵惕，克勤克俭，《尧典》篇中一句"生于忧患而死于安乐"，也发育成为中国文化中因应危机的能量，多少次濒临沦毁而涅槃重生。孔子处身礼崩乐坏之时，毕生为恢复周王室的礼乐秩序而奔走鼓吹，读了此书，对其苦心孤诣也愈能理解。

读先秦经书，离不开参考后人的阐发笺注。这类著作众多，为选择哪些颇费踌躇。早年读金克木先生文章《书读完了》，曾惊讶于他何以有此念头，如今则备感会意。虽然传世书籍汗牛充栋，但大量传、注、疏、集解云云，都是围绕有限的几部经典而展开的，仿佛一棵大树分蘖出的众多枝杈。其中的杰出者，自身也穿越时光成为经典。读前述几种经书时，参考了多种书籍。宋代大儒朱熹的《四书章句集注》自然不可不读，今人杨伯峻的《孟子译注》，王宁、褚斌杰的《十三经说略》，台湾学人杨照的《经典里的中国》等，也都程度不同地有所涉及并获益。

虽然初衷未曾考虑文学，但不久就意识到，其实文学始终缭绕不去。古代尤其是先秦，文学寄寓于历史、政论、哲学等诸多文体样式之中，并非只是诗经楚辞。《左传》记人传神，叙事精彩，精于谋篇，文风朴厚，《孟子》气盛言宜，辩势滔滔，设譬取喻，曲尽其妙。古人的音容连同他们的生活，隔着缥缈的岁月烟云，分明依然栩栩如生。即便是最为古奥难懂的《尚书》，仔细辨识，那些誓命训诰等，言辞间也有一种恳切、庄严和典雅，是一种正大浑厚的气象的投射。

目标明确，就更能够感知到时间的易逝，好几册计划中的书目还未及翻开，一年却行将消逝。孔子评价门生子路："由也升堂也，未入于室也。"那么，自己这一年的经典阅读达到的是什么程度？入室是断断不敢想，某些方面，是否距厅堂不远？推想下去，来年复来年，倘能持之以恒，常葆精进之心，或许入室也并非遥不可及？

这样的想法，很是让自己受到鼓舞。

（原载《光明日报》2018 年 12 月 31 日）

在坚守的同时寻求更新

当前,以网络为代表的新媒体的飞速发展,极大地改变了文艺作品的生产机制及传播方式,也深刻地影响着文艺评论的面貌、格局和发展前景。

从总体态势上看,当前文艺评论工作取得了不小的成绩,人才陆续涌现,队伍不断扩大,学术视野和思维空间持续拓展,文章和著作数量浩繁。这些都令人鼓舞。但同时,也存在着一些不容忽视的弊端,在以下两个方面表现得较为突出:批评精神的衰落;评论手段的缺乏活力。

当前某些评论文章价值坐标模糊,审美标准含混,独立品格缺失,或唯市场马首是瞻,或沦为人情评论,对作品一味地说好,对其不足或者没有能力辨识,或者轻描淡写隔靴搔痒,而一些所谓的"酷评"则又走向了另一个极端,通篇尽是情绪化的宣泄,语不惊人死不休,语言暴力倾向明显。二者表面看来大相径庭,但同样是背离了冷静分析、公正评判的理性精神。更有一些评论文章无视作为学术研究所应当遵循的规范和严整,立论轻率随意,论据选取上唯我所适罔顾其他,动辄运用市场化、游戏化的语言方式,刻意营造炫目的效果。以上种种,固然有可能一时赢得读者,但却是对文艺评论的批评精神的损害、批评规范的扭曲,是一种自毁行为。不自重的后果便是最终失去别人的尊重。另一方面,虽然一些评论文章有志于坚持文艺评论的学术尊严和专业标准,但却往往陷溺于本身的话语系统内,结构呆板滞重,学术话语过多堆砌,晦涩生僻,难以卒读,无法走向范围广大的读者。毕竟,文艺评论不是冷僻的学术研究,它具有引导创作、引导阅读的功能,当其丧失了这种引领作用,只能在一个极为狭小的圈子里传播和交流、在三两同行之间互相唱和时,尽管本身可能是颇为精致,但在这个海量信息纷至沓来、注意力成为稀缺资源的时代,在信息的有效性而非信息本身更值得看重时,其存在的价值也就不得不大打折扣了。

为了改变当下文艺评论面临的这种左支右绌的局面,恢复其本来的尊严,并获得健康发展的动力,文艺评论工作应该调整自己的姿态。这种调整应该是坚守前提之下的更新,是坚守和更新的统一。

文艺评论担负着对文艺创作进行解析、评判和引导的职责,担负着引领读者的审美精神走向的职责,应该充分发挥文艺守护者的作用,坚持文艺评论的公正原则,坚持伦理和审美标准,在对作品进行价值评定时,不可含糊,不可丧失基本的标准和尺度,不能向权力、市场和人情低头。这一点应该是坚守勿失的。这是文艺评论的灵魂之所在,是其存在的根本依据,是其尊严之所系,也是其得以发展的动力。这是"道"的层面。

但同时,却可以并且应该适当寻求表达形式、传播方式上的变革和创新。这点姑且称之为"术"的层面。首先,在文艺评论的文本形式上，在不牺牲对理念、观点的表达的准确性、科学性的前提下，不妨尽力淡化高头讲章的色彩，力求生动晓畅，使之更具有对普通读者的亲和力、贴近感，以追求传播效果的最大化、最佳化。读别林斯基的评论，我们丝毫感觉不到阅读的障碍，其真知灼见是通过激情洋溢、生动活泼、鲜明形象的语言而得到表达，进而感染和启发读者的。固然，伴随着学术研究分工的深入化和精细化，建立起了一套相应的表达方式、话语系统，但它们没有理由成为表达的障碍。问题往往不是出现在专业术语的运用上，作为对具体范畴的概括和描述，晦涩难懂并非它们的本质规定性。问题是不少评论家不善于将评论文章写得好看，不懂得如何才能获得清新生动的语言、疾徐有致的节奏、轻重匀称的结构。其次，可以借助当前行之有效的大众传播方式，来让文艺评论走近公众，如请评论家在电视和网络上介绍评点文艺作品或文艺现象，这样做，固然会因为视觉传媒方式本身的局限性，产生诸如信息耗损、理念简单化、阐释表层化等弊端，但倘若能够使公众对文艺评论产生兴趣，并因此而去进一步了解作为一门科学的、真正意义上的文艺评论的面貌和本质，从而能在公众和文艺评论之间，起到一种桥梁和中介作用，那么支付这种代价也是有必要的。

（原载《文艺报》2016年2月5日）

文学交流让心灵贴近

很高兴今天来到这里，与各位朋友围绕"一带一路"文学交流活动这一话题进行交流。

经过十几个小时飞行，我从中国首都北京，来到遥远的埃及首都开罗，来到尼罗河畔，金字塔旁。这是我从童年时就知道和向往的地方。金字塔在我那时的想象中，应该和万里长城在在座各位的想象中一样，遥远，神秘，充满魅力。埃及和中国是两大文明古国，金字塔和长城一道，共同见证了人类文明的奇迹。

等到更大一些的年龄，学习了历史课程后，我了解到虽然中国和埃及相距遥远，却是被一条叫作"丝绸之路"的古老道路相连接。早在两千多年前，中国的汉朝时代，大探险家张骞从当时的首都长安一路西行，开创了横贯亚欧大陆的丝绸之路，伴随着阵阵马蹄声，开启了中国同周边国家的经济、政治、文化往来。阿拉伯和中国两个古老文明，从此通过这条道路展开了对话。很多物品就是从那个时候起，通过丝绸之路进行交流，仅以我们日常的饮食为例，像葡萄、核桃、石榴、黄瓜、胡椒等水果、蔬菜和香料等，都是从那时起进入中国的。而产自中国的丝绸、茶叶、瓷器、铁器等，也是通过这条道路源源不断地输送到中亚、西亚、北非乃至欧洲。其后，从魏晋到隋唐，西亚、中亚的音乐、舞蹈、饮食、服饰等，也大量传入中国。因此，中国人今天的物质生活和精神生活的资源中，有着包括埃及在内的阿拉伯世界的馈赠。古丝绸之路开启了人类文明史上的大交流时代，强有力地推动了人类文明发展进步。可以说，这是一条记载着光荣和梦想的神奇的道路。

对这种交往，中国的历史和文学书籍中有着大量生动的记载和描写。像唐代高僧玄奘，独自一人，沿着丝绸之路，历经千辛万苦，去遥远的印度学习佛教，并带回大量的佛教经典，使佛教文明在中国大地上得到深入的研究和有效的传播。他将自己丰富而神奇的经历，写成了一本名为《大唐西域记》的名著。中国古代的伟大神话小说《西游记》，便是以他的经历为基础进行虚构的，成为全世界人喜欢阅读的一部传奇。在文学的其他样式，尤其是我最喜爱的诗歌中，对于丝绸之路的风光、历史、文化、民俗等，有着大量生动传神的描写，这些诗句即便在千百年之后阅读，仍然散发着强烈的艺术魅力。经由文学的描绘，古老的丝绸之路上的故事，被牢固地记忆，被生动地讲述，并且有效地抵抗了时光之水的冲刷侵蚀，一代代流传下来。中国古代大诗人李白的一首诗中有两句话，可以说生动地揭示了文学所具有的力量："屈平辞赋悬日月，楚王台榭成古丘。"杰出诗人的作品能够永久流传，仿佛日月一样永恒，而帝王的宫殿却变得一片荒芜，空无人迹。

在丝绸之路开拓两千多年之后，一个名为"一带一路"的倡议，让生活在这一条古老道路所经过的众多国家中的人们，感到十分振奋。2013 年秋天,中国国家主席习近平在哈萨克斯坦一所大学的演讲中,提出了这个构想。它的中心内容,是中国将积极发展与沿线国家的经济合作伙伴关系,共同打造政治互信、经济融合、文化包容的利益共同体、命运共同体和责任共同体,推进各国人民的福祉。"一带一路"倡议,彰显了和平、交流、理解、包容、合作、共赢的精神。

这一倡议,不但唤醒了人们对于这条古老通道的生动记忆,而且让他们看到了它再度变得辉煌的美好前景。倡议提出五年来,经过各个方面密切而友好的合作,一系列合作项目进展迅速,成效显著,令人鼓舞,充分印证了这一构想的深得人心。

在今天这个场合,我想着重谈一谈,在推动"一带一路"构想实现的过程中,文学可能起到什么样的作用。

前面已经说到,"一带一路",不但是经济和贸易的通道,也是情感和心灵的通道。它的宗旨是继续担当古代丝绸之路曾经起到的文明沟通的使者,秉持共商共建共享原则,推动各种文明互学互鉴,促进中外民心相通。那么,我要说的是,在这个过程中,文学将会发挥独特的、重要的作用。

这个世界上,正如高山、沙漠、海洋造成了地理空间的阻隔,带来了交往的不便一样,种族的、宗教的、语言的、文化的差异,也给人们心灵世界的交流带来了限制,使彼此之间产生隔膜、误解甚至敌意。但优秀的文学作品,却能有效地化解这一切。作为一种表达情感的方式,文学通向人的心灵。当一部文学作品被翻译成对方的文字时,便是在写作者和阅读者之间,在写作者和阅读者各自所拥有的生活之间,铺设了一条道路,文化背景迥异的人们,可以通过这条道路走近对方,互相了解和熟悉,达到灵魂的相通和融合,甚至成为知音。

在这个意义上,文学是无国界的。

感谢父母的养育,歌唱忠诚的爱情,反抗统治者的专制和残暴,向往生命的自由和独立,为大自然的雄伟壮丽而惊叹,为善良人的不幸的命运而洒下同情的泪水……这些,是不同地域、不同民族、不同文化中的共同的文学母题。其中那些为人们同样地尊奉和拒斥的观念,我们将它称为"共同价值"。中国国家主席习近平在 2015 年 9 月联合国大会发言中指出,和平、发展、公平、正义、民主、自由,是全人类的共同价值。而文学,正是表达和倡导这一切的有力的手段。

此刻,我站立在埃及的土地上。埃及属于阿拉伯世界,因此我想到阿拉伯文学对中国人的影响,便是十分自然的事情。每个中国的孩童,都会知道《一千零一夜》。这部阿拉伯民间叙事艺术的集大成之作,是一件无与伦比的想象力的瑰宝。阿拉丁和神灯,渔夫和魔鬼,阿里巴巴和四十大盗……宰相的女儿山鲁佐德,每天给国王讲一个故事,用智慧和善良,感化了残暴的国王。听了这些神奇故事,没有一个孩子会无动于衷。我相信,故事的魅力以及其中的道德寓意,必将一代代地流传下去,时光的流逝只会增强其生命力。

而阿拉伯文学中伟大的诗歌传统,则更是广为播扬,影响了世界各国文学。我了解到,阿拉伯诗歌在公元六七世纪达到高峰,早于中国唐诗的鼎盛时期。公元十一世纪,波斯涌现出伟大的学者和诗人奥马·海亚姆。他创作的《鲁拜集》,其短小的形式近似于中国古诗的绝句。被英国诗人菲茨杰拉德翻译后,风靡整个欧洲。在中国,它也极受欢迎,中国现代文学的名家郭沫若、胡适、闻一多等人,都翻译过《鲁拜集》。到现在仍然在不断地被翻译,已经有几十种译本。

我本人就深深喜爱并且沉醉于这部作品,多年来经常找出来阅读。因为时间关系,我只举出一首。

"于是,我举起粗笨的陶制酒杯,

来探索生之奥秘。杯口刚沾嘴,

它就对着嘴咕哝:活着且沉醉,

因为你一旦去世,再不能回返。"

这首诗歌中流淌着的情感,让我想到了中国汉魏古诗中的句子:"昼短苦夜长,何不秉烛游","不如饮美酒,被服纨与素";想起了唐代大诗人李白的"天地者,万物之逆旅,光阴者,百代之过客";想到了宋代大诗人苏东坡的"人生到处知何似,应似飞鸿踏雪泥。泥上偶然留指爪,鸿飞哪复计东西"。古代阿拉伯和中国的诗人们,都有着敏锐的洞察力,感叹时光飞逝,生命无常,但在感伤之后,他们又都表达了豁达开朗的人生态度,执着于对现实人生的体验和享受。可见,人类的基本情感都是相通的,那些伟大的作家也都是表达这些情感的高手。

我还能举出另外一些阿拉伯文学的著名人物,像跨越十九世纪和二十世纪的黎巴嫩大诗人纪伯伦,也曾经深刻影响了我的精神世界。他的诗集《泪与笑》《先知》《沙与沫》等,中国都有很多译本。这些诗篇以丰富而美妙的比喻,表达了对于大自然、生命、灵魂、祖国等许多主题的深入的思考,有着强烈的东方意识。但因为时间所限,我无法充分展开论述了。

　　和我一样,中国的很多作家们,都受到了阿拉伯文学的滋养。我的一位朋友和作者,著名的小说家红柯,就先后在"一带一路"经过的两个重要的区域,陕西和新疆,分别生活过多年。他曾经在我供职的报纸《光明日报》上,发表过一篇文章《两种目光,寻找故乡》。他在文章中写道,在他很年轻的时候,一次偶然的发现,让他从对欧美文学的狂热中,从对海明威、福克纳、卡夫卡的迷恋中,脱身出来,转而沉醉于波斯文学,许多诗人的名字让他激动不已:菲尔多西,萨迪,哈菲兹,鲁米,尼扎米……他谈到哈菲兹和李白的相同之处,两个古代诗人都是伟大的酒徒,都喜欢写美酒和月亮,鲜花和女人。因为喜欢萨迪和哈菲兹,他就把它们的代表作抄录在本子上。因为两个诗人都出生于伊朗的设拉子古城,那里便成了他最向往的地方。萨迪说过:"一个诗人应该前三十年漫游天下,后三十年写诗。"这句话确定了他的人生道路。从家乡陕西省的一所大学毕业后,他主动来到新疆,生活和工作了十几年。这片广袤的中亚土地,也是儒家文明和伊斯兰文明充分交融的地域。他写了大量的小说,描写这里的高山、戈壁和草原上多民族的人们丰富多彩的生活,他们的青春和爱情,欢乐和忧伤。无论是作品的内容还是表达方式,他都和很多作家不同,带有自己鲜明的特色。这很大程度上要归结于这里多元文化的共同影响。不同文化之间的碰撞，总是能够使文学创作迸发出更多的灵感的火花。

阿拉伯世界广袤的区域，孕育了丰富的文学。下面我要缩小范围，将目光拉回到尼罗河畔，此刻我置身的这片土地。荣获 1988 年诺贝尔文学奖的埃及著名作家纳吉布·马哈福兹的长篇小说《开罗三部曲》，通过一家三代人的命运，展现了埃及二十世纪前半叶几十年间的社会风貌和历史变迁，细腻入微，仿佛一幅风俗画。作品仿佛是一面镜子，从那些为了改善自己的命运而奋力挣扎的普通的开罗民众身上，让我们看到了自己的祖父辈、父辈们曾经的经历，那些痛苦和不甘，那些压制和叛逆。因为源于共同的人性和相似的生活境遇，因而能够获得强烈的共鸣。他的很多其他作品也被译成中文，深受读者喜爱。

中国有一句成语"饮水思源"。这些打开我们眼界、打动我们灵魂的作品，正是文学交流结出的丰硕果实。正是许多翻译家、评论家、出版家以及文学活动组织者们的共同劳动，才让我们能够用自己的母语，阅读到作家们用各自的母语写出的作品。再好的作品，如果因为语言的障碍而不能进入阅读者的视野，那么它的功效便相当于零。由此可见，文学交流是多么的重要。

让我感到欣喜的是，文学交流的意义和价值得到了充分的认识，因此文学交流活动一直在富有成效地进行着。我并非这方面的专门的研究者,但仍然能够感受到这一点。我举一个具体的例子来加以说明。因为我曾经是北京师范大学的兼职教授,得以了解这个大学中这方面的有关情况。阿拉伯文学世界的一座高峰——叙利亚诗人阿多尼斯,2013 年 8 月的一天,就在这所大学中,与获得了诺贝尔文学奖的中国作家莫言展开对谈,探讨文学承担的使命和重要命题。那是他第四次来到中国。他获得过中国有影响的诗歌奖项,他的多种诗集被翻译成中文出版。这一所大学的出版社——北师大出版集团,还与莫言、贾平凹、余华等著名作家签约,将他们代表作的阿拉伯文版本在阿拉伯国家出版,让阿拉伯国家的民众阅读到中国的作品。

交流是双向的。我相信,阿拉伯国家的文学同行们,也对中国文学在各自国家的传播作出了很大的贡献。比如中国的著名小说家刘震云,我的北京大学中文系的师兄,2016 年就曾经获得埃及文化最高荣誉奖。在座的有很多这方面的专家,你们更了解情况,我就不多说了。

这还让我想到了"世界文学"的概念。将近两个世纪前,德国大诗人歌德在他晚年的《歌德谈话录》中,在谈到一部中国古代传奇小说时指出,中国文学给他最深刻也最强烈的体会,就是中国人在思想、行为和情感方面,几乎和德国人一样,由此归纳出他们是我们的同类人的结论。另一方面,他也谈到了包括中国文学在内的各国文学所具有的自身的特点。从这种既有共性又有个性的认识出发,他提出了世界文学的概念。这一概念和我们今天使用的"跨文化交流"很接近,指的是不同文化之间的对话和交流,当然也包括文学。在这些对话和交流中,不同文化的共性日趋明显,但个性也仍然得到保持,没有被扼杀和取代。我想,这种认识可以给"一带一路"的文学交流带来启发。事物的特征总是在比较中得到呈现。这种文学交流,除了能够促进彼此之间的了解,也能够通过相互间的比较,更加清晰地认识到自身的特点和优长之处,不论是伦理的还是美学的,并保持和发扬它们。按照中国一位著名的思想家费孝通的说法,这就是"各美其美,美人之美,美美与共,天下大同",一种不同文化和谐相处、互为补充、彼此启发的美好的境界。

总之,今天,我们凭借交通的发达,通信的便利,可以很快地到达任何一个国度,可以很容易地联系上远在天边的某一个人。但要真正地走入对方的精神情感的疆域,文学无疑是一条最好的途径。"一带一路"所涵盖的范围,有着辽阔的区域,一半以上的地球人口,可以想象,在其间进行的文学写作,会展现出怎样的丰富、浩大和幽深,而依托它们开展的文学交流活动,也必定是丰富多彩、意义重大的。如果说,经济和贸易的合作仿佛是为一部在道路上行驶的车辆灌注了充足的燃料,那么文学交流就是一股清新的风,可以让坐在车窗边的乘客,感受到和风拂面而来的惬意。

中国唐诗中有一个名句:"欲穷千里目,更上一层楼。"要想看到更开阔的风景,就要攀登得更高。总是在付出更多的努力之后,收获才最为丰硕。古老的丝绸之路,曾经在历史的卷册中留下了辉煌的一页,作为它的升级版的"一带一路",必将会再次书写新的传奇。那么,让我们携起手来,为了这一目标的实现,用文学的方式,作出扎实而有效的努力。

（此文系为埃及开罗中国文化中心文学交流活动撰写的演讲稿）

批评拿什么唤回尊严

　　已经不是一年两年了，文艺批评连同文艺批评家的角色，日益变得暧昧和尴尬。某位一向对批评情有独钟的作家朋友，曾撰文称批评家正在逐渐成为"傀儡"和"鸡肋"。话有些刻薄，也未免有以偏概全之嫌，但的确是鲜明地揭橥了一种积弊。"鸟之双翼、车之两轮"之喻，强调创作和批评的同等重要性，广为人知，但举目当今文坛艺苑，与作家、艺术家频频亮相占尽风头相比，有几个批评家能够进入读者的视野？他们看到的批评家连同他们的文字，更多是以一种被动的、谦卑的、仰望的姿态，对作品进行阐释和评点，而这种批评通常会充分考虑作家、艺术家的感受并顺应其期望。他们被遮挡或者主动躲藏在作家、艺术家的背后，仿佛一道浅淡的影子。

　　公正地讲，批评和批评家，并非总是以这种面貌示人。凭借自身深刻丰厚的历史美学造诣，敏锐的艺术感受力，古今中外很多杰出的批评家为文学艺术把脉，不独引领了彼时的文艺发展，其影响力也往往绵延至后世。明代思想家李贽面对当时一味师古法古的流弊，力倡"独抒性灵不拘格套"的"童心说"，扬"真情"贬"假理"，为文坛注入了一股清新强劲之风。十九世纪三位杰出的俄罗斯文学批评家"车别杜"的大量观点鲜明、意气风发的文章,成为当时俄罗斯批判现实主义文学创作的理论支柱,十九世纪俄罗斯文学成就如此辉煌,他们厥功至伟。这些都充分印证了批评曾经拥有的强烈的主体性地位和巨大的社会影响。

有不少妙喻,生动揭示了批评的本质以及价值之所存系。古罗马美学家贺拉斯,用磨刀石和钢刀来描绘批评家和诗人的关系。诗歌仿佛一把刀,只有经过批评的不断磨砺,才能变得锋利。鲁迅则将创作和批评形容为厨师和食客,食客有权利对厨师的菜肴品头论足,要求更合乎口味。比喻不同,但都醒豁地揭示出二者间是平等且互动的关系。作家艺术家和批评家既是朋友又是对手,在思想和审美的较量中,在不间断的挑战和应战中,相互砥砺,彼此成就,共同促进了文艺的进步。

读别林斯基等人的批评文章,能够深切地认识到什么才是批评的正确和卓异的姿态。批评家怀着强烈的社会责任感,深入透辟地剖析评说作品,褒奖优长,指出缺陷,字里行间处处闪耀着卓识远见。别林斯基从年轻的果戈理的作品中发现了"高于时代精神"的可贵禀赋,在当时社会各界对作者的一片攻讦中挺身而出,给予坚定的支持。而当多年后功成名就的果戈理在其新作中流露出对专制农奴制的妥协时,别林斯基不惜友情破裂,立即给予尖锐无情的谴责。这样的批评,才能够体现出批评的本质和价值。而文学的发展进步,也端赖这样的批评的推动。

但返回当下和此地,呈现于人们视野中的批评是什么样子?

全称式的评价应该规避，但不可否认，四平八稳的应景之论，言不由衷的人情批评，缺乏创见的人云亦云，的确正在成为普遍的景观。批评在自我阉割，自我矮化。批评者需要时刻坚守勿失的职业操守、价值关怀等，总是被有意无意地忽略。对作品的成绩一定要说足，甚至不妨夸大，大师杰作的桂冠慷慨赠送，难怪文艺批评被人讥讽为"文艺表扬"。而在本应疾言厉色地质疑诘问的地方，却每每轻描淡写不痛不痒，仿佛一片羽毛轻抚过面颊。批评者主体性的藏匿和丧失，也使自己和"傀儡"的角色越走越近，被视为"鸡肋"也就是必然的结果了。人一旦不自重，也就不能指望会得到别人的尊重。真正的作家不会买账，认真的读者也不满意。批评如此，又怎能不走向边缘化？

比赛失利的拳击手，要证明自己的实力，只能在拳击台上，赢得下一次的搏击。批评要寻回尊严，出发点也只能在失去尊严的地方，也就是批评行为本身。通过严肃、真诚、独立而专业的批评，他表达自己的道德操守和文化立场，宣示自身的职业精神和专业素质。说千道万，至为关键的一点，是批评要秉持自己的标准。批评者眼中只有作品，他只对自己的良心负责，此外不再有任何其他的尺度。源于职业尊严的支撑，他真挚坦诚，有勇气有血性，赞美发自肺腑，批评尖锐犀利。谦和忍让、宽宏大量是做人的优点，却不应成为批评家的职业准则。亚里士多德的名言"我爱我师，我更爱真理"，才是他们永远的遵循。

"创作总根于爱"，鲁迅先生这句话广为人知。同样，批评充满活力的源泉，批评为人敬重的缘由，也在于此。爱这个职业,心目中它崇高神圣,动力便会涌流不竭。有了这样的认知,种种批评之外的因素如人情市场等,就不再能够成为他的羁绊。他会鲜明表达对批评对象的赞美、不满或者憎恶,依据的标准,便是它是有益于还是有损于世道人心,是美的表达还是丑的宣泄。他会储蓄丰厚的思想和审美资源,同时也会寻求最为灵动精彩的表达。在需要表明立场的时刻,绝不虚与委蛇。在应该入木三分的地方,拒绝隔靴搔痒。他的批评,将真正体现出"充满同情的理解"和"带有敬意的批判"。这样的言说,才能够洗刷批评被玷污的名声,才会为批评重新赢得信任和尊重,才能使之回归到文学活动中应有的重要位置。

(原载《光明日报》2014 年 12 月 12 日)

"中国梦"的文学表达

　　"中国梦"这一伟大理想的核心内容,是国家富强、民族振兴、人民幸福。它的实现是一项宏大的工程,有赖于政治、经济、文化、社会、生态文明五位一体、步伐协调的建设。文学作为人类心声的表达,作为复杂而深邃的精神创造活动,作为文化建设的重要内容,需要也能够为"中国梦"的实现,提供独特的精神滋养和情感驱动。

　　"中国梦"是中华民族共同的梦想,在奔赴这一伟大目标的征程中,需要以全民族共同信奉的核心价值观作为尺度和圭臬,凝聚力量,万众一心,众志成城。文学作为民族精神的火炬,能够以最具有辐射力和覆盖性、也最为鲜活生动的方式,体现出对于社会价值观的引领。自古至今,对真善美的守护、传播和弘扬,是全世界一切优秀文学作品的共同的价值秉持。文学以一种细雨润物般的姿态,潜移默化地作用于灵魂,对于人类心灵的净化、社会道德的完善、时代的发展进步,都产生了许多其他方式难以替代的效果,堪称厥功甚伟。今天,在实现"中国梦"的伟大实践中,文学必将起到更为积极有力的作用。

　　文学的本质,使其成为与梦想最为邻近的艺术样式。作为怀揣激情拥抱梦想的劳动者,文学家用文字描绘他的喜怒哀乐,他的期冀和向往,他的每一部、每一篇作品,或鞭笞丑恶,或讴歌美好,尽管千变万化、千姿百态,但就其本质而言,都是关于梦想的诉说。这种诉说中有对现实生活的展现,也有对理想生活的期冀,在残缺中向往圆满,于丑陋中探寻美好,在已然中追寻应然。自古至今,文学都是书写人类对生活的梦想,是与社会的发展和进步相伴行的。今天,"中国梦"的宏大理想,更是为这一梦想增添了丰富的资源。文学家应该清醒地认识到自己的神圣使命,从而自觉地肩负起时代的嘱托,书写真正属于这个伟大时代的"光荣和梦想"。

"中国梦",是国家和民族的梦想,但同时也是每一个人的梦想。

作为描绘"中国梦"的整体性的文学书写,无疑是一种至为宏大的时代叙事,仿佛一曲高亢嘹亮的集体大合唱。但同时,它又是从千千万万个歌喉中发出的,是由千千万万个体的声音交织混融而成的。没有与个人的梦想毫无关涉的集体理想,就像不存在脱离了一棵棵具体的树木的无边森林一样。"中国梦"是最为广大的人民的梦想,是每一个人的梦想,归根结底是要通过个体来寄托和实现的。"人生出彩","梦想成真",它的主语应该是成千上万的个人,分布于东西南北,从事着五行八作。当梦想呈现于每一个个体身上时,它注定是具体形象的、可触可感的、色彩独具的、有着自己专属的内涵和外延的。在这个意义上,"坚持以人民为中心的创作导向"的实质,正是呼吁作家关注广阔浩瀚同时也是斑驳陆离的生活,关注这种生活中的每一种独特的存在图式，关注每一个细部和每一处皱褶。这种对于生活的丰富性和复杂性的把握，正是文学得天独厚、独擅胜场之所在。只有文学才具有这样的巨大优势，可以从描绘一个个有名有姓的个人入手，将个体的梦想和追求，与一个群体的梦想和追求连接起来，从个别中反映一般，通过个体命运触摸时代脉搏。深入认识到这一点，有助于文学家自觉地深深植根于生活土壤之中，这样才能更为有效地打捞生活中的丰沛诗情，才能在对个体梦想的描绘中，准确地捕捉到并记录下一个民族的集体梦想所具有的光谱和波长。

文学作为一种社会意识形态，其内在的规定性决定了它是一种审美意识形态，它对于价值的弘扬亦即对于"载道"的追求，归根结底也是通过艺术的方式得以实现的。因此，如果希望对所信奉尊崇的价值作出生动有效的标举和倡导，至关重要的一点，便是文学作品应该具备真正的艺术品质。古人说过，"言之不文，行之不远"，揭示的正是艺术凭借自身魅力所产生的效应。给内容以恰当的形式，才能够更恰当地表达内容。文学家们只有不断扩展艺术视野，激荡艺术思维，遵循文学的内在规律，才能更好地反映和描绘生活，在现实和梦想的边界，孕育和迸发灵感，进而收获文学的硕果。真实鲜活的生命感悟结合了纯粹精湛的艺术呈现，"中国梦"的文学表达就不再是抽象干枯的概念堆砌，不再是味同嚼蜡的主题宣示，而拥有了真正的艺术品所拥有的自足性和感染力。

以东方这片古老广袤的土地作为绽放平台，"中国梦"的文学表达必然也会带有自己的色彩。中国文化博大精深而又独具特色,孕育和脱胎自这一文化母体中的中国文学,也形成了自己个性鲜明的美学风范。原道,征圣,比兴,取象,风骨,神韵,肌理,滋味,童心,性灵……从文学创作到文学批评,都有着独特的感悟方式和表达范畴,是一笔宝贵的精神遗产。与之相对应,先秦诸子、诗经楚辞、唐诗宋词、明清小说,也都在迢遥的历史长河中各领风骚,次第展现了一代代中国人的生活和梦想。在敞开胸怀拥抱世界、充分借鉴汲取世界文学丰富滋养的同时,新时期的文学书写,有充足的理由敬重和弘扬传统的、民族的文学品质,并加以创造性的转化,在对古今中外文学资源的熔铸中,形成真正的中国气派、中国风格。"中国梦"的文学表达,也必将因之而具有更为强烈的亲和力,和更为悠长深沉的况味。

与"中国梦"一路伴行,中国文学任重而道远。但毋庸置疑的是,文学将有力地助推"中国梦"的实现,为梦想插上腾飞的翅膀。

(原载《光明日报》2014 年 8 月 18 日)

期待电视文艺批评的健康发展

近年来，电视文艺创作取得了迅猛发展，成就斐然。电视文艺批评作为对电视文艺创作实践的价值分析、审美评判等，也获得了同步发展，有不少可圈可点的成果，当然也存在着自身的问题和不足。

这次论坛设置的议题是"电视文艺批评发展展望"。基于自己对电视文艺批评的现状的粗浅了解，结合对心目中理想的电视文艺批评状态和境界的想象和描述，我想谈几点尚不够成熟的思考，在此与各位业内专家交流并求教。它们也许更偏重于对于当下状态的描绘，但未来是自当下脱胎的，当下是未来的成长发展的起点，只有对当下有清醒的认知，才能够有的放矢地谋划未来的发展。从这个意义上说，下面的发言应该不会离题太远。

首先，电视文艺批评要确立起明确的价值尺度，并坚守勿失。这里的价值尺度，首先是指电视文艺创作作为文化产品，必须要具备有益于世道人心的精神属性，其商品属性、娱乐属性应该从属于精神属性，而不是相反。一言以蔽之，其所表达和倡导的，都应该符合党的十八大报告中用二十四个字加以归纳概括的社会主义核心价值观的精神，而不是与之相背离。可以允许电视文艺作品表现假丑恶，因为它们是生活的一部分，但当作品对某些明显属于低俗丑恶的价值观予以欣赏乃至倡扬时，应该及时地、疾言厉色地给予鞭挞和制止。这是电视文艺批评的神圣职责，不应该含混不清、模棱两可。经历过前一段时间某些电视文艺节目中价值观的迷失、低俗化的泛滥之后，电视文艺批评工作者应该抱持一种高度自觉、警醒的态度。基于当前电视已经成为第一强势媒体，电视文艺拥有巨大受众面和广泛的社会影响，电视文艺批评的重要性无论怎样强调都不过分。批评者要具备强烈的社会责任心和大无畏的勇气，杜绝利益的诱惑、人情的牵绊，要在众声喧哗中坚持独立的审美评判，不为市场行情所左右，对于那些层次低俗、有违公序良俗的节目，不管有多高的收视率，都要大声说"不"，要引领观众从莫衷一是中辨别善恶美丑。媒体批评也罢，学院批评也罢，被冠以其他名称的批评流派或样式也罢，尽管操持的方式不同，言说的话语有异，但在守护神圣价值这一点上，不存在本质的区别。

价值尺度的另一面，当然指的是艺术标准。电视文艺的不同样式，都有着与各自本质属性密切相关的评判标准。衡量一部作品、一个节目的高下优劣，应该严格依据这种标准尺度，而不是其他。时间有限，对这一点这里不再赘言。

其次，要建构和完善电视文艺批评自身的话语系统。一方面，电视文艺作为文艺样式中的一类，当然和一切文艺样式一样，都要遵循共同的文艺创作规律，相应地，对其进行分析阐发的电视文艺批评，其所秉持的核心理念、基本原则等，也和传统意义上的文艺批评并无二致。但另一方面，作为一种伴随着技术进步而诞生的新的样式，因为其所凭借的传播介质的不同，表达方式的不同，对于声光电技术的倚重，使得电视文艺作品和以往的文艺作品相比，具有非常鲜明的特点。电视文艺批评要从关注这些特殊性出发，建立自己的理论体系、表达方式和评判标准。

而且，电视文艺包括众多的艺术门类，表现为丰富各异的形态，且日益呈现出多元的发展态势。人们可能想到最多的是电视剧，但其实还有大量的其他样式，有电视散文、电视诗歌等音像化的文学表达，有让人眼花缭乱的各种综艺节目（如《中国好声音》《年代秀》《中国达人秀》等），有文艺色彩浓郁的纪录片，等等。它们常常体现了多种艺术形式与多种文化、科技样态的融合。要对它们进行细化研究，探索每一种艺术形式的特殊性，研究文学、音乐、造型、舞台等不同艺术门类的审美元素的拼贴杂糅所产生的效果，分析技术手段的运用是如何提升节目的艺术表现力的。这一切都对电视文艺批评工作者提出了新的能力要求，包括丰富的知识，更为敏锐、多元化的感性体验，综合的艺术素养，对于高科技声光电手段的了解，等等。只有对电视文艺的特质有深入的认识，批评才可能是有效的、言之有物的，切中肯綮的。作为一种后起的文艺批评样式，电视文艺批评发展至今，更多地运用了文学批评的资源，以文学批评的理念、眼光和方式来评说评判对象，这无可厚非，但随着电视文艺的迅猛发展，今天显然比以往任何时候都更多地具备了自立门户、成一家之言的条件。电视文艺批评工作者应当有所作为。

再次，要探索专业批评与社会批评或者说大众批评的关系，以及如何形成相互之间良性互动的状态。这个方面的情形比较复杂，不是一两句话能够说清楚的。如果把对于电视文艺作品的评说都看作广义上的文艺评论的话，无疑从评论的数量上看（如果把只言片语都归为其中的话），是超出了任何一种的。但数量的背后，却每每呈现为一种从内容到形式的巨大的差异，一种极端的无序和芜杂。有学术化的、严肃的学院派批评，有侧重于揭示作品的历史学、社会学意义层面的主流媒体批评，但与此同时，多数媒体批评更多侧重于制造种种噱头，披露剧组和演员台前幕后的轶事花絮，而浩如烟海的包括微博在内的种种自媒体的一句话式的点评更多是一种情绪化的宣泄，断片化和随意性是其最为本质的属性。不同的批评方式之间，往往毫不关联，自说自话，各自拥有自己的一部分受众。而且在当今网络时代，信息传递中的扭曲失真也是一个突出的问题。对一部具体作品或节目的评价，往往在传播的过程中，被传播者有意或无意地采取了选择性处理，有的地方被聚焦，无限放大，有的地方则相反，完全视而不见，结果便是使得被评说的对象产生了各种变异。如《非诚勿扰》节目整体上是传播一种健康清新、积极向上的主流价值观，但因为个别选手的一两句极端的不当语言，被各种媒体反复地传播后，在当时特殊的舆论环境下，产生了对整个节目的真实状况的遮蔽，达到了一种变形记。如何避免类似的情况，也值得关注。总之，当前电视文艺批评所呈现的这样一种无序的、相互之间经常是起着抵消作用的状态,对于引导电视文艺创作的健康发展,对于提升观众的欣赏水平,显然都是很不利的。如何有效地改变这种局面,将其中的正面的、建设性的能量加以整合,形成合力,值得认真研究。

电视文艺批评获得健康发展所需要面对和解决的问题,除了上面几点之外,当然还有很多,比如电视文艺批评机制的设立,使批评行为获得一种制度性的支持,比如应该组建一支专业的电视艺术评论队伍,改变当下多数从业者属于兼职、业余的状况,等等。期待并相信,在当前全社会对文化的发展和繁荣都给予了极大关注的时代大背景之下,经由业内各位同行的共同努力,电视文艺批评事业一定会获得稳步的、卓有成效的发展,进而不断促进中国电视文艺水平的提升。

(原载《中国电视》2013 年第 2 期)

在文字与光影之间

第二辑

书山缘径

那个冬天我走进地坛

在读到《我与地坛》前后，我正醉心于阅读朱生豪翻译的《莎士比亚全集》，一位在出版社工作的友人赠送了一套新印本。之所以记得这些，是因为读着这篇作品时，我脑海中不由自主地跳出了《哈姆雷特》中那一句著名的独白——"生存还是死亡？这是一个问题。"

在我当时的感觉中，这句话正可以移来概括《我与地坛》中主人公面对的困境。虽然两部作品的主角——受了欺骗的王子和落魄无助的残疾人——所处身的时代地域及面对的难题有着巨大差异，但当事人那种被逼迫到濒临极限的感受，应该是相近相通的。

《我与地坛》对我的触动是那样强烈。我记得把刊发作品的那一册杂志抓在手里，郑重地摩挲着相关的几个页面。我想到儿童时期的高尔基，每当读到一本喜欢的书，就将书页对着阳光看，以为其中一定藏着感动人的奥秘。

我专门骑车去了一次地坛公园。冬日的寒冽中，我用了半天时间，走过整个公园，每隔一会儿，就要擦拭一下被嘘出的热气弄模糊了的眼镜片。虽然过去也来过，但此次它大不一样了，只因为被史铁生描写过，便仿佛成了一个全新的地方。我寻找作品里描写过的那些场所，想象他的轮椅曾经停在什么位置，哪里是歌唱家练嗓子的地方，那对从中年慢慢地变为老年的夫妻，每天散步时是从哪个门口进入公园。在漫长的日子里，作者史铁生坐在轮椅上，望着面前的空旷和静谧，思考他的苦难和命运，他的活着的理由，他可能的救赎之路。

对于他，这注定是一个无法摆脱但又必须厘清的纠缠。二十一岁那年，命运就判决他下肢瘫痪，只能终身坐在轮椅上，死亡之日才是解脱之时。时时刻刻，他体验着一种面临绝境的、即将被吞噬的感觉，仿佛一只脚踏在悬崖边缘松动的碎石上，仿佛面对剃刀寒光闪闪的锋刃。

史铁生的最初反应，与处于类似境遇的其他人没有什么不同，那就是对命运不公的抱怨甚至愤怒：凭什么是我，来承受这样的苦难？但这样的情绪并无助于改变这一个坚硬的事实。无奈中他只能平静下来，努力让自己思考，试图弄明白一些事情。时间并未能平复伤痛，但却有助于让他认识伤痛。从那一个一次次与荣誉擦肩而过的长跑者身上，从那一个漂亮但弱智的小姑娘身上，他看到了造物者的不讲道理，看到了偶然性的随意捉弄，看到了苦难的无所不在。他明白了，"看来差别永远是要有的。看来就只好接受苦难——人类的全部剧目需要它，存在的本身需要它。"而由谁来充任这种苦难的角色，谁去体现世间的幸福、骄傲和快乐，实在是没有理由可讲。

这个命题同时也还有着一个分蘖：那么，要不要活下去？也是在长久的思索后，作者领悟出"死是一件无须着急去做的事，是一件无论怎样耽搁也不会错过的事"。这样想过之后,他安心了许多,接下来的问题便是需要思考怎样活了。终于,写作接引了他,成为他每天愿意继续观看晨曦和夕阳的最重要的动机。按照他的说法,"活着不是为了写作,而写作是为了活着。"或者,"只是因为我活着,我才不得不写作。"这是他使自己获得拯救的道路,他花了很长时间才找寻到。

自此他沿了这条道路艰难地行走,就像独自摇着轮椅跨过公园里的沟沟坎坎。终于,在走进这个园子十五年之后,他拿出了这一篇《我与地坛》。这是一朵在炼狱的黑暗中开放的花朵,却闪动着属于天堂的奇异光亮。这一点赋予了它罕见的品质。

说到底,最终支撑起他残缺的生命的,是一种存在意义感的获得。我想到了奥地利精神医学家、"意义疗法"的创始人维克多·弗兰克的著作《活出意义来》。作为当年纳粹集中营中的一名囚犯,他展现了被关押者们的两种前景——或者死于疾病冻馁,或者最终被推进焚尸炉。没有别的选择。每个人都面对同样的境遇,但意识选择的不同将他们分别开来。那些能够始终保持某种目的感的人,从肉体到精神都显得更健旺,甚至挨过了最为艰难的日子。哪怕这种目的是多么渺小,如努力保存下家人的一张合影,设法看一眼囚室外一棵绽放新叶的小树。所以弗兰克反复引用尼采的一句话:"懂得'为何'而活的人,差不多'任何'痛苦都忍受得住。"

作为写作者的史铁生的卓越,也正是建立在这一点上。他自写作中发现了意义,从而获得了抗衡苦难的力量。残疾促使他思考,思考让他窥见了生存的本质,得以平静地看待和接纳苦难,达成了与自己命运的和解。这是一种窥见命运底牌后的开悟和坦然,绝非肤浅浮泛的乐观主义所能比肩的。

在《我与地坛》中,我们看到了思想的清晰的展开。作品要表达的并不是一个单纯的理念,而是诸多理念的汇聚和纠结。它从某一个逻辑起点迈步,层层递进和深入,剥茧抽丝一般,其中穿插着一位想象中的对话者的质疑和诘问。这一点保证了作品的严整性和公正感,因为这种姿态正是基于对存在之复杂性的深切体认。在这条思想路途的终点,生存的"牢靠的理由"在他面前闪现,日渐明朗,于是生活的重新开展也获得了坚实的基础。

也正是因为这篇《我与地坛》,我开始找出此前他所有发表过的作品来读,也从此关注他此后的所有作品,他在我心目中占有了特殊的位置。事实上,几乎可以说在他的所有作品中,无论是散文、中短篇还是长篇小说,反复思索和表达的都是以生与死、坠落与升腾为内核的一个话题群落,在具体作品中又体现为不同的伸延和变异。而这一篇作品,无疑正是一个承前启后的重要环节。

命运给了史铁生一副烂牌,他却将它打得至为出色。

这种感悟并不是仅仅对作者自己才有意义,否则就不会有那样的广泛而强烈的反响。从对自身残疾的思考生发开去,他进一步揭示了残疾是一切生命共同的、本质的困境。它不仅仅限于肢体器官的残缺,而是有着广阔的指向——对于美貌、健壮、聪明而言,丑陋、病弱、愚钝也都是一种残疾,如此等等。因此,地坛是他个人的救赎之所,而他从这里获得的觉悟,也将会成为读者寻求自身的超度的一种导引,一个力量之源,尽管他们中的大部分不可能来到这座园林。

《我与地坛》的浓郁而沉静的诗性气质让人叫绝。"……要是以这园子里的声响来对应四季呢?那么,春天是祭坛上空飘浮的鸽子的鸽哨,夏天是冗长的蝉歌和杨树叶子哗啦啦地对蝉歌的取笑,秋天是古殿檐头的风铃响,冬天是啄木鸟随意而空旷的啄木声……"作品的整个第三节我曾经熟诵如流,这是其中的一段话,而在此前此后,还有用一连串的排比句式铺陈出的多重比喻,画面鲜明生动,节奏舒徐有度,韵律如诗如歌,让我有理由坚信,这一节堪称中国文学中的一段华彩乐章。整个作品也是对于文学的本质属性——一种诉诸灵魂的审美的感性力量——最生动的体现和诠释。经由这种方式,它才得以走进广大的人群。这就是文学的魅力,似乎轻柔缥缈而又真切坚实,无足轻重而又至大至刚。

此后多年中,我又去过几次地坛公园。最后一次,记得是在一个深秋的黄昏时分,落日的余晖斜洒在祭坛上,黄霭霭一片,遍地飘落的树叶散发着清新而苦涩的气味。虽然史铁生已经辞世多年,但他笔端吐露出的文字,却仿佛此刻视野中的光亮一般,无声而广阔地漾荡开去,在一方方灵魂的田亩中流布氤氲。他描写过的这个地方,已然不再是一个单纯的地理处所,而是一个精神的朝圣之地。加持和祝福都在无声地进行着。

因此,自甫一问世的那天起,《我与地坛》就不再专属于作者史铁生自己了。

这篇作品最早刊发于《上海文学》1991年第1期。这真是一个意味深长的数字,我不愿意看作仅仅是一种巧合。我不知道,它是否预示着二十世纪九十年代文学开始了对于灵魂审视、对于命运思考的深入化?十分确凿的是,作家韩少功敏锐地意识到了它的价值,当时就说过一句大意如此的话:即便整个1991年只有这一篇作品,这一年也是中国文学的丰年。

三十年过去了。时光印证了他的判断。

(原载《光明日报》2019年10月25日)

向着生活的厚土掘进
——读《装台》有感

陕西作家陈彦的《装台》，无疑是近年来长篇小说创作的一个重要收获。这部作品丰富的内蕴，使之具备了十分开阔的、多个维度的阐释空间。对我来说，以诚笃和勇气直面人生，从而对生活厚土作出有力度有质感的掘进，是理解这部作品的枢机之所在。

我着重谈三点阅读中最为深刻的印象，它们显然也应该是这部小说的特质中最重要的部分。

首先，这是一部充分体现了现实主义写作再现生活的力量的作品。它把一种鲜为人知的特殊的生活，即为各种演出装置表演舞台的人群的生活，放到了聚光灯下面，细细描摹，纤毫毕现。既写了台上，他们围绕舞台装与卸的忙碌奔波，也写了台下，他们的衣食住行，喜怒哀乐。以舞台为中心，又辐射到剧团中的方方面面，大都市里的城中村，佛堂寺庙，深山中的农家，诸色人等，纷繁世相，因而可以说具有了相当的生活广度。虽然是舞台上下，街口巷尾，却也有江湖庙堂，神界俗境。

装台工们出身于农村和城郊底层社会，身份卑微，靠出卖苦力挣钱糊口，生存艰辛，备受歧视和剥削。对这些小说中有着异常精细的书写。某些地方,让我想到当年读到陀思妥耶夫斯基笔下描写被侮辱、被迫害的人们的感受。那是一种混合了沉重、压抑、悲悯的负责感受。一些情节堪称惊心动魄,如墩子难捺生理冲动在佛堂中自渎被发现,引发了一场轩然大波,造成了小说叙事的一处高潮。而随着阅读的深入,对装台人生活特殊性的关注,也渐渐被这种生活所体现出的共通的人性所替代。特殊的题材呈现背后,连接了普遍的生存困境。

小说能写出这样的效果,首先要归功于作者对生活的熟悉。作者曾经担任过多年的剧团管理者,和装台工们有着长久密切的交往,熟知他们的音容笑貌,内心波澜。文学创作中虚构能力固然很重要,但观察和思考总需要有具体的附着才行,倘若没有对某一种生活的整体上的熟谙,再出色的想象力也没有用。

小说整体上看是严格写实的,但其中的某些局部描写也有着象征的意味,如多次写到顺子观察蚂蚁搬家,既是客观的写实,同时也通过这个卑微的为生存而忙碌的群体,来比拟装台工人群体。喻体和本体都很自然,不像某些作品,为了形而上的表达而刻意营造出某种意象,却和真实的生活贴不上。

其次,是人物塑造上的不凡功力。基于对生活的高度熟悉,经由深入的观察和思考,铸造出生动鲜活的人物形象,便是一种水到渠成。如果为近年来的小说创作开列一个人物画廊的话,《装台》中有两个人物应该是可以列入的。

当然首先是刁顺子,这是个极富辨识度的人物形象。他出身卑微,待人友善,同情心强,不贪占便宜,身体力行,一再自称

"咱就是个下苦的"。因此有威望受拥戴,成了装台团队的主心骨和头领。为了保住饭碗,他处处委曲求全,逆来顺受,一再吃亏退让,拿热脸贴别人的冷屁股,靠着这些,赚得微博的收入,维持自己、自己的家庭和他的弟兄们的生活。

苦难变幻着各种面孔降临,将他击打得遍体鳞伤:受剧组管事的盘剥,被草台班子欺骗,拖欠克扣工资更是稀松平常。兄弟们犯事他要担责,落难他要救助,为此焦头烂额。家庭通常会是歇息疗伤的温暖港湾,但因为有一个歹毒刁蛮、处处和他对着干的女儿菊花,也变得像地狱一样。他无法阻止菊花的暴虐,让贤惠的第三任妻子蔡素芬、懂事的养女韩梅都寒了心,觉得他太窝囊,无法给予她们庇护,不得不先后离开他,给他本已伤痕累累的内心又狠狠戳上了一刀。

将他定义为可怜的失败者无疑是容易的,但他的形象实在要比这个标签丰富。他处处倒霉,但始终保持了对人的友善,也始终不曾放弃对于责任和义务的坚持,虽然他也知道那样会使自己的生活舒服些。结果便是他一再做出那些注定会产生麻烦的选择,他没法不这样选择,他认了。最后,只是因为不忍心看着孤女寡母走上绝路,他把死去的装台工大吊的老婆周桂荣连同其被严重毁容的女儿娶进家了,且不再畏惧菊花的态度。这是性格的惯性也好,是时势所迫不得已也罢,但客观呈现的,是困苦中的坚守,是逆境中的坚韧,是咬着牙把日子过下去。他有自己的人生哲学,如果说人生如战场,他没有做逃兵,从这个意义上何尝不可以说他是勇士? 小说结尾处,顺子又在观察蚂蚁搬家:"他突然觉得,他们行进得很自尊,很庄严,尤其是很坚定。"他的行动何尝不是某种尊严的体现。鲁迅先生称赞的民族的脊梁,不应该只是指那些站立潮头冲锋陷阵者,还包括那些默默奉献、忍辱负重的普通人,他们的精神情怀中有着温暖和光亮。一千个读者中有一千个哈姆雷特。从不同角度观察,能够得出不同的结论。成功的人物形象,总是体现为意蕴的丰富厚重。

顺子的女儿刁菊花,则让我们想到一个不是经常触及的话题:底层的恶。从小亲生母亲跟人跑了,没有受到合适教育,长得难看,大龄难嫁,转而心理变态。她羞辱对她满怀善意的新婚的继母蔡素芬,毒打和她共同生活多年的妹妹韩梅,虐杀与韩梅相依为命的小狗,场面残酷血腥,让人看了不寒而栗。这个形象的塑造,体现了作者直面现实的勇气,也体现了现实主义写作的彻底性。

典型形象这个说法,近年来不大提了。《装台》的意义之一,就是通过刁顺子这样的人物,让我们重新思考这个话题。典型形象,是衡量一部作品成功的重要标尺。不久前去世的陈忠实,他的《白鹿原》的成功,也是因为塑造了一系列生动鲜活的形象。如今长篇小说数量浩如烟海,但却没有能够贡献几个让人记得住的形象。原因有多种,或者是美学观念上的歧异,或者是文学表达的功力不逮,但最关键的,应该还是因为作家对现实生活的了解不够深入透彻,也就难以塑造出鲜活灵动的形象。

《装台》坚守现实主义创作手法的第三个突出的呈现,就是它的文学材质的丰富和出色。一部长篇小说仿佛是一座房子,

人物、故事、环境、氛围、语言、节奏、语调等，就是构成了房子的
梁柱、椽子、砖瓦等。房子是否牢固且美观，要看这些建筑材料
是否质量过硬。

　　人物、故事情节等上面已经谈及，不再赘述。其他许多方面
也都颇为出色。如细节的生动而富有表现力，就让人过目不忘。
仅仅举一处为证。顺子的哥哥、曾有赌神之称的刁大军手气不
佳，欠了同族长辈疤子叔的赌债，因无力偿还不辞而别，疤子叔
数次上门讨债，顺子无奈只得倾其所有，代兄还债。后来刁大军
查出胰腺癌晚期，顺子把他从珠海接回，安排在城中村的老宅中
住下。疤子叔闻讯赶来，不曾问候一句，只盯着奄奄一息的刁大
军脖颈上、手腕上值钱的东西看，眼睛几乎充血。先是取走了脖
子上的项链，又捋下手腕上的玉镯，最后盯上的是箍在指头上的
戒指，因为骨节肿大捋不下来，疤子叔就用自己的挖耳勺一点点
别着、拔着，连汗都出来了，才勉强弄下来。这样的细节描写，把
今天金钱对人性的腐蚀，刻画得入木三分。他们本来都是郊区
农民，但农民本性的厚道淳朴，农村宗族社会的人伦之情，也已
经随着城市化的推进而荡然无存了。当年从巴尔扎克等人的小
说中读到过亲情的丧失、人性的沉沦，这里的描写实在是有
过之。

　　可以说，整部作品都是由大量具有这一类品质水准的、活灵
活现的细节连缀而成，造成了很强的画面感。这一点，应当与作
者作为戏剧家对于舞台艺术的视觉效果的重视有密切的关系。
整部小说，首先是一连串的画面，是随着时间顺序展开的画面的

洪流,让人真正如临其境,如睹其人闻其声。但倘若作者缺乏对生活形相的细腻观察,这些都无从谈起。它们的本源仍然是生活。此外,大量的对话,原汁原味的陕西方言,生动传神,很好地烘托出了地域生活的氛围情调。总之,丰富而优质的文学质料的密集出现,让这部作品中充满了"干货"。

《装台》因为出色地描绘了生活而受到读者欢迎,出版半年发行十万,这在当今文学图书市场上很少见。探究起来,这是生活的馈赠,是现实对于眷注它的作家的回报。千言万语,归纳起来一句话,现实主义的美学原则不会过时。一位作家,只要植根生活的厚重土壤,以诚笃和虔敬的创作态度,作深入的发掘,就会有丰厚的获取。

(原载《中国艺术报》2016 年 6 月 1 日)

在历史与人性的纠葛处

——读长篇小说《黄冈秘卷》

　　刘醒龙的长篇新作《黄冈秘卷》，以一种既熟悉又陌生的面貌，鲜明地体现了作者艺术表达上的拓展。说熟悉，是作者其他作品中常见的忧患意识、理想情怀等充满现实关怀的主题，在这部作品中同样有着深切的表达；说陌生，是作者在用一种与其以往作品相比判然有别的方式，一种颇具传奇性的色彩，一种跳荡摇曳的叙述语调，讲述曲折跌宕富有戏剧性的故事。这种常中有变的艺术追求，显然给阅读者带来了一种颇有冲击力的感受。

　　小说一开始，远在北京的异性友人的应届高中生女儿对"黄冈秘卷"的愤怒，就定下了故事的传奇调性。此后，秘卷试题中数次对叙述者的家族身世的透露，北京友人无缘故的躲避甚至消失，家乡人讲述的外地陌生人的神秘造访，等等，伴随故事的推进陆续出现，扑朔迷离。这种弥漫着的悬疑感和对真相的猜测，有力地提升了阅读者的期待。

　　"我"的堂叔老十八，则构成了另外一条叙事线索。因为热衷于修撰族谱《刘氏家志》，而在多年间奔走于故乡黄冈刘家大垮、父亲老十哥任职所在的"这个县"的不同地方、"我"和"老十一"所在的省城武汉之间。他串联起了不同的人物和故事,成为家族历史中某些至关重要的片断的讲述者和见证人。

这些颇为复杂的叙事脉络,在"我"的叙述中,相互交织又彼此印证。黄冈刘家大垸里的家族故事,一些经历和秘密,在数十年的历史变幻中,在几代人的命运浮沉中,被剥茧抽丝般地揭示和描绘出来。随着它的展开,我们也看到了时光河道中那些最为湍急的水流,是如何完成了对若干灵魂的冲刷塑造。坚定和困惑,升腾和坠落,追求理想和沉湎物欲,以及它们的兴衰消长,都是基于历史和人性的深刻逻辑。

小说中对于这些命题的阐发,主要是通过家族中两个人物来实现的。同年同月同日出生、连名字读音都相同的刘声志和刘声智,按照家族排序分别被称为老十哥和老十一,却形成了一种极为鲜明的对比。他们的恩怨纠葛,究其实是两种价值观的龃龉冲突。

被称为老十哥的父亲刘声志,"没有心计,宁信忠勇,不信计谋",从年轻时参加革命开始,就把一生交付给了信仰。而组织,正是这种信仰的寄托和具体化。听从组织的安排,做好组织交付的每一件事,是他生命意义之所在,也已经成为一种天性。所以,老十哥才会在乎《组织史》中对自己简略的记载,而对于进入家族志则毫无兴趣。受组织派遣,他离开长江边的故乡黄冈县,到几百公里之外大别山中的一个县工作。因为忠心耿耿而又能力出众,一再被安排到最艰苦的地方,先后做过所有小区的主官,他的部下都获得了提拔,但他一再错过机会,直到离休时才得到相当于副县级的待遇。但他并没有怨言,因为他所选择的,就是一项舍弃个人而献身集体的壮丽事业。作品中自始至终使用的复数人称"我们的父亲",别具深意。这是作者对一代人、一种高贵的精神的致敬。他们所为之奋斗的事业的胜利,正是来自这样一种群体性的力量。与老十哥的理想主义和大义凛然相比,老十一则是功利性人格的体现。他信奉通过现实性的谋略运作来获取利益,物质享受是他的最高价值原则。他与地方政府官员结为利益共同体,游走于诸多灰色地带,却自以为潇洒得意。这些连同滋生它们的时代土壤,正是让老十哥最为鄙夷和愤懑的,道不同不相为谋,所以多年中不与之往来。经由这两个主要人物,高尚与卑下、洁净与龌龊的对比,便具有了明暗相间的生动质感。

如果单单从上述文字概括所透露出的信息看,老十哥这样的人,在功力不足的作者笔下,有可能被做符号化的处置,原则坚硬,血肉稀薄,可敬有余,可亲不足。但刘醒龙的不凡之处,是在人性的斑驳底色之上,在对生活的深刻认知和准确把握中,塑造了以红色作为生命基调的特定人物。如围绕老十哥的身世遭际,在两个关键的维度上的刻画,都充分体现了人性的丰富和复杂。他与掩护自己的敌对阵营的城防长官的女儿海棠相恋,后因为组织反对而忍痛分手,但内心深处始终不曾泯灭对她的歉疚和思念;他一直将组织视为超越家族的至高无上的存在,晚年回到家乡后,对故土风物及文化的由衷的亲近感,也让他默认了老十八的追求,交出为老十八苦苦寻找多年的《刘氏家志》。这些看似吊诡的安排,其实大有深意。深入辨识起来,这其中有红色信念与人伦情感的纠缠,有时代精神向传统价值的回返,这些和解或者说某种意义上的妥协,既是基于人性的丰富和深奥,也是来自生活的复杂和多义。这样,毕生践行宏大理想的父辈,同样也以其真实完整的人性,而令我们感到血肉般的亲切,产生一种拥抱的冲动。

正是在这些地方,在个体命运与时代背景的关联处,在不妨泛称为一个对历史进行质疑和反思的大的主题下,作者的笔触试图触及广泛的话题领域,如阶级对立和普遍人性、集体主义与个人情怀、都市文明与乡村伦理、传统资源与现代精神、社会整体的进步和具体个人支付的代价等,探寻它们疏离中的关联,冲突中的融合,这就使得叙述自始至终贯穿了一种张力,一种丰富多元的意涵。

除了表达形式上所呈现出的新质,《黄冈秘卷》对于地域文化的着力描摹,也格外令人瞩目,使得这部作品有资格作为一个将地方性知识作为文学资源的标本,获得相应的研究阐发。在小说中,"嘿乎"之类独特生动的方言,天下美味巴塘炖藕汤等,被以浓重的笔墨描绘,给作品添加了某种特殊的趣味。当然,更具有本质意义的,还是黄冈这片土地上所孕育的独特的精神文化血脉。这个历史上曾经被称为"五水蛮"的地方,历史的积淀赋予了它的子民鲜明的人格特质,诸如崇尚贤良方正,脾性执拗,做事一根筋,认准目标不放手,便是黄冈人性格构成中的突出特征。老十哥和他的战友对组织的忠诚,对信仰的坚守,一定程度上也有这种精神文化基因的影响。这种文化的维度，显然赋予了作品一种气质和韵致，一种润泽和光亮。

无疑，《黄冈秘卷》正是以这种新意迭出的品格，使自己成为近期长篇小说创作的一个重要收获。

大地上的生活和命运

——读梁晓阳《出塞书》

我对描写新疆生活的作品一向很感兴趣，因此好几年前，通过阅读一本描绘北疆伊犁河谷一带的自然风光和多民族生活的散文集《吉尔尕朗河两岸》，我就知道并且记住了作者梁晓阳的名字。只有对一片土地深怀挚爱的人，才能够写出这样的作品，感情饱满浓郁，文笔细腻生动，它与走马观花的旅行者写下的游记，有着本质的区别。

有了这样的铺垫，再读到他的新作《出塞书》，原来的感受又得到了进一步的深化，印证并且提升了对于作者的想象和理解。作者既往作品中的品质，在新作中获得了放大和加强，同时更显示出一种新的综合性的功力，仿佛一条溪流注入一片湖泊，波光潋滟。

《出塞书》，一个颇有冲击力的、古意盎然的书名，让人想到众多以"出塞曲"为题目的古诗，边塞的苍凉、荒寒而又悲壮的气息扑面而来。主人公"我"，一个土生土长的广西人，却把遥远大西北的伊犁，当作了自己的故乡。十几年间，他在广西北流小城和新疆北疆牧场之间数十次地"转场"，几天几夜的漫长旅途中，火车车轮在轨道上滚动发出的铿锵声，在作者听来仿佛是

"出塞出塞,新疆新疆"。这种声音召唤着他,赶赴伊犁河的上游,距乌鲁木齐还有一天长途车程的地方,一个叫作老马场的牧场。在短则数周长则半年的生活中,出发之初的向往和旅途中的激动,慢慢转化为一种深沉的满足和长久的感动——如果持续了十几年仍然如此,你还有什么理由怀疑这种情感的深挚?他穿越千山万水抵达的,不但是地理上的一个位置,更是一处心灵的栖息之所。

这片广袤遥远的土地给了他爱情,而迟迟呼唤不来的孩子,最终也在这儿诞生。在这里,他获得了对于生活和生命的几乎是全新的感受和认识。他的文学梦想,也是在这里得以充分孕育和绽放,并收获了可观的果实。不夸张地说,这是他的生命再生之地。精神领域也仿佛自然界一样,有着自己的特殊的风土。距他生身之处遥隔数千里的这片土地,却成了他灵魂的真正的故乡。

作为一部打上了鲜明的自传性烙印的作品,《出塞书》将近五十万字的篇幅,足以容纳下繁复庞杂的内容。作品的整体架构是一种复调式的呈现,一方面追溯老一辈作为盲流来新疆生活的历史,一方面描述作者十几年间辗转于广西县城和伊犁牧场之间的经历和感受,时间和空间都得到充分的延伸,使得这部作品和上一部《吉尔尕朗河两岸》相比,在延续了对自然风光的无限倾情的同时,也有了一种崭新的、差异巨大的、远为丰富的面向,那就是社会生活的动荡纷繁,以及强烈的命运感。人的经历和故事,作为一幅幅动态的风景,连缀成为一幅能够折射时代风貌的长卷。

二十世纪九十年代初,在故乡小城里,作者认识了后来成为他妻子的阿侬。在与妻子家人们共同生活中,他了解到这个成员众多的家庭的由来构成,得知了岳父、岳母、姨妈、姨婆等人各自跌宕起伏的人生经历,并试图追溯家族的源头。故事由此生发开来,仿佛一棵年代久远的大树,粗壮的树干滋生出纷乱繁多的枝蔓。

阅读中一种尖锐的痛感,来自作品上卷《巩乃斯往事》中所呈现的昨天的历史。它们在岳父、岳母等人舒缓平和的口述中浮现,读来却让人感到惊骇和寒冽。从新中国成立之初到"文化大革命"时期,时代风云激荡变幻,一些人、一些家族,生活和命运被无情扭曲,乃至彻底改写。年轻时的岳母吕冰莹,作为地主的女儿,在"文化大革命"中随时可能被剥夺生命,不得已与有着同样际遇的几个人,结伴远赴新疆,对她们来说当时只有那里尚存一线生机。不料刚刚到了省城南宁,一个身长貌美的同伴就被武斗的流弹击中,殒命街头,当时甚至没有办法给她收尸。对那一场让不曾经历过的人感到难以理解的惨痛浩劫,作品中有多处描写,都像这一幕悲剧一样,是通过一个个小人物的视角给予呈现的。这些虽然已经成为过去,但那个荒谬乖戾的年代的恐怖氛围,依然能够令人深切地感受到。这便是真实的力量。

这些被抛向生与死边缘的人们,仿佛风暴中的一片片树叶,被命运之手无情地撕扯着,没有丝毫挣脱的力量。同是天涯沦落人,阿依母亲与从四川逃难来此的张兆洲结合,后者父辈兄弟几人都是旧时代军人,为了避免灭顶之灾,家族中有多人逃离故乡。这样的遭遇,在当年十分常见。在苦难中,他们相濡以沫,顽强而坚韧地生活下去,用知识和勤劳挣得一份谋生的口粮。新疆也并非世外桃源,随着政治风云的变化,他们的处境时而好些,时而又面对深渊。在最艰难的时刻,吕冰莹因为担心被作为地主子女遣返回老家广西批斗,到处躲藏,曾经住过野地中的地窝子,深夜旷野里寒风怒号,头顶上是野狼绿幽幽的眼睛。这样的生存绝境,让人惊愕恐惧。

这些辗转于苦难中的底层民众们,却不失善良之心、正义之感。怀孕待产的吕冰莹,生活没有着落,却用自己攒下来的钱和粮票,接济了十多位断粮多日的湖南盲流;当得知一位她关照过的老乡偷窃别人东西,她严厉呵斥,断绝了来往;岳父母将孤苦无依的舅母从广西接到新疆,给她养老送终。这种朴素的道德感,在民间社会始终顽强地存在,当整个时代的意识形态陷入某种乖谬谵妄时,它们是一种抗衡制约的健康力量,也是让生活最终能够回到正常状态的关键因素。这些人物卑微而又崇高,他们身上散发出的人性的美和光辉,让我们对"人民"这个词汇有了具体而生动的认识。因此,尽管书中描写的生活严酷艰难得难以想象,但阅读中也仍然能够感受到一股强烈的暖意,让人对生活抱有信心。读着这部《出塞书》,我想到了多年前张贤亮的《绿化树》《肖尔布拉克》等作品,它们展现的也是那个特殊年代的生活。在从宁夏到新疆的广阔的西北大地上,那些历经磨难饱尝煎熬的人们互相扶持，共渡难关，追寻幸福。我还想起了《肖尔布拉克》中的一句话："在碱水泉里泡过的人，比金子还宝贵！"

《出塞书》对苦难的书写如此充分和有力，摄人心魄，也许会让读者产生选择性的阅读偏重，而忽略了作者对当下生活的描写——我隐隐有这样的顾虑。但作者的写作初衷显然应该不是这样。事实上，今天和过去的生活，在作者笔下是一个不可切割开的整体，是一个时光链条之上的一节节链环，今天和昨天交叉重叠着出现，被细致地观察和描绘，并没有明显的畸轻畸重。它们都被统领于同一个创作意图之下，那就是呈现生活的真相和完整性。

对今天生活的展现，更多地体现在下部《十年转场》中，在十几年的时间幅面之上，展开了作者的新疆亲人们的生活画卷，而作者本人亦是其中的一个角色。在商品经济的时代大潮冲击下，即便遥远的边疆，也在发生深刻的变化，从物质形态到精神情感。正如那句话所说，人们到处都在生活，而所有的生活之间，其实有着广阔而微妙的联通管道。这些人中有阿依的父母和兄弟们，有阿依的姨、姨婆和子女，还有为数不少的朋友和邻居。生活流转变迁，一些人离开了巩乃斯老马场，搬迁到县城。老人们回到南方故乡，或者落叶归根，或者因不适应而重返新疆。他们的子女更是纷纷到内地打工，有的留下发展，有的返回新疆。一道道的人生辙迹，刻印着几代人的追求和梦想。

如前所述，因为叙事是在时间的两个方向上展开，因此这一呈现展开的跨度是如此漫长。文中的不少人，岳父、姨妈、舅妈等,一直写到他们的死亡。老一辈人次第故去,农场后山草原的墓地里,坟茔渐渐密集,成为在世的亲人们情感和精神的寄托。生与死,断裂与赓续,时隐时现而又不动声色。尽管作者笔下很少诉诸形而上的探寻诘问,但因为涉及了这样的人生根本话题,使得作品仍然具有了某种渺远的、具有哲学意味的气息。

这样一种对生活进行宽广的描绘的方式,让《出塞书》获得了一种个体—群体、当下—历史的建构。作为一部记录个人经历和灵魂生活的"小史",却在一定程度上传递出了社会这一巨大肌体的脉搏。

尽管这些关于人的生活和命运的内容,是作品中最具冲击力的部分,但我有充足的理由认为,展现时代和社会的景深,像巴尔扎克那样成为"社会的书记官",并不是作者唯一的写作动因。在人世的生活之外,描绘新疆大地上大自然的美和力量,成为他内心难以遏止的冲动,一种强有力的使命的呼唤。促使他用多年时间写出《吉尔尕朗河两岸》的那股激情,在《出塞书》中也再一次洋溢和挥洒。对这片土地的爱是那样炽烈和深切,因此对自然风光的描写在本书中占到了丰富的篇幅。自然不仅仅是刻画人物和讲述故事的背景,同样作为一个主角而存在。

作品中那些写得最为动情、笔力也尤为酣畅饱满的篇章段落,往往都是这一类的地方。他的目光既被雪峰、牧场、河流这些广袤壮阔的风景牢牢吸引,也时常会投向老屋院子墙角处的几棵苹果树,屋后那一条水流湍急的沟渠。雄浑辽阔,热烈奔放,妩媚宁静……从宏观到微观,大自然的各种形态的美都成为他贪婪地观察和描写的对象。

风景被赋予了强烈的精神属性。作者在疆桂之间频繁转场,尽管因为职业和生活的需要大部分时间在南方,但他的灵魂无疑却是属于西北的。南方小城的狭窄嘈杂、人际关系的复杂,仿佛这里湿漉漉、黏糊糊的空气一样,让土生土长的他感到不适应。一颗不安分的灵魂,在比远方更远的伊犁大地得到了安放,"却认他乡作故乡"。大自然的雄浑寥廓,让这里的生活也具有了质朴、豪迈和旷达的气质。

在作者看来,他的那些亲人们在面对时代的乖谬、生活的困厄时所展现出来的坚韧和乐观,很大程度上也是来自大自然的赐予。这片广袤的土地不但接纳了他们的躯体,更将风土中蕴育的精神力量灌注进他们的心灵,虽然他们自己未必十分清楚这一点。

在作品结尾部分,作者以一种抒情诗般的华彩笔调,激情洋溢地讴歌自己的伊犁故乡:

"我在漫天云海之上看到了伊犁之美,一种特殊的体验在我心底绽放。那一刻,我十五年的南北往返,亲人们在伊犁度过的生命和岁月,全都像身边的云影一闪而过。我闭目遐想,整个伊犁大地模糊起来,又清晰起来:深蓝和清洁的天空在伊犁,浩瀚无际的星海在伊犁,广阔和连绵的草原在伊犁,静穆和冷冽的雪峰在伊犁,野性的西北风和潇洒的白杨树在伊犁,背叛荒凉的啤酒花在伊犁,使岁月明媚无比的薰衣草在伊犁,一颗驰骋的心在伊犁……"

　　从这些文字中,你会读到一种真切的感动,一种深刻的感恩,感动和感激的泉源都是大自然。主体和客体,人和自然,在这样的文字中达到了高度的契合。

　　如果用"生命写作"来称呼某一类作品,《出塞书》无疑应该归入其中。

　　在这部自传色彩浓郁的作品中,作者决心要为自己、也为自己所挚爱的亲人,写出一部在多年后仍然值得骄傲的作品。作者自称,他已经将自己生命中最重要的东西注入其中了,今后不可能再写出这样的书。不难看出,这的确是一部专属于作者本人的、无法被代替的文本。特殊的经历,高度的真诚,极大地增强了这部作品的感染力。

　　这样倾注心血的写作,注定了作品的质朴坦率的品格。这是一部写得很老实的作品,甚至不妨说显得有些笨拙。诸多人物的波诡云谲的命运,有着很强的戏剧性的成分,换成别的作者,可能会设置叙述圈套,营造曲折跌宕的效果,但他却是只管很本分地写来,并不追求炫目的技艺和机巧。也许是作者不甚熟悉,但更可能是不认为它们重要。这些无损于它整体的质地,也不会减弱给予读者的感动。因为他描述的这种生活本身,就已经具备了足够的魅力。

　　在这部作品中,他反复地描绘和铺陈,试图将他所参与和了解到的人们的生活,将大自然的丰富深邃的美,将经历和体验到的一切,都表达出来。在这样一种不知餍足的审美目光的驱使下,大量新鲜、敏锐和丰富的感受涌流而出,但也的确会遇见一些显得过于繁复的线索头绪，一些有失于累赘和琐碎的描述。我想，这应该就像一个深陷爱河中的人，恋人的一颦一笑，每一个细节，在他眼中都是值得赞美的，于是不由自主地变得有些絮叨。如果从这个角度来看，某些看上去巨细无遗的描写，似乎也不难理解，它们出自作者对生活的深挚感情，这种感情让他对每一个素材都难以舍弃，而且这样的描写，也的确在一定程度上增强了作品真切细密的品质。但同样不可否认的是，凝练永远是衡量一部作品的重要尺度。适当的提炼和剪裁，收敛和节制，或许是作者在今后的写作中需要多加考虑及着力的方向。

了解了上面这些，有助于比较准确地把握这部作品的美学特质——一种强烈的诗性气质。那些丰富而富有质感的人物、故事和细节，在呈现了现实主义的坚实性的同时，也寄寓了丰盈的诗意。它弥漫流荡在整部作品中，浓郁而鲜明。"诗和远方"的说法广为流传，几乎被用得滥俗，但却可以作为这部作品的标签。这是一个追寻者的故事，他在距离故乡几千里之遥的远方，寻找并实现了自己的梦想，印证了生命的价值和意义。

《出塞书》是作者对自己半世人生的一次回望。这一段漫长的经历，已经楔入了他的生命深处，难以忘怀，无法磨蚀。不管今后的生活会怎样展开和变化，它都将成为滋养作者灵魂的不竭源泉，也将会深刻地影响到他的写作。在精神的世界中，它们有着巨大的体量，就像他曾经每天望见的雪山和草原。

（原载《文艺报》2019 年 9 月 4 日）

人性底色之上的职业人生
——读张策公安题材系列中篇小说有感

　　说张策是一位公安作家，当然不会错。他在公安系统工作几十年，从基层民警干到全国公安文联的负责人；他的小说的内容，大多数也是公安题材。不过，他的作品与通常也被称为公安文学的许多作品相比，有比较明显的区别。

　　根据题材内容给作品贴上不同的标签，如工业文学、生态文学、校园文学等，自有其合理性，因为命名本身即是一种分类。公安题材作品向来是一个大类，不但数量众多，而且其内容关涉每个人的日常生活和财产生命安全，因此容易受到关注。但遗憾的是，给人留下深刻印象的作品并不多，与人们的期待值相差甚远。原因有多种，其中重要的一点说起来颇为吊诡：恰恰是题材本身的吸引人，反而造成了文学性的弱化。因为大多数作品都是从案件入手，而案件本身曲折跌宕，足以吸引眼球。写作者倘若欠缺清醒自觉的文学意识，往往会致力于展现案件的前因后果、侦破过程，忽略了对人物形象的塑造和对人性的发掘，结果便是模式化、肤浅化、庸俗化倾向明显，文学品格不足。阅读时很热闹，但读后却留不下什么印象。

　　张策的作品则显示出了一条迥然不同的路径。他固然也是以公安题材为主,但他着眼更多的是公安不同岗位工作和生活的日常性,打量警察的生存状态,探测他们的内心世界,关注他们的命运走向。即便写案件,他也能够跳出题材本身,或者说将题材升华,将主要笔墨留给案件背后的人,目的还是为了深入人的灵魂,充分地揭示人性。这是我在阅读张策的一部名为《刑警队》、收录了几个公安题材中篇小说的作品集后,获得的一种十分鲜明的印象。其实衡量一部叙事性文学作品高下优劣的标准,重要的不是题材,而是看是否塑造了鲜活生动的人物,揭示了复杂深刻的人性。这一点正是不同题材作品的最大公约数,也是它们之间可以进行比较、判定高下的主要尺度。

如同一个人的行为总是受到其价值观的左右,一位作家的创作也总是依循着某一种文学观念。张策曾经撰文谈到,公安文学是一种职业文学,"但职业文学也是文学。我以为,职业文学的特点应是着重于描写职业对从事这一职业的人的改变与塑造,或者反过来说,是一个人在他的人格与命运中所反映出的职业特点,所谓职业化的人性……"这说明他的写作是在一种清醒且鲜明的美学意识指导下的写作,他的作品也印证了这种思考。

在《刑警队》《派出所》《看守所》《晋监班》《宣传处》等一系列中篇中,他生动而深刻地描绘了警察这一职业的精神底色——吃苦耐劳、公正执法、无私奉献、不畏牺牲等,或者按照他的说法,"职业化的人性"。小说以公安领域中的不同职业、工作处所作为对象,但都分别体现了这些精神特质。他笔下的警察们远远谈不上"高大全",和其他职业人群中的普通人一样,都有这样那样的毛病缺点,在生活和工作压力面前,他们也会情绪失控、言行失态。涉及职务调整升迁等与个人利益关系密切的事情时,他们也有自己的小算盘,甚至有时也做一些小动作。但在危急关头,在节骨眼上,他们都能坚守职业操守,履行神圣职责,勇敢无畏,团结协力,相互扶持,努力完成好任务。这些行为的背后,显然有着情感心理方面的深刻动因,而这也正是一部作品的文学性最能够生发的领域。作者对此流露了强烈的探究兴趣:"警察这个需要付出很大牺牲的职业却吸引许多人投身其中,而已经投身的又往往为之沉湎。这种奇特之处值得研究。是人类对自身荣誉感与正义感的崇高维护?是天然的善良与英雄情结的爆发?是信仰?是兴趣?抑或是……"正是因为具有这样既开阔又有深度的思考,他才能够比较充分地发掘出题材中丰富深厚的蕴涵。

数十年公安生涯,丰厚的生活积累,让张策刻画形形色色的警察形象时,能够做到个性凸显,活灵活现。《晋监班》里性格质朴、打扮土气的县警察局长刘海,为了破案宁愿放弃晋升机会,因为他当年出车祸被老百姓从山沟里救活,他的感恩之情、责任意识已经融渗进了灵魂深处,无法容忍犯罪分子扰乱一方平安;《看守所》的老范,曾长期在隐蔽战线工作,结交三教九流包括黑社会,因此语言作风都颇为粗俗,引发所在派出所民警们的反感,被调到看守所来,也带有某种惩戒的意味。但就是这样一个人物,对于警察的尊严却有着强烈的敏感,设法寻找和保护一时冲动做下错事的女警。《派出所》里憨厚而愚钝的宛姓警察，靠下笨功夫把管片内的每户人家的情况弄得很清楚，再加上小时候贫穷无鞋穿，因此对穿皮鞋的人十分羡慕，并养成了时刻注意人的脚下的习惯，因此在二十世纪七十年代，他歪打正着地破了一桩带有当时的政治色彩的皮鞋失窃案，成为轰动一时的业务标兵。他的做法适合于信息闭塞、人员缺乏流动的时代，但随着时代发展失效了，他又不能与时俱进，因此便变成了一个有些可笑的人物；警察老张，因为心胸狭窄、凡事较真而得了精神病；沉默寡言的丁，死于一次本可避免的鲁莽的行动，事后同事们才得知他那些天正闹离婚，心情不好。没有对警察生活的熟悉，这样的故事包括细节是虚构不出来的。《宣传处》里在公交车上打扒而受重伤的便衣民警刘向东，和宣传处政委荀老树，都千方百计阻止自己成为"被典型"，这里面有不喜张扬的个性因素，也有怕身份暴露后无法继续进行反扒工作的担心。公安分局张仁副局长是在几部中篇里先后出现过的人物，工于心计，做事总是将个人得失作为出发点，显然是作家笔下多位人物形象中负面色彩颇为浓郁的角色，但他笔端对其仍然流露出某种程度的理解，这种理解是建立在对于生活的复杂性以及由此而产生的人性复杂性的深刻洞察之上的。总之，他在塑造警察人物时，既充分地揭示了职业赋予他们的情感行为特质，也着力关注他们身上折射出的社会性、普遍人性的方面，将个性与共性、一般和特殊的关系处理得较为准确妥帖。

英国小说家福斯特在其著作《小说面面观》中，把作家们笔下的人物分为"扁形人物"和"圆形人物"两种,分别对应了人物性格的单一和复杂。张策的人物显然属于后者,他们的情感心理空间由多重色调构成,显现了人性的丰富和深奥。《刑警队》中,连续几次抢劫银行、手上有六条人命的阎大河,无疑是个极端残忍的犯罪分子,但他这样做,是为了给身患癌症的母亲缴纳巨额医疗费,十恶不赦的后面也有着一丝人性的光亮。这当然是一个极端的例子,但足以说明对于人性的简单化的概括是不可取的。

从这一组中篇小说中,可以看到作家在艺术表现上多方位的探索。以叙述语调为例,多数作品平实、节制、冷静,不夸张不煽情,但波澜不惊之中却蕴含着一种内在的力度。而《派出所》是一个例外,似乎有一些絮叨拉杂,有一些绕来绕去,仿佛一个老者怀旧的口吻。但如果了解到作为派出所的小四合院原本是民国时一位京剧旦角遗留下来的房子,如今已经破旧不堪,了解到派出所每天要面对单调乏味而又永远不会结束的烦心事,就会意识到,这种口吻分明可以更好地呼应它的沧桑感,以及日常工作的琐碎性。

总之,张策的小说写作有自觉的追求——在人性底色之上,对公安行业的生活给予深入发掘,并诉诸充分文学化的表现。他的作品,有效地提升了作为一个整体的公安文学创作的美学品位。

(原载《解放军报》2017 年 7 月 22 日)

《老实街》:说什么和怎样说

　　王方晨的小说集《老实街》,是一部打上了鲜明的个性印迹的作品,特色浓郁。它有力地拓展了艺术表达的空间,在展现现实世界的坚实质地的同时,也给阅读者一种带有神秘、玄奥的色彩的情绪感受。其中有一篇叫作《世界的幽微》。这个题目,大略可以概括我读这部作品的总体感受。小说中谈到"幽微"是一种传说中的怪兽,但是我还是更愿意理解它是一种隐喻,实际上更多的是指一种心灵的感受。作品整体上弥漫着这样一种说不太清楚道不太分明、有些幽昧朦胧的氛围。这些紧紧包裹着一个内核,可以说它是一种来自时间深处的东西,既让人迷恋,也让人困惑。

　　《老实街》的题旨,涉及古老生活方式和现代化进程的冲突带给人内心的纠结,也涉及传统的儒家伦理道德在今天如何安身立命的问题。这些方面,已有不少论者给予揭示和阐释,我大部分也都认同,也就不再赘述,这里我只想从几个小的角度,侧重谈一下这个作品的形式表达方面比较鲜明的特点。

　　从这部作品的文本,能够看出作者的艺术造诣有着多重的来源,既与沈从文、汪曾祺等体现了鲜明的传统美学特质的前辈作家有一种师承的关系,一种接续的脉络,同时恐怕相当一部分也来自域外文学传统的滋养,这方面的影响我感觉是可以辨识的。陈晓明的序言中说到这部作品让人想到奈保尔的《米格尔街》,很有道理,但我还愿意提到另外一部作品,那便是美国作家舍伍德·安德森的名著《小城畸人》,我感觉与这部作品的关系似乎更为深厚。这部作品的空间范围更大一些,写的是一个小城市,俄亥俄州的温士堡镇,比一条街要大,但是王方晨的《老实街》的结构方式,而且某种意义上具体的内在题旨,跟这部作品都有一定的关联度。不知道王方晨是不是受到过他的启发。不过这不是很关键,实际上人的精神活动许多方面都具有同构性,会产生相似之处。《老实街》中,几个人物在不同篇章中反复出现,将故事相互勾连,强化了背景感和人物的命运感,使得这部短篇的合集具有了某种长篇的品质。《小城畸人》也是写了很多人物,同一个人物出现在不同篇章中,每个人物都有自己的真理,都执着于自己认可的一种信念或者说理念,如果做过了头,在别人看来就是走了极端,跟正常的生活格格不入。

对于一部小说来讲,说什么之外,怎么说实际上也是非常重要的。《老实街》充分表现了传统美学的一面,比如说追求意境和韵味,追求表现上的含蓄和空灵,内敛、节制,很多地方若有若无,淡淡的笔调中含着一些深刻厚重的东西,微言中有大意。同时,不少地方的处置上,也分明能够看得出来自当前的、域外的艺术表现手法的影响。这里仅仅介绍两个小的方面。

第一个是叙述人称。叙述者设定为"我们"。小说集中的第一篇《大马士革剃刀》的第一句话就是:"我们这些老实的孩

子,如今都已经风流云散。"小说中涉及第一人称的叙事通常是
"我",用复数"我们"的很少。我不知道作者这样处理是出于什
么考虑,但是从他的叙述带来的阅读感受来看,我感觉他是想营
造一种不确定性。有的篇章中口气像小孩,但是有的地方口气
又像老人,所以你搞不清楚"我们"是什么样的年龄,什么样的
身份。"我"是单个的具体的人,这样的叙述者在谈一件事的时
候,就要表达出他明确的态度。《老实街》如今所呈现出的某种
神秘感、某种味道,如果用"我"来叙事,可能就会受到侵扰。在
描述一件事情的进展、故事背后的内幕,描绘不确定感觉后面的
东西,描述一种他要表达的含混的题旨,如果用具体的"我"来
表达,势必要对原先的朦胧、模糊达到一种澄清的作用,而那种
效果原本是作者所追求的。但是用"我们",相对来讲伸缩度就
会大一些,那些本来可能被破解的就可避免,含混的效果会得到
比较好的保持。

　　第二个是多篇的结尾都颇为出人意料。我想到美国小说家
欧·亨利,他以结尾的突兀转折而知名,引发不少人模仿。但是
《老实街》的结尾的意味更为复杂。有好几种情况,有的似乎不
合常规,但是想起来仍然具有合理性。《大马士革剃刀》最为典
型,《弃的烟火》也很有意思,将一个真实的谋杀事件,改写为一
个内涵完全不同的悲壮故事。还有《花事了》,老花头深夜潜入
即将被拆迁的竹器店,抱着被女店主鹅遗弃的老竹椅,这一场景
揭示了他对鹅的隐秘的欲望,也让人意识到人性的深奥难测。
还有的结尾从客观物理的角度看,显然是不太可能的,但是却有

一种艺术的真实,比如说《阿基米德的一天》,兄弟死后床底下冒出一眼清泉。还有《大宴》,老锁匠不小心掉到护城河里,被流水负载着漂流而下,看到很多奇幻的景致,这些结尾闪耀着魔幻的色彩,但显然是隐喻了现实中的某种状况或处境。

以上当然仅仅是举例说明。总而言之,这些艺术手法的运用,使得这部小说给人提供了一种十分新鲜因而难忘的阅读体验。正是凭借这种种独出机杼之处,才打造出了一件具有鲜明个性品质的作品。

(原载《中华读书报》2019 年 1 月 30 日)

情到深处人孤独

——《我心何属》读后

一个人对于母亲的感情,会达到怎样的强烈深挚的程度?当沉醉爱情和侍奉亲人成为情感天平的两端时,他的心会向哪一边倾斜?《我心何属》这部有着鲜明自传色彩的小说,表达的便是这样的思考。

《我心何属》,书名仿佛是一种疑问的口气,透露着犹豫、不确定,但读完后,却分明为作品所表达的明确而强烈的真情而深深感动。作品通篇都与爱情有关,但却是在与亲情的纠缠中写爱情的,亲情不但作为一个强大的背景而存在,最终也成为他的情感世界的中心。或者说,对于主人公山川来说,对男女恋情的描写,并不是终极目的,它很大程度上是一种铺垫和过渡,是为了表达他心中占据至高无上的位置的亲情。

小说故事并不复杂。主人公山川到了男大当婚的年龄。他相貌英俊,身材魁伟,性格忠厚,人际关系好,在部队里从事的是受人羡慕的技术工作,业务精湛,发展前景良好,因此有好几位首长、老乡给他介绍对象,姑娘们的条件都不错,而且她们一见面也都很快喜欢上了他。在不少小说中,那种往往发生在男性身上的、爱上一个人却得不到对方回应、独自忍受心灵煎熬的痛苦,并不曾在山川身上出现。

但山川也有自己的苦恼和纠结,是别人不容易想到的:他的对象,要能够像他一样爱母亲,照顾母亲。说得再明确些,这是他选择配偶的前提。以婚恋为内容的作品太多了,堪称车载斗量,但说到题材的独特性,这部作品无疑可归入此类。对母亲的感情,成为他的爱情的立足点,也左右着它的未来走向。

这一点源自山川内心深处排遣不去的强烈而牢固的情结。还是在他幼年时,父亲突然得急症去世,家庭的顶梁柱折断了。母亲含辛茹苦、百折不挠地拉扯几个未成年的男孩,在孩子即将长大的时候,终因精疲力竭,得了重病。长大成年后的山川责任感极强,觉得照顾好一生受苦的母亲,是他义不容辞的责任,生命中至为重要的事情。人生中诸多事情的选择取舍,特别是婚恋,都要以此为尺度。关键不是两个人要两情相悦,更重要的是对方要能够发自内心地把母亲当作亲人看待,和自己一道,关心照料母亲,为她养老送终。与此有关,女方的地域、家庭等,都成了山川必须要考虑的因素。他毫不犹豫地婉拒了部队驻地一位才貌俱佳、父母为当地省城里的大学教授的女军官,唯一的原因就是担心和对方组成家庭后无法照顾母亲。正如作者在前言中写的,"为了她,他把爱情留步。"她,就是母亲。

"在本应享受爱情浪漫和激情欢愉的年纪,'孝敬娘'成了别人眼中他与恋人之间无法逾越的藩篱。"这是作者在书的自序中写下的话,但作为一部自传色彩强烈的作品,这其实是主人公山川的心声。这样,本来在别人是一件单纯而甜蜜的事情,在他则是瞻前顾后、滋味杂陈。山川的这种考虑，今天的年轻人一定会感到陌生。在这样一个张扬个性、强调自我权利的时代，个体的幸福是第一位的，比其他什么都重要。但山川是那个时代的人，思想行为都不可避免地打上了时代的烙印。当然，即便在那时，山川的做法也并非所有人会做到的，甚至可以说是大多数人难以做到的。对母亲的爱，甚至排在了最为炽热的男女情爱的前面。这是一种当代人很难理解的价值观，但它的的确确地支配着山川的整个生命。

这样，我们就可以说，作品中所刻画的主人公山川的内心矛盾、情感冲突，是一个具有鲜明特性的生命个体的产物，是这个生命被一种强烈的责任感驱使和控制的体现。这种责任感，说得更明确一些，就是"孝道"。小说对于山川丰富纠结的情感心理的描摹，就都是围绕这一个内核而展开。而对复杂情感的刻画表达，也正是文学最适宜的领域。

这部小说，主要写了山川与小青、翠竹两位女性的恋爱经过。两次恋爱，最后都未能步入婚姻的殿堂。与小青的关系，让读者强烈感受到了青春的美好，两颗陷入爱河的灵魂的真实的悸动。因此当两人的感情被山川以突兀的方式了结，就显得让人难以接受。如果说是山川剪断了与小青的情丝，那么在后来，则是翠竹主动中止了与山川的关系。这有她在特定历史条件下仕途受挫的因素，有阴差阳错的误会，有两人沟通上的隔膜，等等。这其中的复杂情形，以及由此产生出的一言难尽的情感心理，都得到了十分细致的描写。

　　这时再来看《我心何属》，主人公情感的执着之外，又分明有一种纠结的意味了。

　　打量这两次选择或者说两次了断，就触及一个带有普遍性的话题：我们生命中所经历过的事情中，有哪些本来可以有另一种做法？看完这部作品，至少我，是生发出了这样的疑问的。

　　山川可能过虑了，瞻前顾后、反复思量，反而影响到了他作出正确的判断。像小青那样纯洁、真诚、善良的姑娘，从她的性格、做事方式等看，分明是能够很好地对待山川母亲的，因为行为是情感的必然结果。而她也明确地表达了这一点：不论将来他把娘接来她所在的城市一同住，还是她跟着他回到他的故乡，她都乐意，都会像对待亲生母亲一样照顾好未来的婆婆。但她在城市出生成长的经历，她的干部家庭背景，给山川带来了压力，让他担心。这是不是也是一种误判呢？他既然已经对小青那颗美好的心灵有了足够的了解，为什么不及时把母亲的严重病况与小青坦诚交流，反而怀疑自己呢？他转而选择了翠竹，这位性格泼辣、作风干练、功利心强的女干部，最主要的原因就是她是同乡，且曾经是同学，似乎就更可能达到照顾母亲的目标，这是否也存在某种认识盲区呢？

　　循着这个思路进一步想下去，可能会超出这部作品的具体内容，而引申到一个关于人的认识的局限性的话题。

　　汉语中有个说法叫"悔不当初"。一个人事后对于当年的某种做法，会产生懊悔之情。每个人都会或多或少地有过这种感受。很多事情，的确是过后才能看清楚。时间给人以智慧，起到校正作用,让人认识到当初某种认识和行动的偏差。作为一名读者,我对山川选择与小青分手是倍感遗憾的。尽管他有着高尚的理由,但对小青来说,这样的结局显然是过于残忍了。美满的爱情以及由此诞生的婚姻,是多重因素共同作用的结果,借用一句经常被提及的话,是"在正确的时间遇上了正确的你"。山川和小青的情感,显然具有这样的性质。但这种美好却被山川给画上了句号。事实上,从书的前言中,从书里的具体描写中,也隐约能够感受到山川的后悔之情,其中有对于小青的歉疚,也有与一种极具现实可能性的幸福擦肩而过的惋惜。

这自然令人遗憾。然而另一方面,同样确凿无疑的是,正如西方哲学家所言,"存在的就是合理的",任何一种选择,都是在特定的时空背景下作出的,是诸多因素共同作用的结果,包括彼时的人生阅历、对于生活的理解等。也许多少年后回顾起来,会有新的想法,但时过境迁,无法更改当年的决定。因此,遗憾便只能永远是遗憾。

然而对缺憾的表达,正是文学艺术作品感染人的一个重要原因。古人云"国家不幸诗家幸",因为动乱和疾苦,最容易引发诗人的感慨,用诗句抒发出民众内心的忧愤哀痛。同样,个人命运中的坎坷挫折,也可以转化为具有审美价值的情感表达。这部作品读后让人受到触动,并生发出某种思考,原因正在于此。因此,从这个意义上,撇开那些难以说清的东西,至少我们可以说,这部自传体小说是对于青春岁月的一次追怀和祭奠。

尽管不同读者对主人公山川的思考和行为可以有这样那样

的看法,但对于一点,却应该无条件地予以赞美。那就是体现在山川身上的强烈的、贯穿始终的孝道。这个打上了鲜明的传统文化烙印的词汇,其实质是一种源自血缘关系的最为亲密、美好的人伦情感,是儿女对于给予自己生命的父母的深沉的爱和强烈的责任感。

这部作品,把这种情感可能达到的强度,表达得深刻而酣畅。这是一部直指人心之书。山川对母亲的爱和怜悯,对无力扭转母亲苦难命运的痛苦和无奈,让人在阅读中深深地感动。这让我们相信人心中善的力量、道德的力量。它们既然可以这般饱满充盈地体现在个体心灵中,同样也可以坚实地存在于一个群体的精神世界里。这种思考的结果,便是使我们对于人性抱有信念。

作为一部文学作品,真切性是《我心何属》一个突出的特色。小说对当时的城乡环境背景、大自然风景、人物的服饰装扮、生活里各种器具用品等的描绘,细腻细致,细节生动,有一种照相般的准确,让读者感受到那个时代的特有的氛围格调。作者写的完全是自己的真实经历,这就保证了作品质地的扎实。

读这部作品,让人进一步感受到了文学的力量。作者从来就不是文学行当里的人,一辈子从事的工作都与文学无缘,只是到了退休之后,可以说步入生命的晚年,有了充足的时间,来回忆咀嚼自己的一生,这时他感觉一些内心郁积已久的感悟需要抒发,而文学正是合适的方式,这才和写作结缘。作者写这部书,完全是不吐不快,是感情抒发的需要,是对过往生命进行梳理的需要。这种动机,也是最能够契合文学创作的本质属性的。从这个意义上我们可以说,通过这部作品,再一次印证了一种并不新鲜的观念:写作,对生命具有重要价值。

生活是一口深井

——读《警官王快乐》

　　李迪先生擅长公安题材文学创作，几年前的纪实文学《丹东看守所的故事》曾引起热烈反响并被改编为电视剧，日前又推出了一部小小说集《警官王快乐》，依然煞是好看，读了第一篇便难以放手，一口气读完，十分畅快。

　　这部小说集，其实可以说是一个副产品。他深入太湖之滨，对无锡公安系统一百多位来自各部门、各警种的优秀骨干民警进行了深入的采访，掌握了大量第一手材料，写出了一部厚重的报告文学作品《无锡铁军》。面对琳琅满目、真金白银般的素材，他感到意犹未尽，又进一步激发艺术想象，虚构了一个基层民警王快乐的形象，演绎了一百个短小幽默的故事，生动讲述了新时期社区民警忠于职责、一心为民的奉献精神。故事皆有出处，原型分属多人，集中体现在王快乐身上，借写个体神采而折射出群体的面貌。

　　在小说中，转业军人王快乐是惠山新城幸福社区的"片儿警"，每天面对的是最普通的百姓、最平凡的生活。故事发生的场景，都是菜市场、居民区、街头巷尾、楼上楼下，故事本身也无非婆媳斗嘴，邻里失和，交通剐蹭，小偷小摸，拆迁引争端，宠物惹口舌,痴呆老人走失,问题儿童生事……绝大多数都是鸡毛蒜皮似的琐碎事情,看似无足轻重,但如果处置不当,矛盾积累起来,就可能激化,酿成大的祸端,危害社会安全,所以不能掉以轻心。处理好这些事情颇费周折,但王快乐却乐在其中,因为他从百姓的赞扬中,从所管辖的社区的平安祥和中,感受到了工作的意义,自己生命的价值。

对于那些喜欢借助惊险刺激、悬疑诡谲的影视作品来想象公安民警生活的读者,这本书中的内容或许会让他们失望。但相信只要他认真读上两页,这种感觉便会被驱散。平凡生活的深入发掘和成功书写,也自有其意义和魅力。

阅读快感的来源,第一要归功于王快乐这个生动传神的形象,让人如见其人如闻其声。李迪让他生就一张鸭梨脸,这首先就赋予了人物形象以鲜明的喜剧性色彩。王快乐四十出头,天性乐观豁达,正直善良,待人和蔼友善,工作认真负责,世事历练中积攒的经验和智慧,让他在面对纷繁复杂、千差万别的矛盾纠纷时,灵活变通,不按常规出牌,一把钥匙开一把锁,方式方法多样,使得每件事情都得到了妥当的解决。他用快乐化解不快乐,让快乐像阳光一样,普照社区群众。

单单看书中每个故事的题目,就十分诙谐有趣:《狗拿耗子》《请仙容易送仙难》《招猫逗狗》《孙老太不是孙悟空》《恭喜你答对了》……社区民警面对的原本让人烦恼的各种纷乱琐屑的冲突龃龉,在作者的艺术观照下却具有了一种特别的幽默。这显然与作者李迪的个性有关,或者说,作者乐天幽默的天性,让他更容易发现生活中蕴涵着的喜剧性元素,并用一种夸张的手法表现出来。需要提到的是,画家刘学伦的配图也赋予这种喜剧感以鲜明可见的特质,堪称相得益彰。

故事有趣,故事讲得也有趣。一百个故事,每篇都是千把字,形式上整齐划一。篇幅短小,实际上是对作者提出了更高的要求,尺幅之地,要体现出起承转合,闪转腾挪,矛盾的萌生、发展和化解,都要在一千字中完成,尤其需要谋篇布局的功力,作者处理得都不错,一些地方颇得中国笔记小说的神韵。特别是每篇故事的结尾,往往既出乎意料,又合乎情理。

也要为小说的语言点赞。它活泼、生动、幽默,高度口语化,阅读的感觉仿佛听评书,让人忍俊不禁。举《施耐庵来也》为例。一个名叫施耐庵的小伙子前来求助,并自称自己只是和古典名著的作者"重名重姓,《水浒》不是我写的"。王快乐回答是"那当然,那当然"。读来完全是对口相声的感觉。小伙子说到自己的哥哥是狂躁型神经病,犯病时把自己当成林冲或者鲁智深,操刀弄棒,十分危险。王快乐先设法将其送进救助站派专人看管,义送医院治疗,病情逐渐好转,施耐庵大为感动,抱住王快乐就哭。"王快乐说,你别哭了! 施耐庵说,水浒没泪,就成水许了!"这正是典型的李迪式语言。

习近平总书记在文艺工作座谈会上的重要讲话中指出,文艺家只有深入生活,扎根人民,才能创作出精品。《警官王快乐》的创作,就生动地印证了这一点。读这部作品,分明感觉到一股极其鲜活浓郁的生活气息扑面而来。为了写好警察故事,作家李迪六下无锡,前后采访上百人,根据录音整理出几十万字。曾经听到李迪十分感慨地谈到,书中很多生动的情节和细节,完全是靠深入采访得来的,仅凭虚构根本不可能想象出来。他热切地拥抱生活,生活也给予他慷慨的回报。在《警官王快乐》的后记里,他写道:"生活是一口井。找到井,有水喝。"这是李迪发自肺腑的感悟,也应该成为一切有理想的作家、艺术家的共同追求。

(原载《北京日报》2016 年 4 月 19 日)

刘琼印象

认识刘琼多年了。在某一次论坛活动中间休息的场合，看到她和多位来自天南海北的与会者聊天，轻松随意，言笑晏晏，忽然就有了这样的一个想法：她如果早出生若干年，譬如在革命时期的军队中，应该是一位善于做思想政治工作的女政委，至少也该是指导员一类角色。秀气中蕴涵英气，柔婉里透着爽朗，细致却又旷达，善感而不多愁，让接触到她的人不由得会产生一种亲近感。

然而她是"70后"一代，供职于报界，于是那一种性情和才分，便投射和体现在她所主持的版面上。号称中国第一报的文艺评论专刊，责任之重大毋庸多言。同时面对庙堂和士林，既要传达意识形态声音，又要突出学术理论含量，既要顺应新闻纸属性而强调话题的当下性，又要追求能够传之久远的文章品格，诸种关系要应对得当，要拿捏好尺度，让谁都认可都买账，不是一件容易的事。同样身为报人，从事内容相似的营生，推己及人，我知道个中的甘苦滋味。而因为她所置身的处所更重要，影响力和责任成正比，要求自然也就更高。但她显然做到了左右逢源、游走自如，也因此被上级看重，不久前获得擢升，去承担更为繁重的工作——这点且不去说了。

编辑行当中,每每有人喜欢以"为人作嫁"自况,语气中不免透着一股怨艾和自怜,仿佛一腔才华全都耽误在伺奉别人上了。但也完全可以不如此呵。譬如刘琼,就在同样的境遇中,把自己变成了一名评论家,兼有了一重她的服务对象的身份。她哪里只是给别人作嫁衣,也时常为自己精心裁制一件,漂漂亮亮地穿在身上。而且这个身份产生的影响力,似乎越来越走在了她的职业的前面。

说到这一点了,话题就不能不由人入文,不然就说不清楚。她是正规科班出身,从本科到博士,每一步都走得扎实,受到了严格规范的学术训练。于是你会在她的时常上万字的洋洋洒洒的文章中,读到定义清晰的概念术语,看到逻辑推衍、思辨展开的整个过程,如何从一部作品或一个理念开始,经过一步步扩展伸延,归拢相关的材料作为论据,构建出一种足以自洽的论点。读这样的文章,能够感觉到背后一种冷静有力的理性的操控和导引。仿佛是为了应对可能出现的辩驳,某些地方在作出明确结论时,以守为攻,语气中也安排了一些犹疑和弹性,承认例外的存在,期待善意的讨论,显示了她的某种狡黠和缜密。当然,更应该是来自一种对于事物的整体性及复杂性的认知。

更为难得的是,在表达这些东西时,她有属于自己的语调和姿态。这就让她与一些操持同一行当的人有了区别。相比文学创作,文学批评更不容易具有个性,因而也不是被特别强调。但她却是正处于现在进行时,已然形成了某些辨识性。

　　游说无根,举例为证。青年女作家付秀莹的长篇小说《陌上》,写了时代剧变对当下精神风俗的影响,于不动声色中揭示了乡村社会的公序良俗如何在一步步沦陷。小说发表后备受赞誉,评论也多,我读过若干篇,有的也的确见解不错,过后却记不得了,但对刘琼的那篇印象深刻,缘于其中一句话——"《陌上》是群芳谱,芳村是付秀莹的大观园和西门宅院"。因为这样的表述具备鲜明的个性。有了"大观园"和"西门宅院"这两个关联了传统文学经典的喻体,就让被评说的对象,由一变成了多,从眼前给推向了远处,获得了一种社会生活的景深,同时也获得了一种文学本身的尺度。她准确地捕捉了小说美学呈现上的独特之处——"生活细节的质感重现,它或能最终填补历史叙述的罅隙。"她认可别的论者所言的"风俗画"特征,却清晰地指出它不是"日常"的风俗,而是风俗的"非常"和"变异",进而揭示了作品审美指向的实质所在:"《陌上》虽然语言风格接近《红楼梦》,它对于社会现实的表现和理解,更接近兰陵笑笑生写《金瓶梅》式的犀利和悲观。"借助于这样两个形象来概括这部小说的社会学和美学的价值,生动可感,宜于理解。刘琼总结道:"陌上花开,少年不在,这是付秀莹的深刻或狠心。"而从评论中我们分明也见识到了刘琼的冷静犀利。

　　这篇评论也比较充分地体现了她的表达风格——有规范的学术遵循,却规避了呆板枯燥。众多的形象造就了画面感,间或出现的口语产生出灵动活泼的效果,也让字句间有了一种质感。

这并不容易，但她做到了。这颗"洋葱"——在文章开初她如此比喻这部小说——她剥得认真而细致。

具备了这些已经让人刮目相看了，但比较起来，还有一点更加难得，也更为重要。

在评论中，她不忌讳把自己放进去。她不把批评看作纯粹的智力游戏，不将作品当成完全的客体，告诫自己保持距离。你能够看到她的性情，她的尊奉和贬责。她激赏青年作家李修文十年沉寂后推出的《山河袈裟》，撰写长文鼓呼。我也很喜欢这部品质特别的作品，正如刘琼所言，"它建构了一个超级文本，产生了强烈的异质性、陌生感"，因而看得投入，不过相比她的细致和深入却相形见绌。她欣赏作者以"人民与美"为圭臬的写作追求，指出审美取向的明确性正是其最堪称道之处。岁月沧桑中，卑微底层众生身上的善良、隐忍、怜悯和正义感，如同山河一般广阔浩荡，她感动感慨，击节叫好，毫不遮掩。你会感觉到，她正在倾情而做的事情，与其说属于知识体系的建构，不如说是确立和印证立身的姿态，指向的是更高层级的意义。此时，眼前的作品充当了她的思想展开的参照。因此，她不在意保持所谓主客体的间离感，更无视叙述的"零度"，而是灌注了饱满的感情，有时甚至表现为一种呼喊的姿态。文章题为《重建写作的高度》，实质是对一种精神向度的向往，经由不加掩饰地向作者的致敬而传递出来。

如果说从《陌上》评论中看到了刘琼的文风特点，那么这里显示出来的则是论者的精神关怀了，有一种"为人生的学问"的指向。唐人说过："士之致远，先器识而后文艺。"人的格局，影响到文的气度。我倒是愿意援引更多的文章，来说明这种关系在刘琼身上的体现，只是因篇幅所限无法展开。不过，窥一斑而知全豹，庶几也适用于评价她吧。

评论之外，她也写一些更宜于直接抒发胸臆的散文。尽管这类文章中依然也打上了知识性、论辩性的鲜明印记，但女性的感性丰盈的一面，在这里得到了更好的释放。如她去苏北泗阳游历后，写下了《泗水流，静静流》一文，介绍了此地的人物风土、历史沿革，古诗词中的有关描述，它们传播过程中的情形，还对不同作品作了风格比较，并进一步述及文学存在的独特价值，它对于历史的映照，等等，可以说游刃有余地掉了一番书袋。结尾处，她感慨："静，才会好。就像这泗水的水，任王侯将相岁月更替，任吴山削平古渡增容，都是这样不疾不徐，静静地流。"底牌在最后一刻亮了出来。此时你意识到，这才是真正的"卒章言志"，前面仿佛有些冗赘的介绍，正是必要的铺垫，就如同舞台戏曲中的过门，意图在于更好地引向主题意旨。可见智性的发达也并不妨碍对情感的眷顾沉浸，而"现世安稳、岁月静好"的境界，显然更普遍地受到女性的属意。

这样的境界，适合有和暖的风吹拂着，有明亮但不炽热的阳光照耀着，一如每次见到刘琼时，感受到的一种氛围。她就是这样，随身携带了某种明亮的东西，一双眼睛含了笑意直视着你，坦诚，友好，善解人意，目光中有洞察，却愿意包容和体谅，愿意尽她所能帮你做些什么。

刘琼年华正好,修为充足,各方面的酝酿都到了最佳的火候,那么,对你有更高的期待,不也是十分自然吗?

(原载《南方文坛》2018 年第 2 期)

时间、历史、人性，文章的苍茫与细腻……
——与夏立君对谈

夏立君，作家，高级编辑，山东沂南人，现居日照。曾出版《心中的风景》《时间之箭》等文集，发表《草民康熙》等小说。以散文集《时间的压力》获第七届鲁迅文学奖。

彭程：夏兄好，祝贺获鲁奖。你在作品中把"时间"突出出来，不难理解。你把时间当作一个恢宏又细微的尺度了。个体的人只能生活在时空的一个节点上。你提出的"时间单元"概念，给人印象深刻。古今实际同处一个"时间单元"。它的核心是人性的共通，是时间长河中不曾变易的人性根基，让人想到"太阳底下无新事"。这一点使得与历史人物的对话成为可能。

夏立君：彭先生好。同为副刊人，很荣幸能有此交流。从时间的连绵不断来讲，古人、今人不过是处在时间那端与这端的人。"时间的压力"也就是生存或存在压力。"时间单元"可大可小。越是不肯敷衍此生的人，越珍视时间，越易感到时间的压力。古今同理同情。我确信，起码在人类能用文字记录历史后的这数千年内，人性并无实质性变化，更不用说在更小的时间单元内了。这的确是与古人对话得以实现的前提。

我生于沂蒙山区一个闭塞村庄，村里识字的人很少，家里也闻不到什么书香,我却自读初中时即立志当作家。我的文学追求,一开始就与历史阅读兴趣相关。一些很简单的历史读物,就会引起我儿童少年式的苍茫感。这或许就是创作《时间的压力》的远因。创作一定程度上就是拜访童年,让童年成长。"童年时间"是缓慢的,后来的时间越来越快了。

彭程:你的写作提供了鲜活的在场感,从"历时性"中辨认出并强调了"共时性"。这一点不但对写作者是不可或缺的前提,对读者也是至为重要的。你的在场感的实现,首先是你真诚地打开了自己,深入历史时空里的场景与人性,不是简单地到达某个遗迹,发一通感慨或戏说。对"人性"的探测通约了整部作品。可以说,经由一条熟悉的人性通道,借助"同情的理解",而得以进入了幽暗陌生的历史深处,进入不同历史人物沟壑万千、大相迥异的内心世界,直面他们的困境和挣扎。当然,前提是作者的这种剖析解读必须是真诚的、郑重的、准确的,且是具有洞察力的。令人欣慰的是,你很大程度上实现了这一点。

夏立君:追求在场感,必须先打开自己,也只能以人性为"通约"。打开自己,郑重地对待古文本、对待古人,以自己的情怀呼应古人情怀。若对古人都不能真诚,对活人的真诚恐怕更是个问题。没有一朵鲜花需要镀金,没有一位古人需要后人的虚情假意。有些人是连鬼连神都想哄骗一下的。

"历时性"与"共时性"的关系,我这样理解:作者是否有能力将"个性"或曰"个体性",表达为"公共性",即解读古人能否引起今日读者共鸣。这是文章能不能站住的根本问题。出发点若不是关怀眼下这个世界，何必叨扰那些长眠者的安宁呢？

彭程：这本书你写得很苦，花的是笨功夫，感受与思考都是萌发生成于文本与史实探究之上。这就避免了此类作品中容易出现的空疏浮泛。这种对历史真相的呈现，辅之以文学化表达的羽翼，自然便能够高翔远举。可以说，你这部作品实现了史、诗、思的三位一体。譬如写陶渊明，将他比况为一棵独立于天地之间、吐纳宇宙风云的树，缓慢、静穆而自然，指出他给中国文化的库存中增加了一个"田园魂"，将人类比喻为"怀乡团"，因为"故乡、田园的深层意蕴正是自然、自由这一人类根性"。这样的修辞与思考方式，显然有助于让主题表达臻于深化和生动，有利于实现说服力与感染力。当然，要到达所向往的境界，必然要经历艰辛乃至惶惑。

夏立君：写此系列之初，好多文友都表示疑惑。他们都是好意，我不辩解。虽已坚持写作几十年，却感到有好多东西处在模糊隔膜状态，需要一个成系列的深入读写来打通。我觉得，完成一个古人系列是比较靠谱的途径。历史散文领域，确实早已名家云集。但我有我的自信。若只能成为滥竽充数者，我会十分瞧不上自己。退一步说，若写不出属于我的东西，权当逼自己读书了。

选择了近二十位自先秦至明清的代表性人物，原计划三个月左右读写一人，可是实际每一人皆耗时半年甚至更久，时间少了就是不行。交此书稿时，连计划的一半都未完成。一旦动笔，一两万字文章很快就能完成，而研读打通，产生冲动，则需要漫长时间。陷入较深惶惑时,我这样对待:一是放弃,研读甚久却不写的人物有好多位;二是扩大阅读思考范围。海德格尔《荷尔德林诗的阐释》及论文《人,诗意地栖居》对我解读陶渊明等古人,福柯《不正常的人》对我解读李斯、商鞅等古人,阿德勒、费洛姆等人的心理学著作对解读李白等古人,都有很大帮助。没有西方现代哲学、心理学的映照,我所追求的解读境界难以实现。我们的传统确实未产生"我们的"现代哲学、心理学及其他现代文化,只好用"拿来主义"。

彭程:作品为证,有理由认为,你形成了自己独特的美学风貌。从作品中,既能感受到你的澎湃激情,亦能感受到你的理性力量。你似乎喜欢那么一种"单人独骑"的境界。生活上、美学追求上,或许都有这种倾向吧?

一个人的本质,要从他倾情投注的对象中找寻。写作可能是最应具备这一性质的劳作。历史浩瀚而渊深,这些人物所承担的文化和人性的信息丰富而复杂,对他们的长久瞩目,势必会深刻地影响到你的胸襟情怀、价值关切,影响到你的文学观念、表达方式,以及更广阔意义上的美学取向。我时时能感受到文中的苍茫、雄浑乃至粗粝,又有细腻、婉转底子。有时,可以速读,而更多时候,一不留神,就感到错过了什么,需回一下头。你用文字走很远的路。你喜欢曹操,应当就是喜欢他的苍茫。

夏立君:不好说他人如何,我的审美追求是比较模糊的。标举追求什么未必能表达出什么。作品的审美风貌一定是作者个性与文化素养的综合呈现。写作的确是必须亮出个体本质的劳作。写作而想隐瞒个体本质，是一个不可能完成的任务。说假话显然不是创作。

我大约的确比较向往苍茫的审美境界。三十多岁时，我在新疆喀什工作生活过三年。我常放弃乘飞机往返山东的待遇，一个人不断换乘各种车辆，一次次游荡于古老的丝绸之路。一个人，望向遥远雄伟的雪峰；一个人，行走在见不到人影的沙漠戈壁。我就是愿意一个人上路。稍一热闹，往往就什么也没了。曹操的诗文，就是一人独对苍茫宇宙。曹操有千军万马，但精神上绝对是单人独骑。大作品必具大时空，必苍茫。《史记》《红楼梦》如此，《登幽州台歌》《兰亭集序》等亦如此。后者是篇制小却苍茫无限的大诗文。"后之视今，亦犹今之视昔。"这是把过去、现在、未来看作一个"时间单元"了，这里包含着极苍茫又极细腻的情怀及人性洞察。常常是越苍茫越细腻。

彭程：不难觉察你对鲁迅的热爱。《时间的压力》中对历史和传统的拷问和反省，闪现着鲁迅作品的某种色调。鲁迅作为一名"暗夜里的思想者"（阎晶明语），毕生在彷徨中呐喊。不难看明白你在历史人物解说中的现实寄托。

你说要将古人系列先停下来。如果说在历史题材写作中，寄托点什么相对比较容易表达，那么在下一步可能进行的现代或现实题材写作中，如仍然延续这种关切的话，会以一种什么样的面向、方式和姿态呈现呢？依托历史的言说，与对现实的直接书写，这中间似不会有鸿沟。但毕竟不一样。

夏立君：前段时间刚读了阎晶明先生的《鲁迅还在》，同时重温了《呐喊》《彷徨》。不管人们怎么对待鲁迅，鲁迅已融入中国现代传统是事实。鲁迅有激烈批判传统的一面，亦有活在传统中的一面。鲁迅抄古碑、撰写《中国小说史略》、整理《嵇康集》等，下功夫很深。鲁迅这代学人的命运与担当都是非凡的——背负沉重的传统，遭遇西方文化的强刺激，得以暴发出耀眼的光彩。如果我的作品是因多少具备点鲁迅精神而获奖，那我就太荣幸太欣慰了。我将理解传统养育出的杰出古人，当作对抚养自己传统的一种回报。回报不是膜拜。反省、警鉴是中国古史传统。对待历史，反省不能缺位。个体如处于完全无反省状态，这人迟早必入困顿之境。放大了看，亦是如此。我想，一位中国作家，当他要写点什么的时候，若能读一读鲁迅，或至少想一想鲁迅，起码能免于过分媚俗与浅薄吧。

古人系列读写计划虽未完成，但费时已超过了我的规划。必须停下来。历史与现实之间的确不会有鸿沟。没有历史参与的现实是不存在的。若有较强大的文学表达能力，自然是能体现包容性的。世上有生机的事物，既能生存于沃野，也有能力夹缝中求生存。文学有尊严有硬度，亦有它的柔韧性。策略上的调整是必要的。十多年前了，有一年时间在一个镇里挂职，较清闲，就写了六七个小说，大都发了，《小说选刊》还转载了一个。回味一下，感觉写小说易愉快。小说能让作者在作品里隐藏或部分隐藏，散文创作则只能把自己交出。当然，这不能排除高明的作者能在散文里隐藏自己。

彭程：折桂鲁奖，你说感到意外。你自称"创作成就不高"，若用数量来衡量的确如此。但能够凭借有限的作品而获奖，也反而更能够映照出作品质地的扎实优良。荣誉也会成为一种压力吧？各种活动、笔会、出书的邀约估计会联翩而至。另外，获奖会不会影响今后你的创作方向？

夏立君：能感受到时让你时间碎片化的因素比从前更多了。不过不要紧。如从前就喜热闹，不会有《时间的压力》。完成了《时间的压力》，抗热闹能力应更强。再说，一介书生，亦不会有多少热闹。获奖的热闹，一阵就过去了。

我的创作方向应当不会因获奖而有明显改变，但对写作心态会有影响。有些作家对题材有较强的稳定性、执着性，有些作家则有较大跳跃性。我应当属于前者。即使我"跳跃"到小说写作中，恐怕也脱不了散文写作中形成的方向与氛围。今后的时间里，会另有一种特别的"压力"。应当写出更好的作品，对得住鲁迅精神，对得住这个奖，也对得住自己为文学所经受的磨难。

我迟至五十岁始能进入专业创作。幻想中的黄金创作期只能确定在五十至六十五岁左右。对这块时间怎样分配使用，我不能掉以轻心。太阳底下无新事，这是旧话；太阳每天都是新的，这亦是旧话。

（原载《文学报》2018 年 9 月 12 日）

追溯一种文化的源头

——读《荷马之旅》

谈到西方人对于传统的尊崇时,经常会被说起的一句话是"言必谈希腊"。在东方,古代中国的读书人则喜欢援引"子曰诗云"来抒发自己的情感心志。在各自的语境中,这倒也不奇怪。但倘若一位生活在今天的中国人醉心于三千年前古希腊的种种,则还是难免让人产生某种讶异之感。拿到这部长篇散文《荷马之旅》之初,我心中就浮现过类似的感受。我首先想到的是:作者写作此书的动力何在?

该书的作者,是以报告文学而成名的作家理由。二十世纪八九十年代,他的《扬眉剑出鞘》《痴情》等一系列密切关注现实的作品,曾经引发热烈的社会反响。但这一次的写作,题材转换却是如此剧烈,从国内到域外,从现实到历史,其间的巨大跨度,不啻他所寄身的北京城和他所神驰的地中海之间的迢遥距离。

作者自称,是一次偶然的触发让他进入了荷马史诗的世界,不想接下来却一发而不可收,了解特洛伊战争的初始念头,逐步升级为一个宏大的雄心——弄明白何以希腊会成为西方文化的源头。文学的巡游最终变身为文化的追溯,其间的关联和衔接,递进与转捩,在书中有着清晰缜密的脉络梳理。四年中,受着这个想法的驱使,他付出非同寻常的心力,阅读的书籍就装满了一个书架。从行文中随处可见的援引中,可以感知这种探测所达到的广阔和深入的程度。正是这种笃实而细致的工夫,最终确立了这部作品的不俗质地。

正如陆放翁诗句所言,"纸上得来终觉浅,绝知此事要躬行。"学术研究特别是涉及历史人物事件的研究,现场感至关重要。这部《荷马之旅》还有一个副题"读书与远行",让我想到清初朴学大师顾炎武的"读万卷书行万里路"。顾氏一再倡言"求实学",强调"知"与"行"的统一,推重身临其境的益处。的确,无论是辨识史料记载的真伪,还是体会彼时人们的情感心灵,获得真切的代入感,田野调查的环节都十分必要。在星空之下,大野之中,遥想当年,灵魂受到的触发,思维获得的激荡,其振幅和力度,都不是单纯埋首故纸堆中能够相比的。通过这部作品,理由证实了自己是一个虔诚的躬行者。他数次远赴希腊和土耳其,置身史诗中故事发生之地,仰观俯察,玄思默想。特洛伊古城、德尔斐神庙、克里特岛、科林斯地峡、阿伽门农的故乡迈锡尼、奥德修斯的故乡伊萨卡……这些与两部荷马史诗《伊利亚特》和《奥德赛》中的内容密切相关的地方,都留下了他的履痕,并且经由他生动的描摹,鲜活形象地呈现出来,读来仿佛跟随他一道,在巉岩绝崖、断垣残壁间盘桓,流连忘返。明亮灼热的阳光泼洒下来,身旁橄榄树的叶片熠熠闪光,抬眼望去,辽阔无垠的爱琴海泛着酒蓝色的波涛。

这种设身处地的亲历感受,有助于研究者辨识具体环境中的人性成长、历史生发的路径。十九世纪法国著名史学家、文艺理论家丹纳在其《艺术哲学》一书中,把种族、环境和时代作为艺术的三种基本动因。既然艺术不过是对现实生活的再现,那么这三种因素当然也同样是具体生活的塑造者。希腊多山,土地贫瘠破碎,提供的生活资源有限,而辽阔的地中海则允诺了无限的可能性,促使希腊人沿着航路向四面八方拓展,成为"水手、殖民者和商人"。希腊人个性中的鲜明特征,诸如富于竞争和冒险,对勇气和力量的膜拜等,这些在荷马史诗中被酣畅淋漓地描绘过的品性,便都是在这样的自然环境中形成的。置身于希腊的山海岛屿间,相信一个人能够更真切地认识到这一点。

研究荷马史诗的著作可谓汗牛充栋,涉及哲学、历史学、语言学、考古学、人类学、宗教、社会学等诸多人文社会科学学科。作者的选择是从人性的视角切入,再由这点层层推演衍化出丰富的内容,仿佛一颗石子被掷入池塘中,荡开一圈圈涟漪。对于以作家立身的作者来说,这也是自然而然的。荷马史诗最具魅力之处,让人最感亲切的地方,首先正是对古希腊青铜时代的人们的生活的生动展现,对丰富鲜活的人性的真实袒露。"请歌唱佩琉斯之子阿基琉斯的致命的愤怒,那一怒给阿开奥斯人带来无穷的苦难……"一万六千行长诗《伊利亚特》开头的这两句,就赋予了整部史诗一种强烈浓郁的感性调性。夺回被特洛伊王子劫持的美女海伦,是分散在各处的希腊英雄们联合起来远征特洛伊的动因。这些半人半神的英雄们，从阿伽门农到阿基琉斯，从赫拉克勒斯到忒修斯，每一位都是个性鲜明，独立而自足。他们勇敢、豪迈、率真、贪婪、易怒、嫉妒、好色，集人性的极端状态于一身，既匪夷所思，又合情合理。在公元前八世纪的盲诗人荷马的吟唱中，这一切被表达得淋漓尽致，时隔三千年后重读这些诗句，依然是如闻如睹。

艺术是生活的镜像。史诗中的英雄们身上体现出的，正是这样一种"裸露的人性"，是人类童年阶段的情感状态，随心所欲，放任无羁，还没有经过后世那样的理性的洗涤，道德的制约，规制的掣肘。如作为史诗主题之一和叙事主线的，是联军统帅阿伽门农与第一勇士阿基琉斯之间的冲突。希腊军队中没有绝对的权威，不存在主宰者和臣服者的角色定位，力量和取胜是衡量评判人物的最高准则。这种人性状态，孕育出好强争胜、张扬个性、看重契约、信奉丛林法则的价值观念，这些正是今日西方精神的最重要的基因；也发展出与之相适应的议会民主、城邦国家等制度和政体，并在继承与发展中逐渐形成了欧洲文明进而整个西方文化的整体面貌。了解了这些，再来看"言必称希腊"，良有以也，因为在这个文化的坐标系中，古代希腊正处于一个原点的位置，以故才可以说"希腊是全世界人的希腊，藏有人类文化的长长密码"。作者对此间内在逻辑关系的梳理，颇具一种严整而缜密的意味。

在对西方文化的源头进行深入勘察之外，这部书的启发价值还来自另外一个维度，那就是在相同年代背景下对中西方文化的比较。譬如在论及海洋塑造了希腊人的性格时,也指出了农耕文明对中国精神的哺育作用。与土地少而贫瘠刺激希腊人频繁迁徙、对外扩张相反,黄河两岸广袤肥沃利于耕种的土地,让我们的先民安土重迁,也在这种生活方式中形成了平和、内敛、保守的精神气质。这种比较穿插闪现于作品中多处地方,具有某种系统性、整体性的特点。因此,阅读此书,不仅仅是一次西方文化的溯源之旅,同时也在一种异质文化的参照下,获得了一副打量认识母体文化的眼光。

学术研究的大敌是浮泛疏阔,这部作品虽然定位为文学文体,却始终是贯穿了冷隽清明的理性精神。作品对希腊文化精神的分析阐释,是建立在、附着于具体可感的史实资料之上的,是及物的,从而具有了可触摸的质感。还是举个书中涉及中西文化比较的例子,像对英雄的定义,古代希腊人和古代中国人就大相径庭。在两种文化中,勇气和力量都是英雄共同的标配,但中国人心目中的英雄必须是正义和道德的化身,而希腊人的英雄却未必如此。联军统帅阿伽门农在即将率军远征特洛伊之时,却因为一己的色念,强行索取头号勇士阿基琉斯身边的女俘,引发后者暴怒,退出战场,导致希腊军队败绩连连。两人这种"不爱江山爱美人"、意气泛滥罔顾大局公义的举动,在中国人眼中是难以理解的,但这并不妨碍被古代希腊人大加颂扬。再譬如对年代相近的商朝殷墟和古希腊迈锡尼墓葬中的殉葬品的比较,前者大量使用人祭,骸骨累累,而后者更多是以象征物来替代,鲜见确凿的人殉发掘。这当然并不意味着东西方的暴力文化有伯仲之分，但却可以表明在彼时西方暴力的指向更多是对外的征伐与杀戮。正是经由这一类具体而感性的辨析，文化的差异性得到了有说服力的揭示。

但说千道万，荷马史诗毕竟首先是作为文学作品而存在的，这一点不容忽略。特洛伊战争是否真正发生过，学界一直悬置未定，但这并不妨碍《伊利亚特》和《奥德赛》的生命力。作为对于那个交战频仍的历史时期的艺术概括，它达到了一种本质的真实，生发了无穷的魅力，故而得以流传近三十个世纪而不衰。因此，即便是得了文化之"鱼"，却也不可以忽略文学之"筌"。这部《荷马之旅》读来让人感到过瘾，十分重要的一点，就缘于作者始终清醒地认识并尊奉史诗的文学本体地位，对其展开充分而深入的艺术性分析。人与神杂处，天界与俗世交融，史实和传说共存，在这样的背景下，荣誉与爱情、崇高与阴谋、生命与死亡的大戏一幕幕地上演……史诗中的世界恢弘瑰丽，气象万千。基于作家的敏锐和写作经验，作者对史诗中的人物、故事、结构、悬念、氛围、节奏、语言、修辞、叙事者姿态等都进行了充分透辟的分析，可以说是一部摇曳多姿、带有鲜明的主体性色彩的名作导读，对想深入了解这部史诗的读者无疑会大有裨益。

有了这些认识，文章开头的疑惑或许能够获得解答了。驱使作者穷数年之功写作的动力，固然关乎刨根寻底详解名著的个体需求，但在天下高度融合、地球缩微为一个村落的当下，却亦是一种时代精神的折射。这种时代精神需要不同文化间的交流和镜鉴,从而获得一种宏阔的视野和包容的智慧,以指导和服务于当前的生活。读毕掩卷,你应该会认同作者的观点:"阅读荷马的意义,在于他给了我们一次穿透性的机会。"

（原载《文学报》2019 年 10 月 10 日）

《名作家记》:对文学的无上热忱

"当时共我夜语人,点检如今无一半。"在新出版的散文集《名作家记》的自序中,作者张守仁先生不无怅惘地写下这样的诗句。当一个人步入老境,怀旧便是最自然不过的情感反应。流年似水,多少故人往事都化作了前尘梦影,难免让当事人怅惘不已。固然,对于一位回忆者而言,让他印象深刻的一切经历都是有意义的,但如果这些又是公众关注的内容,显然就更容易引发普遍的兴味。

在《名作家记》中,内容的公共性无疑十分鲜明。作为文学名刊《十月》杂志的创办者之一和负责人、骨干编辑,他在漫长的编辑生涯中,与众多当代最为著名的作家交往密切,经手编发了他们的大量作品,其中不少已经成为当代文学经典。这其中肯定有着许多可以作为谈资的人物和故事,无论对于专业文学研究者还是广大文学爱好者,都具有某种意义和价值。作者意识到了用文字来记录自己编辑生涯的重要性,这是一种使命般的驱使:"我这个《十月》老人有不可推卸的责任,写下长达四十多年的编辑忆旧,记下新时期黄金岁月中旗帜性刊物《十月》的风采,录下作家们的音容笑貌、情感历程、生活细节,不让它们湮灭于历史尘埃之中。这是我晚年必须做的事,也算是我这个老编辑留存给读者的一份薄礼吧。"

这种认识和追求,使得《名作家记》成为一本别具特色的散文集。在某种意义上,可以将它看作一部个人的新时期文学史。在这部书中,将近四十年来的中国文学的历程,包括让人们缅怀向往不已的二十世纪八九十年代的文学"黄金时代",经由具体的作家和作品,都得到丰富而生动的记载和折射,留下了十分珍贵的资料。但就我个人来说,阅读中最为着迷的,还是其文字间营造出的那一种真切鲜活的现场感。几乎每一篇的阅读,可以说都是对于这一点的印证。从那个年代一路走过来,并且与所写到的某些人物也曾有过交往,——当然从广度到深度上与作者都远远无法相比——让我尤其在意其再现描写对象时达到的效果。就此而言,这部散文集提供了一种颇为酣畅的阅读愉悦。

这种感觉,首先来自作者对所写对象的高度熟悉。在《最后一位文人作家汪曾祺》中,作者描绘了他眼中的汪曾祺。多年的密切交往,让他对老作家的身世经历、脾性喜好等都了然于心。既嗜烟又好酒,还是地道的美食家,精通音律,书画俱佳,一个淡泊豁达的老派文人的形象,一种将寻常日子艺术化的生活方式,通过许多具体鲜活的故事和细节,跃然纸上,读来如闻如睹,如在眼前身边。"这种才子型的文人作家、如此可爱的老头儿,只能孕育于特定的时代背景、特殊的家庭环境以及西南联大那样特别自由的教育方式。"这样的评价,来源于长期交往与深入了解后的亲近和默契。读了这篇文章,显然有助于增进对其作品独特的美学格调和深湛的艺术韵味的欣赏。

　　这样的知人论世，也体现在记述徐迟的篇章中。读者通常都知晓徐迟是著名报告文学作家，写过《哥德巴赫猜想》等影响巨大的作品，开启了新时期报告文学的黄金时代，对他在音乐、诗歌、翻译方面的杰出造诣，以及远远走在同时代作家前面的对科学技术的痴迷、思考和见识，则未必很清楚。但倘若不了解这一点，对其作品中鲜明特异的艺术风格、得风气之先的题材表达等，就难以有准确恰切的认识。作者恰恰熟知作家这方面的追求，所作出的阐释便足以令人信服。

　　上面只是举例说明，实际上，收入书中的总计四十余篇作家交往记、印象记，大多具有这般特色，是一种由人及文、从生活到艺术的综合的、立体的述评。这些人都是文坛名家，是头顶光环的人物，但由于种种原因，读者经由媒体传播对他们产生的认识，往往失之于简单或者片面，甚至失真变形。相信读者读了这部书，会在心中勾勒出一个个较为完整准确的人物形象。在作者笔下，对每位作家的人生经历、个性气质、艺术特点，乃至鲜为人知的情感故事等，都给予了基于亲身感受和认知的描画与概括，虽然详略不同，也每每各有侧重，但每个对象最为重要和本质的方面，都获得了具有力度的揭示，像陈荒煤的善良宽厚，宗璞的兰心蕙质，史铁生的坚韧达观，陈祖芬的童真纯净，绘画给予冯骥才文学世界的滋养，英年早逝的苇岸对大自然的谦卑、对弱小生命的悲悯等。经由作者的刻画，这些品格或特点都呈现出某种坚实的质感。

　　随着阅读的深入，读者心目中的这部书的作者的形象也会渐渐变得完整而生动：一个性格内向但执着做事的人，一个以其真诚敬业而赢得作家信赖的人。这既是作者的自我写照，也是来自作家们的一致评价。如王蒙就用自己风格独特的语言，称赞他为"和善而顽强的编辑"，"他用他的学问、热心和蔫蔫的坚持性征服了作者"，"他不吵闹，不神吹冒泡，也不是万事通、见面熟式的活动家，但他自有他的无坚不摧的活动能力。"一位编辑能够赢得这些文学名家的认可和敬重，倚仗的绝不是"粉丝"式的痴迷崇拜，而只能是他本人的不凡的眼光、见识和造诣。作者是著名编辑家，但同时也是一位散文家，一位翻译家，在这两个领域都有着高质量的建树。这样的高度，让他与作家们交往时不是仰望，而是一种平等的交流，在许多时候，还会以诤友的姿态，坦率地指出作家的缺点和不足，帮助他们进步。他与许多作家的深挚友谊，正是建立于这种基础之上的，是一种高山流水般的相知相契。这一件事例就很有说服力：二十世纪八十年代初，在编发引起轰动的中篇小说《高山上的花环》时，他觉得原稿某个地方的表达意犹未尽、感情不够强烈，便加上了一小段话，后来小说分别改编成了话剧、电视剧和电影，每当人物说到这一段话时，台下和荧屏前的观众总是激动得泪流满面。这一段话升华了作品的境界，也令小说的作者李存葆感念不已。

这部《名作家记》提供了弥足珍贵的文学记忆。作者记忆力超群，又常年坚持写日记，随时记录下所见所感的点点滴滴，因而他笔下所述都能够准确翔实，细微处也毫不模糊。同时，它也是一部充分而自足的美文作品，记人鲜活，叙事生动，语言饶富文采。这当然应该归功于作者的散文家身份。

本文开头援引的两句诗,出自北宋词人晏殊的一首《木兰花》,作者只是将原词中的"赏花人"变作了"夜语人"。我猜想,一定是因为他对于有关的场景印象深刻,像写汪曾祺的那篇,就提到他多次与汪老一起出差,两人共居一室,无拘无束地神聊到深夜。我也曾经数次与张守仁先生一同外出采风、参加研讨会,记得很多年前在一次河南嵩山的散文笔会上,有一天晚上与他同宿一舍,听他谈文论艺,滔滔不绝,妙趣横生,不觉睡意全无。这样的夜晚无疑是难忘的,文学的魅力就像满天星辰播撒出的光亮一样迷人。

读这部作品,深切地感知到张守仁先生对文学事业的无上热忱。他视文学为生命,用炽热的爱,用全部心血,浇灌文学的田亩。在很多人看来,编辑生涯单调而清苦,他却甘之若饴,矢志不渝,不为物质利益、职位升迁等种种诱惑所动。这些他并没有写进书中,但却为文学圈的人们所熟知。他与书中写到的崔道怡、章仲锷,都是被列入"京城四大名编"的人物,都是公认的"文学摆渡人"。中国文学有今天这样骄人的成就,与以他们为代表的无数文学编辑们的辛勤劳作和无悔奉献有着极大的关系。面对他们,无疑应该献上一份深深的敬意。

(原载《光明日报》2020 年 2 月 8 日)

这里盛放了丰盈的感受和思考
——读梁衡"中华人文古树"系列散文有感

著名散文家梁衡先生近年来寄情古树,四处打探寻访,神州大地的多处高山平原,沙漠海岛,林间水畔,都留下了他的履迹,并已在《中国绿色时报》上陆续刊出了"中华人文古树"系列散文计十一篇。这一组散文,题材出新,立意高远,情感饱满,文采飞扬,甫经问世就吸引了广泛的关注。

过去也偶尔读到过这类以古树为描写对象的作品,写的或者是作者故乡的远近闻名的老树,或者是到某地旅行看到的被列入当地名胜的古树,如曲阜"三孔"里众多的古树名木,如北京纪晓岚故居的紫藤等。就作者而言,这样的写作基本上都是偶然性、一过性的。但像梁衡这样目的性明确而又成规模的古树写作,还没有见到第二人。尤其是这个系列中的不少古树,事先都不曾被人介绍过,从这个意义上说,梁衡的描写便有了一种发现的价值。

任何一个行动都会有自己的动机。"中华人文古树"系列这样一种具有十分鲜明的辨识度的写作,在作者而言无疑有着明确的理由,这个理由成为他孜孜矻矻不懈追寻的动力。显然,正如这组散文的副标题所表明的,是众多"中华人文古树"——

具有丰富人文意涵的古树,吸引了作者的目光,让他觉得这个题材是一处值得开掘的富矿。而他对其中丰厚蕴涵的深入发掘,又为读者带来了一种颇为独特的审美体验。

经由作者的生动描摹,这十一篇文章中的每一棵古树,都栩栩如生,形貌鲜活,使阅读者有一种直面晤对的效果。既写出了古树整体的气势与神韵,也有对局部和细节照相般的精确描绘。《周总理手植腊梅赋》,状写的是一株树龄逾百的腊梅树:"枝叶满院,高比屋肩。其一树六股,遒劲曲折,上下翻飞,如绳缠龙盘。每当盛夏之时,枝探墙外,四壁难禁勃勃生机;浓阴覆地,满院都是盈盈之情。晨风轻摇,碧叶向天奏有声之曲;皓月初上,疏影在墙写无声之诗。"《燕山有棵沧桑树》则这样描绘一棵经历三个半世纪沧桑的古松:"树是一棵奇怪的大松树。根基部十分壮大,盘根错节与山石一体,已分不清彼此。原树已经枯死,而在侧根处又长出一棵新树,有合抱之粗,浑身的鳞片层层相叠,青枝挑着绿叶在秋阳下闪闪发光。树身成'7'字形,斜出石缝向山外探去,蜿蜒遒劲,如一条苍龙欲腾空而去。"字里行间,古树本身连同其生长的环境,尽皆活灵活现,让人有身临其境的真切感觉。

但描摹物象本身并非作者的目的,至少不是主要的目的。我以为,这些地域、年代、种属、姿态各异的古树,对作者梁衡来说,都仿佛是一个容器,盛放和容纳了他的丰富的感受和思考。

要认识这一点,首先需要了解梁衡对古树的深情。对一件事物的认识所达到的水平,与主体的关心投注程度密切相关。

古树是作者心中的牢固情结,令他魂系梦萦,一朝得以面对理想的目标,他情绪难以平静,拥之抱之,抚摩其躯干,呼吸其气息,感知其脉搏,试图了解它的全部奥秘。在他眼里,古树不仅仅是自然的生命,同时也是精神的生命,是有灵性的存在。或者说,作者强烈的主体意识投射到作为客体存在的古树上,与蕴含其中的精神元素产生了呼应和契合,使得眼前的一棵棵古树,也成为他的情感和思想的寄寓之处。因而,在常人眼中作为自然生命的树木,在他眼中却有了更为丰富的蕴涵,他的使命,就是要激活和唤醒藏匿在虬立躯干和纷披枝叶之间的种种意义。

在"中华人文古树"系列散文中,这些精神层面的蕴涵,至少突出体现在下面几个方面:

第一,鲜明的生命意识。古树是大自然的造化,聚天地灵气,沐阳光雨露,生长茁壮,千百年间,经历了旱涝侵袭、雷殛风撼等自然灾难,更有兵燹砍伐等人为祸端,而能够存活至今,实属不易。《长城·古寺·红柳》,写了一棵罕见的红柳。因为生长在沙漠或盐碱地中,红柳通常都很矮小,贴着地面,枝条只有筷子粗细,叶子极小成细穗状。"但是眼前的这棵红柳却长成了一株高大的乔木,有一房之高,一抱之粗。它挺立在一座古寺旁,深红的树干,遒劲的老枝,浑身鼓着拳头大的筋结,像是铁水或者岩浆冷却后的凝聚。我知道这是烈日、严霜、风沙、干旱九蒸九晒、千难万磨的结果。而在这些筋结旁又生出一簇簇柔嫩的新枝,开满紫色的小花,劲如钢丝,灿若朝霞。只有万里长城的秦关汉月、漠风塞雪才能孕育出这样的精灵。"其实,"九蒸九晒、千难万磨"也是作者笔下古树共同的命运遭际。而生命力强盛健旺,自然也是所有这些古树的共同点。作者在对这种生存奇迹赞叹景仰的同时,自然会将一种启示注入阅读者的灵魂中。它们关涉生命的价值和姿态,如何应对磨难,如何给自己的生命注入克难前行的力量和勇气等。这种种都是通过人和古树之间的精神对话而获得。对这一点作者并没有充分展开,也许不认为有过多阐释的必要,但这一重意蕴在作品中无疑是饱满的,同时它也是作品所揭橥的种种意义的逻辑起点。

第二,深沉的历史感慨。历史人物、历史事件,以及以物质形态存在的历史遗存,一向是梁衡创作灵感的活跃源泉。这次,他将目光集中投向了古树,在他看来古树是历史的最好见证者。古树穿越历史,连接了时光的两端。朝代的兴衰更迭,人世的离合悲欢,被古树看在眼里,记录在密密麻麻的年轮纹理中。在《一棵怀抱炸弹的老樟树》中,他问道:"在这个世界上什么东西才有资格称古呢?山、河、城堡、老房子等都可以称古,但它们已没有生命。要找活着的东西唯有大树了。它用自己的年轮一圈一圈地记录着历史,与岁月俱长,与山川同在,却又常绿不衰,郁郁葱葱。"在《桐槐两古树 项王一脉魂》中则说得更明确:"我以为要记录历史有三种形式:一种是文字,如《史记》;一种是文物,如长城、金字塔,也如这院子里的石马槽;第三种就是古树。"他描绘了古树的姿态容貌,更通过追溯古树的生命历程,将其与民族源远流长而又多灾多难的历史相连接。《死去活来七里槐》中,那一棵自唐代起就站立在从长安到洛阳的古驿道旁边高坡上的古槐,目睹了中华民族经受的漫长的苦难:安史之乱,五代十国的交替,宋元明清的更迭;民国时期的灾荒和饥馑,侵华日寇的血腥残暴,"文化大革命"时期的荒谬和狂热……与作者以往写人纪事的若干历史题材散文相比,这一组作品以其灌注了深沉的历史忧患意识,同样产生了强烈的感染力。

第三,对崇高人格的讴歌。这方面同样接续了作者的长期关注,不同的是以往多是直面描绘伟人俊杰,这里则是由树及人,古树成了映照人物的镜子。这些古树本身就引人瞩目,而它们和伟人的缘分,让人在和它们晤对时,也不由得会睹物思人。《周总理手植腊梅赋》的表达尤为动情。总理逝矣,无后嗣,无墓地,骨灰撒海,祭扫无处,"唯此手植腊梅,玉树临风,山高水长!于是仰树怀人,对梅神伤,游人如织,默念忠良。""念总理当代宰相,官居一品,却党而不私,官而不显,劳而无怨……噫,大道无形,大德无声。其大智、大勇、大德、大才、大貌,齐化作这株一品古梅遗爱在人间。"流荡其间的情怀,与作者名篇《大无大有周恩来》中并无二致。《带伤的重阳木》,写的是湖南湘潭黄荆坪村边的一棵老树。在砍伐树木大炼钢铁的狂热年代,这棵树也难逃厄运,树根处已经被斧头砍出一道深沟,这时恰好回乡调查的彭德怀经过这里,阻止了砍伐,救下了它。由彭总护树写起,写到了他不惧时局险恶,不顾个人安危,反对错误的政策,向最高领导人据理抗争,为苦难中的百姓"鼓与呼"。其光明磊落、刚正不阿、心系苍生、铮铮铁骨,令人敬重和景仰。

第四,强烈的生态关怀。如果说这一组散文中的多篇,在题材的出新中仍然延续了作者过去文章中的精神意绪,那么的确也有几篇,因为集中体现了作者的生态思考,而成为系列散文中格外具有新意之作。大自然书写是作者的核心创作主题之一,数十年间创作了大量描绘自然之美的散文,近年来他又致力于从文化层面研究树木和人的关系,提出"人文森林学"的概念。体现在创作中,他比以前更跨进了一步,即在展现自然之美的同时,更多地把思考聚焦于人与自然的和谐、生态健康美好的重要意义等。

《左公柳——西北天际的一抹绿云》在介绍晚清左宗棠的反对分裂、夺回失地、维护祖国统一的赫赫战功的同时,突出描绘了他在生态治理上的巨大成就。绵延三千多里的"左公大道"两旁,当年种下的百万株柳树,如今已经成为西北戈壁大漠中的一道奇伟景观:"它树身高大,树干挺直,如松如杨,而枝叶却柔密浓厚。每一棵树就像一个突然从地心涌出的绿色喷泉,茂盛的枝叶冲出地面,射向天空,然后再四散垂落,泼洒到路的两边。远远望去连绵不断,又像是两道结实的堤坝,我们的车子头行其中,好像永远也逃不出这绿的围堵。"这一切皆源于左宗棠的远见卓识,"只有少数有远见的政治家才会在战火弥漫的同时就播撒建设的种子,随着硝烟的退去便显出生命的绿色。"三千里绿柳长廊,无疑筑就了西北开发史上的一道丰碑,它泽被后世,更彰显着一种启示:"和平重于战争,生态高于政治。环境第一,生存至上。"

《树殇、树香与树缘》更是直接面对这一主题。作者从沦陷于浓重雾霾中的北京来到海南,满目碧绿、到处鸟语花香的大自然令他深深陶醉,激动之余不免嫉妒。"晨起推开窗户,芭蕉叶子就伸到你的面前,有一张单人床那么大,厚绿的叶面滚动着水珠,像一面镜子,又像一面大旗。我忽然想起古人说的蕉叶题诗,这么大的叶子,何止题诗? 简直可以泼墨作画了。""虽是冬季,也误不了花的怒放,仍是一个五彩的世界。红色、紫色、雪青色的三角梅在路两旁编成密密的花墙。大叶朱蕉一身朱红,教你分不清是花朵还是叶子。三层楼高的火焰树在各种厚重浓绿的草树簇拥下,向天空喷吐着红色的火焰。"置身这样的环境,再愚钝的人,也会强烈地感受到生态之美,认识到美好的生态正是人的幸福感的极为重要的源泉。但作者绝对没有想到,"翠绿的芭蕉叶、鲜艳的火焰花后面竟然藏着锋利的刀斧"。两棵珍稀的、原产地为南美的腰果树,被无知的村民砍伐死亡,它们原本可能活到六七百岁,未料尚值少年之龄就横遭荼毒。作者痛彻心扉,愤激之情难以抑制。接下来的大段文字中,有诘问,有质疑,有唏嘘嗟叹,有苦口婆心,皆是围绕爱树、护树,围绕生态信仰、自然信仰而展开,可以看到作者对于生态关怀之切、思考之深。

……

总之,这一组散文有着十分丰富的蕴涵,仿佛树木躯干上一圈圈的年轮,储存了生命的密码,自然的玄奥,历史的谜底,文化的命题。这源自作者不俗的眼光、知识和见识,作品的阐释空间因而也变得较为阔大和开放。

　　这一组文章的表现手法也值得谈论一番。篇章结构上，自由灵活，该精简时精简，该渲染时渲染，笔受意遣，随物赋形，并无定规。无论篇幅长短，开阖收放之间，都显得舒卷自然。语言上也是，古典语言的熔铸化用是梁衡散文的鲜明特点，这方面保持了下来，同时，那种经过提炼的口语化的表达也更多，而难得的是两者的结合堪称自然和谐。文章的整体气韵饱满、酣畅。和《晋祠》时期的较为规矩的笔法相比，从这一组作品中读者能看到一个更加自信也更为自如的作者。

　　特别需要提出的是拟人手法的运用。这一点并不多见，包括作者自己过去的散文中。但若如前所述认识到梁衡对古树抱持的强烈情感之后，对这一点就不应该感到奇怪了，更不会将之视为矫情。《死去活来七里槐》这样想象遍布老槐树躯干内外的疙瘩和空洞的来源："它每遭一次难就蹙一次眉、揪一下心，身上就努出一块疙瘩。这等下伤人伦，上毁朝纲，外乱吏治的胡作非为，让在长安以东刚刚长成不久的这棵槐树不觉皱眉咋舌，当时就起了一身鸡皮疙瘩。这恐怕就是这棵古槐最初长疙瘩的缘起。""这一切都发生在老槐树的脚下。树与人同难，已被捋叶剥皮的老槐，眼看树下死尸横陈，耳听远方哀鸿遍野，再一次地痛彻骨髓，死去活来。人活脸，树活皮，树木全靠表皮输送水分养分。天大旱地无水，水分何来？人饿疯又剥其皮，它还怎得生存？于是树内慢慢朽出大大小小的空洞，而主干上也只剩下了些横七竖八的枯枝。"在作者的艺术想象中，古树既然被赋予了性灵，它对于外在的行为产生特定的反应，也是自然而然了。

这样的假定性,既是修辞的必要,更是作者情到深处的自然流露。

同样,在《天人合一铁锅槐》中,作者这样描绘堪称奇观的寺庙中铁锅与槐树的共生关系:"它(铁锅)意识到这是佛祖托它来抚养这个从天而降的小生命,就更加搂紧这棵小树苗。槐树一天天长大,当它已经高过院墙,可以俯视外面的世界时,才发现这个世界上的槐树全是长在土地里,只有它被小心地托着、抱着,长在一口铁锅里,不觉感动得热泪盈眶。"铁锅和槐树,都成了有感情有思想的生命,相依相偎,地久天长,成就了一个传奇。

如果了解作者梁衡的创作脉络,就会对这一组"中华人文古树系列"散文在其写作生涯中所具有的意义,有一个比较准确的把握。这组文章,外在的最为鲜明的特征无疑是题材上的创新,但任何创新也不会与过去彻底切割。这一组散文就是既体现了作者主体关怀的一贯性,又折射出新的关注区域之所在,从内容到形式都是如此。换言之,作者从一系列人文古树身上发现了审美表达的合适目标,它们既可以寄寓他惯常的思索,又成为他表达新思想新理念的出口和通道。对一位作家来说,这样的写作具有几重意义:既拓展了他的写作疆域,也印证了他创作思维的活跃,同时也标示着他对于超越自身的追求。

(原载《中国绿色时报》2016 年 10 月 10 日)

胡冬林:他的名字镌刻在山林里

　　光阴荏苒。距去长白山脚下的原始森林中参加胡冬林先生作品的现场研讨会,已经过去五年了,距他去年五月初不幸突然去世,也整整一年了。然而,提起他的名字,眼前仍然会浮现出一幅幅清晰鲜明的画面:成群的青羊从悬崖畔腾跳而起,在半空中翻转身体,跃入几米深的雪堆中;水獭跃出水面的拍溅声,打破了被山林密密围裹的湖面上无边的寂静,细密的水纹一圈圈漾荡开去……

　　这些记忆,显然来源于当年阅读其生态文学代表作《狐狸的微笑》所产生的深刻印象。

　　闻知他的《山林笔记》经家人整理后即将出版,备感欣慰。它一定会在众多热爱他的作品的朋友和读者中,激活和接续有关的记忆。这也是对他最好的祭奠和纪念。

　　从 1995 年开始,胡冬林一头扎进长白山原始森林中,开始了长达二十多年的生态文学写作,心无旁骛。随时将观察和感受的收获记录下来,已经成为他的习惯,他每天的功课,累积多达几十万字。我只读了其中很少的部分,但它们足以唤醒了当年的体验,仿佛再一次置身于现场氛围之中,嗅到了大森林浓郁清新的气息。

作为日常观察的记录,《山林笔记》是后来他发表的绝大多数作品的素材,不妨也可以说是草稿。就我所读到的有限的篇幅来看,这些文字和正式刊发的作品并没有什么实质上的区别——一样的细腻入微,一样的情感饱满,一样的思想深邃,一样的为大自然的美好而心醉神迷,欢快欣悦。

这部笔记中,他的感官向一切观察对象充分敞开,像显微镜又像放大镜,摄取各种各样的印象,工笔画一样精确地描绘出来,包括气味、色彩、声音等。譬如这是 2010 年 6 月 15 日笔记中的摘录,描写的是各种花草的气味:"林间小路上叶香、草香、花香一阵阵袭来。花香主要是刺玫花的香气,偶遇路边十几株一小片的铃兰花栖息地,花香味道为之一变,有深深脂粉香的气味迎面而来……藜芦、莢蒾花却无味,深嗅之下只有叶子味。山梅花有香气,素淡幽雅,还有尖萼楼斗菜、野豌豆、朝鲜当归等都纷纷在炎热的暑气中散发出各自特有的香气。然而,再过两三天,白丁香花盛开,一切都将改变模样,这种花香太浓太强大了,漫山遍野弥散开来,压倒一切山野香气。"他的嗅觉仿佛一台精密仪器,在常人容易忽略或者含混的地方,他却把握得这样准确,分辨得这样细致,实在让人惊叹。

视觉通常是感官的第一来源,因此笔记中诉诸形象描写的内容,就更是不胜枚举。就我看到的这部分而言,突出彰显了细节的品格。清晨森林金色阳光和墨绿色树叶的交融,大雨中树叶亮闪闪的油绿色,狐狸的步态和姿容,燕子和燕隼的搏斗,菌类肉掌般厚墩墩的根部,植物种子有着毛茸茸的折伞形状……

在他的笔下,一切都惟妙惟肖,如同摄影一般精确。他的确随身携带了一部高配置的相机,随时拍照,来弥补观察的不足,来留住那些转瞬即逝的场景和动作。我相信,这样的真切、精确和细腻,一定也会是贯穿于整部笔记中。

阅读中你时时刻刻都会感觉到,字里行间,有一种饱满炽热的感情,在涌动,在流淌。我想,对于这种情感的描述,只有一个词汇合适:爱。

显然,没有对大自然热烈深沉的爱,是难以这样投入和专注的。鲁迅先生说过"创作原本根植于爱",这个说法在文学界被广泛地引用,但通常是用来说明某个人物之所以成功,是因为作者对所刻画的人物充满了感情。其实,对大自然的出色描写,又何尝不是如此呢?

胡冬林无疑是一个深爱着大自然的人,将自己生命和大自然真正地融为了一体。对他来说,主体与客体、人与大自然二者之间的界限并不存在。大自然不只是他观照的对象,而化为他的生命的一部分,渗透进他的骨骼血肉,融入了他的呼吸气息。正是这种强烈的情感,为他长久而专注地观察和研究动物植物的奥秘,探测和表现大自然的美,提供了不竭的动力。

而且,因为这些笔记是在林中水畔随手记录下来的,没有虚夸和伪饰,因而更能够见到作者真实的人格。像这样的文字,写于七月雨季里的一天,将作者内心的欢愉表露得淋漓尽致:"鞋及半截裤腿全湿,但潮乎乎的森林地面真可爱,一股潮湿的腐叶与林地的气息,给人欢欣鼓舞的气息;各种红菇、牛肝菌等在地下孕育诞生,每每贴近层层湿腐落叶的地面,观看一朵朵美丽的蘑菇,心脏都在这种微喜中欢跳,整个人处在一种专注又愉悦的状态中。"在几天后的笔记中,作者采蘑菇时突遇骤雨,全身被淋透,但他丝毫不感到烦恼沮丧;相反,大雨中自然界的活力深深地感染了他,让他处于极其亢奋的情绪之中,一路上,脑海中反复滚动着一句话:"蘑菇在大雨中欢呼歌唱!"他发自肺腑地感叹:"我深爱森林中的万千生命,所以在大雨中精神勃发,情绪高涨,淋雨真好,应该在蘑菇旺季再狠狠地淋几次。"此刻的他已经陷溺于一种迷狂般的感觉,那实际上是一种类似马斯洛心理学所说的"高峰体验"。

这种感受,显然不是一般意义上的喜悦可以概括的,它是一种深长的幸福感。的确,"幸福"二字在笔记中出现的次数不少,那么多轻微细碎的触发都能让作者产生这种感受——清爽新鲜而带一点苦味的杨树落叶的气味,作品《约会星鸦》的草稿给人看获得的赞赏……总之,与大自然密切相关。

这种幸福感的源泉和动力,归根结底,是一种自然万物和谐平等的意识。看他以充满爱怜的口气,用拟人化的手法,描写水獭的求偶过程,描写红尾伯劳鸟一家七口的生活场景,仿佛它们都是他的孩子。野花的香气不仅让他感到愉悦,更催生了深刻的理性认识:"无数花香萦绕荒野,这是一切生命产生的基础,是大地孕育出来的奇迹,土地,植物,动物,人,一环套一环。"观看一部动物保护主题的纪录片《海豚湾》,让他进一步认清了自己写作的意义："我的作品贯穿始终的主题是：歌颂野生生命，反对或反思人类破坏自然的行为。"如果进一步探究下去，这些感悟的背后，应当有史怀哲的"敬畏生命"的宗教情怀，有利奥波德的"土地共同体"观念以及寄寓其中的"大地伦理"，有关于生态保护、人类和大自然关系等方面的一系列深刻思想的投射和启发。

"只有理解了的东西，才能更深刻地感觉它。"毛泽东《实践论》里的观点，同样可以用来揭示和印证胡冬林生态写作所具有的特质。正是基于对大自然的深刻的理性认知，他才能更好地感受大自然中的光色形相之美，并以发现和表达这种美作为自己终身的追求。

被这种使命感驱使着，他走入山林深处，像一棵树将根系深深地扎入大地一样，将生命交付给他挚爱的大自然，怀着诗的激情和科学的冷静，观察、感受、思考和写作。他对大自然的融入持久而深刻，因而他取得的成就也是罕见而卓异的。

阅读笔记时，我还想到了俄罗斯作家普里什文的散文集《大地的眼睛》和《大自然的日历》，想到了《草叶集》的作者美国诗人惠特曼的自然随笔《典型的日子》，它们都是我的案头书，百读不厌。胡冬林的这部笔记，呈现了与它们极为相近的美学风格，同样细腻的观察，同样准确的描摹，以及同样的对大自然的真切浓郁的感情和深刻透辟的思考。这些卓越的灵魂，分属于不同的时代、地域和文化，但在最内在、最本质的方面，却有着高度的一致性。他们出色的描写，将爱和责任的观念，传递到无数心灵中,唤起了人们对大自然的关注,对生态完整和谐的向往,从而有助于保持大地的本真和美好,让树木葱茏,河流澄澈,野兽追逐,禽鸟飞翔。

回忆起几年前的那次研讨会上,跟着胡冬林的脚步,走进了长白山下二道白河镇外十几公里的大森林深处,他长期观察动物行踪的一处地点。他指给大家看黑熊冬眠的树洞,和几截被它们咬断的树干;他发现了一个直径一米多的大青杨树树墩,在上面伏案写笔记,带几分调侃地自称这是中国作家中"最牛的原始林写字台"。旁边,就是二道白河湍急的水流,因为被浓密的树木遮蔽,流水呈墨黑色,偶或泛起一缕银光。密林中多年的落叶重重叠叠,脚踩下去很松软。记得当时他介绍说,森林中的空气至少有两层,特别是在雨后,站着时,呼吸的是上层的空气,清新凉爽略带苦涩,蹲下身,就会闻到混杂了落叶、苔藓、蘑菇、腐殖土等多种成分的空气,气味复杂,且蒸发出一种潮湿温热……

一幕幕场景,恍若昨日,然而已经过去了五年之久。

如今斯人已逝,那一片森林中的飞禽走兽、奇花异卉们,失去了一位守护神,一位一直关心呵护它们的人类朋友。那个他当作写字台的树墩上,是不是又重新覆盖了一层厚厚的绿苔?

但文字却具有抵抗一切的神奇力量。我坚信,凭借包括《山林笔记》在内的数量众多的优秀作品,他已经将自己的名字,牢牢地镌刻在了山林之间。从此,每一棵白桦树的闪光中,每一阵松涛的传递中,每一朵野花的绽放中,每一只鸟儿的鸣啭中,都跳荡着他生命的气息。

（原载《作家》2018 年第 7 期）

只将心绪付流光

——读《我们的老院》

晚年是适宜怀旧的年龄。前尘梦影，往事烟云，常常会不期然而至，浮现盘桓于一个人的心间脑际，缭绕不去，让他感怀不已。因此怀旧是文学的一个永恒母题，被一代代的作者书写，也为一代代的读者关注。特别是怀念童年少年时代的内容，尤其能够吸引人。"白发无情侵老境，青灯有味似儿时。"陆游这两句诗，出色地写照了个中况味。此时回忆者已经走入老境，追想的是生命开始的那一段时光，一头一尾，两者之间便构成了一种对比，具备了一种特别的张力，于作者更能够投入真挚深切的情感，于读者也更容易获得触动和感悟。

不知不觉中，作家肖复兴也步入了这样的一个年龄区域。往事历历，情思依依，化为一篇篇文章，最后又汇集成为这部名为《我们的老院》的散文集。在这部作品中，他描绘了北京前门东打磨厂街上，一个叫作粤东会馆的地方。粤东会馆始建于明末清初，历史上曾经是粤东缙绅商人学子在京居停聚会之处，三进三出的大四合院，显示了当年不同凡响的气派格局。但经历三百多年世事变幻，在他出生时，也就是新中国成立不久，这里早已是各色人等混杂居住的大杂院了，容纳了众多人家。从降生到作为知青去东北插队,他在这个院子里共生活了二十一年,包括了整个童年和少年时光。这么长的时间,显然会有很多值得咀嚼和回味的内容,也为他心灵中回忆之火的燃烧,提供了足够丰富的薪柴。

当年的印象仿佛朝露一般清新,那么多美好的物事,数十年后,仍然让作者内心温暖。他描绘了记忆中的大院的种种:气派的黑漆大门,门外的高台阶,门内宽敞的过廊,青砖的甬道,前院、中院和后院,院墙、影壁和石碑,正房和厢房,夹道和园圃,月亮门和藤萝架……记忆被诉诸生动的文字,这个今天已经被拆毁的古老大院,在纸页间恢复了原貌。童年的记忆中,最容易浮现的是大自然中的物事。他写了三棵百年的枣树,结马牙形状的甜枣,每年果实累累垂垂;还写了两棵桑葚树,一棵结白色桑葚,另一棵结紫色桑椹。爬树上房,追逐嬉戏,是那时大院里孩子们的开心乐事。那时不论是站在树上、院墙上还是房顶上,向远处望去,总是澄澈的蓝天白云,笼罩着一大片起伏绵延的青灰色屋脊,尖厉的鸽哨声时常呼啸掠过。这些当年的寻常景致,如今却已经恍如隔世。时光侵蚀了许多,何况还有以建设名义实施的人为的破坏,受到损毁的包括建筑、风景、风俗和文化,但尚可感到慰藉的是,它们已经深深地镌刻在作者的内心深处,且有望经由文字而留存住记忆。

当然,这些更多是作为背景而存在的。他着力描绘的,还是大院里的人们和他们所过的日子,他们的喜怒哀乐。这种日子,也是当时北京城普通百姓生活的缩影。从很多篇章中,读到了人性的美好，人情的温暖。这里有母子间的相依为命：为了不让瘫痪在床上的寡母受委屈，在无线电厂当工程师的儿子宁可终身不娶（《表叔和阿婆》）；有夫妻间的相濡以沫：工程师丈夫和中学教师妻子几十年间一往情深，妻子患病后，丈夫百般呵护照料，细致周到。丈夫坚持给妻子削苹果，每次削下的果皮都是完整地连在一起，弯弯曲曲地垂落下来，这样温馨的画面延续了数十年之久，让邻居们羡慕不已（《花布和苹果》）；有小伙伴间的真诚友爱：女孩小猫的外祖父母在"文化大革命"中被逼自尽，人人都急于与她家划清界限，九子却不管不顾，登门给她送上一盆新采摘的枣子（《三棵老枣树》）；有师生间的深挚感情：为了让成绩优秀但家庭贫困的玉石能够继续上学，丁老师自己掏钱资助，还设法为他争取了助学金。而玉石毕业后多年中也一直在打听老师下落，并谱曲寄托对老师的感激和思念（《毕业歌》）……读着这些篇章，胸间不由得氤氲着融融的暖意，同时也有一种夹杂着向往和怅惘的复杂心情，那是对一种已然逝去至少是正在走向式微的情怀和氛围的缅怀。

　　然而，并非全书都是美好、温馨和善良，也有庸俗、丑恶和无情，这正是生活的整体和真相。相比童年的纯净的快乐，随着年龄和心智的成长，青少年时代感知更多的是迷惘、忧伤乃至痛苦，这些情感无疑影响到作者的成长，对其价值观的形成起到了重要的塑造作用。商家有四个女儿，最小的女儿有着美丽的名字，却因为是私生女而遭到母亲和三个姐姐的虐待，实在不堪忍受灰姑娘般的命运，还在读小学时就投护城河自尽了（《水房前的指甲草》);姜老太太的打扮和言谈举止不同于常人,随着与已经成为青年的作者交往加深,透露了当年在烟花巷中的皮肉生涯,那种生活的屈辱和艰辛,常人实在难以想象。在平静缄默、波澜不惊的背后,多少人的身世命运其实正仿佛乱云飘蓬一般(《虞美人》)?小秋当年是大院里的漂亮姑娘,早早就谈了恋爱,也是青春发育期的作者和伙伴们偷窥的对象。但两次婚姻都很短暂,后来未再嫁人,独自带着患自闭症的儿子生活了几十年。时隔多年再次见面,当年穿着白色短裤活力四射的少女,变成了白发苍苍身材臃肿的老太太,不由得让人感叹时光、命运对人的剥夺和拨弄(《白桑葚,紫桑葚》)。生活的丰富性和复杂性,它所隐含着的连最出色的想象力也难以达到的戏剧性,它的某种让人不寒而栗的本质,在数十篇作品中都有生动的揭示和呈现。

这部作品最让我受到触动的,是它深刻有力地写出了十年"文化大革命"浩劫的惨烈和惨痛。因为作者的年龄关系,这方面的内容在书中占的比例很大。那个畸形岁月里,大院里几乎所有家庭都被无情地撕开一道口子,出身于富裕家庭、在民国时期任过公职、有海外亲属关系等,都成了罪状,大院里因不堪忍受批斗和人身侮辱而自尽的就有不少人。人性中的丑恶也得到了大暴露、大爆发,一些品行恶劣的人如商家老太太之流成了街道积极分子,借机满足个人私欲,抢占别人住房等(《商家三女》)。更深刻的悲剧是在革命和进步的名义下,来自亲人的"大义灭亲"的行动。多少人可以忍受外面的批斗,却无法承受亲人的背叛,走上了绝路。而揭发者还认为自己的行为是正确的。伙伴小水的姐姐小溪,在泳池边裸露着修长大腿的美丽少女,刚刚考上大学,带着红卫兵来抄自己的家,揭发父亲的所谓历史问题,导致父母被遣返老家。等到数年后她明白过来,无法承受悔恨的煎熬,投水自尽(《盖碗茶》)。扭曲的时代,扭曲的心灵,既惊心动魄,更促人警醒,发人深思。作者直面癫狂时代的勇气和激愤,使得这部作品在流荡着温柔敦厚的美学气韵的背后,也具有了力度和锋芒,具有了历史的厚重感。

阅读中不止一次地想到童年少年记忆对于人生、对于写作的意义,很多经典作品都是以此为题材。作者写的都是自己的亲历和感悟,因此每一篇都是"有我"之作。大院里的这些人和事,发生在他的情感、心智的成长时期,影响到他的价值观的形成。而它们又是经过数十年后才被写下来,此时的作者已经历过人生沧桑、世事浮沉,时光的流逝既赠予了他智慧识见,也过滤掉那些浮泛芜杂的成分,写作便更能够抵达和揭示出所描绘对象的本质和底蕴。

在前面所分述的种种之上,阅读时还会有一种综合性的感受,那就是时光是这部作品的隐形的主角。作者踏访故地,大院即将拆掉,到处空空荡荡,一家人当年居住的三间东房仍然还在,房前百年的老槐树也仍然投下斑驳的树影,但过不了很久它们都将湮灭不再。"流光容易把人抛",诚哉斯言! 因此,在对许多具体的人事的描绘之上,在引发产生某种隶属于社会、政治和文化范畴的思考之外,还有一种更为深邃渺远的感慨——关于时光和生命,关于憧憬和梦想,生长和衰亡,追求和幻灭。肖复兴的作品一向以鲜明的社会责任感和清明的理性见长,这些未必是他的主要寄托,但阅读者有权利作出自己的理解。一种惘惘依依之情,贯穿和缭绕其间,仿佛当年大院中飘荡弥漫的阵阵花香。这样的况味,来自哲学和诗性的融汇。

(原载《光明日报》2017 年 2 月 19 日)

让写作成为一种信仰

——读《凸凹文集》有感

　　一套八册的《凸凹文集》不久前由北京日报出版社推出。厚厚的一大摞,约三百万字,鲜明地诠释着什么是创作的丰收。这套文集并非他的全部作品,此外他还有大量的作品,尤其是多部长篇小说。书在手掌里有沉甸甸的质感,内心的一个想法再次得到了强化:他是一位理应得到更多关注的作家。

　　对于我来说,关注的理由固然首先缘于其作品的丰富性为阐释提供了广阔的空间,但这一点也格外重要:对于写作作为一种精神劳动的性质,他比许多写作者都有着更为深邃的认识,且将这些感悟表达得十分真诚和恳切。

　　与作者交往二十多年,自认为是比较熟悉了。多年中,我曾评点过他的数部作品,它们的内容和表达各有特点。譬如长篇小说《慢慢呻吟》,以乡间谣曲般的诗性笔调,从京西山村一个家族几代人的命运遭际入手,展示了二十世纪五十年代初到六十年代末中国大地上的政治风云变幻,描绘了一幅底层民众艰难而坚韧的生存图景,困厄中的人性人情之美;长篇小说《玄武》则显现了作家试图全景式把握变革大潮中的农村生活的抱负,在跌宕曲折的故事、错综复杂的人际关系中,展开了对于人与人、人与土地关系的思考，其间善恶美丑的纠缠，利益与良知的撕扯，被揭示得酣畅淋漓；中短篇小说集《神医》，描绘了故乡形形色色的人物，传统乡土文化的深厚底蕴寄寓于具体鲜活的人物故事之中，文字间流荡着某种他素来景仰的作家汪曾祺笔下的韵味情致；散文集《故乡永在》深情回望京西山野中的故乡，古老土地上那些质朴的人，大自然所赋予的人性的良善和恒久。"大地道德"是一个长久萦系于作者心头的主题，而这部作品则仿佛一曲温暖悠扬的变奏。

但这一次我想脱离开具体作品，而把目光投向这些作品的创造者身上，简略介绍一番他对于写作的理解。一个作者的写作观，会直接影响到写作过程以及成果。它就仿佛是从作者身上产生的一束光，尽管他笔下的作品可能各自内容不同，但既然是在同一道光的投射之下，便会有很多共性的东西，体现在样貌、色泽等方面，构成了理解其作品的整体性和内在逻辑的一条重要线索。

这么多年中，我见证了他如何像其笔下朴实的山民一样，勤奋耕耘，终于有这样丰硕的收获。因此，在试图用一句话来描绘他时，我觉得这个说法应该是妥当的——文学工场中出色的劳动者。这套文集以散文、随笔、杂记类文体为主，因此具有更强烈的自我袒露的色彩，能够更清晰地让读者看到作品背后作者的所思所感。如果说文集中数百篇作品涉及的话题丰富而散漫，那么对于写作的理解则是其中一个相对集中的主题。这一点被反复申说，至少体现在文集中数十篇文字里，或充分谈论，或要言不烦,既有大弦嘈嘈,亦有小弦切切。

写作,从根本上讲,正是一种精神的劳作,其目的便是制作精神情感的产品,而一名称职的写作者,必定是文学工场里一位辛勤的劳动者。这种劳动包括两个最为重要的属性:一是寂寞,二是坚持。普通人眼中的写作行为充满了神秘玄妙,但其实它的核心正是一切形式的劳动所共同拥有的朴素本质。即便让人津津乐道向往不已的灵感的降临等,也不过是勤奋劳动的补偿。写作者只有在孤寂中长久地坚守,才能够窥知存在的奥秘,才能够感受灵魂的脉搏。正如里尔克在给一位青年诗人的信中所言:"我们需要的只是:寂寞,内心广大的寂寞。走向内心,长时间不遇一人——这是我们必须能够做到的。"对于这一点,凸凹给予了更为晓畅的表达:"写作的人永远应该与周围的人分离,独自一人与写作为伴,就不分神,就能听到内心的声音,飘忽的灵感也能捕捉,再混乱的思绪也能理清,笔下就有了属于自己的文字(《向与孤独为伴的人致敬》)。"

写作既然是精神劳动的一种样式,自然也要求作者具备相应的技艺。而这种技艺的获得、保持和提升,都有赖于坚持不懈的劳作。戏曲演员几天不练身段,不练嗓子,再上舞台就会感觉异样,作家同样如此,必须不停歇与文字搏斗撕扯,才有望保持语言感觉的生动鲜活。在《咫尺之艰》中,他从果戈理给友人的信中"不愿意写"的感叹,生发出一番思索:"作家笔下的文字,并不是像一般人所理解的那样——是像泉水一样喷涌的,而是心血缓慢凝结的产物——这个过程,包括对灵感的耐心等待,对生活的痛苦思考,对思想的痛苦提炼,也包括对准确字词的艰难捕捉。"因为种种原因,写作的神奇的一面被过多地渲染了,而现在更需要回到常识。凸凹反复陈说的正是这样的常识。

一个称职的劳动者,显然也会对其他杰出劳动者充满好奇和关切,所谓惺惺相惜、声气相投。这就可以解释,为什么凸凹持续地写下了那么多的阅读感受、札记等。他的阅读范围十分广阔,其中外国文学尤其为他关注,这套文集中的一册《西典新读》便是佐证。该是因为它们从浩如烟海的作品中被译介过来,至少在某个方面具备卓异之处,而对杰作的倾心贯穿了他的全部写作岁月。"因为阅读一部经典,亲近一位伟人,情绪立刻就沉潜下来,心性恢复到理智与严肃,字纸里人性的光辉与尊严,使自己感到生命的尊贵。"这段文字援引自该书中《纯粹的幸福》一文,正是作者心志的明确抒发。

一个明显的事实是,人们看到了作家写出的书被阅读和传播,却未必能够窥见他内心的黄金。写作作为一种劳动,其成果不仅仅是收获具体可见的作品,同时也是经由这种方式,使写作者的生命不断处于一种生长的状态,保持生命力的充盈。从这个意义上说,沉浸在写作中是幸福的。凸凹深切地感悟到这一点。

譬如,通过阅读当代杰出思想家桑塔格的日记和笔记,他写道:"写作是自我成长和壮大的生命方式,能使个体存在具有足以抗拒被外界淹没的内在力量,使个体真正成为自己。""写作者之所以有力量,是因为写作者可以凭借一人之力,体现出四种原则思想:创造、守护、破坏、修复。这就注定了,写作者拥有最丰富、最强健的生命气象(《在读写中重生》)。"

再譬如,他这样理解在八十高龄获得诺贝尔文学奖的加拿大女作家门罗:"文学给人带来的欢乐,从来不取决于别人的承认,或附着于什么奖的嘉许,它很自足。所谓成功的光环,总是意外的照耀;所谓大师的冠冕,总是额外的恩赐……写着,充盈着,就足够了(《充盈之外》)。"

这些优秀作家帮助他洞悉了写作的本质,坚守了写作的本位。他在援引茨威格告别人世的遗言中的一句话——"脑力劳动是最纯粹的快乐,个人自由是这个世界上最崇高的财富"——之后写道:"写作者的生活,是人世间最简约、最本质、最富有的生活。它不需要过多的人生成本,只要你愿意,就能做得到(《因为纯粹,所以诀别》)。"置身今天这个喧嚣的时代,并非每个作家都能认识到这点,即便认识到也并不意味着能够做到。但凸凹却称得上是一名合格的笃行者,努力使自己抵达知行合一的境地。正是这一点,为他的文学劳作注入了强大的动力,并给予了他坚持下去的支撑。写作已然成为他的信仰,他安放自己生命的最佳方式。恰恰正是这种不假外求、疏离功利的写作,也为其作品的质量提供了有力的保障。

卡夫卡写道:"毫不讳言,因为写作,我感觉我有一个'深广的心灵世界'。"在凸凹这里,这一理念获得了这样的呼应:"于是,我欢喜于自己的写作生活——我既制造着文字,文字又加固和温暖着我。我不再担心破碎,也不再畏惧寂寞——生命因此而强壮起来(《土地上的生命叙事》)。"

这样的文字,醇厚如酒,是由作者的信仰、情感和智性酿造而成,散发出的是灵魂深处的真实气息。

(原载《光明日报》2017 年 10 月 12 日)

岁月与感怀
——《俯仰流年》读后

怀旧是人之常情，尤其当渐入老境，更会不时悄然来袭。詹福瑞先生新近出版的散文集《俯仰流年》，书名就已经足够醒豁地提示了其内容。几十篇文章，谈人记事，抒情论理，内容林林总总，但多数都涉及某种与时间有关的维度。今和昔，当下与过去，时光的两端接续围拢起来，便催生了作者心中深深浅浅的意绪，化作文字，便有或浓或淡的怅惘之感，从字里行间弥漫出来，引发读者的共鸣。

这部书最感性也最为动人的部分，当属第一辑中作者对于自己童年、少年生活往事的追忆。对于每个人，生命的那个阶段都是感受最敏锐、印象最鲜明，彼时经历过的人和事，几十年后往往依然铭刻在心。作者出生于二十世纪五十年代初，回忆中既有超越具体时空的儿时情趣，也有那个时代所独有的印痕。《姥姥家》里的姥姥、姥爷、舅舅、大姨和二姨，命运大多坎坷侘傺，悲苦之处令人唏嘘不已。《村里的同伴》中那些儿时伙伴，弱智的四头，俊俏的表妹素素，绰号"二特务"的小学同学，因了禀赋、个性以及与时代的纠缠，而拥有各自不同的人生际遇，其间的期望与挣扎，幻灭与无奈，让人感慨。即便是日常生活，寻常物事,被时光窖藏后,回忆中也沁溢出一缕别样的温馨。《冬暖》一文,对于故乡冬天砭骨严寒的描绘真切细腻,北风怒号,土地冻裂,屋子仿佛冰窖,读来恍如身临其境,而来自父母的关爱,仿佛炕沿上那盆红红的炭火以及被母亲提前焐热的被窝一样温暖。《家常菜》如数家珍般盘点了那个贫瘠年代的美食,无非冻豆腐、小葱蘸酱、土豆炖豆角、酸菜粉条汆白肉等家常菜肴,但因为和家乡、童年有关,也就具有了特别的滋味。这些篇章中,作者封存的记忆被唤醒,借助大量真切生动的细节,出色地实现了对往事情境的还原。这些内容因为具有普遍性,而最容易让二十世纪五六十年代出生的读者感同身受。每一篇文章都是真情灌注,但却不泛滥夸饰。即便是表达至为深切的哀痛之情的,文字间氤氲出的情感色调也是哀而不伤,具有一种节制蕴藉的气质。

根据书中的排序,其实也是应和着作者的生命流程,回忆中开始走来了众多的学界人物。第二辑的内容,大部分是缅怀前辈学者。韩文佑先生,魏际昌先生,詹锳先生,傅璇琮先生,任继愈先生,雷石榆先生……既有作者求学的不同阶段的恩师,也有工作中结识的长辈和同事,交谊深笃,声气相投。他们身上突出地体现了老一辈知识分子心忧天下的社会责任感,而这也正是中国传统文化所标举的"士人"的最重要的精神特质。他们的道德风骨和学术文章,淡泊名利和潜心向学,堪称读书人的楷模。与当今日趋浮躁功利的学风相对比,难免让人有恍如隔世之慨。他们的个性气质,在本书中也多是通过生动的细节给予呈现的，虽然经常只是寥寥几笔。如李白研究专家苏仲翔先生亦是书画名家，饱经磨难依然不改豪爽旷达，旅次中见到一家"太白酒楼"，酒兴大发，便与店家说好，展纸挥毫，以字换酒；担任多年国家图书馆馆长的一代大儒任继愈先生，则是"望之严整，即之温厚，听其言淬炼而不乏幽默"，以其思想、学问与人格的力量，营建了一个虽然不见形迹但又确凿存在的气场，让每个员工内心都存有一种底气。

书中表露的抚今追昔之感，不但体现在对于具体的人和事的追怀上，也体现在情和理的发抒和探究上。这一点主要见之于后面两辑的文章中。古典文学研究是作者的本行，因此很自然地，他多以这方面内容作为激发情感、启迪思想的线索，于出文入史中，展开对于生命意义的追寻。《会稽山之夜》细腻入微地描绘了自己夜宿会稽山的感受。夜色清寂，万籁俱静，唯有月光无声地流淌，他想到了在此留下不少佳话的谢安、王羲之等古代名士，愈发理解了他们寄情山泉林壑、与大自然无比亲近的心性，领悟到这座名山正仿佛是一只"澡雪精神的净瓶"。《寻踪古代读书人》可谓对这一群体最为主要的精神属性的详尽描述：修齐治平、致君尧舜的救世理想，优游林泉、沉醉烟霞的遁世情怀，安贫乐道、威武不屈的人格操守，手挥目送、求真问玄的自由心灵……对比当今在权力和资本的夹击下某些知识分子的精神境界日益鄙俗化的现实，这样的追怀，不由得让人生发出颇为复杂的叹惋。

当然,作者并非泛泛地发思古之幽情,更主要的是为疗治当下的诸多弊端,寻求一份来自时光深处的启迪。不少备受关注的热点话题进入他关注的视野,他的贬责和倡导,很大程度上是基于对传统文化中的精华的深刻认知。《我们正忘掉自然》一文视域开阔,既诗意盎然地描摹了古代中国人和大自然水乳交融般的和谐关系,又通过西方当代生态文学作品揭示了欧美作家对自然的倾心,指出"自然是精神之象征",不但给人们提供生存的资料,也参与了对人的灵魂的塑造。当前人们精神生活的格调变得越来越卑下,与日益疏远大自然有着密切关联。有鉴于当前城市建设缺乏特色千人一面,在《清雅与现代城市品格》中,他将"清雅"这个原本衡量古代士人审美情趣的指标,作为今天城市建设应该具有的品格,强调人与自然的和谐,强调居处的人文气息,以期纠正贪大求全、追逐奢华、过分物质化的弊端。这些文章的共同之处,便是作者从所立身安命的传统文化中,发现了对于当下生活具有借鉴乃至警示作用的资源,从这个角度不妨说,他的所思所感,也正是对"中华传统文化的创造性转化和创新型发展"这一时代命题的个性化、具体化的表达。同样,这种面向重大问题的发声,又何尝不可以看作对传统知识分子心忧天下的价值关切的接续?

如果给这部作品归类的话,无疑是一部学人散文,从内容方面看,折射出中国传统文化丰富厚重的蕴涵,从表达层面看,也具有鲜明的古典美学审美表达方式的韵致。某些学者散文不乏思想见地,但文笔却显得枯涩单调,此书的不少篇章却颇富文采,于质朴晓畅中寓婉转摇曳之美,并在此基础上达到了情与理的交融、诗与思的结合,堪称难能可贵。

(原载《光明日报》2017年8月17日)

走近一棵大树

——读《〈红楼梦〉写作之美》

对一部经典文学作品进行专著规模的评述,是一件多少有些冒险的事情。特别是像《红楼梦》这样的巅峰之作,问世两百年来备受瞩目,各类研究文章和专著汗牛充栋,甚至诞生出专门的学科"红学",这种情况下,不难想象,一部新的撰述的问世,一定会面对很多挑剔的目光。因为是近观而非远瞻,是细致研读而非泛泛谈及,它的水平成色如何,会十分直接地显露出来,难以讨巧,也无法藏拙。

王雄先生的新著《〈红楼梦〉写作之美》,无疑也会面临这样的挑战。但我却敢于肯定地说,这是一本不会让人失望的著作。

读这部书,在其具体论述之外,我的一个深刻印象,是看到一个爱书人与他所挚爱的对象的关系。在后记中,作者写到了与《红楼梦》长达数十年的不解之缘,这部书仿佛已经成为他生活的一部分。他反复精研细读,有丰富的感悟和收获,一直到退休后的今天,终于有时间将它们整理撰写出来。了解了这种背景,它的品质也就更让人信赖。就仿佛我们看到一位戏曲演员,每日勤勉刻苦地练习唱念做打,很容易相信他在舞台上会有出色的表现。

　　当然,关键还是要看这部著作本身。对《红楼梦》这样博大精深的名著,可以自众多角度打量,从不同路径进入,"红学"就是一门跨越诸多学科领域的综合性学科。作者写作此书的目的性非常醒豁,是将其定位于一部世罕其俦的文学名著,专注于探讨其"写作之美",也即其文学表现手法的特质,发掘其深厚的审美价值,揭示其无穷魅力的根源和奥妙。作为一名作家,作者选择这样的立足点也是十分自然的。

　　这部专著格局严整,脉络清晰,由《谋篇的技巧》《语言的张力》《修辞的艺术》《美学的意境》四个章节构成。作者的意图很清楚,他要分别探讨《红楼梦》的"精巧精到的结构""精细精准的语言""精致精巧的修辞""精深精美的意境"。对一部文学作品来讲,这四个方面,至少是囊括了它的形式和技法的最为主要和关键的部分,也是最能够体现作品艺术水准的地方。每一章中,都涉及颇为广阔的范围和丰富的内容。

　　譬如在探讨《红楼梦》结构特点的第一章中,《一丛浅淡一丛深》这一节——书中每一节的标题都是这般形象生动——谈论的是关于"故事延伸与小说节奏"的话题,旨在对《红楼梦》叙事呈现出的舒缓性特征进行分析。书中指出,小说中叙事的节奏感,分别来自情节发展产生的落差、细节的渲染、闲笔的运用等诸多方面。因为每一种观点都是结合了鲜活生动的事例,以一种剥茧抽丝般的方式给予呈现和论证,这样的分析和得出的结论,也就格外能够让人服膺。

　　这只是举例说明,但却能够反映出整部书的风格特质。这是一种真正的"及物"的评论，所有立论都是依托于小说中的具体内容，来加以分析、阐释和生发。这些内容可以是人物的表情动作、情绪心理，也可以是风景刻画、环境描写等一切构成小说的材料，具体到最为基本的单位，仿佛一座大厦的一砖一瓦。这就使得整部专著有一种鲜明生动的质感。作者令人信服地揭示出，正是因为每一个局部、片段、细节的精良完善，才有了这部巨著整体的辉煌卓越。这种寻幽探胜、严谨缜密的解读方式，对引导读者领会这部名著的妙处，肯定会大有裨益。从这一意义上，也可以将它看作一部以《红楼梦》作为例证和指南的指导文学阅读与写作的书籍。尤其需要指出的是，对于这种种感受、领悟和发现，作者是用十分潇洒灵动、活泼有趣的语言来加以表达的，这就使得阅读这部专著的过程也成为一种享受。

寻检追溯起来，这部著作的运思方式和表达风格，颇有些类似金圣叹点评《水浒传》和《西厢记》，是一种回归传统的姿态。金氏评点文章技法，既详尽细致，准确清晰，又趣味盎然，个性至为鲜明独特，是中国文论传统中最具有魅力的部分。反观当下，颇有一些文艺评论文章和著作，喜好做高屋建瓴、洋洋洒洒的宏论，但于细读深思却大有欠缺，读来难免给人凌空蹈虚、大而无当之感。这种时候，就愈发认识到学术研究中脚踏实地、诚笃勤恳的作风的可贵，就像这部《〈红楼梦〉写作之美》体现出的那样。

如果说，《红楼梦》像是一棵参天大树，兀立于时间的广袤原野之中，历经风雨剥蚀始终郁郁葱葱，那么，阅读《〈红楼梦〉

写作之美》这部专著时，我们仿佛看到这样一个人，他长久地伫立在这棵大树的旁边，以一种既充满虔敬又不乏审视的目光，仔细地端详这棵大树，时而仰观树冠，时而俯察树根，时而摩挲枝叶，时而触摸树干。这种观察既宏观整体，又细腻入微。因此，他既熟知它在日光月华下的姿态，也清楚它在风晨雨夕中的韵味。

当他基于从这样的观察中获得的感受，来为这棵大树画像时，也就容易做到形神毕肖，栩栩如生，而观看者自然也会留下深刻的印象。

那些遥远的美丽

——读叶梅散文《根河之恋》有感

　　每次读到叶梅的散文,总会不由地想到那句"生活在别处",而对她笔端下的世界,生出一种分外的向往。

　　这首先与作品题材本身所具有的吸引力有关。她是土家族作家,在鄂西南少数民族地区长大,又担任过《民族文学》的主编,这样的经历和身份让她走过很多地方,特别是广阔的民族地区。收入这部散文集《根河之恋》中的作品,内容大部分也与这些地方有关。随着交通的发展,她写到的地方越来越容易去到了,不少到过的人也写了游记之类的文章,且随着网络的发达,有关的资料图片也随时可以搜寻。但这些因素不应该妨碍到对这部作品的欣赏:一方面文学表达的魅力是别的方式无法取代的,另一方面同样是文学作品,也仿佛不同的人的身材相貌,有着高矮妍媸的不同。凭借文字间表现出来的情怀和见识,也凭借表达这一切的文学手段,叶梅的散文显然应该归入前一类。一种将诚挚与善思深切融汇的调性,与一种自然妥帖但又显然是用心着力的美学追求的结合,成就了这部散文集的基本品格。

　　文章缘情而作。构成文学作品的诸要素中,情感自然占据了最核心的位置。刘勰《文心雕龙·神思》有"登山则情满于山,观海则意溢于海"的句子,情感既是艺术构思的起点,也贯穿了整个创作过程。故乡的山水草木,过往的悠长岁月,无不寄放了她的感情。谁都有童年,《娃娃过年》是对位于三峡中的巴东县城的儿时生活记忆,打糍粑,喝刨汤,划龙船,孩子视角中的昔日美好,会勾起读者心中柔软温暖的情绪;《皂角树》从三舅嘎公家的一棵老树入手,写了峡江数十年间的变迁,伴随新生活的到来也漾起了某种挽歌的调子,这种情绪是植根于人性深处的,因而也是无可厚非的;比较起前面两篇,《清江夜话》的层次意蕴显然更为丰富,是对故乡母亲河流经的土地的一次深情瞩望。八百里清江画廊,江流曲折跌宕,风光险峻壮美,土家族儿女世代在这里生活,神秘迷离的传说,生动奇异的民俗,质朴炽烈的性情,直面生死的坦然,被一一道来,笔力酣畅,虽是"夜话",却分明有了交响的雄浑音色。文字最无法伪饰,只有对一片土地充满挚爱,才能够有这样的表达。

就像清江一路吸纳了道道溪流而变得浩荡湍急,从鄂西南大山深处走出来的叶梅,也把对于故土炽热的爱,推及投射到众多少数民族繁衍生息的广阔区域,升华为一种博大的情怀。像被用作书名的《根河之恋》,写的是世代生活在大兴安岭中、与驯鹿为伴的鄂温克族。其他如草原蒙古族、海南岛黎族、云南的彝傣哈尼拉祜景颇等多个民族的生活,也都被她深怀着虔敬之情,观看、沉浸、思索和描写。遥远的地方,有大美存焉。

这些或长或短的篇章中,不同民族生息繁衍的自然环境,高山大川,森林田野,自然美的各种风格样态,壮美或秀丽,雄浑或缠绵,等等,都被她深情地描绘,展开了一幅幅生动的画卷。如书中多篇写到了云南,在同样地缀满了彩云的天空下,不同区域又有着各自的美的形相——阳光明亮热烈的丽江,云杉、红豆杉和翠柏以动人的姿态生长,玉龙雪山上,岩石的皱褶都能看得一清二楚(《三朵》);滇西北的昭通,豆沙关峡谷壁立千仞,劲风掠过,气势浩荡(《昭通记》);边境小城沧源,怒放的三角梅,绿毯般舒缓地向远处延展的茶树,尽皆被笼罩在深沉的静谧中(《一眼望不到边》)……跟随她的文字,目光在滇云山水间游弋,仿佛行走于一朵盛开着的硕大映山红上——她仔细端详云南地图后的一个诗意淋漓的发现。

在这些背景下,丰富多彩的生活也像花朵一样在女作家的眼前开放。《芒市三日》中,既写了景颇族热烈欢腾的传统舞蹈"目瑙纵歌",也写了翡翠美玉和极具戏剧效果的"赌石",写了发达的边境贸易,写了当地文学创作之风的浓厚。她的书写紧跟了社会行进的步伐,表达传统与现代的冲突与和解,如《平原三峡村》中,巴东三峡移民告别祖祖辈辈居住的峡江故乡,搬迁到江汉平原,在经过最初的迷茫不适后,凭借自己的热望、勇气和智慧,拥抱并融入了新的生活,"一棵棵从峡江移到平原上的树,历经春夏秋冬,开花结果。"

倘若只是满足于对当下生活的具象性描绘,即便是笔下生花,有时也未免显得单薄。叶梅的散文有效地规避了这一点,在别人止步之处,她努力走得更远。今天背后的昨天,眼前通往的遥远,都是她目光投注和追溯的范围。多个少数民族的悠久历史、独特文化、多彩民俗,在她的笔端下,呈现得鲜活生动。如《常德有枫树》,介绍了洞庭湖畔的维吾尔族聚居地的缘起由来,以及他们对于本民族文化之根的悉心呵护,而这一切的背景正是中华文化精神的博大和包容。在《澜沧江边的一天》里,她从山高水远的澘水镇上的一个姓氏中,发现了漫长岁月中不同民族间迁徙和融合的脉络线索,进而十分自然地生发出有分量的感悟:"民族与民族之间,就是你中有我,我中有你,古来如此。"《火塘古歌》则是对红河哀牢山中哈尼族人们的致敬。他们有古老精致的稻作文化,侍弄梯田仿佛是在写一首诗;他们敬畏天地自然,将内心的虔诚外化为奇异的蘑菇房和寨神树;在火塘旁,古老的歌谣被一代代传唱,诉说着岁月和祖先、欢欣和悲伤。

从叶梅的笔下,我们看到了在不同维度上展开的许多个民族的生活——今天与昨天,现实和想象,物质与文化,等等。尤其是文化的多样性及其价值,经由诗意盎然的文字,而得到形象的表达和揭示。正因为如此,这些大致上可以归结为地域题材的作品,就容纳了自然、社会、历史、人生等繁复的主题,内涵丰富。这样的文章质地,当然也就不是某些游记文章浮光掠影的描绘或浅尝辄止的议论所能比肩。

"生活在别处",不错。但是还有一句话,"人们到处都在生活"。尽管存在种种外在形态的差异,但不同民族的生活中最根本的东西是一致的,那就是相同相通的人性。我们从一位生活在大森林深处的九十多岁的鄂温克母亲身上,看到了母爱的强大深沉,这种爱让她克服千难万险独自抚养大了七个儿女,也让她的部落人丁兴旺,鹿群茁壮(《根河之恋》);从英年早逝的哈尼族诗人县长陈强的忧伤的目光中,从他质朴而真挚的诗句中,看到了对家乡土地的深情,对为生计而奔波的乡亲们的悲悯(《火塘古歌》)。我想,正是流淌在这些作品中的道德力量,不因生活方式的差异而受到影响的本真的情感,让人读来产生共鸣,受到感动。

书中数十篇作品内容宽泛,但有一条红线贯穿诸多篇章,这就是鲜明强烈的生态意识,成为这部散文集的一个最为嘹亮的声部。在这一点上,凸显了作者的主体性。

叶梅写到的这些少数民族地区,多数都位于僻远的边疆,以及内陆的深山地带。或者交通不便,或者因为开发较晚,反而保持了良好的生态环境。对它们的描写是作品最具华彩的部分。像《云之上》,浓墨重彩地描绘了"华中屋脊"神农架的神秘深邃之美。千峰陡峭,万壑幽深,森林丰茂,流水清澈。对比华夏大地上广袤区域内生态环境遭受深度戕害的严酷现实,它们无疑正是人类理想家园的完美样板。亡羊补牢未为晚,在《白音陈巴尔虎》和《金沙银沙》里,曾经水草丰美的大草原在一度沙漠化后,经由几代人们植树种草的不懈努力,终于返归本初的美丽;在《风和滇池的水》中,她更是不吝赞美与污染滇池生态的人和行为作殊死斗争、不惜流血的民间英雄。在她眼中,他们是自然的守护神,是家园得以赓续的希望。

良好的生态环境,与少数民族民众信奉的观念有关。《三朵》是一曲对玉龙雪山的颂歌，玉龙雪山是纳西人的保护神。"纳西族信奉东巴教，崇拜大自然，有很多习俗约定俗成，成为民间必须遵守的规定。如不得砍伐靠近水源的森林，不得污染水源；每年春夏期间，不准打鸟、不准狩猎，不准捕鱼；不准猎杀怀孕的母兽和幼兽。"依托古老而朴素的智慧，他们与大自然和谐相处，达到了"天人合一"的境界，也获得了来自天地自然的馈赠。这些悠久的传统文化习俗中，其实蕴涵了不少现代性的因素。促进生态文明建设已经成为一项重大国策，作家围绕这一话题以审美方式作出的呼应，有着不可替代的效果。

当然，以上内容并非散文集《根河之恋》所指涉的全部。它有着更为丰富的声部。《致鱼山》和《回鱼山》写了对于父亲的故乡的奔赴和牵挂，源自血缘的亲情，普通人生存的艰难，以及命运的乖戾和播弄，让人慨叹不已。在《幸福二队》中，这种对于自身经验的书写变得更为真切也更为鲜活细腻。少女的青春挥洒在荒唐岁月中，然而，最粗陋的地方也有美和善的光亮，底层生存的质朴和温情，化作一抹厚重的色彩，烙印在记忆的深处。

不能忘记我们谈论的对象是文学作品。情感、见识、思想，一切最终都要落到语言、结构、韵律节奏等表现形式上。这部散文集中，女性作家细腻丰沛的感性，经由富于表现力的语言，获得了鲜明的表达。不少篇章段落体现出一种画面和音律感的融合，可观可诵。如《舞动的山岗》这样描写佤族年轻人的舞蹈："一个个佤族姑娘丰满健美，黑发及腰，甩动起来像飞扬的黑色火焰;剽悍的小伙子们赤裸着上身,棕色皮肤油亮,宽大的裤角随着舞蹈呼呼生风,扇出满地野性。"青春生命的激情,借助文字喷薄欲出。结构谋篇上,也不受规制拘囿,而是根据情感发抒、思想表达的需要随物赋形,行止有度,舒卷得当,呈现出一种自由灵动的文章格局。

(原载《长江丛刊》2018 年第 7 期)

在母亲河的怀抱中

——读长篇散文《走过丹江》

多年前就认识了李育善，朴实，诚恳，随和，脸上总是挂着让人信赖的笑容。读过他一些描述故乡商洛风物的散文，也都真诚质朴，笔调清新。如今读了这部二十多万字的长篇散文《走过丹江》，更觉得他将人与文的相互映照，发挥到了某种极致。

书名已经表达得很清楚，这是一部关于丹江的书。南水北调中线工程，让作为水源地的丹江口水库为天下所知，而它的水源涵养区之一便是丹江，汉江的一条重要支流。它发源于秦岭，是商洛的母亲河。李育善在它的波光涛声中出生和长大，一直到今天，都生活和工作在它的怀抱中。

这部作品，便是他用脚步丈量故乡河流的记录。在长达两年的时间里，每到周末双休日，得以暂时摆脱繁忙公务，李育善便和几个同事朋友，驾车从丹江源头开始，一段段地接续着行走，一直走到它的尽头丹江口水库。不但走完了四百公里的丹江干流，还深入注入丹江的许多支流，包括一些仿佛毛细血管的支流的支流，一道小溪，一口山泉，等等，总行程两千多公里，走过三四百个村庄，采访五百多人，记了五大本的笔记，有上百万字。整理出来，就有了这部书。

这种诚笃的劳动的收获之一，便是让作品具有了颇为可观的容量。丹江乃至整个流域的前生今世，都获得了十分清晰的呈现。《走过丹江》分为"苏醒""沧桑""阵痛""记忆""治理""特写""向往"七个章节，从题目大略可以想到所涉及的内容。商州历史悠久，为躲避暴秦而隐居商山的"商山四皓"的故事，始于春秋战国时期的六百里商於古道，丹江水运繁盛时龙驹寨等码头重镇的繁华胜景，等等，书中都有描述，让人读后深切感知此地人文积淀的深厚。

但从整体上看，这些历史和往事主要还是作为背景而存在。作品最大量的篇幅，也是最生动鲜活的描绘，无疑属于今天，是作者眼中的丹江流域人们当下的生活。如果想了解什么叫深入生活的皱褶，这部书应该可以作为一个好样本。这是一种随机的方式，没有刻意的安排筹划，一处临河的老旧房子，一个村路边的小店铺，一条深涧旁的耕地，一片山坡上的果园……车子随时停下来，采访者走向随缘遇到的人们，开饭馆做生意的，乘凉歇脚的，养蜂的，种药材的，摘樱桃的，锯木头的，等等。这就保证了书中所记录描述的生活，是一种真实的原生状态。

抄录两段开头第一节《探源》中的文字，便可以知悉整部作品的大致风格样貌。这是写景物的："沿河道边的土路进沟。路下是小河，这就是没长大的丹江。河边是一台一台梯田，地里长着开紫花白花的洋芋，套种包谷，也有一拃高了。走了上百米，见一水泥池子加盖，能听到流水声，想必是下面人家的自来水。沟里很安静，偶尔听到远处车子的轰鸣声，再就是流水声和鸟鸣声。我们走着说着,缓缓而行。前面有土坯房子,破破烂烂,外面有一堆牛粪,屋里有两三头牛。再走,有一片缓坡,草过脚面,有点草原的气息。"这又是写人了:"返回到庙沟交叉口,雨下大了,到一家农户门口避雨。院子里两位老人忙着给蜜蜂箱上盖石棉瓦。老汉一扬手,说:'下雨哩,屋里坐。'收拾完,忙着给发烟。老汉仄脸大耳,胡子麻差,蹴在门墩上,抱着双手跟我们拉话。看着院子樱桃在树上一片红,问咋不卖呢?老大娘说:'没人要么,也没人拿到街上去,要吃了上树摘去。'"整部书都是这样的语调,白描的笔触,不加修饰,随意自然,散漫而细腻。口语化、方言化的表达,也合并造成了一种真切朴实的气息。

这样的开头,也为整部作品确立了叙述基调。当地百姓们形形色色的生活,不同的命运,各自的愿望,都是通过这样的画面感极强的场景,来获得呈现的。黑龙口豆腐世家的后代,凭借出色手艺带动全村人致富,产品远销省城西安,本人也成了非遗传承人;光伏发电、大棚种植、退耕还林、土地流转,是新时代农村生活的鲜明标识。当然,生活中还有不少烦忧愁苦,远不能尽如人意。年轻人大都外出打工,老人带着孙辈独守老屋;种地不赚钱,也缺劳力,不少地撂荒了;最怕生病,多年积蓄全没了不说,还欠了一身债,无底黑洞一样;评贫困户本来是政府的好心,却纵容了懒人,引发了纠纷……这些都是最为本真的生活。一个正在快速进步的时代,它的明亮和阴影都被忠实地记录下来。作品对素材的剪裁还可以更爽利,应该忍心割舍,如今阅读中有时难免会产生一种被密集的材料淹没的感觉。不过这样倒也有一个明显的好处，那便是有助于比较完整地保持生活的原汁原味。

书里的每一页文字，都只是呈现一个有限的画面———一处眼前的场景，一个具体的人物，都是细碎零散，不能更微观了，但把全书读完了，脑海中却分明有了一大片的连绵迤逦，千峰万壑。作者眼中每一种具体而微的风景和生活，连缀起来，便构成了丹江及其支流流经的商洛大地的地貌植被，构成了人们千姿百态的生活。

如果说书中大量的描绘都好像是散点透视，那么也有一些内容，特别是对一些人物的描写，展现得比较丰富充足，仿佛特写镜头，给人印象分外鲜明深刻。像以愚公移山精神修坝造田、绿化荒山的劳模刘西有，把一生献给了丹江水利事业的工程师黄华忻，带领乡亲们养蚕致富的朱伯勋，都堪称饱满生动的形象。这些为本地的进步和发展作出巨大贡献的人们，都是被媒体报道表彰的模范人物，作品在描写他们时，更多从真切的人性底色着墨，展现他们朴实而崇高的生命境界，让人觉得既可敬更可亲，叙述语调和全书风格也是和谐一致的。

读着这部书，会想到丹江和生活在它的两岸的人们，是一种相互影响和滋养的共生关系，一种彼此间深刻渗透融入的状态。作者在江边长大，波光里闪现生命的记忆，涛声中有着情感的回音。这种影响是多方面的，苍茫浑然的，不是某一个明确醒豁的题目能够圈定的。这部作品，作者称之为"长篇散文"，而不是纪实,或许与它的关注对象的广阔宽泛有关。作者并没有特意彰显某个主题,让它遮蔽掉其他的方面,至少是不明显。他最为在意的是现象,是生活的丰富和繁杂。生活总是大于理念,大于简单的归类。他努力展现出生活的种种本真状态,这反倒更能够贴近其本质。他凭借一双脚板走遍了丹江,而经由他的文字,我们能够更好地了解丹江,更真切地贴近它的魂魄。

（原载《中国艺术报》2019 年 12 月 3 日）

用文字挽留时光
——读《半夏河》

　　作家申赋渔和他的新作《半夏河》之间，有一种堪称奇妙的意味：他于巴黎旅居中写下这本书，书中内容却是属于地道的乡土中国——他在苏北乡村度过的童年和少年。一万里的异乡，四十年前的事情，时间和空间跨度都是巨大的。是一种什么样的力量，拽住了他的目光，跨越了时空的遥远，牢牢地聚焦于记忆中的故乡，并借助文字，让旧日光阴在纸上复活？

　　我想，除了浓郁的乡愁，没有别的解释。

　　在这部散文集中，从开始记事到高中毕业，作者生命最初十几年里的记忆，一些经历和体验，栩栩如生地铺展开来，背景是二十世纪的七十到八十年代，一个叫作半夏河的苏北农村。简陋的草房子，森林一样的蓖麻地，慈祥的奶奶，坏脾气的父亲，晒谷场上的露天电影，走村串户的木偶戏班子，正月十五舞龙灯的热闹，第一次照相和进澡堂的新奇和紧张……记忆中的一个个片段，人、事和场景，编织出那个时期他眼中的生活的一幅幅画面，生动鲜活。半夏河是村名，源自一条流淌过村庄的小河，它无疑是写实的，但拿来作为书名，就又具有了某种象征的意味。时光如同河水，在不停歇的流淌中，生命诞生和成长，衰老和死亡。

成长的主题贯穿了整个作品。那个特定年龄时段的心理感情状态，懵懂和敏感，快乐和忧伤，对死亡的最初感知，单相思的初恋，对诗歌的爱好，面对高考失利的迷茫……相信不少人读到这些内容会产生强烈的会心感，因为从中他看到了自己所经历的类似的生命阶段。

其实，作者不过是把一个古老的主题，进行了又一次描写而已。以生命的初始和早期作为题材的文学名著，可以拉出一个长长的书单。鲁迅的《故乡》和《社戏》，萧红的《呼兰河传》，林海音的《城南旧事》，汪曾祺的《受戒》和《大淖纪事》，都是刻骨铭心的儿时记忆。如果把目光投向世界文学的辽阔区域，更是不胜枚举。对于中国读者来说，高尔基的三部曲中的《童年》已经家喻户晓，无须再作赘述；德国思想家本雅明的《柏林童话》，是对 1900 年前后柏林都市生活景象的回望，那些记忆的碎片，仿佛散落一地的珍珠，被作家以纤细入微而又精确无比的笔调描绘，获得了一种具有强烈的修辞色彩的呈现；土耳其作家帕慕克的《伊斯坦布尔》，则在极其丰富的具象之上，充分捕捉并表达了他称之为"呼愁"的特殊的城市情调氛围，那是一座已然衰颓而仍然沉湎于昔日荣光的古老的帝国都城的哀怨。这些照片，都是作家们各自童年、少年生活的显影，或者准确地说，是成年后对记忆的回望和打捞。一些名作尽管不限于描述特定的时段，像普鲁斯特的《追忆似水年华》，但其关于童年的部分，却堪称这部长河小说中最为精彩、最具魅力的内容。

童年少年仿佛一片丰饶的原野，生长出了很多文学的奇木佳卉。尽管它通常是一些七零八碎的故事，一些芜杂片段的印象，与所谓重大题材缺乏直接的关联，却总是容易打动阅读者，让他们的灵魂沉浸于一种温暖和怅惘的情绪中。这应该是因为，那个阶段是生命萌芽和生长的初期，是一种特定的生命状态，仿佛清晨树叶上的露珠一样鲜亮。那个时期的感官是最为敞开的，因此储存了最为鲜活的感受，一抹新绿，一缕月色，一声鸟啼，都能够引发灵魂的悸动。一个人生命初期获得的印象和记忆，是难以被消除和遮蔽的。这些生命经历，是一种具有审美特征的认知方式和记忆体验，是天然地属于文学的。

从这个方面看，童年少年时期最具有平等性。哪怕一个人出身低微贫寒，生活的地方偏远闭塞，接触到的事情微不足道，但因为彼时的生命是元气充沛的，也就容易感受到大自然和生活的赐予。它们蕴含了美和启发，成为文学的一粒种子。因此，那个时期也往往成为作家们灵感的源泉，常写常新。关于这一点，《金蔷薇》的作者康·帕乌斯托夫斯基说得好："对生活，对我们周围的一切的诗意的理解，是童年时代给我们的最伟大的馈赠。如果一个人在悠长而严肃的岁月中，没有失去这个馈赠，他就是诗人和作家。"

人同此心，心同此理。正因为如此，对青涩岁月的回眸，便成为最能够引发共鸣的题材之一。而一个人的童年倘若是在乡野中度过的，因为大自然之美的充足酣畅，就更容易获得诗意的丰盈。阅读《半夏河》的过程中，我就清晰地回忆起了在冀东南平原农村度过的童年时光,村庄旁也有一条小河,是童年伙伴们的乐园。河水清澈透亮,可以直接掬起来喝。在河里摸鱼、洗澡、打水仗,快乐难以言说。让人叹惋的是,如同申赋渔笔下的老家已经面目全非一样,我故乡的那条小河多年前就已经变成了一条臭水沟。一同消失的还有传统的农耕生活方式孕育的种种,诸如古朴的情调、温暖的人情等。因此对于贯穿《半夏河》全书的那种挽歌的情调,我自以为最能够感同身受。

所幸我们还有文字。一切发生过、存在过的事物,只要被文字记录下来了,就不会真正地消失。文字为一切存档,为大自然,也为生命。文字能够抵抗时光的磨蚀,能够弥补、重建和还原,让一切破碎的恢复完整,逝去的重新呈现。仓颉造字,"天雨粟,鬼神哭",便是文字的重要性的一个隐喻。因此,作者写下这本《半夏河》,因为只有通过这种书写,才能够挽留童年记忆。在作者,这个想法体现为一种朴素的告白:"如果写下来,我的故乡就不会消失了。同时,我将真切地看到我是谁,我又怎样成为现在的自己,我活在怎样的一个世界上,我又在一步步走向哪里"。这已经是在超越具体的经验层面,作哲学意义上的探讨了。在这种回顾中,生命的连续性和完整性便获得了有效的认识和表达。事实上,这种追求也体现在申赋渔的若干部作品中,如几年前的《匠人》,也是通过描写故乡各行各业的手艺人,为正在式微终将消失的古老技艺,留下一页页文字档案。

世界变动不居,语言留存踪影。这正是文学魅力的一个重要来源和保证。

漂泊,是作者四十多年人生历程中一道最为醒目的轨迹。高考落榜后,他先后到北京、广州、南京等地谋生,从事过各种营生,如今又将展痕延伸到了法兰西的土地上。"流浪成了惯性,但始终有一条线索,那就是故乡。"漂泊愈发加深了对故乡的眷念,时间和空间的距离凸显了曾经的美好。那再也回不去的故乡,那美丽而又忧伤的过往,在意念中成为强有力的抚慰,仿佛祖母慈爱的笑容和温暖的手掌。它们是那样温柔,足以抵抗现实的粗粝,安慰焦灼的心灵。"岁月会把苦难的一切柔化和过滤",甚至一些不堪的往事,被时光淘洗后,也变成了一种审美的观照,散发出隽永的意味。这让人想到普希金那几行著名的诗句:"一切都是瞬息,一切都将会过去,而那过去了的,就会成为亲切的回忆。"

的确,"只要记忆的河在流淌,人就可以诗意地生存"。

(原载《光明日报》2018 年 7 月 8 日)

岩中花树

——读李舫散文集《纸上乾坤》

迄今为止,李舫最具代表性的散文作品,都体现出了一种宏阔而超拔的气质。在她新近推出的散文集《纸上乾坤》中,家国、社稷、天地、人心、使命、担当……这一类的"大词",屡屡闪现于篇页字行之间,仿佛大风掠过浩野,雁阵飞越长空,挟带了一股特别的气势和力度。

唐人有云:"士之致远者,当先器识而后文艺"。文章写成什么样子,与写作者的抱负和识见密切相关。在本书的跋中,李舫这样写道:"我对于自己的定位,就是一个以笔为刀、为剑、为玫瑰、为火炬的作家。以一己之力,遥问苍穹。"有一种豪气干云的气概。以仰望浩瀚苍穹为目标,自然不肯流连于家门口小巧精致的花圃。因此,与许多女性作家的柔婉、清丽和空灵相比,李舫的文字中却鼓荡着一股酣畅丰沛的须眉之气,既开阔激昂,又沉潜凝重,给人颇为深刻的印象。

在通常情形下,话题的分量与作者所着眼的题材有很高的关联度。不同的题材,蕴蓄感受、激发思想的幅度是不同的。对于历史题材的钟情,是李舫散文突出的标识。古代知识分子也即"士"阶层曾经扮演重要角色的那些史迹,尤其成为她的目光聚焦之点,她放飞情感、驰骋思想的浩荡原野。苍穹是空间的无限放大,而历史则是时间的充分延伸,是另外一重意义上的苍穹,让她遥望和叩问,每有斩获。

于是我们读到了《春秋时代的春与秋》。以史籍记载中公元前五世纪孔子和老子的会面和对话为起点,文章梳理了儒家和道家的形成和发展。作为中国本土思想的两个最重要的来源,它们在其后两千多年中形成了华夏精神的基本版图。它们仿佛天地间的阴阳二气,物理世界中的正负电荷,互为对立又互为补充,"两者所代表的相互交锋又相互融合的价值取向,激荡着中国文化延绵不绝、无限繁茂的多元和多样。"在《千古斯文道场》中,她让思绪飘向两千三百年前的齐国"稷下学宫"。以其自由、开放和包容的气度,这里吸引了天下的知识分子,诸子百家汇聚一堂,以天下为己任,参政议政,畅言无忌,"一时间,战国学术,皆出于齐"。与以后漫长岁月中的思想一统、言路禁锢的严酷局面相对照,它的存在堪称中国思想文化史上的一个奇迹,千载之后依然令人感喟不已。

从这些文章中,也可以充分地认识作者运思的方式。不论是情感的吟味还是思想的抉剔,她都不满足于在局部和表层止步,而力图获得一种扩展和深化,尽管面对历史的浩瀚体量,任何进入的方式从本质上讲都是零碎单薄的。譬如描写一棵大树,有人致力于描绘躯干的粗壮,有人寄望于画出树冠的茂密,她尽管也可以这样写,也能写得精妙,但她内心最在意的,其实还是要尽可能完整地画出一棵树的轮廓和体量,以及体现出这棵树的各个部分之间的关系。这种对于整体性的追求，便造成了一种恢宏的格局，让文字也更有分量。

不过，对作者来说，对于历史的瞩目，最重要的还是为观照和衡量现实，提供一种镜鉴，说得更直白一些，是古为今用。阅读中，我仿佛看到这样一个画面：她在眺望被遮蔽于时光烟云深处的人事史迹时，总是适时地把目光抽回来，回返到当下，定睛一番，然后重新投送出去。正是在这样的往还梭巡中，连接古与今、历史和现实的无形管道变得清晰生动起来，相互之间有了印证和呼应。你会想到诸如"日光底下无新事""一切历史都是当代史"之类的说法。这些文章的共同之处，便是忧患意识的真切表达。比如《千古斯文道场》，她念兹在兹的是弥漫于稷下学宫中的那种自由高蹈的精神，是知识分子的天下情怀，以及壮志得酬的良好政治文化生态。《在火中生莲》中，韩愈以贬谪之身，处瘴疠之地，仍然不改初衷，爱民如子，视民如伤，努力造福一方，获得潮州百姓赞誉，更以其道德人格力量，给后世的为官者树立了标高。也是在跋中，她表达了对写作意义的认识，"以笔、以命，以爱、以思，铺展历史的长卷，讴歌生命的宽阔"。正如书名《纸上乾坤》所喻示的，心中有眷念，眼前有天地，落笔到纸面上，才会有乾坤激荡，风生水起。

历史和文化无疑是李舫散文写作的重要资源，因此，说她是一位学者型作家，应该不会有人反对。但书中的其他一些作品也让我想到，如果她为自己确定了另外一条路径，仍然也值得期待。这一点从《黑夜走廊》中可以看出。与前述作品相比，它呈现出了一种堪称殊异的审美面向。源自个体经验的丰富的、具有多义性的感受，飘忽朦胧，难以名状，和幽暗暧昧的夜色正相谐适。理念以一种暗示的方式寄寓其间，缺乏坚实明朗的形体，但也因此增进了阐发的空间和弹性。同样是浓郁的诗意表达，在《死生契阔　与子成说》里，则是一种幅度更大也更为舒展的呈现。广阔无垠的呼伦贝尔大草原，在作者心中唤起的是对于大自然和历史的敬畏，那是一种混茫而复杂的意绪："在这充满神奇的寂静之中，谁能说这片刻不就是永恒？谁能不领悟这巨大的空间中所蕴含的深厚的时间？"写下这些只是想表明，对于作者来说，一种均衡发展的才具，使其写作具备了通向更为广阔的空间的可能性。

　　这样的禀赋，也让她有效地规避了文化散文中容易出现的审美缺失的弊端。的确有不少这一品类的作品，读来固然不无智性理趣的收获，却欠缺美的享受。但在这部散文集中，美的展现却是缤纷而摇曳。字词的推敲，句式的讲究，节奏韵律的布设，都鲜明可感。书中有多篇文章，写到了画家、雕塑家、音乐家、电影艺术家等不同门类的艺术家，与他们所献身的艺术的亲密而紧张的关系，艺术对他们生命的成就和伤害。但且撇开这些不谈，我想说的是，她对于不同艺术形式的内在规律性的深刻理解，也正可以看作对其作品所呈现的丰富表现力的一个说明。从语言到文体的跳荡和不拘一格中，不难看到这些不同艺术形式，尤其是作为综合艺术的电影的表现手法的潜隐的影响。

　　忽然想到了王阳明与友人那一段著名的对话：岩中花树。

这些年,王阳明的心学已经成为显学,这一用来阐释"心外无物"的典故也变得广为人知。但此处我援引这一桩公案,并非谈玄论道,仅仅是从修辞学的意义上考虑,觉得将这个画面感极为鲜明的意象移来,庶几能够概括李舫散文的品质。作为其主要作品内核的思想的厚重,观念的清晰,具有一种岩石般坚实而饱满的质感。而旁侧那一株枝叶纷披的花树,灼灼其华,照眼欲明,则显然可以比拟其艺术表达的摇曳多姿。理性和诗情,坚硬和柔软,质朴和华丽,沉静和飞扬……我们有理由对她今后的写作有更高的期待。

(原载《文艺报》2018 年 4 月 9 日)

生活在此处

——《鸟知道》序言

丁利先生长期生活的地方，是东北的一座地市级城市，因此相比许多大城市中的写作者，他算得上是一位地方的、基层的作家。他的这部散文集《鸟知道》中的作品，从内容的地域属性上讲，大致可以代表这一类作家经常表现出的特点，即它们通常是两种方向的目光投射的收获：一种是向外的，一种是向内的；一种是此处的生活，而另一种则属于"生活在别处"。

远方天然地富于诱惑，"别处"总是更容易吸引目光，所以才会有"远方和诗"的说法。对丁利来说，这样的"别处"，是新疆阿勒泰的广袤雄阔，也是湘西的幽深神奇，是济南千佛山的云雾缭绕，也是浙江安吉的竹海无边。这些地方多数都是旅游热点，他身为一名外来游客，贪婪地感受，精心地描写，每每有超出同类文章的用心和着力，也因此而有了更多的发现和更好的表达。从文字间能够感受到他的激动和迷醉，作为读者当然也受到感染。

然而，比较起来，我还是更喜欢他的那些关于"此处"的篇章，也就是那些写故乡生活的，不论是今天还是昨天的生活。只要有一颗敏于感受、善于吟味的心，同样可以从日常熟悉的生活中发现所蕴含的诗意。而且，因为那些生活都是作者亲历的，带有独特性，难以替代，故往往更能够带来个性化的体验。这部集子中的不少作品就体现了这种特质。故乡的天和地，故乡的人和事，故乡生活的种种，以及它们给予他的感受，成为书中最具魅力、最让人读来感动的部分。

书页之间，弥漫着浓郁的大自然的气息。这种气息来自养育了他的故乡，吉林西部的白城，一个历史上被称为"东北水乡"的地方。他描写著名的湿地向海湖，这里是数百种鸟类的天堂，在涛声中入眠，在鸟声中醒来。冬天，在厚厚白雪的覆盖下，静谧得像是一个深沉的梦，翩翩起舞的丹顶鹤便是照亮梦境的一道闪光。而那些记述童年时乡野生活的篇章，因为连接了生命深处的记忆，被时光发酵过，便有了特别的韵味。那些尚未被现代化进程打扰的往昔情景，令人怀恋不已而又不无怅惘：田野中飘荡着各种野草的气味，瓜窝棚和毛毛道，印满了童年的脚印和快乐；村边不远的西河，水草丰美，一网下去就能够捞起十来斤活蹦乱跳的鱼虾；钻进茂密的芦苇荡，时常会看到一窝淡绿色的野鸭蛋……大自然生机勃勃的诸多情状，被细腻生动地描画下来。文学留存生命记忆的神奇力量，在此得到了一次生动印证，让我在阅读中也不禁意动神驰，回想起了在华北农村度过的童年时光。同时，因为写作者有着十分鲜明的生态关怀意识，因此在分享作者生动鲜活的感受的同时，又不由得让人有所思考，关于山川原野中的美和善，关于人和大自然的关系等。

在故乡的土地上，亲人们的生活在展开。四季轮回，岁月递嬗,他们的命运浮沉,喜怒哀乐,在文字中获得了复活。他写了担任过大队会计的父亲,因为坚持原则得罪了村里干部,从此命途坎坷,一个正直的乡村知识分子的形象跃然纸上;他写了积劳成疾五十出头就不幸辞世的母亲,她的勤勉吃苦,她对待艰难生活的刚强乐观。他还写到了父母之间的相濡以沫,母亲去世后二十年中父亲的无尽思念,写到了父亲去世后父母的合坟并骨,质朴而深挚的爱情令人动容。他还写到家里的枣红马的一生,它不仅仅是一个八口之家的生产工具,也因为长达数十年的相互厮守而成为家庭中的一个成员。特别是它与一直饲养使唤它的二弟的生命的交集,那种深厚的人畜之情,被描写得淋漓尽致。这些地方,都是十分真挚动人,读来不禁眼眶湿润。

这是一本让人感到温暖的书,被美和真情所灌注。一个人在日常平凡的生活中应该秉持的操守,对大自然的态度,对亲人和朋友的感情,都有着明确的表达。它们被朴素真诚地写来,许多场面和细节都栩栩如生,仿佛一幅幅清晰的画面,深深镌刻进了他的记忆,时光流逝也难以漫漶。它们的生命力,首先正是来自真情的充溢。这一本篇幅不大的书,却同样有力地印证了文学以情动人这样一个最基本也最核心的命题。

就个人的阅读体验而言,我更希望作者今后能够沿着上面这些文章的路子,不断地走下去,写自己生命中受到最多触动和感动的东西,尽量避免那些人人都可以写的内容,避免那些浮泛的抒情和高蹈的议论。只有真正打动自己的东西,才最终有可能打动读者。我也高兴地看到,这样的篇幅,在书中占到了大多数。

　　生活在此处。此处是我们生活的真实的泉源,生动而富有质感。文学之树将根系深深地扎在这样的泉源之旁,才能够生长得高大茁壮。

　　(原载《文艺报》2019 年 1 月 11 日)

亲切的人们，在人间同行
——《你要亲切地走在人间》序言

认识朱成玉，是在鲁迅文学院第三十三期高研班上。我是这一期的院外辅导教师之一，他是我抽签分到的几个学员中的一位。四个多月的时间，一次见面会，三次小组范围的作品评点，交往次数并不多。

然而从一开始，他的作品就给我留下了颇为深刻的印象。因为特色鲜明，是那种辨识度很高的文字。这次他要出版一部散文集，寄来了书稿的电子版，希望我写点什么，却之不恭，便答应勉力而为，因此得以将十几万字的稿子认真通读一遍，最初的感觉也得到进一步的强化。

看人先看脸，一篇作品的题目，也具备这样的效果。朱成玉散文的题目就有这样的吸引力，让人感觉眼前一亮。几乎每一篇的标题，都是一句诗。仅从第一辑中援引几篇为例：《我在努力抱紧月光》《为一朵云让路》《我听到了叶子的尖叫》《鸟是上帝的客人》《失眠的海》……虽然是散文，却荡漾着极为浓郁的诗意。很显然，这样的标题泄露了或者说彰显了他的文学思维的诗性特质。从文章中得知，作者也正是以诗歌写作走上文学之路的。

于是，阅读这部书稿的过程中，也有一种感觉，仿佛站在一片宽阔的田野上，抬头朝同样辽阔的天空望去，这儿那儿，到处升腾起一片片绮丽的云朵。这里有对故乡土地的无限眷恋（《磨盘是故乡的一颗痣》）；有对朴素而伟大的母爱的深切感念（《让每一粒米回家》）；有对于大自然中卑微生命的温情悲悯（《那一团瑟瑟发抖的暖》）；生命中曾经与美好错失，至今想来仍然感到尖锐的痛楚（《愿梅花不要落得太快》）；时光飞逝让人感喟，但只要热爱人生，黄昏也有美好的色彩（《黄昏是生命的琥珀》）；人性中交织着善与恶，就如同昼与夜、春与冬的轮回更替（《世界在两个摇篮里晃动》）……在一百多篇作品中，作者丰富而细腻的感受充分敞开，以自然和人生的广阔疆域作为诗意翱翔的空间。不论写的是什么题材，都是经过了作者情感的充分浸润，是灵魂深处真切而诚挚的感受。浓郁的诗意充溢在所有这些篇章中，仿佛漫长的冬日，厚厚的白雪笼罩了作者故乡无边的原野。

从这些散文的写法上看，也是充分调动了诗歌艺术的表现手段。不少篇章的主题意旨，就是寄托于某一个鲜明醒豁的意象。如《漏水的月亮》，写的是被誉为"俄罗斯诗歌的月亮"的著名女诗人阿赫玛托娃苦难的一生，严酷的命运让她的生命千疮百孔，激情和才华一点点流失，仿佛水从破碎的水罐中漏尽。更普遍的，是大量运用比兴的修辞方式，通过具体生动的物象，给予某种情感以形象可感的呈现。这方面更是不胜枚举，如《为灵魂降一场雪》，表达的是对灵性生活的向往，作者认为只要活得本真，就是为自己降下了一场没有污染的雪，哪怕置身于红尘扰攘之中，也会葆有内心的一份安宁纯净。

借助于丰富的艺术手段，作品中的诗意获得了充分渲染和表达。看得出来，作者有强烈的文体意识，体现在语句上，便是讲求韵律和节奏，起伏跌宕，参差错落，让人想到云朵在天空的变幻，风在草尖叶片上的驰走。同时，文字也十分干净，语义清晰明确，较好地避免了这一类作品容易产生的含混浮泛、汗漫无际的弊病。你能够感受到，作者思绪的驰骋如同一顶得到有效操控的风筝，即便飞升得再高再远，也始终围绕着中心意念而展开，张弛有度，收放自如。

然而仅仅用诗意来概括朱成玉的散文，并不完全。他的作品中还有着更为丰富宽阔的呈现维度。葱茏蓊郁的诗意后面，往往包裹了理念的内核。他不满足于情感的抒发，而总是在诉说自己的感动之后，努力寻求智性的结晶和蕴涵。这使得他的作品，和很多以表达感受见长的作者相比，有了一种坚实的质感。打个比方，如果说诗意对一篇作品而言，仿佛一棵大树上摇曳喧哗的枝叶，那么读他的作品，你不但能够感受到枝叶在手掌中的轻柔拂动，还能够触摸到坚硬而粗粝的树干。像下面这些篇章，都很突出地体现了这种特质：

《快乐的甜指甲》。一片被剪下的指甲上聚集了一群蚂蚁，忙碌地吮吸着上面残留的一丝微弱的甜味。日常生活中大量渺小琐屑的快乐，对于人生也有着类似的意义。一个所求甚少的人，反而更容易活得从容惬意。佛教思想里的惜福，老庄哲学中的寡欲，都在警醒人们欲望对生命的戕害，今天就更有理由充分正视这一点。

《狄金森关上了门》。真正的艺术，都是在孤独中孕育和诞生的，"狄金森关上了门，尼采放下帘帷，马尔克斯合紧窗子，库切熄了灯……他们退居到自己的内心，那里干净、清爽，无一丝恼人的尘屑，伟大的孤独如同缓慢升起的月亮，他们在那纯白的骨头里压榨着稀有的骨髓，用来供给他们余生的所有营养。"不仅仅是艺术，人类的一切精神创造莫不如此。

《当生活粘住你的时候》。每个人迟早都会遭遇某种生存的困境，"当乱无头绪的生活粘上了你，梦想就只有靠边站的份儿了。"然而，"这就是生活，正如雷蒙德·卡佛和我见到的那对渔民夫妇，再糟糕，你也不能将它抛弃。"在文章最后，作者充满激情地呼喊"让生活粘上来吧"！命途坎坷，永远需要这样的一份勇敢和坚毅。

《暂停》。在忙碌匆促的生活中，一个人需要时常为自己按下暂停键，"稍作停留，让花香染袖，让鸟语落肩。"停下来，才能检点内心，厘清困扰，校正方向。美学家朱光潜《谈美书简》中提到，瑞士阿尔卑斯山山路旁有一条标语："慢慢走，欣赏呵！"感知天地人生的美好，认清生命的意义和价值，都需要停歇和静默的功夫。

……

这些散文都不长，从篇幅看更适合报纸的副刊或杂志的专栏，因此具体到每一篇文章，不论是偏重写情绪感受，还是着力于理性思考，其题旨也就都比较单纯和鲜明，着力点集中，就仿佛是用锤头将一颗钉子击打进一面墙壁。但因为有这么多的数量，所涉及的题材林林总总，因此话题范围也就抵达了某种广阔性。

书名《你要亲切地走在人间》，也是其中一篇的题目，我想不会是随机抽取的，而应该寄托了作者的深意。全书通读下来，我感觉这篇的确也能够集中地体现作者的生命观念和价值关切。一个孤儿，大半生以放羊为生，卑微而善良，没有一个亲人，却把每个人都当成亲人对待。不管日子多么辛苦，他从不抱怨，总是微笑着面对，"一直亲切地走在人间"。

我看到的是作者对一种人生境界的心仪。这种境界，我想用审美的人生来表达比较恰当。生活中的美好固然令人感觉快意，但那些挫折和伤害，疾病和孤独，也都是生活的一部分，也需要照单全收，凭借着勇敢和刚毅，坚韧和隐忍。从书中多篇作品中，我读到了道家的委运任化，也读到了尼采的酒神精神。一个人秉持着这样的生命态度，他将所向披靡，无往而不发见美的闪光，生命就是一场酣畅的盛宴。"我愿意做那样一只渺小的蚂蚁，轻轻地，轻轻地，推着一个个叫作幸福的日子（《蚂蚁推了幸福一把》）。"不妨说，作者也正是以文字为砖石，垒砌他的朴素而坚实的人生。

说了这么多，都是关于作品的，似乎也应该描述一下对作者的印象了。

最初得知朱成玉的职业时，我感到颇为意外：东北一个地级城市的检察官。这样温润而空灵的文字，与对冷静和理性要求最严苛的一种职业之间，显然有着一道巨大的鸿沟。他会感到这二者之间的抵牾和撕扯吗？或者说作品中诗与思的融合正是来自职业和天性的共同塑造？在与包括他在内的几位学员有数的几次餐聚中，他的言谈举止中不乏东北人的豪爽幽默，但不时也有陷入沉思和显得羞涩的片刻。不过在微信朋友圈里，他展现出的始终是一副开朗快乐的模样，一个爱家的好男人，反复地晒他的妻子，特别是昵称"米花"和"米粒"的两个宝贝女儿，毫不掩饰地表达他对她们的爱，诉说他的幸福的感受，任谁读了都会感觉到温暖和熨帖。

祝愿作者在今后的文学驿路上，在他整个人生征途中，都如同这部散文集中呈现的这样，呼吸诗情，俯仰哲思，即便是栉风沐雨，也总能拈花微笑。

是为序。

看云的日子

——《捕云录》序

　　一个作家对自己的作品集的命名,显然不会是随意的,就仿佛古代文人笔下书斋和居室的名称一样,简约的两三个字中,每每寄寓了某种涵义。在多数情况下,他并不作更详尽的解释,而是让读者自己去理解和想象。但吴重生则不然,对自己这部名为《捕云录》的散文集,他的言说称得上坦诚而充分。

　　在书中一篇名为《捕云的随想》的文章中,他这样介绍他的涉及多方面内容的作品:"它们,是我从岁月长河中打捞上岸的心香一瓣,是在长夏仰望星空时坠入我脑海的吉光片羽。"它们是他的生命天空中的云朵,不但可触可感,而且有色彩有分量,值得分享与珍藏。而接下来的一番话,则不妨看作作者的创作宣言:"我们捕云,实际上是捕捉自己的心灵之云。对于文学创作和科技创造米说,那些稍纵即逝的灵感是云;对于日常生活来说,那些善意的眼神和灿烂的微笑是云。"云,成为弥漫于作者文学世界中的鲜明意象。

　　这部作品分为六辑,分别是"日月光华""教育感悟""人物风流""读书笔记""烹诗煮画""序与跋"。看这些题目,不难想象它们的内容。从题材的整体面貌来看,可以说是寻常而平淡,体现了一种生活的日常性。

但是这并不等于我们有理由轻视它。对于绝大多数的人来说，他所过的日子，他对人生的认识和感悟，不正是体现并来自这种生活的日常性吗？作者笔下的种种生活，同样也是我们走过路过参与过旁观过的生活，在日升月落之中，在衣食住行之间，时时处处地发生着，构成了生活的常态，一种最为普遍性的存在。它固然是作者生活体验的投影，但一定程度上也可以说是我们自己的生活的镜像。人们到处都在生活，所有的生活都有相互联系的内在管道。正是经由他人的发现和感悟，我们印证和丰富了自己对于生命的认识。这便是文学始终重视和强调日常描写的重要理由。对这一点，作者显然并不隔膜，在那篇文章中他写道："云是自然界的常态，而'捕'应该成为人生的常态。"

其实，平凡的生活中不乏深长的滋味和蕴涵。齐白石老人的画中，大量都是普通的瓜果菜蔬、鱼虾虫蟹，饶有天趣。著名作家汪曾祺也是一位美食家，最擅长描写日常的食物，春韭晚菘，味道深永。关键是要有对生活的爱，并在写作中真诚地表达出来。

这本《捕云录》中的许多篇章，字里行间流动着这种诚挚。作为一名新闻工作者，他得以结识了不少著名学者专家，描述了他们对学问的醉心，对名利的淡泊，音容笑貌如闻如睹。他写远在浙江故乡的父亲，经常梦见到他站在上坡路的路口，等待着自己回家。浓郁的亲情乡情，仿佛有着不堪承受的重量，让他因此

而慨叹"家乡有梦不轻回"。书中有多篇文章,写了他对女儿的
关心、牵挂和期待,写了他为了女儿的成长进步所作的精心筹划
和安排,其情殷殷,其意绵绵,让同为人父的我,读后既感动又惭
愧。对女儿的爱,引发了他对于教育的深入思索,引申出了几乎
整个"教育感悟"专辑中的内容,关涉人格教育、生命塑造、成人
礼的意味、对生命是一个过程的体认等内容,情感抒发中融渗进
了理性沉思,给人丰富的启示。在不同篇章中,这种思考的触角
伸向了各自相关的领域。他从河滩上的石头想到文化的载体,
从结巢于阳台上的喜鹊想到生态和谐,从传统老字号"一得阁"
的店名中领悟出生命所肩负的职责,等等。大千世界纷纭人生
中,每个缘分,每种遭际,都可能蕴涵了某种启示,关键是作者要
善于捕捉和发掘。

　　我尤其看重书中关于读书和欣赏艺术的内容,它们占到了
相当大的比例。显然,它们在作者的生活中至关重要,是其志趣
爱好之所凝聚。作为一名爱书人,一位自幼就醉心于书画篆刻
艺术且有所成就者,他的评论或者序言,概括勾勒了作品各自的
特点,具有相当的专业造诣。在这些文字中,他也通过介绍评点
别人的作品,表达了自己对于文学和艺术的理解。如写到一位
经历坎坷而始终不懈进取、终于取得突出成就的基层书法家时,
他是这样概括的:"世界以痛吻我,而我,却报之以歌。"在为一
位诗人的诗集所作的序言里,他写道:"只要有一颗诗心,人生
一定会绚丽多彩。诗人,是离天堂最近的人。"

　　天堂的入口处,一定簇拥着美丽的云朵。我又想到了书中

的另一篇文章《楼观沧海日》。他这样解释给自己位于二十多层高处新居里的画室取名为"储云楼"的原委："我那些不成熟的文字以及永远脱离不了生涩的书画,不就是我自己所制造的'云彩'吗?"这当然体现了作者的谦逊,但阅历过很多的美之后,一个有追求的人,便容易变得谦逊。抵达美的领地有诸多方式,文学无疑是一条最为流光溢彩的道路,所以作者由衷地感叹："在庸常的日子里抠出片刻时光,经营一个文学梦,于我而言,又何尝不是一种人生的幸遇呢?"

由云彩的比喻,我又想到了汪曾祺的老师沈从文。抗战期间他在昆明的西南联大任教时,曾经写过一篇《云南看云》,描绘了云贵高原天空形态多样色彩各异的云朵,并指出："只要有人会看云,就能从云影中取得一种诗的感兴和热情。""静观默会天空的云彩,云物的美丽景象,也许会慢慢地陶冶我们,启发我们,改造我们,使我们习惯于向远景凝眸,不敢堕落,不甘心堕落。"这样的表达,旨在为当时在生活的困苦中辗转的人们注入一种生命的活力,云朵因此具有了精神的象征的意义。

那么,在和平的年代里,就更有条件、更应该从容沉静地观看生活的天空上,那一朵朵、一缕缕飘浮的云彩。期待并相信本书的作者,今后还会一如既往地眺望它们,并且以更为生动的方式,将它们的美捕捉和描绘下来。

云卷云舒,云聚云散。在变幻之间展开和播散的,是生活的无边魅力,无穷滋味。

旧时月色
——《书信里的文章大家》序

迄今为止，我与逢金一先生只见过一面，是在二十世纪九十年代的某一年，去济南出差时，更具体的缘由却早已忘记了。当时我们都在编报纸副刊，是同行，也因此建立了联系。此后通过信，谈不上频密，互相寄送过各自出版的新作，都是薄薄的一册。后来因为他工作调动，也就中断了联系。

不曾料想，因为这几封信，在二十多年不通音问之后，又再度结缘。因为名家去世引起的感慨，他想把自己做副刊编辑时联系的多位作者的来信，汇总整理成一本书，作为一个纪念，于是便翻找出来，计有数十封，我的两封也忝列其中充数。当这些已经沉入记忆深处的什物重新浮现在眼前时，望着已经发黄起皱的信笺，他一定感受到了时光的广阔浩荡。

因为作者希望我为此书的出版写一点什么，我便也得以分享了这样一种感受。我一边读着，一边赞叹地想，他真是有心人呵。我当年做副刊编辑时，因为所供职的报纸在知识界的影响力，比起他来应该更有条件联系文学界名家，也的确曾与一些人有书信往来。像陈学昭、端木蕻良、鲁藜、刘绍棠、张中行等，都曾经寄信给我，有的还不止一封，但我一向漫不经心，也缺乏保存收藏的意识，基本上都遗失了，信中所写的内容或者完全忘记，或者只有模糊的印象了。

但最好的回忆，显然也比不上白纸黑字的记录。这些信札，被翻拍成照片收入书中。信札的作者，作家或者学者，凡四十一位。针对每个人的来信，逄金一都有一个"人物档案"和"信札故事"，前者扼要介绍了对方的身世著述，后者则交代了他与对方交往的情形，以及每封信的由来和所涉及的稿件的内容等。每一位作者当时正在从事的写作或研究，包括他们所关心的社会上或生活中的问题，都有所显示和介绍，有的还涉及一些历史事件、文坛内幕等，对此类内容感兴趣的读者，或可将它当作一条进行深入了解的线索。

这些信札，也在一定程度上流露出了写作者各自的个性。因为不曾想到过发表，只是为了把稿件或其他有关事情交代清楚，"辞达而已矣"，不用刻意雕琢或伪饰，故而每个作者的性情包括学养，像李瑛的细心，蓝翎的严谨，邵燕祥的真诚，蒋子龙的幽默，等等，也都在简短的篇幅甚至只言片语中有所显露，是一种十分自然的折射。

这些"信札故事"，既是记述，又是点评。记述还好说，材料就在那里，但由材料生发开来的评价，则考验言说者的功力。在这点上，作者展现了自己不俗的识见，对其中的每位作家学者，他都不乏深入且准确的理解，也因此得到了作者的信任和看重，这一点从很多信札的用语中都能看出来。副刊编辑和作者之间，产生过不少相知相契、声气相投的佳话，这本书的问世，无疑又会成为一个生动的例证。

这本书的另外一个重要价值,在于它为已经走向式微的书信文化,提供了一种生动具体的佐证,一份曾经在场的档案,一个可资追怀的凭依。

信札的功效,当然首先是实用,但同时也很自然地被赋予了文学的浓郁情致,甚至发展成为文学尤其是古代文学中的一个门类,通常被称作尺牍文学。诵读柳宗元、苏东坡、明代三袁兄弟等人的信函,情意深湛,辞采摇曳,每觉齿颊生香。即便进入现代社会,有了电话和电报,在很长时间内通信仍然是最主要的交往方式。正如作者在后记里写到的,"那时候只有邮局与老式电话,绿色调的邮局稳稳当当,老电话机子让人备感妥帖温暖。"信函产生在这样的氛围中,因而行文中便携带了一种润泽,一种情味,一种温暖和惬意,总而言之,一种属于自己的审美韵致。

但收入这部书里的信札,却是"最后的纸信时代"的留存了。它们被写就的时间,即二十世纪九十年代,是这种古老通信方式的最后的辉煌。随着技术的发展,电子信函在新纪元到来之前的几年间兴起并迅速传播,很快就一统天下。

传统信札的衰颓无可避免,就仿佛电灯替代煤油灯一样,谁也无法阻拦,也没有必要阻拦,但记住和缅怀它们却是有意义的。以信笺为介质写出的一些东西,是电子信函中阙失的,譬如一笔一画中呈现出的书法之美。这些可见的物质形态之外,还有书写时的心情和姿态,投入邮筒后的期盼和等待,与电子邮件的键盘打字和鼠标发送,是有着某种幽微的不同的。

因此,珍视它们,并因为珍视而收集起来,乃至像逢金一这样设法将之付梓成书,以期得到更好的保存,显然也是一桩极有价值、令人感念的事情。

时间过得飞快,看着便笺上自己潦草的字迹,真有些不敢相信已经是二十多年的旧事了。"记忆真是可怕!"我也和逢金一有同样的想法。他感叹说,过去仿佛是一片遗忘的汪洋大海,这些信便是大海中露出水面的一块块礁石,踩着它们,才能走回来时的路。这个比喻颇为生动。相信那些信札的作者,也会生出这般感慨。他们从这些多半会被遗忘了的文字中,瞥见了自己过往的生命中的某个片断。有不少作者已经作古,这些信札便成为他们曾经在人世生活过、感受过、思考过的微小却确凿的证据。

但我还想说,对于今天的读者来说,这些信札或许更像是一种属于往昔岁月的美好物事,月光一样霭霭地照着。我想到了南宋词人姜夔的名篇《暗香·旧时月色》中的句子:"旧时月色,算几番照我,梅边吹笛?"

在迷蒙的月光之下,笛声依稀,微茫而动人。

凝望一座古城
——《蠡城背影》序

背影每每具有一种特别的意味。它是离去,是消失,是渐渐遁隐于空间的远方和时间的深处。当它成为文学描写的对象时,总是容易引发某种感伤和怅惘的情绪。朱自清的《背影》,便是一篇耳详能熟的名作。他从父亲为他买橘子时在火车站月台上吃力地爬上攀下的背影中,感受到了深沉炽热的父爱。将近一百年了,这个背影清晰如初,深深地镌刻在一代代读者的脑海中。

与此相关联,背影也最能够为目光的执着和力度做证。相比迎着目光走来的事物,一个逆着目光而去的背影,若想引起足够关注,一方面本身需要具备某种禀赋、某种蕴涵,另一方面也取决于关注主体的情怀、识见和素养等。

读刘孟达先生的散义集《蠡城背影》,我产生了这样一些感想。

会稽山麓、鉴湖之畔的全国历史文化名城绍兴,前身曾被称作"蠡城"。它最早为越国大夫范蠡所建造,以是有此名。如同书名明确表示的,这部作品是作者对故乡的一次凝望。数十篇文章,内容大多是有关它的过往,涉及故乡历史的种种。它们在当下生活的视线之外,因此是具有背影性质的存在。即便是描绘现在的那些篇章,也无不弥漫着浓郁的历史的气息。

在对古城前世今生的凝望中,作者看到了什么?

他看到了故乡秀丽多姿的自然风光。绍兴地处浙中,风景奇绝,千峰竞秀,万壑争流。山有东山、会稽山,水有鉴湖、若耶溪。它们拥有易腐的肉身所无法企及的永恒生命,是超越了时间的存在,又因为被诗词曲赋吟诵过,被画家书家描摹过,清奇灵秀的山水之间,也因此充满了浓郁飞扬的诗意,令人迷恋和沉醉。

他看到了故乡悠久厚重的历史。古越国的都城,秦代以降的会稽郡、越州和绍兴府,数千年的风云激荡,为这一片土地留下了众多的遗址史迹。大禹陵,越王台,越王陵,云门寺,南宋六陵……这些古建筑的巨大而朴拙的体量,正是沉甸甸的历史的隐喻和具象化。他在它们之间行走和徘徊,仿佛听到了自脚下土层深处升腾上来的岁月的回声,低沉而雄浑。

他看到了故乡众多的英杰俊彦。谢安、王羲之、陆游、徐渭、王阳明、秋瑾、鲁迅、蔡元培……这些名字,是中华文化的寥廓天幕中最为明亮耀眼的星辰。彪炳千秋的艺术大师,枕戈待旦的爱国诗人,传统思想的继承和革新者,不惜喷洒热血埋葬腐朽王朝的烈士,旧时代的叛逆者和新时代的启蒙者,以笔为戈毕生战斗的"民族魂"……时间流逝,他们的背影不但没有消失,反而变得越来越清晰和伟岸。

他还看到了故乡丰富多彩的饮食。不要说这样的话题无关宏旨,"民以食为天",一端连接着社会的稳定,一端牵系着生活的艺术。《世说新语》记载,秋风起时,在洛阳王宫中任职的张翰思念故乡吴中莼菜和鲈鱼的美味,决然地辞官返乡,足证饮食的重要性。在这部作品中,春茶和春笋,芋饺和小笼包,香榧独特的味道,乡酒里的亲情记忆……被作者从容细致地品匝。饮食是最能够跨越时空的事物,此刻让我们的味蕾迷恋的美味,同样也是千百年前的古人舌尖上的享受。色香味的背后,有着文化和美学。

每个人的故乡都是值得凝望的,不管它处于什么地理位置,因为那是生命长出根苗的地方,也是大多数人终生歌哭于斯的地方。但不能不承认,有一些地方,获得了造物更多的眷顾,钟灵毓秀,地灵人杰。绍兴就是这样的地方,作者有福了。

这样的凝望,持续地发生在多年中,目光投向的对象是自己的故乡熟悉的物事,于是便有了这部混合了地方史志、人物志和风物志等成分的散文集《蠡城背影》。这些资料性的元素,单独或综合地体现在书中《故园吟叹》《泽畔行吟》《舌尖寻味》《残垣回想》四辑中,被作者的情感浸润,被作者的思索牵引,经由仔细的端详观看,成为一幅幅生动的画面,进而拼接成为一幅整体的长轴画卷。

每一幅画面中的事物,那些逝去了的人和事,那些与正在进行的蓬勃鲜活的生活相疏离的古旧遗迹,都具有一种背影的性质。凝望这样的背影,便是与历史对话。通过对话,让那些已经被时光风雨剥蚀得漫漶模糊的往昔获得真切的现场感,让那些逝去的人物的音容笑貌得到再现，让那些抽象深奥的思想和理念变得具体可感。特别是那些能够穿透时空、具有恒久生命力的情感和价值，那些文化传统中最优秀的内容，更是在凝望中得到了一种确认。它们所唤起的情绪，不仅仅是开头所说的感伤和怅惘，也有一种凝定和坚毅，旷达和豪迈。

从这个角度打量，故乡的意义，从来就不仅仅局限于某一个具体的地理单元。家国社稷，经常被连在一起称呼，彼此交织渗融。故乡的一方天地，既伸向可见的地理疆域，也连通着无形的文化空间。一隅中有广阔，局部中包含整体，具体通向了一般。阅读这部作品，又一次印证了这一点。对于一个具体的人来说，一个生于斯长于斯的地方，既是他生命的来处，也以其独特的精神气韵，成为引导他在人生道路上迈开步伐的路标。

因此，这样的古城背影，又分明具有朝向当下的一重属性。

《蠡城背影》凝结了作者对故乡的深情。这样心神笃定的凝望者，无疑也值得我们给予瞩目，并表达一份敬意。

吉林散文：印象和期待

　　吉林位处东北腹地，白山黑水之间，历史悠久，风光瑰丽，多民族文化摇曳多姿，是文学创作的一块沃土。专事散文写作的，几十年来络绎相继，据闻当下就有数十人之多，分布于全省各地，足以表明对这一文体的爱好持久而弥漫。我并非专门的研究者，阅读视野有限，不敢就全省散文写作的整体面貌率尔置喙，下面所谈及的，只是对目光所及的几位吉林散文作家的大略印象，属于管窥蠡测，希望相去未远。

　　胡冬林。这位英年早逝的作家，将会以其生态文学写作的突出成就，被人们长久记忆。其代表作《狐狸的微笑》等作品集，不但是对中国当代自然文学的杰出贡献，其中一些篇章，即使放在全世界自然文学的背景下来看也并不逊色。今年的《作家》杂志连续刊发了他的《山林笔记》，更是让人真切地认识到，他的大自然之爱是怎样浸透于生命中的每一个瞬间里，投射到山林间的每一片草叶上。他不但是一名大自然的欣赏者、讴歌者，更是一位贯彻生态保护理念的坚定的践行者，他的作品具有强烈的原创性，体现了一种清醒、自觉、深刻的生态文学意识，同时又有着出色的文学表达。细致精确的观察，深入肌理的描绘，都达到了一种臻于极致的状态。

任林举。他的不少作品聚焦于大自然中的物事,树木庄稼等众多植物,在他的凝视中上升为一种生命的意象,形貌之中有精神之光的闪耀;它们既具备客体的自足性,同时也是大自然某种本质的折射,与人类生活有着内在的联系。《岳桦》是一则短文,却能够充分显现这一特点。长白山北坡上成片的岳桦树林有着奇特的匍匐姿态,引发了初次看到它们的作者的诗意想象和深入思考:"在透明的、微微颤抖的空气里,我仿佛看到一种神秘的力量或意志,正加到这些树的躯干之上,使这些倔强的生命在挣扎中发出了粗重的喘息和尖利的叫喊。""与山中的那些树相比,它们看起来却更像一场风;与那些各种形态的物质存在相比,它们看起来却更像一种抽象的精神。"作者深切的感受和深邃的思考,借由稳健而传神的语言得到表达。

东珠。她的《知是花魂》一书,既是充分女性的,又是十分自我的。大自然中的花卉,经由作者的独特体验和清丽感性的文字,被营造成为一个空灵悠远的世界。这部主题散文集共写了十几种花卉,它们不但具有秀美的模样,更具有自己的性灵和韵味,是一种人格化的存在。每一篇都是万字左右的体量,诗意在挥洒中弥漫。这是一种勾连往复式的写作,由花而及历史、典籍、人物、故事,这样就赋予作品以丰富的人文蕴涵,有一种充盈润泽的气质,避免了此类题材的散文写作容易陷入的单纯清浅。作者对生命与大地之间关系的表达,也因此获得了更为笃实的依托。

赵培光。印象最深刻的,是作者作为报人,对报纸副刊散文这一门类，给予了一种出色的发挥。从数量上看，报章散文占到散文创作不小的比例，但其相对有限的篇幅也带来了约束，对写作者的功力提出了更为具体的要求。在这点上，他的散文让人意识到，尽管是方寸局促之地，处处掣肘限制，但若举措得当，也一样能够疏朗敞亮，惠风和畅。他的作品书卷气浓郁，抒情和论理并兼，善于从广阔而平凡的日常生活中，撷取具有意义和滋味的素材，加以细致品匝，篇幅短小却有起伏跌宕，语言舒卷自如，灵动而幽眇，以诗性为底色，不时闪耀出禅理和机趣。作者曾说过"我对每一个汉字都想入非非"，这些富有表现力的语言印证了他的不懈追求。

格致。如果说以上作家的写作，尽管各自有着不同的着力点，但整体上呈现的还是一种在散文的传统美学范畴内的行走姿态，那么格致的作品则以一种明显差异化的艺术追求，带给人颇为陌生的阅读体验。《利刃的语言》是其成名作，读其作品也每每会有一种面对刀刃般的感觉。她的一些具有代表性的作品，取材和运思十分奇特，每每于人们忽略甚至完全想不到之处，发现写作的线索；语言朴素中藏有锋利，冷静中蕴含智性；叙述上设置了若干圈套，让人联想到先锋小说中的某些手法；擅长写一些特殊的情绪，纷至沓来的高密度的感觉，营造出某种尖锐和紧张，颇具力度和质感。这种种手法，对于表达具有高度个性化的体验，显然很有效果。如何使个人感受渗透进或者说转化为更加具有融通性的公共体验，可能会是作者面对的主要挑战。无论在散文观念上还是表现手法上，她的作品都拓展了散文的疆域,也因而值得充分关注。

此外,因为工作关系,曾经集中阅读过白城市两位作者的稿件,也都不乏值得称道之处。丁利回忆童年故乡农村生活经历的篇章,不论是写山野湖泽还是写亲人家畜,都情意深挚,体现出的是一种与生活血肉相连的深度交融之感;作为一名更为年轻的写作者,葛筱强以写诗而知名,艺术感觉敏锐而沉郁,跨越古今中外的广阔丰富的阅读,化作了滋养他的精神食粮,近年来,其散文、读书随笔文笔蕴藉,有情致、有识见,显示出作者的写作空间不断生长且日益开阔。

文学是一种个性化的表达,鲜明的风格至关重要,甚至是衡量写作者成就的一个关键指标。散文作为一种主观性最强的文体,尤其如此。前述这些作家都程度不同地拥有了自己的调性,难能可贵,希望他们今后的写作在保持这一点的同时,还能够不断地呈现出发展和调整。

依据上述有限的阅读获得的印象感受,却也让我萌生了一个想法,或许可以作为一个能够进一步梳理阐发的命题的线索。精神的活动无法按照统一的制式来要求,每个写作者都会有着自己格外属意的题材,内容上的指令性写作注定前景叵测,但另一方面,某些因素会对写作者产生较为普遍的影响,也的确是客观存在的。法国哲学家、文学家丹纳的名作《艺术哲学》,论述了决定文艺作品面貌的三个基本要素,即"种族、环境和时代",其中环境主要指的就是地理环境和气候条件等。他认为,这些因素对于艺术家发生的作用具有普遍性,而并非仅对个别人才有效。从这个角度考虑，或能获得对散文写作路径和目标的某种启发。譬如吉林自然生态良好，对于在这片土地上长期生活的作家，这是一种带有共通性的体验，那么，更多关注人和大自然的关系，努力将吉林打造成生态散文创作的一个高地，或者可以成为一种不无理由的期待。当然，这只是举例说明，吉林大地上生活的面貌和内蕴，一定会有着多重的面相，有待散文写作者们充分发掘和表达。

（原载《吉林日报》2018 年 12 月 23 日）

立足与迈步

近年来,江西多位青年作家以散文写作为主攻,取得了引人瞩目的成绩。近期出版的"江右新散文文丛"以及其他多种集子,再一次印证了他们对这一文体的持续追求,让人对散文之花已经在这片红土地上密集绽放并伸展成为一片姹紫嫣红的园圃不会再有怀疑。

在集中阅读过他们的一些作品后,我感觉似可归纳出两点较为突出的共性:

一是从"我"的目光出发,捕捉并表达对生活的带有个性色彩的发现和感受。他们笔下展现的都是自己所经历、所熟悉的生活,其中乡土题材占了较大比重。他们将内心的体验作为结构篇章的出发点,探询的目光不肯放过生活的皱褶和细部,而且每每能够穿透表层,抵达社会和人性的幽暗之处。这使得他们的作品具有生动的质感。他们大多出生于二十世纪七十年代后,价值观成型的青少年时期与中国社会改革开放的重要时段相重合,让他们成为自我意识凸显的一代,不会轻易为种种说辞、习见或意识形态训诫所拘囿,总是致力于对生活作出自己的审美判断,并对此始终有一种自觉和执着。而这正好契合了散文是心声的真切表达的本质属性。

二是对散文中新的美学精神和呈现方式,有着自觉的认知和追求。这一点实质上也正是前述个性意识在艺术追求方面的体现。表达什么之外,如何表达也很重要,成为他们的共识。这些作家努力在这个具有生长性的空间中有所作为。他们的作品中,闪耀跳动着一种与传统散文颇为不同的色彩,讲求结构的布设,意象的运用,语言的灵动,叙述的节奏感,等等,甚至还移植了其他艺术形式的表现手段。当然,具体到个人,在上述各方面的多少轻重,以及这些元素相互之间的配搭比例上,又有着一些差异。

在这个共同性背景的映衬之下,不同作家又显示了各自的特点。比如,同样是故乡书写,李晓君从一个乡村教师的视角,对二十世纪九十年代初的小镇生活给予了多方面的冷静打量,涉及婚恋、经济、伦理、习俗、权力等乡土生活的核心内容,试图梳理时代潮汐冲击下乡村嬗变的轨迹;类似的生活图景,傅菲的表达则更为具体和直接,他以故乡赣北小村庄为标本,通过描绘若干熟悉的小人物的命运,揭示了城市化与市场化双重夹击下的农村物质和精神生活的贫乏和荒凉;江子的故乡叙事不少内容是一种青春回望,那些年轻懵懂的生命中的美、憧憬和冲动,一当与命运的诡谲相纠缠,便有了一重悲剧性的蕴涵。显然与性别有关,几位女性作家目光更为内敛,对外部世界声光形色的描摹,最终都归结到对内心的端详。如陈蔚文善于发现和品尝平凡因而容易被忽略的尘世生活的种种况味,她对于疾病、衰老、死亡的思考,更是达到了相当的深度;王晓莉从一朵花、一棵树、一尾鱼、一盘土豆,甚至一个没有生命的物件中,发现了某种与人生的映照关系。她在自序中有关"碎花图"的比喻,源于对自身有限性的谦逊,但同时亦折射出了对艺术如何拼接世界图景的思考。

江西青年散文家群体的创作成绩无疑值得称许。我认为这个创作方阵的形成是自然而然的,命名只是一种后续的追认。但探寻其生成的过程,一定程度上或许应该归结于一个"气场"的存在——这个省份悠久的散文写作传统,与其他地方相比更为中庸平和的精神氛围,自然环境和社会生活的形态更适宜用这种文体来表达,作者们相互之间的同气相求……或许都对散文写作的兴盛起到了某种助推的作用。不过,最为关键的还应该是作者们对于这种文体的属性的充分认知,是一种心态的从容让他们甘于寂寞,在这个园地里深耕细作,并获得了应有的酬报。

但要用更高的标准来衡量,这些作品也还有若干有待提升之处。他们已经成功地站稳了脚跟,下一步需要迈开脚步。写身边贴近的生活,在场感固然十分鲜明,但格局尚嫌狭窄,对生活的丰富性和广阔性展现不够,缺少一种开阔高远的大景观;对于个人意识的开掘较为深入充分,但涉及集体情感、时代精神的言说时,却因缺少相应的资源储备而给人力不从心之感;与感性的丰盈恣肆相比较,理性的沉积既显得单薄,其表达的明晰性也告不足;对修辞与技法的看重,固然带来了文章的华美和精致,但其天然、浑厚、朴拙的魅力却同时也受到了损害……如果摆脱

了这些局限,以他们来日方长的年龄,相信将来应会有更为可观
的成就。

（原载《文艺报》2015 年 7 月 29 日）

致敬和祝愿

想到江西,眼前总是会浮现出一片广阔无际、汪洋恣肆的绿色。它来自稻田和竹林,茶山和果园,把目光洗涤得清澈透明。

而每一次读到江西日报《井冈山》副刊,这个画面又总是会得到一种扩展。仿佛是目光的镜头向前推进,于漫山遍野中,定格在一处园圃之中。同样是一片酣畅淋漓的青翠,但在高大茁壮的树木、虬曲苍劲的藤萝旁侧,有一簇簇的鲜花绽放,灼灼其华,照眼欲明。

这一方不大的园圃,却是这一片广袤的土地的组成部分,连接了它的骨骼和血脉,呼吸和脉动,声音和色彩。溪流潺潺中,有江河奔流的汹涌涛声。风自枝叶间拂过时,挟带了远处竹海浑厚的喧响。

因此,这里有红色理想的代代传递。在《那天那夜的枪声》和《军旗里的诗句》中,有对于历史的回首和祭奠,更有对于未来的眺望和期待。流血和牺牲,苦难和辉煌,革命和建设,被一条精神的纽带牢牢连接。

因此,这里有对于新时代精神的真挚礼赞。《高山仰止》和《爱的咏叹》让我们看到,中国梦的实现,有赖于无数像民办教师支月英、艾滋病医护工作者胡敏华这样的普通劳动者的无私奉献,她们是支撑了共和国大厦的真正的基石。

因此,这里有对于这片古老土地孕育出的深厚特异的精神文化之美的深情凝眸。在《春节记》里,春节这个传统节庆日中最大的节日,凝聚了传统文化的丰厚蕴涵,浓郁甘冽,仿佛陈年佳酿;《"汪曾祺热"的文化含量》和《读汪曾祺三则》聚焦于同一位作家,揭示出其作品让无数读者陶醉,正是源自中国美学精神的独特魅力。

　　……

在一张报纸中,副刊肩负着一份独特的文化使命。对于理想的憧憬,对于信仰的弘扬,对于优秀传统文化的守望,对于一切真善美的事物的讴歌,借助于文学艺术的样式,更容易渗融入读者的情感世界之中。那是一种春雨润物般的效果,让读者在审美的愉悦中,获得了灵魂的淘洗、精神的升华。

在这一点上,创刊四十多年的《井冈山》副刊,显然是一名出色的证人。"与时代同行、以文学为魂、与读者连心",这是它的办刊宗旨。岁月递嬗,春秋代序,年复一年,《井冈山》始终守护了她的这一份初心。通过一期期版面,一篇篇作品,它确立的价值追求,得到了生动的诠释和真切的印证。上面援引的那些篇目,作为本年度井冈山文学奖的获奖作品,分别体现了其办刊追求的不同方向和维度,是那个始终如一的主题旋律的又一次精妙的变奏。

如同自然界中,所有的光亮都来自光源的照射,一切优质的精神产品,都折射出生产者灵魂的光泽。心中有火焰,才能够照亮道路，温暖他人。

《井冈山》副刊的成就，与办刊者所秉持的强烈的责任感和使命意识密不可分。但只有这些显然还远远不够，必须还要具备精湛的专业修为，它们包括深厚的文学素养、敏锐的审美眼光、丰厚的人脉资源，等等。还体现为操作层面的创意和技巧，寄寓在标题制作、版式编排等诸多具体甚至琐碎的方方面面之中——大道之行，不弃细作。

而对于这一切，可以毫不迟疑地说，《井冈山》的办刊人都给出了出色的答卷。一个个版面，一篇篇作品，从内容到形式，崇高而优雅，雄浑而温润，刚劲而妩媚，厚重而清新……正是凭借这些卓异的品质，这一份地方报纸的文学副刊，分明在强手如林的全国报纸副刊界，占有了一席高地，受到业内和读者的广泛关注和赞誉。

作为一位有着多年副刊编辑经历的媒体人，我有充分的理由向江西日报《井冈山》副刊，表达一种真挚的敬意，并祝愿它越办越好。它所播散出的一缕缕馨香，会在时间的深处，长久驻留和弥漫。

（原载《江西日报》2018 年 6 月 22 日）

植物学家的人文视野

　　不久前,因为写一部有关中国植物志书方面的作品,得以系统地阅读了多部中国现代植物分类学家的传记、自传及相关资料,了解了他们的生平和学术成就。一个不期然的发现,却给我留下了颇为深刻的印象——不少人除了是本专业学科的权威大家,在人文领域也都有着很深的造诣。

　　仅以文学成就为例,有两个人就堪称不同凡响。

　　一个是胡先骕,中国植物分类学的奠基人。他在植物学研究诸多领域都有卓越的贡献,他发现和命名的有"活化石"之称的水杉,被认为是中国现代科学的重要成就,轰动了国际植物学界。他家学渊源深厚,从小浸淫于古文化中,出入文史,十几岁时作为庚子赔款留学生与胡适一同赴美求学,二人交情甚笃,但文化价值理念不同。他以继承中国学统、发扬中国文化为己任,与吴宓等人一起,在文化保守主义的阵地《学衡》上,与主张用白话推翻文言、否定中国古代文学成就的胡适的"文学改良"之说展开论战。他尤其擅长古体诗词,享誉诗坛,作品被陈寅恪父亲陈三立评价为"意、理、气、格俱胜"。晚年将一生所作存留的四百余首诗词,请钱钟书代为遴选编订后出版。钱钟书在胡先骕诗集的短跋中,称道其诗"挽弓力大,琢玉功深"。的确,从这些发表的作品看,其水准毫无疑问是一流的。二十世纪六十年代初,他为纪念水杉发现而写的长诗《水杉歌》,受到时任国务院副总理陈毅元帅的激赏,称赞其"富典实、美歌咏",亲自推荐给《人民日报》发表。

还有一位,今天知道的人应该会更多一些。三十年前,著名报告文学作家徐迟在发表享誉至今的《哥德巴赫猜想》之后不久,又推出了《生命之树常青》,写的是中国科学院云南热带植物研究所的创建者蔡希陶。二十世纪三十年代,蔡希陶也是胡先骕担任负责人的静生生物调查所的主要成员,在植物学研究之外,热爱写作且已崭露头角。他受胡先骕派遣,带队去素有植物宝库之称的云南采集植物标本,数年间走遍了云南的山山水水。他给胡先骕报告工作进展情况的信函中这样写道:"连日采集大满人意,烤制不暇,滇南天气较热,雨水丰多,山谷中木本植物丛生,竟着美丽之花果,生每日采集时,回顾四周,美不胜数,手忙足乱,大有小儿入糖果铺时之神情。预计今岁总可获六千号左右也。"读着这样信手写下却生动传神的文字,仿佛置身于现场,工作的艰辛,收获的喜悦,悉数道出。虽是寥寥数句,却足以看出其文字功力。就是在这次考察期间,他写了好几篇描绘当地少数民族生活和风俗的短篇小说,人物传神,状物生动,被鲁迅先生称赞为"很有气派"。

对他们来说,生命的丰沛能量没有被狭隘地拘限于专业研究的范围内,而是有着更广阔的投射。二十世纪四十年代,胡先骕在江西一所大学担任校长,在一次以《如何获得丰富快乐之人生》为题目的演讲中,他为年轻学子们规划人生图景和路径:一生的精力不应该仅限于职业,还应在职业之外追求真善美,追求无穷的知识。他指出,中国的儒家,正业多半是政治,副业才是各种专门的学问,但是他们借以名垂不朽的,却往往是他们副业的成就。他期待同学们应该尽力培养自己的副业,寄托精神,获得丰富快乐。

胡先骕自身的经历就颇具说服力。一生对诗词写作的爱好,使他的精神生活丰富多彩。但这种兴趣也并非独立的,而是仍然以某种方式助益于他的科学研究事业。"追忆白垩年一亿,莽莽坤维风景丽。特西斯海亘穷荒,赤道暖流布温煦。陆无山岳但坡陀,沧海横流沮洳多。密林丰薮蔽天日,冥云玄雾迷羲和。兽蹄鸟迹尚无朕,恐龙恶蜥横駊娑。水杉斯时乃特立,凌霄巨木环北极。虬枝铁干逾十围,肯与群株计寻尺……"这是前述他那一首被誉为亘古未有的"科学诗"的七十行七言古体长诗《水杉歌》开头的十多句,描画了一幅地质年代的景象,气势磅礴,意境阔大,充分体现了他在古地质学、古植物学等领域的广博学识。不难理解,拥有这样一种文艺的眼光,显然更能够充分观照植物世界的美。而这种对美的感知,也会有利于对其研究对象的科学内涵和意蕴的深入了解。

孔子论及学习《诗经》的作用之一,是可以"多识于草木鸟兽之名",植物学与生产生活的广阔领域都有密切关联,因而是一门具有浓郁人文气息的学科,植物学家具有这种素养,比较容易理解。但在别的看上去更为艰难高深的学科中,其实也是如此,那些杰出的大师,无不同时具备专业之外的禀赋和眼光。如提出光量子假说、创立了狭义相对论和广义相对论的爱因斯坦,也是一位小提琴演奏高手,几乎每天都手不离琴,还与量子力学的创始人普朗克共同举办钢琴演奏会。音乐艺术对他们不仅仅是业余爱好,而是给予他们的科学研究以灵感和启发,对他们的科学创见起到了催化作用。在爱因斯坦看来,科学的美和艺术的美是相通的,他将科学上的伟大成就比喻为"思想领域中最高的音乐神韵",把美国著名实验物理学家麦克逊赞誉为"艺术家"。他还说:"想象力比知识更重要。"正是凭借一种非凡的想象力,他提出了相对论,外人同样也只有借助想象力,才能接近于理解这种奇特的学说。而想象力,通常被认为是属于文艺范畴的才华。不妨这样说:丰富广阔的文化背景,在科学和人文两大界别自如地驰骋,对成就一代科学巨擘爱因斯坦至为重要。

十多年前,"钱学森之问"曾经引发从教育界到整个社会的广泛关注。杰出人才何以迟迟难以诞生,成为一种公共性的忧虑。如果从上面的角度思考,或许能够获得一条可能的解答线索。半个多世纪以来,我国高等教育按照严格的文理分科设置课程,文不学理,理不学文,导致学生知识结构单一,缺乏综合优势,工具理性与价值理性失衡。不能不说,这样的掣肘很大程度上导致了创造能力的不足。

与此话题相关的现象,其实很早就引起了有识之士的关注。二十世纪五十年代,英国学者查尔斯·斯诺在其著作《两种文化》中指出,随着科技发展,传统的综合性的知识体系发生了巨变,科学领域分工越来越细,科技与人文正被割裂为两种文化,由于知识背景、历史传统、哲学倾向和工作方式等诸多方面的不同,科技和人文知识分子正在被分化为两个言语不通、交往隔绝、社会关怀和价值判断迥异的群体。他呼吁希望两种文化之间多做沟通,否则会妨碍社会的发展和个人的进步。他是科学家,又是作家,这种两栖身份,让他更容易感知到这种阻隔产生的不良后果。

透过这样的背景,再来看近年来颇受重视的通识教育,就会有更为深入和准确的认识。关于通识教育的定义有多种,这是较为简略的一种表述:在现代多元化的社会中,为受教育者提供通行于不同人群之间的知识和价值观。当今国内多所著名大学都强化了通识教育,令人欣慰。这不应该看作一种亡羊补牢式的权宜之计,而是回归一种初衷、一条正途:教育的目的是人的全面发展。

通识教育,东西方都各自有着深远的渊源,虽然过去未必这样称呼,但内在精神实质却是相通的。在东方,这种教育传统最早可以追溯到先秦时期的六艺教育,以及汉朝以后的儒家教育,如"君子不器""允文允武"之类的观念,指向的就是人格和能力的全面发展,要成为通才,而非用途狭窄的工具。在西方,通识教育起源于古希腊时代的自由教育,有时也被称为博雅教育,这个名称更有助于让人深刻认识教育的育人使命:培养广博知识和高雅气质的人。因此,人文教育一直是作为通识教育的核心和主要内容。

回到这篇文章的前半部分,胡先骕、蔡希陶两位植物学大家的经历,也印证了这一点。他们虽然分别是在国外和国内读的大学,但受到的都是这种背景的教育。他们开阔的人文视野,对其卓越人格的形成、出色事业的开创,奠定了坚实的基础。就仿佛作为他们研究对象的任何一种植物,只有在阳光、土壤、水分等诸般条件适宜的情况下,才能够发育得茂盛茁壮,精神的生长也是如此,只有撤除种种主观和客观的藩篱,畅游于广阔知识领域的浩大水面,才能够获得丰富的滋养,才有望赢来丰硕的收获。

(原载《光明日报》2019 年 7 月 31 日)

为旷世的梦想和奇迹立传
——读《浦东史诗》

对一位密切关注现实的报告文学作家来说，一种迅疾变动中的生活，显然最容易吸引他的目光。尤其当这种生活既具有巨大的体量，也饱含了跌宕起伏的戏剧性，又蕴藏着丰富而深刻的内涵时，就更是如此。但同时他无疑也会面对一个挑战——要成功地书写这一切，需要更为宏阔的视野和深刻的洞察力，需要理性和情感的双重烛照等。这是题材的特殊性对于写作者的更高要求。

著名作家何建明的新作《浦东史诗》，便是一部充分体现了这种品质的极具力度的作品。这部用了不到半年时间采访并写就的四十万字的长篇纪实作品，文字间也仿佛折射出了他所描绘的浦东新区的气息和节奏——你分明读到一种匆促的足音，一种磅礴的气势，一种生命激情的不竭的喷涌，一种炽热梦想的连续的展开。

《浦东史诗》问世之时，恰逢举国上下纪念改革开放四十周年，作品因此也被赋予了　重特殊的意义。浦东，既是中国改革开放的窗口，又是全面深化改革的实验田。因此，浦东的开放开发，不但对于上海的发展具有生死攸关的意义，对于全中国的改革开放大业,也具有重要的示范引领作用。浦东的每一个探索,每一次突破,都在中国改革开放的历程中留下了深深的足印,一项项改革措施从这里复制推广到全国。正因为如此,世界的目光都聚焦于浦东,从它的现状和走向,观察和分析中国改革开放的进程和趋势,衡量和预测所达到的现实效果和未来远景。因此,用文学的形式全面展现浦东开放开发的历程,深入发掘其中蕴含的精神启示,无疑有着重大的现实意义。

《浦东史诗》勇敢地担当了这一使命,并交出了一份不俗的答卷。作品从经济、政治、文化、社会、生态文明等诸多方面,全景式地再现了浦东开发的波澜壮阔的历程,仿佛在读者眼前展开了一幅巨型的画卷。从经济领域的大幅度改革,大力推进自贸区建设,到综合配套改革的全新探索,实施制度创新,营造国际化市场化法治化的营商环境,这一系列的重大举措,作品中都有着清晰而充分的描绘。从纵向的时间脉络中,我们看到了可歌可泣的历史进程如何一步步地展开,从横向的人物、故事和场景中,我们看到了梦想、激情和奋斗的动人的表现。既有令整个世界惊叹不已的辉煌事功,也有创造了这一切的人的力量。正是在二者的连接交织中,看到了"史"与"诗"的结合,看到了作者用文学为一项注定要铭刻在史册上的伟大壮举立传的雄心。

作品一开始,作者就通过亲身的经历,写出了大上海在二十世纪八九十年代时的破败和窘困,读来令人有不堪回首之感。因为家里住房狭窄,谈恋爱的年轻人只能到外滩,一对挨一对地靠在水泥防汛墙栏杆上,形成了一道密不透风的人墙;作者当兵时从上海换车回常熟老家,如今高速公路一个小时的车程,那时弄不好可能会走上两天。这些情节,鲜明生动地反映了当时"乱、挤、脏"的城市面貌。对于本书所要表达的主题,它们也是重要的铺垫,揭示了上海挣脱沉沦走向腾飞的必要性和急迫性,而浦东这一片黄浦江对岸的当时还是十分荒凉的土地,正寄托了让这座曾经被誉为"东方王子"的城市浴火重生的伟大梦想。

但梦想和现实之间,有着遥远的距离,只有靠不懈的奋斗连接和弥合。作品对浦东开发的历程进行了认真的梳理概括,主次分明,详略得当,举凡重要的事件和环节,都获得了笔力酣畅的描绘。从 1990 年春天邓小平一锤定音拍板"浦东开发开放",到前后几任上海市领导人围绕这一目标全力以赴殚精竭虑;从开始时克服重重困难实现"三通一平",招商引资,在一张白纸上勾勒最初的线条,到持续多年的高歌猛进,各项事业和产业的规模层次都得到飞速提升……一个国际化大都市的凤凰涅槃般的传奇巨变,一种超越常规的发展和腾飞,一种令世界为之瞩目的辉煌成就,随着纸页的翻动,在阅读者面前清晰地展开,令人激动不已,浮想联翩。

文学的最为本质的魅力,就在于以情动人。这部作品,浓墨重彩地展示了参与建设浦东新区的决策者、领导者、投资者、劳动者和各个方面的人们的情怀。强烈而深沉的感情,是统驭和贯穿全书的灵魂和土线。它既是个体的,更是群体的。

在这方面,作者的刻画可谓生动传神。它通过具体的情节、细节和场景,描绘出了人物的情感世界和精神境界。1991 年和

1992 年春节期间，邓小平都来到刚修建好的南浦大桥，眺望建设中的浦东，两次都问起这座桥是否世界最大，得知不是时，不再说话。1993 年冬天，他登上了杨浦大桥，问起同样的问题，当得到肯定的回答时，非常激动，立即紧握大桥建设总指挥的手表示感谢，并即兴吟诗。邓小平一向严谨沉默，喜怒不露于声色，这样不同寻常的表现，显然是他内心激情的流露；浦东新区第一位管委会主任赵启正，则是一个感情丰富而外露的人，书中数次写到他按捺不住地流泪，或者因为看到百姓们的生活环境艰苦而难过自责，或者因为一颗赤子之心不被理解反受斥责而倍感委屈，或者是因为一个重大项目开工上马而满足快慰；我还看到了最早投资浦东的香港汤臣集团的老板汤君年的炽热的家国之情，看到了那幢名为"由由饭店"的老楼折射出的浦东基层民众无私奉献的高尚情怀。

在他们的激情、智慧和奋斗的后面，是一个民族奋进腾飞、富足强盛的强烈愿望。浦东的骄人成就，上海的重新崛起，凭借的正是这种愿望的巨大推力。无数建设者们的情感的喷涌和交融，转化生成为一种浦东精神。

这部作品深入揭示了浦东精神的诸多方面。其核心之所在，本质之所系，便是思想解放，开拓创新。纵观浦东的发展历程，一个最突出的声音，就是以敢于吃"螃蟹"、敢为天下先的胸怀和气魄，不断突破束缚生产力发展的陈规旧习，吸收和建立与时代发展相适应的体制机制。如在浦东开发之初，日本百货巨头八佰伴前来考察，表示愿与上海第一百货合作。当时这种中外合资企业形式没有先例,也没有明确的政策规定,新区的领导者们冒着政治风险,经历了种种今天难以想象的困难,终于为其争取到了一张"出生证",而这也正可以看作此后浦东一系列招商引资壮举的滥觞。

作品中对城市名字的解读,独出机杼而又意味深长:"上海"二字,其实从来就是一个"动词",一种"状态",一种"精神"。正是凭借这样一种不断追求梦想的状态和精神,浦东这一片原本荒凉贫瘠的土地,被开垦培育成为一处硕果累累的人间奇境,凝聚了世人的目光。浦东的成功,再造了上海的辉煌,更是中国坚持改革开放的坚定意志和强大能量的有力佐证。

这种精神,不但体现在浦东的建设者们身上,也通过他们的创造物而获得了折射。每个城市都有自己的地标性建筑物,它们是城市的精神气质的标志,是城市的深层蕴涵的外在表征。埃菲尔铁塔之于巴黎,金门大桥之于旧金山,大歌剧院之于悉尼,都是如此。这部作品也写了若干个上海的地标性建筑,从最初的东方明珠塔,到金茂大厦、环球金融中心,再到高达 632 米的上海中心,这些一个比一个更高、更现代化智能化的建筑,也分明是在隐喻着上海的不懈的进取和不断超越。这些令人目眩的高度,不仅仅是属于可衡量的外部物理层面上的,也是属于可感知的内在精神层面上的。

在《浦东史诗》中,史与诗正是以这样的方式获得了结合——历史的舞台上是人的身影,故事的进行中有情感的流淌。一种被理性观照的情感,一种被激情灌注的理性,经由美的表达而让读者感动和沉思,也赋予了这部作品一种既弘阔激昂又凝重笃实的品质。

为了写作这部《浦东史诗》,作者深入浦东建设现场,采访了上百位浦东开发开放的参与者,查阅了大量资料,这些勤奋扎实的工作,为作品的厚实、饱满和鲜活奠定了基础。这再次印证了一个颠扑不破的真理:一个有追求的作家,只有置身于火热的生活第一线,才有望聆听到时代脉搏的跳动,才可能写出揭示和表达时代的精神本质的作品。生活海洋中的丰富宝藏,总是馈赠给那些热爱和追求它们的人。

(原载《文艺报》2018 年 11 月 19 日)

真实的英雄更加令人敬仰
——读《不远万里》

　　毛泽东的一篇《纪念白求恩》，让加拿大医生白求恩的名字家喻户晓，深深镌刻在了一代代中国人的记忆中，成为一座高耸入云的精神丰碑。这样一位救死扶伤的人道主义者，一位对中国人民的解放事业作出了巨大贡献的国际主义战士，值得人们给予敬仰和热爱，也值得用文学的方式充分表达这种情感。

　　事实上，过去也已经有过不少这样的作品。加拿大华人女作家李彦的纪实文学《不远万里》，则是一部新近加入这一行列的作品，同时也是一部特色鲜明之作。作者从白求恩生前留下的照片、信件、日记及遗嘱等入手，花费了多年时间，深入采访，细心梳理资料，通过探寻和描绘白求恩与数位人物尤其是三位女性的关系，全方位地呈现了一个真实而生动的白求恩形象。如果说，此前的作品史偏重于展现白求恩的英雄事迹，那么，这部书在同样达到了这一目标的同时，也让我们看到了一个活生生的人，看到了他的大爱情怀，他的鲜明强烈的个性，是怎样塑造了他的辉煌而富有传奇性的人生。

　　这部作品由两部分构成。上编《尺素天涯》，副题为"寻找白求恩与毛泽东珍贵合影照片始末"。作者从一张新发现的珍贵照片入手,设法采访到照片的拥有者、一位穷困潦倒的加拿大老人比尔,寻绎了一段被湮没已久的情感故事。这张照片就是白求恩寄给他的母亲莉莲的。两人都是加拿大共产党高层机构中的同志,关系密切。白求恩组织医疗队赴华支持中国人民的抗战,很大程度上是因为她的建议。从比尔手中仅存的一封白求恩给她的信中对她的称呼以及用语的炽热中,从遗嘱里交代留给她的物品中,能够看出白求恩对她的感情,是超越了普通的男女情感的。真相究竟如何? 白求恩给她写了很多信,其他的信件情况呢? 莉莲是否收到过这些信? 面对诸多未解之谜,作者剥茧抽丝般地一一给予探寻揭示,试图还原其真相。

下编《何处不青山》,副题是"献给赴华八十周年的白求恩医疗队"。以比尔来华捐赠照片以及与多位加拿大友人前往白求恩战斗过的太行山为线索,回顾了白求恩和医疗队同事们在抗日战争中作出的巨大贡献,彰显了他的崇高的精神境界。这一篇,除了继续探究和莉莲的情感关系外,还介绍了两位一同赴华的加拿大医生布朗和罗光普的情况,尤其是用充足的笔墨,描绘了白求恩和另外两位女性的联系。

一位是太行山深处乡村教会的新西兰年轻女传教士凯瑟琳,她为白求恩的高尚情怀和人格魅力所感召,不惜违背教会的规定,冒着生命危险数次前往北平,为白求恩的战地医院采购药品。她给白求恩的信件中,倾慕爱恋之情的表达既含蓄又深切。得知白求恩去世后,远在贵阳的她千里迢迢辗转赶到太行山中,肝肠寸断,痛不欲生。二十世纪六十年代,已经步入人生暮年的她应中国政府邀请来华,经执意要求,再次来到白求恩墓园,眼含热泪,久久凝望。她在二十世纪七十年代初去世时,留下遗嘱,将骨灰撒在太行山,与白求恩的衣冠冢遥遥相对。另一位是和白求恩一同赴华并担任其助手的护士珍妮,敢作敢当,泼辣倔强,但因为白求恩对护理工作要求严苛,也因为性格上的矛盾,两人时有冲突。出于至今无从知晓的原因,珍妮未能与白求恩一同离开延安去五台山前线,从此生死相隔。但她在二十世纪八十年代末去世时,同样留下遗言,要将骨灰埋葬在白求恩墓地旁,因为"我的心留在了那片土地上"。两人在生命最后时刻的选择,无疑极具分量,表明了她们对奉献了美好青春和生命的这一片土地的深厚感情,同样也真切确凿地印证了她们对白求恩爱慕及敬仰的感情。是共同的理想追求,将白求恩和这两位女性联系在一起。

三位不平凡的女性,成为白求恩的高尚灵魂和壮美人生历程的见证人。对白求恩与她们的关系的探寻,成为这部作品的主要脉络,仿佛一具躯体的骨架,而对有关场景和情感心理的细致描写,则具备了血肉般的质感和温度。在作者的笔下,凯瑟琳的羞涩、坚韧和痴情,珍妮的豪爽、勇敢和孩子气,都有栩栩如生的描写。

贯穿作品始终的,是对于"真相"的探寻,涉及人物、事件和感情诸方面。由于年代的久远,人事的湮灭,资料的缺失,已经难以完全复原彼时的真实情状,特别是关于人物的内心情感的部分。对此,作者基于对人性的深刻理解,结合资料加以合理的猜测想象。这无可厚非，只要是不违背人物性格和事件发展的内在逻辑，文学化手段的适当运用，可以增强作品的表现力。通读作品，显然不难有这样的感觉。作者对一些争论已久的悬念和谜团给予的解释和澄清，也颇具说服力。

这部作品结构上的特点尤其鲜明。不少内容，在上下编里彼此出现，前后呼应，上编中有伏笔和埋线，下编中是延续和扩展，某种类似侦破小说的叙事手法，为作品营造出了一种曲折回环、跌宕错落的效果。文笔也朴实而优雅，从容节制中蕴藏着一种张力，读来有一种静水流深的感觉。

这部作品生动地刻画了白求恩的形象，音容笑貌，宛然在目。作为加拿大极负盛名的外科医生，他信仰共产主义，为此和价值观不同的妻子分手，抛弃原本富足优裕的生活，为穷人义务治病，并参加加拿大共产党组织的远征军赴西班牙与法西斯作战。在华北战场上，在中国共产党领导的八路军队伍中，在血与火的陶冶中，他的思想境界获得极大的提升，成长为一个真正的英雄。对这样一个过程，作品中有着概括和精当的描绘。

《不远万里》中展现的白求恩形象，无疑颠覆了过去的若干读物给读者留下的完美的然而却是概念化的印象。真诚善良而又风流不羁，献身理想而又享受生活，帅气时尚而又坚韧顽强，一个鲜活生动的人物跃然纸上。我们也看到了英雄身上体现出的人性弱点，比如贪杯好饮、性情急躁、工作中待人苛刻等，但这一切无损于我们对他的敬仰，反而因为人性的丰富深邃的呈现，而更能够产生一种亲近感。"一个高尚的人，一个纯粹的人，一个有道德的人,一个脱离了低级趣味的人,一个有益于人民的人。"小时候就背熟了的这段话,因为阅读这部作品而得到了有力的印证。这位不远万里来到中国的国际友人身上闪耀的理想主义之光,具有超越时间和空间的永恒的生命力,仿佛掩埋了英雄忠骨的太行山脉,年年岁岁,巍然屹立,苍翠葳蕤。

(原载《人民日报》2019 年 4 月 30 日)

思想之光烛照下的粤商历史

——读《大国商帮》

"追寻中国的现代化脚印",是杨黎光写作报告文学《大国商帮》——连同较前的两部作品《中山路》和《横琴》——的明确宗旨,这就赋予了这部作品一种远大的抱负,一幅宏阔的视野。以两千年时间跨度为背景,作品对作为一个群体的广东商人与经济发展、社会进步、国家命运的关系,尤其是粤商对于近代中国社会转型所作出的巨大贡献,进行了详尽的铺陈,深入的揭示,观点的表达颇具说服力。

丰富而扎实的文献价值,当是这部三十多万字的作品给予读者的第一印象,也奠定了作者建构自己的理念大厦的基础。从秦始皇平定天下统一六国后南征百越开始,作者清晰扼要地梳理了岭南地区的历史沿革,以大量生动的资料介绍了其开放精神、重商传统的形成。受崇山峻岭的阻隔,据山海之险、得山海之利的地理环境,秦汉时期海外贸易的兴起及"海上丝绸之路"的开通,不但使岭南大地经济社会生活的形态与内地相异,更孕育了一种有别于中原内陆的精神气质。粤商正是在这样的环境中诞生和发育,他们不仅是中国本土经济发展的产物,也是东西方文明碰撞交流的结果。作为最早"睁眼看世界"的群体,他们得风气之先，具有强烈的开拓、创新、进取意识，"乐于面对蓝色海洋、勇于改变陈旧世界的文化血脉"。

这些描述，仿佛是一张油画浓重的底色，映衬出了其后两千年间的历史舞台上粤商活跃的身影，以及他们的商业贸易活动对社会生活产生的影响。作为中西方贸易交流的桥梁，粤商群体在中国社会经济转型的每个关节点上，都发挥了重要作用。但另一方面，在一个有着根深蒂固的重农轻商传统的古老社会，他们的活动空间又是有限的，行动明显受到官方政策的掣肘，社会政治形态决定了他们的生存面貌。特别是全球化浪潮肇始之时，欧洲人向海外大力扩张，而清朝统治者却实施闭关锁国，与世界潮流背道而驰。粤商作为当时跨越政商、沟通中外的特殊角色，小心翼翼地游走于官府和洋人之间，在夹缝中求生存，在艰难中生长。

《大国商帮》有一个副标题：承载近代中国转型之重的粤商群体。"从商人境遇，看大国兴衰"，是贯穿整部作品的叙事主线，而在鸦片战争前后，两者之间的这种对应关系表现得尤其突出。鸦片战争是中国以惨痛的方式步入近代史的标志，不同角度的研究文章早已是车载斗量，但对一个重要的方面却仍嫌关注不够，即当时两国经济形态和商业观念的悬殊，以及商人境遇的截然不同，是导致这场战争爆发和决定胜负的关键性因素。本书从中英两国政府如何对待商人、商业的角度来加以阐释，自有其独出机杼之处，这样得出的结论也容易令人服膺："一边是近代商业文明的杰出代表，以贸易扩张为立国之本，为保护商人的财产不惜劳师远征;一边是失去了社会活力的老旧帝国,视贸易为对蛮夷外邦的恩赐和皇家的专享财源,把商人当作可以肆意欺凌的贱民。中英两国商人的不同境遇,标记了两种文明分野,也在一定程度上决定了国运的兴衰。"

鸦片战争中清政府的惨败,结束了广州一口通商的历史,五口通商,上海开埠,原来的广州十三行行商变身为广东买办,粤商新时代在上海开启。天朝衰败、虎狼环伺的严酷现实,直接促成了"师夷长技以制夷"的洋务运动的兴起。粤商凭借其专长、资金和才干,在洋务运动中实际起到了主导作用。同时,他们在思想启蒙、国民教育、文化更新等方面都多有拓展和建树。深度参与社会变革,这正是他们与传统的晋商、徽商等商人群体的不同之处。他们由逐利商人变为社会改革的推动者,致力于将传统中国融入世界潮流,追求在这块古老土地上实现现代化,对近现代中国的发展产生了重要影响。

创作这样主题重大、题材时空阔大的作品,十分紧要的一点是,需要把握好宏观与具体、思想和史实的关系。既要有宏大的整体格局,又要避免陷入空疏浮泛。"理"总是寄寓于"事"中,要做到以事证史,理念要在史实中得到验证,史实也要能够反映折射出历史的某种本质属性。在这一点上,《大国商帮》显示出了其学风扎实、针脚细密的一面。如前面谈到鸦片战争的起因及结果与中英两国对待商人的不同态度关系密切,围绕这一点,作品以详细的资料,描述了在清政府和"夷商"的双重夹击下,特别是官府的索取无度、苛捐杂税繁多,导致不少广州十三行行商的破产,不少人甚至被流放伊犁,他们的财产甚至生命都缺少制度保障。所举例证都是具体的人和事,来源于故宫中的档案文书,以及当时在华外商的文字记载。而战争的得胜方英国,早在十三世纪初,就通过《大宪章》确立了英国国民拥有不容侵犯的人身权和财产权。这些具体的个例,无可辩驳地反映了当时清王朝专制体制的致命弊端,揭示出观念的落后、制度的缺失,正是一向自以为天下第一的大清帝国日渐衰颓的内在原因。这种建立在还原历史真相基础之上的分析,自然能够产生较强的说服力。

对思想容量和深度的追求,已经是当下报告文学创作中具有普遍性的现象。如果说《大国商帮》将这一点推进到了一种极致状态,应该不会有人质疑。强烈的思辨性,成就了这部作品最为突出的文体特质。创作者鲜明的主体意识当然是最关键的,数十万字的篇幅,也为这种思辨的充分展开提供了开阔裕如的空间。在许多其他作品中,思想性的体现方式,通常是以一种已然成型的观念来解说、阐释、印证具体的现象,但在这部作品中,不独观念,连观念形成的过程同时也受到关注。追根溯源、抽丝剥茧、层层诘问、相互对比,思辨的展开本身就呈现出一种独立自足的品格,使阅读成为一个思维激荡的过程。这当然会有助于读者深化对这部作品的理解。

探究对于现实的启示意义,是历史研究最重要的目标之一。作为以历史上的人物、事件为观照对象的文学作品,同样如此。当前备受全球瞩目的"一带一路",要实现经贸合作和人文交流的两大目标,都需要具备开拓、创新、进取的意识。这种精神曾经成就了历史上粤商群体的辉煌,也可以有效地转化为今天我们拥抱世界的精神资源。这未必是作者写作此书时的初衷,但二者之间显然具有内在逻辑的相通性。历史对于现实的映照和启发作用是真实的,也是以一种普遍联系的方式体现的。

(原载《文艺报》2017 年 5 月 24 日)

小人物的光彩
——读《大国扶贫——献给第一线的扶贫工作者》

精准扶贫,作为党和政府的一项重大政策,正在神州大地上既轰轰烈烈又扎实有效地开展着,深刻地改变着中国社会的面貌。摆脱贫困,实现共同富裕,既是广大人民的共同愿望,也是社会主义制度的本质属性,是这一制度具有无比优越性的体现。了解到这样的背景,再来阅读贺享雍的长篇报告文学《大国扶贫——献给第一线的扶贫工作者》,就更容易获得一种深切透辟的认识。

这部二十多万字的作品,聚焦于位于川陕交界之地的四川巴中市的扶贫实践。巴中以其卓有成效的探索,诞生和积累了"巴中经验",对于全国许多情况类似的地方的扶贫工作的开展,具有典范和样本的作用。这部作品,便是对这种探索的文学化的呈现和解读,其意义自然毋庸多言。

对巴中的精准扶贫工作给予整体性的扫描和概括,是这部作品的雄心所在。与这一话题有关的诸多方面,都有较为丰富的介绍。譬如关于当地贫困的原因,书中指出既有自然环境的贫瘠恶劣,也有因为偏僻闭塞导致的当地百姓观念的保守和精神的萎靡等。又如扶贫是一项辐射甚广的经济社会建设工程,涉及的领域、部门、人口、环节很多。如何确定贫困户,谁来扶贫,如何扶贫,市场、政府、社会组织和贫困群众等各个扶贫主体之间怎样分工,怎样配合和衔接,扶贫效果如何评估等,是一个十分复杂的系统工程。凡此种种,都有比较详细的介绍,即便是对这一话题全然陌生的读者,读了这部作品也会有一种鲜明的印象和清晰的了解。

对于这一项造福百姓的伟大实践,作者怀着饱满的激情,给予了充分的讴歌。书中用许多具体生动的实例,描写了因为种种原因陷入贫困的农户,在党和政府的精准扶贫政策的大力扶持和推动下,自强不息,摆脱贫困,过上了殷实的小康生活。如通江县巴洲沟村开办商品猪养殖场脱贫致富的余定泗,就是一个典型。肢体残疾的他和全家人,在过了多年的苦日子后,赶上了精准扶贫政策的东风。乡里、村上各级领导和帮扶部门、帮扶干部的关心,县残联的无偿援助,政府的扶贫小额贷款支持,让他满怀信心地创业,克服各种困难,很快摘掉了贫困户的帽子,家庭养殖业获得了迅速的发展。

作为一位清醒的写作者,在展现扶贫工作取得的巨大成就的同时,作者也冷静地介绍了存在的诸多问题,揭示了这一伟大工程的艰辛和复杂。扶贫的动机无疑是良善的,但在具体执行的过程中,却产生了不少纠纷。如因为财政支持力度很大,一旦被评上贫困户,会享受到十分可观的物质利益,这就导致了一些人想方设法要当贫困户,不惜撒谎造假,为了争夺有限的名额互相算计,造成社会风气的劣变。而且,贫困户的划定方式,某种程度上其实是变相鼓励了一些好吃懒做的人,让勤劳肯干的人反而吃亏,这些恐怕都是始料未及的。针对这些弊端和隐患,作者以直面现实的坦率和勇气,在《按下葫芦浮起瓢——震荡中的村庄》等章节中,通过十分生动的事例给予了充分的描写,揭示了"扶贫先扶志、治贫先治懒"的重要性,并围绕如何营造脱贫攻坚的良好社会环境展开了深入的思考。

如果说以上这些内容很大程度上是属于社会学的范畴,是涉及这一主题的各种形式的文学写作都无法回避的背景,那么,在《大国扶贫》中,我们则看到了纪实文学样式在题材表达上所具有的特点,尤其是难以替代的优势。

为众多一线扶贫人物画像,展现他们的辛勤劳动和无私奉献,是作者创作这部作品的初衷。作者采写的众多人物,支撑起了全书的叙事框架。除了历史资料、统计数据等,许多处于现在进行时状态的复杂而琐碎的具体情况,都是在采访具体对象的过程中获得的,或者通过他们的口述,或者是经由作者的实地考察。每个人物都是一个信息库,从各自的角度提供了与扶贫有关的知识和信息,它们拢总归并起来,就形成了基层精准扶贫工作的总体面貌。

这样,在对各个方面情况给予本质性的准确把握的前提下,选择出那些具有代表性的人物,就显得十分重要。以人物为脉络,串联起扶贫工作的各个环节,更容易产生良好的表达效果。在这方面,这部作品的探索是十分有益的。作者用集中酣畅的笔墨,描绘了多位活跃在扶贫第一线的领导和基层干部,特别是驻村帮扶的"第一书记",塑造了这个群体的生动形象。他们身上体现了强烈的责任意识和无私奉献、艰苦奋斗的精神,也体现了人性的美好善良。

这样一些生动事例无法不让人深受感动:临危受命担任平昌县最穷的土兴镇党委书记的杨超,为了改变这里的贫穷面貌,组建队伍去外地招引本地籍成功人士回乡创业,在北京的几天每天忙于工作,只是坐车时与天安门广场擦肩而过,一直到离京,再也未能够或者说舍不得抽出时间专程参观这个向往已久的地方,而对于他们这样的基层干部来说,来北京的机会是极为难得的;南江县燕山乡扶贫办主任赵兰梅,夜以继日地忙碌,只能利用元旦假日举办婚礼,原计划在清明节假日去城里补拍一张婚纱照,但成行前又被临时性的工作挤占,只能寄希望于国庆假日了。这一类的故事,几乎发生在每个扶贫干部身上。他们的辛苦和付出,并不总是能够得到帮扶对象的理解和感谢,甚至有一些贪图便宜的人,因为自己的不当利益诉求受到阻止,对他们横加指责甚至威胁侮辱。像平昌县坦溪镇村镇规划建设管理站的马主任,一位看上去干练坚强的女性,在接受作者采访的过程中,说起自己热心帮助某农户搬迁安置却屡屡受到对方谩骂,竟然数度哽咽,因为她的确忍受了太多的委屈。

在这部作品中,文学的现实主义品格体现得确凿而坚实。作者对他笔下的一线扶贫工作者无疑是充满了感情,但并没有过度拔高,对他们遭遇的挫折、苦恼和无奈,思想中曾经有过的犹豫和退缩,也都给予了如实的描写,让读者看到的是一个个有血有肉的人物。唯其真实和普通，他们才更让人敬重佩服，因为他们为了实现扶贫脱贫的目标，牺牲了自己和家庭生活的安宁闲适等，甚至个人的前途和发展。正是有这样的一线扶贫者群体的默默奉献，才扎实推进了精准扶贫工作的开展，一步步改变着贫穷乡村的面貌。

对于一部叙事作品来说，生动的现场感和细节刻画十分重要，影响到作品的艺术品位，更影响到作品的传播效果。在这方面，《大国扶贫》有着十分令人称道的表现。跟随着作者的脚步，读者仿佛置身于"青冈林绿、巴山深深"的现场，嗅到了山林草木的气息，农家猪圈鸡场里的气味，听到农民们的方言腔调。叙述语言生动形象，不少地方具有影像般的鲜明感，读来印象深刻。

特别需要提出的是，这部作品扎实饱满的品质，从根本上讲，来自作者深入细致的采访。缺乏在生活的海洋中沉潜涵泳的功夫，难以想象会产生这样的效果。这令人感佩，也再一次印证了一个朴素的道理：只有真正扎根生活，才有望收获硕果，写出具有生命力的作品。

（原载《文艺报》2018 年 7 月 6 日）

中亚大地的奇幻想象
——读《历史的天空将呈现繁花似锦——一带一路畅想曲》

新疆诗人辛铭的抒情长诗《历史的天空将呈现繁花似锦——一带一路畅想曲》，气势恢弘，感情丰沛，仿佛西域天空炽热明亮的阳光，中亚大地上瑰丽芬芳的花海，把人裹挟进一个感受和情感的漩涡，灵魂在其间载浮载沉。阅读长诗的过程，也是一次想象力的漫游，在广袤的天地自然之间，更在浩漫的时光长河之中。

正如长诗的副题所标示的，这首诗的创作，与"一带一路"倡议有关。这个宏大的世纪构想引发了作者的灵感。长期生活在这片土地上，丰厚的经验和记忆被唤醒和激活，蓄积已久的诗情获得了一次酣畅淋漓的宣泄。以一种审美的方式，诗人表达了自己心系天下的胸怀和社会责任感。作为第一首以如此规模写"一带一路"的诗，它的意义不仅仅限于这个话题本身，同时也鲜明地标举了诗人在当今时代面对重大话题时应该具有的姿态。

在长诗中，围绕"一带一路"，诗人的情感和思绪循着几个维度展开和驰骋。一个是时间的维度。诗人立足于今天，回首昨天，眺望明天，思绪梭巡往返，一幅幅生动的场景在脑海中次第铺展开来。古代的繁华已仿佛梦幻，眼前的画面鲜活热烈，明天又会是怎样的情形？空间是第二维度。以脚下的新疆大地为基点，诗人将目光递送到迢遥的远方——东面是丝路起点长安，以及更远的中原，西面则经中亚阿拉伯诸国一直延伸到了地中海沿岸。时间空间之外，更有一个文化的维度。漫漫丝路仿佛一条无形的纽带，纽结了儒学、伊斯兰教、佛教、印度教、基督教等人类最主要的文明，它们各自有着独特的美学体现。这三条线索交织融汇在一起，被诗韵的多彩丝线串联起来，便编织成了一幅色调绚丽的壁毯，使得全诗呈现出一种丰富而厚重、妖娆而奇幻的效果。

诗思的驰骋仿佛天马行空。诗人想象力的触须触碰到历史、地域、宗教和文化，那是一种"思接千载、心骛八极"的奔放无羁。"我飞越过天山，那个瞭望时间的昆仑之巅/那个由时间支配的国度里/帕米尔高原上阳光照耀下的/中亚细亚和波斯/叶尔羌河的船和地中海的帆/巍峨的喜马拉雅山和塔克拉玛干沙漠/移动的湖和希腊的雕塑/印度经文和敦煌佛光，佛龛上的脸/一棵树，一座塔，或几个梵文文字/嘴唇和波浪形的长发"。诗句仿佛搭建起了一道万里长廊，诗人在其中穿行，思绪在其中翱翔。他描绘了过去众多世纪中丝路上各国友好交往通商的辉煌，而未来的发展更让诗人难捺激情："我在这里，在走廊里，打开丝路画卷/和所有的天下众生一起描绘/以沙砾的名义和鸽子的啼声/呈现出，更好，更深，更加地栩栩如生/我更加相信，这与生俱来的相依关系/现在，历史的天空，将呈现：繁花似锦"。

这首诗共一千六百多行,抒情诗中鲜有这样巨大的体量。作品架构宏阔,但读来并没有浮泛之感。这首先要归功于诗人情感的饱满,通篇保持了充足的张力,即便到了篇末也没有明显的松懈羸弱。另外一个重要的因素是丰富的场景、密集的形象或意象,以及生动的细节,它们仿佛和田地毯上繁复的图案,仿佛艾得莱斯绸缎艳丽的色调,给人鲜明强烈的质感。请看这样的句子:"穿越塔克拉玛干沙漠/巩乃斯与杏花沟/额尔齐斯河,可可托海及/葡萄、石榴、无花果以及/拉条子、米肠子、烤包子、手抓羊肉及太阳馕/及阿克苏的苹果,香妃的墓及/凿空壁崖殷墟的玉器/艾得莱斯,我生长出的翅膀/在闪着金光的孔雀河上飞翔。"诗中的地名都具有地标般的意味,水果和食物则是新疆生活中最为普遍的、最具地域特点的,从而真切地渲染出了那一片广袤大地的氛围。存在是具象的,描绘是及物的,这使得诗人激扬的情思获得了具体的寄寓之所,没有因无所附着而显得缥缈虚幻。

在诗人笔下,不独现实中的物象是真实可触的,被丰盈的感受包裹的内核,属于历史和现实中的精神层面的内容,也经由具体的事物而得到了较为清晰的表达。在感性荡漾的诗句后面,我们看到了繁衍和劳作的秘密,看到了文化的多姿多彩,看到了观念的巨大作用,也看到了梦想的无穷能量——正是这种理念层面的揭橥,赋予这首诗作以坚实之感。

当然,诗作的不足之处也是不难发现的。斑斓的意象被丰沛的想象力推动着,如同波浪般簇拥而来,固然颇有气势,但有时会感觉偏于稠密,还可以适当删繁就简,更为凝练一些,让诗境多几分疏朗。此外,叙事节奏尤其需要作一些调控。一首长诗,也应该像一条河流,有的地方比较湍急,有的地方则比较舒缓。但这篇作品的语调整体上偏于急迫,阅读时有一种被诗句驱赶难以停歇的感受。倘若疾徐缓急之间的尺度掌控得更为恰切,则无论是对于诗歌情感理念的表达,还是对于读者获得更充分的阅读愉悦,都是有好处的。

(原载《人民日报》2016 年 10 月 21 日)

山水与诗歌的舞蹈
——《行走的爪痕》序

　　收到这部名为《行走的爪痕》的诗集，我首先想到了苏东坡那几句著名的诗句："人生到处知何似？应似飞鸿踏雪泥。泥上偶然留指爪，鸿飞哪复计东西。"岁月倥偬，屐痕处处，很容易让人萌发出生命飘忽之感。但如果将旅途中的感受诉诸文字，记录描绘下来，便是给生命一种确凿的印证，仿佛镌刻在岩石上的壁画，经得住岁月风雨的剥蚀。当然，不独旅行，人生中的一切经历遭际都是如此，但行走于大自然之中，登山涉水，见闻呼吸之间尽皆美的形相和气息，与其他种种体验相比，无疑更容易带来深长的愉悦之感。

　　武眉凌的这部诗集，便是作者这样的一次次行走的记录。从收入书里的数十首诗作中，从诗行和韵脚之间，我看到了一个女诗人敏感细腻的心思，看到她对世界和生活的种种感悟，看到她如何被山水之美迷醉，又如何沉浸在内心深挚的情意中，有时明亮率真，有时低回婉转。

　　就像诗集含义清晰的书名一样，这是一部比较容易概括归类的作品。目标感明确通常是这一类作品的突出特质，作者的目光执着于特定的方向和范围，充分发掘和表达其中的蕴涵。

我近年来越来越看重具有这种品格的写作。阅读的经历让我认识到，那些什么题材都写的作者，不乏有人具备一种融合通透的才华，处处皆能出彩，但也的确有不少人，或许只是在追求内心的某种幻象，甚至用来掩盖自己的平庸和缺乏个性。和生活的原则一样，心无旁骛同样是艺术成功的重要倚仗，就仿佛透过玻璃碎片聚焦的阳光，能够点燃地面上的一簇干草。

武眉凌的写作，就鲜明地体现了这种专注姿态。这个让她心魂萦系的目标，就是祖国大地上的山水风光。对于她来说，它们是一口涌流出灵感和激情的不竭泉眼，是一块锤炼文思打磨诗艺的巨大砥石。她写下了自己的喜悦和感动，并且将灵魂的震颤有效地传递给了读者。

"登山则情满于山，观海则意溢于海"。刘勰《文心雕龙》里的这句话，揭示了大自然对于情感的激发作用。诗为心声，《行走的爪痕》中诸多诗篇，便是这样一种灵魂受到叩击后发出的声音。山川风物之美，让诗人的情意丰盈漾荡，流淌到纸页上，便化为一行行诗句。作品描绘了留下过作者足迹的国内外许多地方，尤其是祖国大西南一带，更是屡屡出现于她的目光的取景框中。高山大川，平坝村寨，茂林修竹，芭蕉棕榈，一片野花摇曳的坡地，一方澄澈碧绿的池塘，这些美有着不同的形态和尺度，就像一幅幅或壮阔或精致的画面。她以这些为原料，挑选裁剪，来编织她的诗的织锦。大自然中最细微的声息，也能够让她驻足倾听，悄然动容："闲花落地的声音/露珠坠落的声音/是我和大自然对话的声音。"(《写给文山牡露》)在《绥阳，山水与诗歌跳舞的地方》中,她这样写道:"被俗事压瘪的文字/已经饱满/迫不及待地从心中蹦出","金银花和薰衣草摇曳的地方/是山水与诗歌跳舞的地方"。这一首并不是诗集中最出色的,但可以说颇为醒豁地显露了诗人灵感生发的机制。显然,对于她来说,青山秀水正是诗歌写作的最主要的源泉和动力。其实,在诗人笔下,每一处风景都经由情感的投射与渗融,生发出缕缕诗情。山水与诗歌的舞蹈,是其作品中最为突出也最为普遍的审美标识。

众多地方的美丽和奇异,通过诗人的精心提炼推敲,以富于表现力的修辞方式,推送到读者的视野中。大山深处一个叫作湛卢的小村庄,悬挂在高峻陡峭的崖壁上,仿佛是"上帝放在半山腰的盆景",诗人置身其间,感觉自己就像一只飞鸟(《湛卢——挂在半山腰的人间》)。乘车在盘山路上驶向高处,"汽车像一尾鱼/从峡谷浮到水面/水车/老农/耕地的马/像蝌蚪在水田里打转"(《紫林山村遇雨》)。在大自然映衬下,人微渺得仿佛一粒芥子,强烈的视觉差异,鲜明的画面感,令人难忘。再譬如云贵高原上的天坑,本来是喀斯特岩溶地貌的一种独特景观,但作者却思绪飞扬,以丰富奇特的想象,赋予它们神话寓意和人间情怀:"我不相信天坑/是水与石的拉锯/它一定是大地推开的窗/上帝打下的拳/是天与地的一场战争/或是,他们夫妻的一次逗趣。"(《写给天坑》)

这样生动传神的诗句,在诗集中还有很多,且并不拘限于自然题材。如《记忆》一诗,就把生命中一个个难以忘怀的记忆片段，分别比拟为原野上的树、天空中的云、八音盒里的歌曲、森林中可爱的小动物、沙漠深处的绿荫等，这种集束式的喻体，赋予作为本体的记忆以鲜明可感的形象色彩，显然更有助于情感的抒发。

自然风光之外，诗人的目光也聚焦于人文胜迹。履迹所至之处的历史、文化、民俗等，也让她心醉神驰，吟咏不已。岭南古村润滑如卵凸凹如槽的青石板路，在她眼中幻化成了"岁月的碟片"，"刻录着岭南跌宕的历史"，那种浓浓的意味，同样寄寓在"粤语歌""桂柳琴""白话戏"的声韵中（《峰丛黄姚　岁月的碟片》）；蜿蜒而漫长的茶马古道，见证了民族交流和文明传播，石径上的蹄印和青苔诉说着岁月沧桑，静谧中仿佛回荡着当年马帮悠远的马铃声（《地上的古道　天上的彩虹》）；西江苗寨则展现了少数民族文化的瑰丽多彩，吊脚楼重重叠叠，深黛色的墙瓦仿佛凝结了亘古的幽怨，这个古老的寨子是"蚩尤花了五千年时间／挂在黔东南的一面旗"，那些斑驳漶漫，都来自时光之水的侵蚀。

写作是一种高度个性化的行为。写作者的气质禀赋，总会在作品中表露。作为一名女性诗人的感受的敏锐性，在这部诗集中也是随处可见，像"吊桥在轻颤／人在轻颤／心在轻颤／小鸟踏在树尖上／亦轻颤"（《马碧——挂在山上的古画》），这样的感觉堪称细腻入微。而外在物象带给她的灵魂振荡，更是有着特别的幅度。在别人也许只是一缕涟漪，但对她可能就是一排巨浪："我坐下／与一枝小小的菏对望／突然就有泪溢出"（《野荷的况味》），"忽然发现/它的每片叶子/都长成心的形状/在风中颤抖/转身/泪流"（《心叶》）。

我不了解也无从测度作者的情感阅历，但善感而深情，无疑是其精神人格的重要构成。多首诗作中传递出的信息，都与爱情相关，是思念、期盼、等待、无悔等一系列命题的交织和缠绕。对于女性诗人，这尤其是一个基本的母题，但并不是所有的人都用这样的方式表达。在武眉凌的诗中，这种感情缠绵而执着，以传统的价值和美学作为依托和呈现的方式。在《仰望》中，作者瞩目于"雪野里一支风中的荻"，"只因不盈一握的她/始终以站立的姿态/等待着自己的等待"。而《等》则体现为情绪的递进与深化，归结于对爱的诚笃信仰："我相信/人间总有一个/属于我的四月天/每一颗露珠都会找到/托举她的茎叶"，"等你/我的心似古井的水/飘进了花瓣"。这些诗句中所表露的忠贞、恒久和心心相印，也是一代代人关于理想爱情的神圣想象。这样的感受和表达的方式让人感到亲切，它们源自古典的情韵，闪烁着东方美学的诱人色彩，仿佛珠贝上幽幽的光亮，又仿佛竹叶上湿润的清香气息，被一阵微风吹送过来。

我尤其喜欢那一首《想你的时候》。这首诗只有三节，但很能够反映出作者诗情生发与审美表达的特点，故而完整援引如下："当我想你的时候/心中会有微风拂过/而所谓的写诗/就是把心中的涟漪/吹拂到白色的纸上/轻轻的流"；"当我想你的时候/我会听到花开的声音/而所谓的写诗/就是把心中的花瓣/移植到纸上/盛开"；"当我想你的时候/心会飞上天空/而所谓的写诗/就是把满天的星辰/抖落到纸上/闪烁"。委婉而不柔腻，含蓄中有清朗，比喻生动贴切，声韵婉转柔美，自有一种自然天成的风致。

作者是华北平原的女儿，因此这部诗集里也有一些作品是对故乡的深情回望，如《乡恋》《故乡别梦寒》《回不去的故乡》等。同样是在那一片土地上诞生和成长，这些篇章也让我跌入了回忆，亲切而怅惘。梨花白，杨柳绿，六月的麦浪一直涌向天际。低矮的土屋上炊烟袅袅，映照着西天的火烧云。衡水湖碧波如烟，时常有鱼儿跃出水面。带在身上的武强年画早已泛黄，难以抚慰游子的一腔乡愁。这些故土风物，自时光深处播散出独特的芬芳。那个曾经梳着蝴蝶结的小女孩，就是在这一片诗意浓郁的田野中长大，走向同样诗情飘荡的别的地方。从爱自己的故乡到爱别人的家乡，这其中的逻辑关系鲜明、清晰而且紧密。

在这些清丽柔美的诗句背后，分明还能够读出一种执着，一种内在的力度。《百合　诗　贝壳》中，有对于诗歌的终极信仰。在作者看来，显赫的身份，堆积的财富，最终都会烟消云散，"只有我们相爱的经历/和我这稚嫩的小诗/似贝壳散落在/人生的沙滩上/被后人捡拾或珍藏"。基于这样的信念，诗人发愿将心血注入写作，力求有穿越时空的收获。《母亲　诗歌》将这一点表达得十分清晰和坚定："母亲一生弹奏的/是谷穗、高粱/女儿一生耕耘的/是一摞又一摞的诗行"，"面对诗歌/想起母亲/我不敢怠慢每一个文字/就像母亲不敢怠慢每一棵庄稼"。这样的句子,正不妨看作作者的艺术宣言。

作者这样的表白,令我想起奥地利诗人里尔克的一段话:"为了一首诗,我们必须观看许多城市,观看人和物,我们必须认识动物,我们必须去感觉鸟是怎样飞翔,知道小小的花朵在早晨开放时的姿态……"我感觉,在她那里,这样一种献祭生命于诗歌的精神,是得到敬重并以她自己的方式努力践行的。

前路漫漫,山高水长。诗人还将不停地行走,在更多和更远的地方,印下她的履痕。那么,祝愿她的每一次回眸,都会发现,那一个个身后,脚步曾经驻留之处,有诗的花朵开放,微风摇曳,清香宜人。

诗可以给世界增添暖意
——读漫天鸿"地球村"诗作系列

世人瞩目的 G20 杭州峰会刚刚落下帷幕。电视屏幕上，来自五大洲的主要国家的首脑们的簇拥合影，一个个洽谈合作和贸易的场面，让人们直观而真切地意识到什么是全球化、地球村，在这个时代世界各地不同国家、民族是怎样被紧密地联系在一起的。在这样的背景下，集中阅读漫天鸿的诗集《地球村之光》《地球村诗束》《地球村诗札》等，无疑就更容易产生一种深入的认识——既对他的诗作所具有的价值，也对他作为诗人所显示的意义。

读漫天鸿的诗歌，能够感受到一种阔大的胸怀，一种澎湃的气势，仿佛大河奔流，长风浩荡，撞击着阅读者的灵魂。他瞩目的不是某一个具体的空间地域，而是以整个地球为视野。四大洋七大洲，尽收诗人的眼底，被他诗情的目光抚摸。他描绘地球乃至可以感知到的宇宙空间的美丽雄奇、万千气象："太阳是我加热的篝火，月亮是我喷香的奶酪"。诗人的主体性被放大到极致状态，万千巨大的存在物都仿佛缩微成了他的意识沙盘中的一个个标本，佛家的"纳须弥于芥子"的比拟，正可以描绘他的宇宙观、他的视野中的主客体关系。在《六十亿花果都是我的芳邻》中，他这样写道："莱茵勒拿是我们的寨尾/长江黄河是我们的村头/科迪勒拉是我们的童年/喜马拉雅是我们的摇篮"。地球上遥隔万里的大江大河，高山峻岭，在诗人的表达中被凝聚在有限的空间内，可谓思接千载，视通万里，地球村的意味便获得了有效的凸显。

他以灼热的诗句，描绘和赞美这个蓝色星球、巨大村落之美。从青藏高原到南美大陆，从撒哈拉沙漠到马里亚纳海沟，无不成为他诗歌的素材。自然，他的视野以宏阔为主，但也有些作品呈现了中观和近观的层面，如《我愿徒步穿越北极圈》，就体现出了一种清新的魅力："吆一列爱斯基摩的良犬/乘一架因纽特人的雪橇"，"我时不时蹲下瞧伸头换气的海豹/看领着幼崽捉马哈鱼的幼崽伸个懒腰/偶尔发现抹香鲸从巴伦支海通过/在北大西洋暖流里迸一朵云彩"。

诗人以整个地球作为他的诗情的泉源，与之相偕的，自然也应该是一些重大的话题。的确，他的诗歌，都是聚焦于宏大的、备受关注的命题，关涉对人类的命运、世界的未来的思考，其核心之所系就是对于生活在地球上的整个人类的悲悯、祝福与期待。在《对于伟大地球村来说》中，他写道："国家其实就是一小片山水/国家其实就是一小块地图"，"对于伟大地球村来说/国家这个词多么狭窄"。诗人的胸怀超越了具体的地域、国家、种族，而将地球上的整个人类都看作自己的同类和亲人，所以他要大声疾呼"我这诗是为六十亿精灵写的"——这是一首诗的题目，但也何尝不可以看作贯穿于他的全部作品的动机。

这样的宗旨，便成为他的作品中一系列主题的逻辑起点。他寄情于和平、友爱、交流、合作、发展、共享、环境美好、生态和谐……这种爱彻底而广大，也延伸到草木鱼虫，一切的生命："给鸟类一点关爱/不论有脊椎　无脊椎/给昆虫一点恻隐/无论鞘翅目　鳞翅目"。遗憾的是，愿望和现实的反差巨大，这个星球上有着太多的仇视和杀戮，残缺和丑陋，沉沦和罪孽，令诗人痛心疾首，用文字之刀，诗韵之剑，大加鞭笞征伐。《我对这个地球说"不"》中，可谓集中展示了这个世界上的罪孽：军备竞赛、兵燹连绵、毒品泛滥、资源枯竭、生态灾难等。对此他大声呼吁，要用爱和理性，阻止和消除这一切。他的态度是醒豁的，明确的，没有任何的晦涩含混。他以一种强烈酣畅的责任意识、担当意识，大声喊出自己的愿望："我要为这个世界营造静穆/我要为这个世界种植菩提。"（《我要为这个世界种植菩提》）

尽管是大处着眼、宏大主题，但这些诗从整体上看，还是比较注意遵循诗歌艺术的内在规律，是一种契合了其审美特征的表达，即以形形色色的形象来结构诗篇，也以形象来承载种种的感受和思考。在《全世界其实都是亲邻》中，诗人揭示了地球上事物之间的相互依存性、渗融性，"喜马拉雅与科迪勒拉　乃一个山体/圣劳伦斯与伊洛瓦底　其实是一滴水"。而在另一首中，"国家只有指甲大/即使俄罗斯也只是宇宙的砾石/国家只有一小块/一如加拿大也是天地的粉尘"（《国家也有生老病死》），和地球和全人类相比，某个具体国家只是一个微小的存在。诗人写下这样的句子旨在强调人类整体福祉的重要性。这些意涵都是从别致的角度、通过极度夸张的修辞来揭示的，充分体现了诗歌的思维特质。当然，几部诗集中作品的质量并不是十分齐整均匀，也有一些作品结构上缺乏淬炼，情感抒发过于直露，有类型化倾向，遣词造句还显得不够准确。

在作品所具有的题材内容的鲜明特点之外，尤其值得称道的一点是，作为诗人，漫天鸿以其全部激情洋溢的作品，阐释了"诗人何为"这样一个命题。当众多诗人醉心于吟咏一己的狭小精致的悲欢并为之沾沾自喜时，漫天鸿显示了一个诗人心忧天下、魂系寰宇的社会责任心、担当意识。这是其作品最为重要的价值。在许多作品中，他表达了对于诗歌的信念。在《用我这支诗笔》中，他这样宣告："用我这支诗笔／定然打败二百支军队／我要周知　他们的刺刀刺伤的都是自己／我要奉告　他们的子弹射杀的都是同类／当下　他们必须向我的诗缴械／我诗歌的鲜花　白云　笃定与天地一醉"。这样的信念，让我想到了英国诗人雪莱的说法："诗人是世界的未经正式承认的立法者"。没有对于诗的功效、诗的力量的坚信，很难想象他能够在近十年的时间里，围绕同一个主题反复地吟咏。在这个无比美丽而又多灾多难的星球上，多一个具有这种担当的诗人，便会给世界增添一份暖意，使生活多一份宁静、安全和美好。

万紫千红总是春

——读李玉伟诗作有感

李玉伟先生在我的故乡河北衡水市工作,因来京进修,得以结识。而对于文学的共同喜好,又将交情推进了一步。因此当他希望我为其即将付梓的旧体诗歌作品写上几句话时,我虽然不认为自己是合适的人选,但倒也没有过多地推辞。这一方面是个性缘故,对别人的真挚恳切的愿望一向不好意思说不,另一方面,是他的作品中有些东西的确打动了我。

这第二方面,显然更为重要。文学将人们拉近,说的就是这种感觉。

收入这部集子中的作品,有着整整十个年头的时间跨度。因此我翻阅中的第一个感受,就是一种浓重的岁月之感。这种感受的由来,不独是由于作品按照时间顺序排列的编排方式,凸显了时间的流逝感,或者也可以说是强化了时间的存在感,还在于不少作品本身就是以时间为主题的。作品在这样广阔的维度上展开,其个性和风格,便更容易袒露无遗。

内容的丰富广阔,是我对这部诗歌集的突出印象。我想,不妨移来刘勰《文心雕龙》中"神思"篇里的一句话,"观山则情满于山,观海则意溢于海",来概括这部作品的题材特点。生活和工作,居家和旅行,自然和社会,外在事物和内心世界,无不成为他吟咏的对象。明代画家石涛追求"搜尽奇峰打草稿",而对于李玉伟来说,则援引宋代理学家朱熹《春日》诗中的一句似乎更为适合:"万紫千红总是春"。天地人生,无限光景,簇拥着奔涌到他的眼前笔端,成为他烹制诗情的取之不竭的原料。

当然,视野尽管十分开阔,也总会有更多地聚拢了目光的目标。李玉伟的作品,首先以描绘季节的为多,看得出,作者有一颗十分敏感细腻的心灵,善于感受大自然之美。从诗歌的题目可以看出,一年四季,春秋代序,都被他反复地吟咏过。春之花,夏之雨,秋之月,冬之雪,不同季节中大自然的光色形相,在他的诗句中都得到以写意风格为主的描绘。

尤其值得一提的,是作者对于四季中具体节气的咏诵。惊蛰,芒种,霜降,大寒……对于有着数千年农耕文明的中国来说,二十四节气,不仅仅是一种时间的标识,同时更是通向中国传统文化的一扇窗口。他敏锐地捕捉到了处于不同的节气中的自然界的典型表情,并给予了准确生动的表达。像《夏至》中,是"素波菡萏艳,熏风月季红。桃杏吐硕果,槐榆摇晴空";《明日白露》中,是"天高送清凉,露微凝白霜","蒹葭随风舞,篱菊初染黄"。仿佛是照相机镜头的进一步拉近,节气尤其能够体现季节中的美和意蕴。

第二个突出的方面,就是致力于旅游和日常行居中的诗意表达。华夏大地幅员辽阔,历史悠久,自然风光瑰丽多彩,民俗风情千姿百态,步履所至,目不暇接,无不洋溢着浓郁的诗意。

他的目光，为旅途中众多的事物所吸引和迷醉，它们都成为他的创作灵感的最初的闪光。黄帝陵、虞舜庙、鹳雀楼、沧浪亭等人文胜迹，让他的思绪在今古之间往返梭巡；壶口瀑布、恒山峻峰、金沙江虎跳峡等自然景观，令他震撼于造物的鬼斧神工；而无分东西南北，国家飞速发展的步伐，新时代火热的生活图景，更是让他振奋不已。情不自禁，于是发而为诗。

有一个带有一些调侃色彩的说法：旅游，是爱上别人生活的地方。因为陌生的地方会让人产生向往，因为一位旅行者和其旅游目的地的接触本质上讲是短暂的，所以容易让人印象深刻，进而诉诸笔墨。距离产生美，陌生孕育魅力，这在心理学上是可以得到解释的。但是，如果一个人长期生活在一个地方，已经非常熟悉了，但仍然感觉到看不够，总是有说不完的话，这样才是真正的难能可贵，说明他情感的丰沛、感受的敏锐。

在这方面，李玉伟很好地证明了自己。作者多年来生活在衡水，这座城市成为他这部作品集中不少诗篇的描绘对象。以衡水湖为例，这个华北平原最大的湿地自然保护区，一年里的不同季节，一天中的不同时辰，风光各异，被他细致地观察和描摹。这是《湖畔观雨》："半湖荷花半湖翠，千顷湿地千顷灵"；这是《晨观衡水湖雨雾》："林密隐蝉噪，飞鸟翔空远"，"大湖披青纱，欲窥卷珠帘"……绘景状物都十分真切生动，读来仿佛置身于湖畔，面对无垠碧波。

此外，日常生活的方方面面，都能令他有所感，有所思，成为他审美观照的对象，成为他创作的不竭泉源。他写到了那么多的内容:阅读,漫步,弈棋,欣赏艺术,参加培训,好友聚会,父亲节追忆父亲,大寒节梦见母亲,悼念去世的文化大师,感念多年知己的兄弟般情谊,等等,堪称丰富多彩。在不少时候,他的目光还投射到一些容易被忽略的微小的事物之上,像苦菜花、槐花、石榴、马莲花等,力图发掘和表达其中的情感和寓意。我想,这至少表明了作者对生活关注的广度,就像王羲之《兰亭集序》中所言:"仰观宇宙之大,俯察品类之盛。"

这样丰富的题材,当然来自作者拥抱生活的热忱。而且,对广度的关注,并非必定要以牺牲深度为代价。除了描写具象的生活经历,书中不少作品也表达了对于生活进行蒸馏提炼后获得的抽象的理性认知。如《致青春》是对时光飞驰的感喟:"方感雪梅怒放浓,转瞬素菊盛开迟";《半半歌》则表达了"允执厥中"的传统的中庸智慧:"自古人生最忌满,半贫半富当自安";《夜深自悟》自外反内,由境入心,感悟平淡而又深湛:"燕赵云天长,沃野千里阔。心静意自宽,悄然消寂寞";而在《暮春的雨》中,通过比兴的手法,将自然和人生互为映照,彼此启发:"人生自古浮云过,道路从来泥泞缠"。自然万象中,原本也同时蕴含着天道和人心。

诗歌作为文学的一种样式,有着自己的艺术规律和审美特质,旧体诗歌也是如此。我不写诗,但一直热爱古典诗词,且多年来始终不废诵读,因此自以为对今人创作的旧体诗,也还是有一定的发言权的。就像他置身其间的华北平原,李玉伟的作品整体上呈现出一种真诚而质朴的品质,不曾故弄玄虚,也不曾矫情伪饰。他如实地描绘外界,诚挚地袒露内心,字句间所表达出来的,也都是自己真切地感受到、思考出的。"修辞立其诚",我想,无论在什么时代,对于一名写作者来说,这都既是一个基本的要求,同时也是一种难得的褒奖。

读毕书稿,又一次想到了那个古老的说法:诗言志。我想,这些诗作很难给作者带来物质方面的收益,但一定给他带来了极大的精神愉悦。希望他在题材的遴选取舍上更下功夫,进一步锤炼技艺,丰富艺术表现的手段,在持续不断的写作中,让内心的快乐不断地增加和扩展,也将它们更好地传递给他的朋友和读者。

在文字与光影之间

第三辑
艺海系缆

为了那一份爱的约定

——电影《一诺千金》观后

"十五载来情义长，一诺千金美名扬"。电影《一诺千金》的结尾处，民间西河大鼓艺人刘曲儿的一曲声情并茂的演唱，把一个心蕴大爱的普通人群体的美好心灵和动人情操表达得淋漓尽致，感人至深，催人泪下。

这是一部根据真实故事改编的电影。河北农业大学果树93（01）班的同学们，在毕业前夕，相约照顾一位因罹患先天性心脏疾病而不幸早逝的同学的父母。这不是一时的感情冲动，而是多少年间一以贯之忠实践行的职责。他们像亲生儿女一样照顾两位孤独的老人，给他们写信，寄钱，专程去遥远的山村登门看望。在媒体发现和报道这个感人的故事时，他们已经默默坚持了十五年。不求人知，不为回报，只为了当初那一份爱的约定。他们的这种关爱，给了两位老人生活下去的勇气和信心。这是一份朴素的感情，它基于人性中固有的悲悯之情，是"老吾老以及人之老"的同情心的自然流露，并非惊天动地的壮举。但难得的是能够坚持得这么长。时间增加了情感的分量，十五年默默坚守，印证了他们心中的感情的深沉和恒久。在当前这个物欲喧嚣、真情缺失的时代，他们的行为充分体现了人性的美丽和崇高。

电影《一诺千金》用艺术的形式,再现了他们的感人事迹和美好心灵。生活的真实并不等同于艺术的真实,要完成前者向后者的转换和升华,从而产生更强烈的艺术感染力,需要经过精心的提炼和剪裁。这部影片的编导者通过展开生动的艺术想象,通过一系列艺术手法的布设运用,达到了感人的艺术效果。在以下几个方面,尤为体现了编导者的匠心。

第一,紧紧围绕一个"情"字,来结构情节、展开叙事。感情是这部影片的核心,是驱动故事进展的最大推力,那些至为纯真美好的情感的萌生和发展,被一步步地充分渲染,营造出了一个个情感高潮,使得这部故事情节并不曲折跌宕的影片,却具有了非常感人的力量。宝阳患病后,同学们给予了兄弟姐妹般的关爱,病房里耐心呵护,在治疗无望时护送回家乡,陪伴数日,情深意切。在宝阳不幸病逝后,目睹其父母撕心裂肺般的痛苦,一种强烈的同情心和责任感,成为他们此后多年中一系列奉献爱心的高尚举动的强大的情感依据。在宝阳母亲因难以承受失去两个儿子的打击而精神分裂时,班长杜启峰和同班同学大喜自愿假扮成她的两个儿子,以他们仍然活着的善意的谎言,抚慰陷入痛苦深渊的宝阳母亲,并在其后的多年中,信守了自己庄重的承诺。特别是假扮成宝阳的杜启峰,每年的八月十五,也就是宝阳娘的生日这天,都要专程赶来看望老人,风雨无阻。在因为被坏人骗走投资款遭到债主的围攻、轿车玻璃被砸烂、手臂受伤的情形下,仍然想方设法在天黑前赶到山村。当在村口翘首眺望等待了一天的宝阳娘和儿子紧紧相拥时,伴随着彼此间深情的呼唤"儿子""娘",两人脸上闪闪的泪光,最为生动地诠释了两人之间不是母子胜似母子的浓浓的亲情。

影片的最后,更是将情感的蕴积和迸发叙写得酣畅淋漓。第十五个中秋节,同学们又结伴前去看望两位老人。当年刘曲儿和村委会主任为同学们的爱心善行能否持续到第十五个年头所打下的"良心赌",以刘曲儿打输而告终。但他输得高兴,因为他见证了这一份人间真情的深沉和恒久。当晚,在村子里古老的戏台上,面对着黑压压的村民和多位探望老人的同学,刘曲儿高歌一段西河大鼓,发自肺腑地赞美同学们的大爱情怀,并开始履行自己的十五年前的承诺——将铁锅锅底灰抹在脸上。此时,激动不已的宝阳娘,不忍心看到刘曲儿接下来继续接受头顶剃发、抛履脱衫的惩戒,登台说出了真相——自己的精神病其实早已经好了,只是为了能够得到这些亲爱的孩子们的爱,为了这一份比生命还重要的情感,才继续装疯卖傻,"娘不是自私,是离不开你们啊!"面对这份真情告白,台下村民和同学们泣不成声,而屏幕前的观众,此刻也一定会是热泪流淌。这个显得突兀的转折,传递出一种撼人心魄的情感力量,当她向孩子们说"对不起"并深深地鞠躬时,伴随着戏台下同学们齐声喊出的一声"娘",影片戛然而止,定格于一轮皎洁的中秋明月照耀山庄的画面上,堪称"此时无声胜有声"。

第二,影片的艺术结构颇具匠心。开始时即用倒叙的手法,介绍了当年刘曲儿和村委会主任打"良心赌",揭开了故事的帷幕。刘曲儿不相信同学们能把这一义举长时间坚持下去,"久病床前无孝子,这血脉不连怎么亲"。"打赌"是一个巧妙机智的情节设计,成为一条贯穿影片始终的脉络,它既因为富于民间性而显得真实可信,也因为承载了足够的产生戏剧性冲突的因素,而在影片中具有了一种类似"戏眼"的品格。由它而衍生出了悬念、想象、期待等情感要素,很自然地营造了一种叙述张力,并产生出一种延宕的效果,有效地扩展了影片的艺术表现力。

第三,镜头画面富于象征意味和表现力。宝阳端详着陪他回家的同学送给他的一束野菊花,感伤早上采下中午就枯萎了,让观众为青春生命的行将消逝而黯然神伤、痛惜不已;病重中的宝阳给娘洗脚,母子深情被渲染得淋漓尽致;宝阳娘将一只手镯戴在儿子手腕上,这个画面,既是表达了一份真切的母爱,也为日后杜启峰假扮宝阳安慰承受不了痛失爱子的打击而精神失常的老人作了铺垫;同学们神情凝重地点燃蜡烛、叠千纸鹤为宝阳祈福;在宝阳病逝后,在题为"只为一个永远的约定"的毕业前夕的班会上,班长让同学们打开放在每人桌上的一只千纸鹤,上面写着宝阳父母的通信地址;每年八月十五,约定的日子,宝阳母亲站在村口,眺望那条进山的路,盼望着孩子们的身影出现……除此之外,一些地方和民俗元素的运用,也值得称道。如影片中有几个刘曲儿演唱西河大鼓的场景,发生在不同的时间段,分别抒发了对失去爱子的老人的同情、对他们晚年处境凄凉的担忧和对同学们崇高情操的赞美,对主题表达起到了映衬的效果。如宝阳生病回到山村走进小巷,乡亲们守在各家的门口,抓一把装在簸箕里的五谷杂粮,抛洒到宝阳头上,一边喊着"宝阳回家"为其招魂,这类民俗元素的运用,丰富了影片的意蕴。

(原载《燕赵都市报》2012 年 8 月 23 日)

《漫瀚调》:别样的光彩

　　电影《漫瀚调》有着厚重的历史背景:光绪年间,清政府在鄂尔多斯地区大面积放垦蒙地,增加农牧民赋税负担,引发了当地蒙汉人民的愤慨,他们奋起抗争,发起保卫家园的"独贵龙"运动,与统治者展开了激烈的斗争。影片展现了这场斗争的艰苦壮烈,蒙汉勇士们团结一起,互相扶持,同仇敌忾,在流血牺牲中显示出了无畏的情怀。影片故事性强,情节跌宕起伏。沙漠绝壁前的生死搏击,惊心动魄,更是营造了强烈的视觉效果。

　　不难理解,发生在这样的地域和时代背景下的爱情,也将与呢喃羞涩、卿卿我我的小儿女情态无缘,而具有一种大气的、浓烈的色调,一种和高天厚地的自然景观相谐调的精神气质。作为这部影片的另外一条叙事主线的,是汉族青年李河清和蒙古族姑娘都力玛的爱情故事。从山西河曲走西口寻找父亲的李河清,一贫如洗、疲惫饥饿,在奄奄一息之时,撞进了蒙古族姑娘都力玛家的羊圈里。在尴尬的初遇和接下来的误会之后,他凭着自己的诚实、勇敢和勤劳,赢得了都力玛的爱慕。贫富的不同、民族的差异、蒙汉两族不得通婚的大清律令,都无法阻挡两颗相爱的灵魂彼此呼唤和贴近。在经历了一连串的艰难坎坷甚至生死考验之后,一对有情人终于结合。

对于两情相悦的人来说，一切人为设置的障碍，最终都会转变为爱情的助燃剂。这部影片，也是在相爱、阻拦、反抗、成功的通常的情感模式下展开了故事。甚至影片中一个重要的角色，一直追求都力玛的蒙古族汉子噶西瓦，因为李河清夺走了心上人而对其心怀忌恨设法报复的情节，在同类的影片中也并非首次看到。但这部片子的机杼独出之处，在于通过这个人物态度行为的转变，生动地刻画了蒙古族同胞的粗犷、豪迈、豁达、情深意重，从小人物身上折射出一个民族的可贵的心胸情怀。当男女主角在逃婚路上被抓住而面临死刑之时，正是噶西瓦救了他们，而支持民众反抗朝廷的行动的正直的蒙古贵族丹佩勒，也在他们危难之际伸出援手。这些人物关系的设置，传达的都是汉蒙交好、互助友爱的善意。一个原本单纯的爱情主题，很自然地与民族团结的宏大题旨交织融汇在一起。

这部影片的爱情表达，因为寄托于一种艺术形式，而变得绚丽异常。这就是被作为影片名字的"漫瀚调"，一种流传于晋陕蒙交界地带的民歌样式，据说是将山西和陕西民歌与蒙古族音乐曲调相融合形成的特殊民歌形式。显然，它在这部影片中的烘托氛围、强化主题表达的作用，是这部影片的最大亮点。因为它，这部电影凸显了艺术表现的独特性。

影片中，十二首漫瀚调，绾结串联起了故事的进展。剧情和民歌，水乳交融。人物的情感发展，命运的跌宕起伏，故事情节的推进，都经由这些风格不同的曲调，而分别得到表达和诉说。这些曲调，或高亢有力，或缠绵委婉，或刚烈悲壮，对应的是情感起伏的幅度，灵魂震颤的频率。"三十里鸣沙二十里水，五十里的山路我来眊妹妹你。半个月跑了十五回，把哥哥我跑下个罗圈圈腿"，缠绵中诉说的是爱的真挚和执着。而当两人在逃婚路上被捉获，在烈日下的沙漠中忍受暴晒，死神随时可能降临时，歌声悲切凄凉，荡气回肠，传达出的是死亡都无可奈何的爱情的力量——"咱二人死后一对对埋，变成蝴蝶一对对飞。你变成狐子我变成狼，山坡野洼相跟上"……歌声既然是心声的流露，其内容就不仅仅限于爱情。蒙汉民族间的亲密友善，也在歌声中回荡："为朋友就要为那蒙古族人，肚肚里就长的一颗心"，"为朋友就要为那汉族人，嘴勤手勤腿巴巴勤"。

质朴的歌词，炽热的情怀。歌声飘荡、曲调缭绕之时，浮现在屏幕上的是广袤的沙漠，高远的蓝天，无边的草原。那种属于民族的、地域的独特的文化和精神，在这些悠长的旋律和壮阔的画面的交融中，获得了揭示和表达，也因而赋予了这部影片一种别样的审美意蕴，一种特殊的艺术光彩。

（原载《文艺报》2015 年 8 月 31 日）

《战狼》之新

　　电影《战狼》,是军旅题材电影的一个明显的突破,令人眼前为之一亮。它运用了时尚的、和国际化接轨的电影表达手段,通过讲述我军特种部队官兵与境外毒枭及国际雇佣军的生死搏斗的惊心动魄的故事,塑造了中国军人的生动形象,表达了他们对于自己所担负的保卫祖国的神圣使命的强烈责任感,展现了他们的大无畏英雄主义精神,他们的智勇双全和出色的战斗力,谱写了一曲青春和热血的战歌,是对"强军梦"的生动的艺术阐释,充满了阳刚之美。

　　《战狼》的取材,就具有一种特殊的吸引力。对观众来说,特种部队的生活和训练无疑是神秘的,而"战狼中队",更是其中的佼佼者。影片镜头对准这样的部队,真实地描写了演习中的红蓝两军的对垒,展现了新形势下高科技、数字化、电子化战争的面貌。军人们秉持"演习就是实战"的理念,全身心投入训练。演习中的战斗场面阔大华丽,各种尖端武器云集,演习过程充满了波诡云谲,斗智斗勇,让人真切地体验到现代战争的氛围,也让我们看到了我军在军事现代化建设中所取得的成就。

　　在经过充分的铺垫渲染后,故事很自然地过渡到了一场险恶的实战,在血与火、生与死的背景下,展现了中国军人的赤胆忠心。境外毒枭敏登的弟弟武吉在内地制作毒品，负隅顽抗被冷峰射杀。为了报仇，敏登重金雇佣美军前海豹突击队队员，参加过阿富汗战争、海湾战争的老猫、狂牛等人，潜入中国境内刺杀冷峰。这些雇佣兵自恃经验丰富，装备精良，战斗力强，开始时对中国特种部队不放在眼里。但我们的战士不辱使命，凭着智勇双全的过硬的本领，在边境线附近的丛林中，与入侵者展开了惊心动魄、激烈残酷的厮杀，付出了牺牲，终于全歼入侵者，用鲜血捍卫了祖国的尊严，也证明了共和国军人的血性和情怀。

和以往许多军事题材的电影相比，《战狼》在人物塑造上更见功力。主人公冷峰迥异于以往英雄人物的完美模式，是一个个性鲜明、有胆有识、桀骜不驯、带着几分痞子气息、个人英雄主义气质强烈的人物。这个人物形象，给予观众一种鲜明的审美陌生化的效果。不论是在演习中还是在战斗中，他更多地听从自己的判断并行动，他每每让领导头痛，但却出色完成了任务。但这种个性的张扬，并没有以无视和牺牲集体主义为代价。事实上，正是和战友们的密切协作，才取得了最后的胜利。同时，还塑造了许多生动形象，冷傲的战狼中队副队长邵兵，个子不高的士兵"板砖"，特别是女性中队长龙小云，机智、有魄力，充满性感，将这个人物设置在清一色的男人的军营中，便很自然地增添了情感的桥段，为影片注入了戏剧性的元素。

影片描绘了真实的军营生活，真实呈现了军人丰富的情感世界。影片中的军人，不是以往经常看到的个性模糊或者严肃刻板的人物，而是有血有肉、情感丰富的。有不少玩笑、调侃甚至显得有些粗俗的对话,像他们哼唱"战狼士兵个个要老婆,你要我要没有那么多"这样的小调,这种描写,让观众反而更容易产生一种真实感和亲近感,仿佛看到了自己的兄弟、儿子。特别是对爱情的描写,亦是军事题材电影的一大突破。爱情元素不但给紧张单调的军营生活增添了一抹温暖的色调,一缕活泼的气息,而且在士兵们的成长中,也起到了激励他们争强好胜、证明自己的男人气概的作用。冷锋渴望征服龙小云,获得她的爱情,其背后,是一个有强烈的英雄情结的军人督促自己不断超越自我、不断成长、实现自我价值的过程。在脚踏在地雷上、生死都在须臾之间的紧要关头,冷锋通过对讲询问在指挥部里的队长龙小云"有没有男朋友",这些地方,营造了疾徐有致的叙事节奏,有效地增加了艺术感染力。

《战狼》无疑是一部类型影片,而且是综合了战争、冒险、动作等多种样式于一体的类型片。不论是恐怖的人狼大战,还是深陷雷区的命悬一线,不论是双方近距离对射,还是面对敌方狙击手枪口迅疾地跳跃躲藏,不论是近身徒手搏击比拼本领,还是勇气和意志的较量,惊险、逼真、刺激的情节和场面贯穿于整个影片。故事节奏紧凑,几分钟就有一个高潮,整个影片一波三折,紧紧吸引了观影者的目光。但这些炫目的场面,并非仅仅为了造成视觉的冲击,而是始终和对主流价值观的表达紧密地结合在一起。堪称在主流电影和类型片之间,在核心价值观表达和商业运作的成功之间,取得了较好的平衡的一部影片。

《战狼》塑造了以冷锋为代表的"有灵魂、有本事、有血性、有品德"的"四有军人"形象,张扬了一种面对强敌敢于亮剑的精神,显示了军威、军魂之所在。官兵们数次喊出的"犯我中华者,虽远必诛",铿锵有力,掷地有声,是我军官兵的心声,也体现了今天我们的人民军队具有的精神,是为正行进在民族复兴的伟大征途中的祖国保驾护航所需要的一种精神。

总之,这部影片无疑是一部创新之作,给军事题材影视作品的创作带来了多方面的有益的启示。

舌尖上的乡愁

——电影《一把挂面》观后

以影像方式介绍宣传地方名产，纪录片具有独特的优势，因为能够最为直接和直观地诉诸视觉，取得即时性的效果，故最常被采用。而如果用的是故事片的形式，则无疑大大增加了难度。因为既不能背离介绍名物这一主旨，还要遵从故事片的艺术规律，追求人物形象塑造、情节设置、矛盾冲突的成功呈现。一部片子中要承担这些功能，对编导显然提出了更高也更多的要求，可以说是一种自我挑战。

电影《一把挂面》显然属于这一类自设难度的片子。但看过影片后，我却要说它着实做得不错。

陕西吴堡县张家山镇的手工空心挂面，是被央视"舌尖上的中国"专题片介绍过的传统食品，入选陕西省非遗保护名录，有着上千年历史。它靠着一代代人的口传心授流传下来，保留了最为传统的制作工艺。不论是为了促进地方经济发展，还是为了传承好非遗项目，都有理由扩大其美誉度。《一把挂面》就是以此为素材，演绎了一个故事。影片的匠心独具之处，就在于使一个俗常的、商业化的、范围狭小的话题，经由充分艺术化的表达，具有了某种超越的、精神性的、视野广阔的品质。剧情镶嵌于一家三代人的生命历程中，将"人"的遭遇和"挂面"的命运，将膳食文化和百姓生活，水乳交织地融合在一起，彼此依存，互相映照，从而比一般的宣传片具备了更高的审美品格，也势必会因此而产生出更好的传播效果。

影片中，一家爷孙三代"挂面人"根根、柜柜和拴拴，各自生活的背景分别是民国时期、"文化大革命"时期和改革开放后的今天。影片用"一把挂面"串起了各自的故事，包括三代人间的血缘亲情和矛盾冲突，也多是以挂面作为艺术表现的媒介和触发点。根根年轻时给财主家当伙计，偷学到挂面的制作技艺，靠着勤奋、能吃苦和委曲求全，有了自己的小作坊，过上了差可温饱的日子；他将技艺传给了长大成人的柜柜，但到了"文化大革命"时期，个体工商成了要割除的"资本主义尾巴"，传统手艺也被迫束之高阁。进入改革开放时期，个体经营不再是问题，但新的矛盾又出现了，随着生活方式的多样化，传统吃食面临挑战，柜柜夫妇的挂面经营遭遇困境，他们甚至想过放弃。这个家庭的第三代拴拴，大学毕业后辞职回乡，依托新的理念和技术，在亲人和乡亲的支持下，使传统的手艺获得新生，张家山挂面成为大受欢迎的商品，远销省内外。故事是在真切的时代背景之下的艺术呈现，因此传递出一种笃实亲切的生活质感。

在这部影片中，主要人物的性格形象也塑造得比较生动，并非仅仅作为传递理念的工具或符号。年老体弱的根根反对儿子儿媳放弃家传手艺，不明白为什么如今的年轻人不喜欢挂面了，而喜欢"啃什么鸡"（肯德基）、"卖什么劳"（麦当劳），在他看来,"它能比咱家这挂面还好"？这就将一位在传统农耕社会背景下过了大半辈子的人物的心态,生动地呈现了出来。他对让他得以安身立命的手艺抱着高度的虔敬,却因为视野见识的褊狭而不能跟上时代步伐,显得有些可笑。他听到孙子拴拴要辞掉城里的干部职位回来继承家传的挂面生意,倍感欣慰,但得知孙子想把技艺教给全村乡亲,又难以接受,因为传统的观念是艺不外传,"教会徒弟,饿死师傅",这样做无疑是"破了规矩"。经历过一番内心纠结,在告别人世之前,他愿意将秘方无偿地公开,让大家共同富裕,也给乡亲们留下个念想。拴拴带领父母亲和乡亲们,将小作坊式的生产扩大为规模化经营,还将原本单一品种的挂面改造为不同的口感味道,一时供不应求,千年挂面迎来了新生。

　　值得称道的是,一种看起来很单纯的内容,是被置放于较为广阔的生活背景中,涉及不少的方面,展现了编导对生活对人性的理解,增添了影片的分量。如根根在老伙伴三叔陪同下,看木匠给自己制作寿材,又去山上看墓地的位置,感叹"人吃黄土一辈子,黄土吃人一时辰","人生一世,草木一秋",都是切实的生命感慨。根根年轻时为生活所迫,偷学东家做挂面的技艺,违反了禁忌,被东家派手下人狠狠打了一顿赶出去,在"文化大革命"期间,他路遇落难的东家,请到家里嘘寒问暖,这种以德报怨的举动,折射出的正是底层百姓的淳朴善良的本性。影片中这种现实主义的姿态,也体现在对小农经济社会人性中的负面因素的揭露上,如好吃懒做的邻居老七嫉妒根根的生意,堵上根根取水的泉眼,要挟根根满足自己的贪心。以上这些内容的注入,使得这部作品与单纯的宣传片相比,有了更为丰厚的蕴涵。

影片留给观众的最强烈印象,无疑应该是艺术表达方面的鲜明特色。陕北高原浓郁的地域和乡土气息扑面而来,观众仿佛走进了那一片高天厚土。画面场景壮阔,沟壑纵横的山梁,浊流滚滚的黄河,古朴简陋的窑洞,四季风光的变化,都得到既开阔大气又细腻入微的表现。影片中原汁原味的吴堡方言,贯穿影片始终的多首陕北民歌和陕北说书,开工仪式上的祭酒、敬天、敬地等仪式,都有效地烘托出了地域文化、民间信仰和本土艺术的氛围。影片的叙事风格朴素而平实,用一种和当地原生态的山川自然、古朴生活方式相一致的节奏,将深切的人文情怀给予了诗意浓郁的表达。

挂面香飘,人间情暖,岁月悠长,念想绵延。影片中的三代吴堡张家山手工空心挂面的手艺人,在对古老技艺的学习和传承中,安置寄放了他们的生命。挂面是他们谋生的饭碗,也是他们精神的寄托。而这种"人"与"面"之间的绵绵情意,以及生发于其中的深沉的况味,也分明会传递给银屏外的观众,让他们获得一种乡愁的慰藉。

(原载《中国艺术报》2018 年 8 月 27 日)

用生命将荒山染绿

——电影《文朝荣》观后

根据真实的人物和故事改编拍摄的电影《文朝荣》，生动地再现了全国优秀共产党员、"时代楷模"贵州毕节市赫章县海雀村彝族村支书文朝荣的感人事迹。他带领村民艰苦奋斗，以愚公移山的精神，植树造林三十年，为上万亩贫瘠荒凉的山岭披上了绿装，彻底改变了村子贫穷落后的面貌。作为一名最基层的党务工作者、生态文明建设的先行者，他用自己的整个生命，践行了一个共产党员的崇高使命。

海雀在彝族语言中的意思，是湖水灌注的地方，可以想象当年这里曾经水草丰美，林木葱郁。但由于多年的毁林开荒，"开荒开到边，种地种到天"，对生态环境造成了毁灭性的破坏，导致石漠化严重，风刮尘土满天，下雨泥沙俱下，自然灾害频发。影片一开始，就将这种生态灾害展现得惊心动魄：二十世纪八十年代中期，一次大雨造成泥石流滑坡，一户村民本来已经逃出危房，但为了抢救出半口袋苦荞麦，男主人重新冲进破旧的房子里，结果房屋坍塌，人被砸死。

与这样恶劣的自然环境相伴生的，只能是生活的极度贫困。影片中有一个情节，是通过下乡调研的新华社记者的视角，展现了那种让人难以想象的贫穷。镜头下,是光秃秃的山坡,破败漏风的茅草屋,衣不蔽体的村民表情呆滞悲愁。他们赖以维生的只有很少的一点荞麦土豆,一家四口只有三个碗。连身为村支书的文朝荣家,也是家徒四壁。更有甚者,一些人家已经断炊,面临生命之虞。这一幕幕情景令记者震惊,迅速写成内参上报,上级政府紧急拨付救济粮,才挽救了濒临绝境的人们。

影片中对这些场景进行了艺术性的处理,矛盾冲突的设置,有助于充分展现主人公的内心世界。作为村支书,文朝荣对海雀村的极度贫困感到羞愧,画面中他的表情和言语生动地反映了这一点。他不想把贫困的原因推给外部,虽然他有充足的理由这样做。在他心中,尽快改变家乡的自然面貌,带领乡亲们脱贫,是他作为村支书义不容辞的职责,他必须要勇敢地承担起这种使命。他清醒地认识到,上级的救济只能救急于一时,要想彻底脱贫,自力更生才是根本。他明白海雀村贫困的根源,只有通过种树,让万亩荒山重新变绿,才能彻底挖掉穷根。"山上有林才能保山下,有林才有草,有草就能养牲口,有牲口就有肥,有肥就有粮",才能逐步建立起良性循环,从根本上改变这种"苦甲天下"的面貌。为此,他通过努力取得乡里和县里有关部门的支持,并设法连夜搞到两万棵树苗,带领村民们及时栽种下去。

文朝荣十分清楚,要想脱贫,对村民进行"扶志"同样也很重要。因为地处偏僻闭塞的地区,长期以来,不少村民形成了靠天吃饭、等待上级救济的落后观念和惰性思维,这无疑是一种精神上的贫困。影片中有这样的画面:本来说好了第二天一早就上山植树,结果不少人家睡懒觉不肯出门,村干部上门催促,反而被迎头泼了一盆脏水。对此,文朝荣不得不采取强制性的措施,将救济粮发放和种树相联系,领多少粮食,就得种植相应数量的树苗,起到了治懒的效果。他更懂得"三分种七分养",成立护林队,并设立了"八项护林公约",确保树木得到有效的养护。他的不懈努力,让乡亲们都认识了植树造林的重要意义以及这项工作的艰巨性和长期性,心往一处想,劲往一处使,形成了合力,一年一年地改变着家乡贫瘠的面貌。

在文朝荣身上,共产党员的党性不是抽象的存在,而首先体现为一种人性的光辉,正是这一点让人在观看影片的过程中感动不已。以种树为主线,影片穿插进了一连串的故事情节,它们都生动地闪耀着这种人性的光辉。村里的姑娘二月的父亲去世时,因为贫穷,由邻村的麻老二垫付了办理丧事的费用,麻老二以此要挟二月嫁给他,并带人来抢亲,遭到海雀村百姓拦阻,被迫放人,但又威胁说三天内必须还钱。为了筹集到这一千多元钱,文朝荣早出晚归,走遍了几个邻村,因为劳累昏厥,从山上滚落下去。最终因为无法凑齐这笔钱,二月被迫远走他乡躲避,热恋她的小学教师王老师为了寻找她,也不辞而别。眼看着孩子们就要失学,在他的恳求下,怀孕七八个月的女儿挺着大肚子,去给孩子上课。为了让饥饿的村民有力气植树,他将爱人给女儿坐月子准备的鸡蛋,煮了给村民吃。小学校的屋顶下雨坍塌了,为了筹钱修好教室,在万般无奈中,他卖掉了家里的耕牛。在当时的特殊环境和艰苦条件下,他以一己微薄的力量,统揽起这些本应由政府部门和社会组织承担的事情,实在也是一种不得已的举动。而恰恰是这种不得已,强烈地折射出了他的责任心和奉献精神,舍小家顾大家的高尚情怀。

影片很注重在矛盾冲突中塑造人物形象,不少场面很有表现力,产生了强烈的感染力。如修补学校屋顶需要钱,但实在难以筹集到,文朝荣想来想去,准备把家里唯一的耕牛卖掉。全家人都表示反对,因为这头牛是家里的生产工具。一向乖巧听话的小女儿巧妹更是情绪激烈,因为这头牛是她喂大的,有一份很深的感情。面对家人反对,他也犹豫过,想过自己去卖血换钱,也想过让儿子下矿井干活挣钱,但因为损害健康和有生命危险,都被家人阻止。为了孩子们上学,教室不能不修,文朝荣咬咬牙还是卖了牛,他也因此对家人备感内疚,他责骂自己,用拼命干活来弥补给家庭造成的损失,这些言语举动,一个个镜头画面,都是他内心痛苦纠结的表现,还原出了一个血肉丰满、真实平凡的生命形象。正因如此,他做出的那些不平凡的事情,就更加让人敬佩和感动。

对文朝荣为村里做的这一切,淳朴的乡亲们都看在眼里记在心里,并用自己的方式表达感激和敬意。女儿临产,按照当地的风俗要在树枝上系上红布条,寄托祝福吉祥之意。早晨,文朝荣推开屋门,看到眼前自家的树上挂满了红布条。此刻,从镜头中文朝荣的表情中,分明看得到他受到深深的感动,也愈发坚定了他为乡亲们过上幸福生活奉献自己的信念。

朴素平实的叙事风格,富有质感的影像画面,有效地增强了这部影片的感染力。几首贯穿首尾带有浓郁民歌色彩的歌曲，在深化主题表达的同时，也有力地烘托出了地域的氛围情调。从文朝荣身上，我们看到了一个共产党人的初心，看到了"立党为公"对他们来说绝不是空话套话，而是真正的内心秉持，是一种回荡在灵魂深处的真实的声音，这种声音为他们指出了追求的目标和前进的方向。正是有着无数这样的默默无闻的基层干部的无私奉献，才有了社会的进步和国家的发展。文朝荣既是现实中的真实人物，同时也是无数平凡而高尚的人物的典型写照，他们的身躯构成了共和国的脊梁。

经过三十年艰苦奋斗，海雀村发生了翻天覆地的变化，到处郁郁葱葱，生机盎然。良好的生态环境，让乡亲们摆脱了贫困，过上了舒心的日子。这种变化，生动地印证了保持生态美好、建立人与大自然和谐关系的重要性，具有标本的作用，因此海雀成为毕节实验区"生态建设"主题的发祥地。从这个意义上，影片也是对"绿水青山就是金山银山"这一重要思想的艺术化的诠释，更是对于党的十八大报告中大力推进生态文明建设这一国家战略的形象化的表达。

（原载《中国艺术报》2018 年 8 月 10 日）

肢体的残疾无碍生命的健全

——观电视剧《没有语言的生活》

南方小城镇上，一条名为长青巷的古旧巷子，被风雨剥蚀的墙面，湿漉漉的石板路，围成一桌打麻将的邻居们，回荡着的刘三姐民歌的旋律，烘托出了地域色彩浓郁的生活氛围。主人公王老炳开着一家个体照相馆，他的左邻右舍，分别是开中药铺、酿酒作坊等职业的底层百姓。在这样普通平淡的生活背景下，一个由盲人、聋人和哑巴组成的家庭的故事，也便因其不同寻常而埋下了鲜明的戏剧性伏笔，其起承转合，自然也就让人期待。

二十集电视连续剧《没有语言的生活》便讲述了这样的故事。

制作者没有辜负这个题材。长达十多年之久的时间跨度中，一系列的冲突连同其间的喜怒哀乐，被以一种从容舒徐的节奏，细致生动地展示和描绘出来，十分耐看。故事之外，电视剧更传递了对生活的理解，使得一个残障人的独特题材具有了意义层面的广阔的涵盖性。

以情动人是它最鲜明的特点。父母子女之间的亲情，两性间的爱情，自始至终氤氲流荡，生动细腻，淋漓尽致，传递出了深沉醇厚的暖意。感情是故事进展的驱动力，左右了冲突的酝酿、爆发或者化解。王老炳不顾别人的一再警告,拿自己做针灸实验,导致失明,是出于对儿子的爱,为了尽早治好儿子的病;王老炳在失明后,以决绝的姿态割断了和刘桂英的交往,是为了让所爱的人有幸福的生活,不愿意让自己成为对方的累赘;刘桂英嫁给富有的商人后,不但始终给予处在困厄中的王家父子俩精神和物质的扶助,最后毅然选择了离婚,回到老巷子贫寒的生活中,还是由于时光也无法磨损的对王老炳的爱。不论是日常的互相扶持关心,还是关键时刻的自我牺牲,都得到了生动的刻画。平淡庸常生活的朴素而沉郁的背景,因为这种美好的人性的光芒而变得明亮。

但不应因此而仅仅把这部电视剧看作一出感情戏,它还有着更为丰富的内涵,涉及生活和生命的若干重大命题。苦难和幸福,泪水与笑容,身体的残疾和精神的健全,地位的卑微和心灵的高贵,这些原本对立的范畴,在剧中相互纠结、渗透和映照,达到了对人性的深入描绘。面对连续不断的困厄磨难,主人公们仍然以乐观相面对,既自我拯救,也救助相爱的人,印证了生命力的顽强和坚韧,体现了真正的人性的高贵。观众在收获感动的同时,也 定会获得如何对待生活的感悟。剧名为"没有语言的生活",别有一番寓意。因残障导致语言表达和交流受阻、缺失的地方,生活依然丰茂葳蕤。经由动作、表情和画面,身患残疾的主人公们呈现给观众的,也是一种丰厚完整的生活,甚至比许多健康人更为健全,因为其间充溢了大写的人的精神。可以这样概括这部电视剧:它经由描绘处于边缘状态的人的生存状态,而抵达了正常人和残疾人都将面对的生存命题,抵达了一切生活的本质,从而达到了一种广阔的覆盖。

努力还原生活的真实性,塑造丰满的人物形象,展示人性的丰富复杂,也是这部电视剧值得称道的地方。王老炳忠厚老实,甚至在照相机被偷后,为了维系好和邻居的关系宁愿自己吃亏,谎称已经找到;刘桂英泼辣直率,敢爱敢恨,得罪了不少人,但内心却是满腔的善良。连作为鞭挞对象的讨人嫌的商人吴少华,对女儿的慈爱和失去女儿后的悲恸,也都令人动容。邻居们关键时刻的古道热肠和日常的一些小毛病诸如喜欢搬弄口舌等,也都描绘得很到位。同样是两性间的情爱,王家宽刘桂英之间,和王家宽朱灵之间,既有相通之处,也打上了代际差异的烙印。当然,个别情节似还有进一步琢磨的必要,像开头几集中王家宽对刘桂英从拒斥到接纳的心理转变,还可展现得更充分一些。

有这么多一波三折跌宕起伏的故事,本来可以处理得十分煽情的,但该剧却不动声色,以一种平缓、节制、内敛的艺术姿态来完成叙事,有一种静水流深的效果。在许多剑拔弩张的地方用了冷处理,让观众自己去感受和体味,反而产生了更强的艺术张力。这样,当冲突达到巅峰时,就产生了强烈的艺术感染力。像王老炳得知溺水而亡的三姐原来是自己的骨血时,悲痛欲绝,把自己关在房间里放声大哭的画面,给人以极其巨大的震撼。

拍摄中充分运用电影语言,是该剧的一大突出特点。全剧细节绵密细腻,营造了逼真的氛围。像吃饭时桂英不小心把苍蝇打到了菜碟里,但因说不出话,无法提醒王老炳,只能一次次地挪开菜碟,王老炳却因眼瞎看不到,伸出的筷子一次次落空。一连串静默的画面,把残疾人生活中的尴尬不便表达得淋漓尽致,此时无声胜有声。光影明暗的对比,远近镜头的交替,在该剧中也可谓俯拾皆是,像这样一些画面,给观众留下深刻的印象:从老式相机镜头望出去的拍摄对象周遭的光晕;王老炳王家宽父子两人拍击手鼓,宣泄心中极度的痛苦;在河水中穿越的镜头反复出现,远景中少女舒缓曼妙的舞姿梦幻一样展开;同样反复出现的还有照相馆里黎明时的画面,缓慢旋转的吊扇、晨曦中半明半暗的老照片、卸门板的动作等次第显现,既表达了时光流逝的沧桑感,同时也寓意了生活的某些不变的本质,都有着丰富的意味。摄影的讲究,使得整体画面呈现出一种阴柔的、水墨画般的效果。而自始至终贯穿画面的有些另类风格的音乐声,舒缓而忧伤,也产生了很好的渲染。这一切,都有效地提升了该剧的艺术品位。

庸常生活中的尊严守护
——评电视剧《人活一张脸》

三十五集家庭伦理电视剧《人活一张脸》甫经播出，便创下了颇为可观的收视率。它以草根视角，描绘草根生活，抒发草根情怀，讴歌了亲情和爱情，并对人的尊严这样一个具有形而上意味的话题进行了一番生动的、平民色彩浓郁的艺术阐发。

电视剧作为一种面向大众的艺术形式，取材上的一大特点，就是喜欢也擅长于将普通百姓日常生活作为表现对象。这是其本质规定性使然。而近年来颇为兴盛的"家庭伦理剧"这个种类，更是将这一特点推向了某种极致。观众的目光随着摄影机的镜头穿梭于屋檐下、天井间、小院内、胡同里，聚焦于家庭生活的柴米油盐之中，锁定在家庭成员之间的恩怨纠纷之上。在这个相对狭小的空间中，衍生出了一连串的爱恨情仇、悲欢离合，让观众感动、叹惋或者愤懑，体味五味杂陈的心境，并进而生发出伦理道德范畴的感悟，赞扬和贬斥都有着具体的附着。这种题材，一方面因为贴近每个人的生存，容易让观众产生亲切感，但另一方面，它也给自己设置了难度：平民生活缺乏真正意义上的传奇性，其常态无非柴米油盐、婚丧嫁娶，呈现为一地鸡毛式的具体琐细。一切构成戏剧性的矛盾冲突，也必须要在这个看上去似乎颇为局促的框架内萌生和演变。那么，表现什么，怎样表现，才能够吸引观众看下去？或者换一种说法，本质上属于平淡的生活，经过怎样的处置，才能达致艺术效果上的不凡？

在这个意义上，不妨将《人活一张脸》看作一份做得很不错的答卷。它的大受欢迎，也是由于在诸多方面的成功演绎。这部电视剧的时间跨度长达十几年，二十世纪七十年代末的恢复高考和知青返城，八十年代中期的经商热潮，九十年代初期的企业转型，都分别成为故事的背景。从空间看，也从农村到城市，从机关到工厂，展现了丰富的社会层面。这些林林总总的内容，又都通过一个关键词"尊严"归拢和凝聚到了一起。正如剧名所言，这部电视剧表达的正是这样一个主题：如何在坎坷的人生之旅中守护尊严。片名中的"脸"，在剧中更多时候都被称为"面子"，是尊严的俗称。电视剧反复陈说的其实就是一句话：一个人活得要有尊严。不管生活如何艰难和沉重，也不能轻视它，更不可放弃它，它是人之为人的根本所在，具有财富、地位等不可取代的价值。尤其是作为生活得卑微而贫窘的一介平民，当身上再也没有什么可以失去时，这种仅存的尊严的高贵便愈发凸显。围绕这一点，有不少朴实生动的表述。不论是电视剧的第一号角色、四个孩子的母亲潘凤霞的"宁可身受苦，不让脸发烧"，"砸锅卖铁也要有尊严"，还是大儿子贾宝文的一番话："我们没本事，也没钱，我们只剩下本本分分做人了，如果这人都做不好，那还有什么脸活着啊"……都把堂堂正正做人、清清白白做事标举到一个令人仰望的高度上。正是依凭了这样的人生态度，他们才能勇敢地面对降临的艰难困顿，苦中作乐，从泪水中绽放出笑容。母亲对二儿子宝武的"当官就要为百姓做事"等教诲，又把尊严的内涵进一步延伸，从个体在困难中的自立自强，扩展到一个人基于正直廉洁的道德操守而对于群体和社会的奉献。

围绕这一中心理念，这部电视剧讲述了一连串跌宕起伏、引人入胜的故事。宝文与农村姑娘小芹的情感纠葛，贾家几兄弟同时结婚生发出的烦恼，贾裁缝六十寿宴的风波，宝文卖锅炉受骗全家凑钱还账等，构成了几组最主要的戏剧冲突，每一组冲突中，又剥茧抽丝般地展开和铺陈了一系列的龃龉和纠纷。故事进展节奏紧凑，环环相扣，高潮迭起，让人不由得不一口气看下去。尤其值得称道的是，整部作品始终保持了一种内在的张力，结构总体上较为均衡，较好地避免了长篇电视剧后半部容易变得懈怠、松散、寡淡的弊病。

在表现这一切时，电视剧还原了生活的真实状态，带给观众的是一种可以扪摸的质感。电视剧里的场景仿佛就在自己的身边，那些生活中的难题也是电视机前的每个人都可能遇到的，所有冲突的缘起和发展，也都扣紧了百姓生存的具体情境。驱动故事进展的线索和可以称为"伏笔"的成分，也都交代得明白晓畅，没有那种需要运用智力才能破解的悬念。这些其实正是契合了作为大众艺术的电视剧的最重要的美学属性——通过不惮其细地展现真实、饱满而生动的细节，展示生活的原生态。而因为裹挟了柴米油盐的气味，传递出血肉生命的体温，它所要表达的道德训诫，也正是生活中一些最为基本的、最为重要的价值，显得朴实真切，毫无隔膜，富于说服力。在《人活一张脸》中，除了围绕"尊严"展开充分的表达和描绘，更是浓墨重彩地刻画了亲情和爱情的珍贵和动人。许多画面具有震撼心灵的强烈感染力，催人泪下。像农村姑娘小琴为了宝文的前途甘愿牺牲自己，在山路旁哭别宝文时的悲恸；像临近结尾时宝文雪夜喝醉了酒跪在爱党面前痛哭流涕，表白心中深深的歉疚，都非常感动人。

这种真实品格，同样体现在人物形象上。《人活一张脸》成功地塑造了一连串栩栩如生的人物形象，没有过分拔高，也没有刻意丑化，每个人的言行都受到其性格的驱动。宝文正直隐忍，为了大家庭处处委屈自己，但其过于倔强的性格为其命运涂抹了一缕悲剧底色；宝武外表儒雅文弱，内心坚韧执着，不过在妻子一家人的强势面前又时常流露出几分无奈；宝君一副社会混混的做派，到处惹是生非，但在对待亲情爱情上又不失真诚和坚持；大儿媳赵爱党温柔厚道，待人实诚，也因此时常遭人轻看；二儿媳栾书杰干部家庭出身，言行中有一种咄咄逼人的优越感，以致有时让人难以忍受，但本性善良乐于助人；三儿媳白芸层次低，是个唯金钱为重的物质女人，但毕竟一直保持了对宝君的忠实。最令人憎厌的女人张静，鲜廉寡耻，为了达到目的不择手段，出卖色相，陷害别人，但她之所以如此，也是与其身世经历中的种种不堪有关。概而言之，人物的真，细节的真，情感的真，共同营造了这部剧作真实生动的效果,拉近了和观众的距离。

考虑到对同类电视剧可能会产生某种启发,这部剧作中有一点似有进一步探究的必要,那就是戏谑幽默的成分在一部电视剧中的"配置"的方式和比重。毋庸置疑,这部连续剧吸引人的一个重要方面,是那些夸张和搞笑的成分,它们自始至终贯穿在一些具体的场景和对话中,突出表现在贾裁缝潘凤霞、赵剃头唐快嘴两对夫妻间的对话以及三儿子贾宝君的一些言行中。这些人物身上被赋予了较多的喜剧色彩,这部剧作娱乐观众的功能,不妨说主要是由他们来实现的。这里,编导的分寸感把握得较为恰当,调侃乃至搞笑的片段并未影响到情感的真挚抒发,和对人生真谛的思索。它们的设置是服从和服务于全剧所表达的理念、所发抒的情感的,因此是有所节制和收敛的,避免了可能出现的泛滥和油滑。因此,全剧给人的整体印象仍是一种正剧的风格。

当然,用更高标准来衡量的话,这部电视剧也有一些经不起仔细推敲的局部,主要体现为某些情节表现失当,显得过度和夸张,以及个别人物性格转变过于突兀等。如贾裁缝六十寿宴因为赵爱党对栾书杰所说的一句不得体的话而风波骤起,就不够真实自然,固然爱党脾性憨厚说话时常有欠思量,但那种情境下说出那句话还是显得过于离谱。又如晓臣从单纯温顺的乖乖女变得冲动任性,让父母操心,固然与其初恋情感遭到欺骗有关,但她对深爱着自己的丈夫建刚的冷漠、挑剔和责难,以及一意孤行要打掉孩子的举动,未免过于自私和冷酷了,与其本性的善良

纯真差别太大,让人不悦。尽管瑕不掩瑜,但这一类地方却不能

不说是一些遗憾。

（原载《文艺报》2010 年 1 月 1 日）

信仰支撑了刀刃上的行走

——电视剧《锋刃》观后

惊险、悬疑、紧张、被误解、意外频发、反复经受猜疑考验、生死都在须臾之间……因为展现了一种与寻常人生殊为不同的生存的极端状态，也因为对于情节进展和人物命运的解谜时刻在调动和挑战观众的智力，谍战题材影视剧很自然地具有了一种独特吸引力。同时，这种生活对于隐蔽战线人员的意志、情感、智力等有着十分严苛的要求，要求他们机敏、无畏、缜密、冷静、隐忍，随时坦然应对变幻莫测的命运。从这个意义上讲，与其他题材的影视作品相比，在曲折跌宕、扑朔迷离的故事冲突之外，一部优秀的谍战剧，应该能够更为有效地回应观众对于发掘表现丰富复杂的人性的期待。

正在热播的电视剧《锋刃》，十分鲜明地体现了制作方朝向这个目标的掘进，是提升了谍战类型剧审美水平的一部创新之作。

衡量叙事类作品艺术品格的一个重要尺度，是看它是否充分体现了人物性格对于故事进展的强有力的驱动。与此前许多谍战剧相比，这部电视剧中人物角色更为复杂也更具深度。身为地下党员的方君年牺牲后，妻子莫燕萍因生活所迫，从教会学校的老师沦为喜乐门的舞女，不甘做亡国奴的她被发展成为我党的情报工作者，在沈西林的巧妙安排下，凭借其特殊身份获得和传递了很多重要情报；老谭表面上是法租界巡捕房的班头，但真实身份是国民党中统天津站的负责人，为了执行任务不惜毁容毁声，潜藏多年。他的冷漠镇定、不动声色，仿佛其僵硬的表情一样，有一种镂刻般的质感。日本情报机关头目武田弘一，也是一个摆脱了脸谱化的、形象鲜明生动的敌方人物，他疑心重重，诡计多端，心狠手辣，但又熟悉中国文化，表面上常常表现得和蔼儒雅，具有更强的欺骗性。

最为复杂的人物当属第一号角色沈西林，他集洋行老板、汪伪政府派驻天津特务机构主任和与组织失去联系的共产党员于一身，其身份的多重性堪称创下了谍战剧纪录。这种特殊的身份，要求他在不同场合的言行举止，都必须要和自己当时的身份严丝合缝，不能有微小的疏漏闪失。他外表风度翩翩，善于逢场作戏，内心冷静缜密，行事坚毅果断。面对同志的牺牲，他尽管悲恸欲绝，但外表没有丝毫的情感流露。这个角色，将地下工作者所置身的环境的险恶和他们的大智大勇演绎得淋漓尽致。

角色自身的复杂性之外，电视剧对于人物之间的关系的设置，与同类作品相比也有较为明显的拓展和递进，既很见新意又颇显功力，并因此而进一步增强了剧作的艺术张力。首先当然是体现在沈西林和莫燕萍之间。莫燕萍曾认为沈西林是"卖国贼"而憎恶他并计划伺机杀掉他，但为了获取情报而不得不周旋在其周围,在相处中对沈西林的身份产生怀疑,并不无惊诧地发现自己对他产生了感情。而与此同时,沈西林既要隐藏自己的真实身份,又要掩饰对于莫燕萍的感情。这种微妙和纠结的心理状态,被表达得恰切到位。沈西林与死心塌地投敌的下属、特务机构行动处处长张金辉的较量贯穿始终,或明争或暗斗,比勇气比谋略,沈西林都是游刃有余、棋高一筹。老谭和死去的老同事韩培钧的儿子韩子生之间,子生和兰英之间,有长辈晚辈间的情谊,青年异性之间的情愫,身处不同阵营,他们的携手基于真挚的情感,更基于同仇敌忾的民族大义,但不同信仰之间的对立的强度,也使得这种合作充满了变数甚至危险。电视剧将人性和信仰之间的交融、纠葛和撕扯表达得惊心动魄,凸显了深刻诡谲的命运感。

应该从这样的意义上理解电视剧片名"锋刃"的蕴涵:这样的生活,仿佛行走在锋利的刀刃之上,艰难、惊险、危机四伏、千钧一发,需要坚强的意志、非凡的勇气和高超的智谋才能应对。唯有信仰的力量能够支撑这一切。这种力量让人大义凛然,视死如归。为了保护同志,方君年毅然跳楼自尽;黄少峰在身份暴露之时,决绝地牺牲自己,以便让沈西林能够继续潜伏下去;为了保守住秘密,重伤的沈西林在胜利的曙光降临前夕,在病床上艰难地挑断了自己的动脉。信仰的力量,让他们的生命强大饱满,可歌可泣。

电视剧《锋刃》不但展现了坚定的信仰赋予地下工作者们的生命的光彩,更通过韩子生这个人物,描绘了英雄的成长过

程,揭示了这种精神禀赋的获得。身为地下党员的子生父亲
韩培均被敌人杀害,子生怀着对敌人的满腔义愤和为父亲复
仇的强烈意念,加入了地下党,成为一名出色的情报传递员。
但他善良忧郁的天性,让他本能地拒斥暴力和血腥,见血就
晕,下不了手,这显然对开展工作极为不利。电视剧通过若干
强烈震撼性的场面,让观众看到了他的精神蜕变的过程:凶残
的武田击毙了几名维修老西开教堂的工人,人群中的子生咬
牙攥拳,浑身发抖,过后他清洗地上的血渍,精神几欲崩溃;武
田杀害了孙文博等多位孙家人,躲在隔壁绸缎庄楼上的子生
目睹了这一暴行,灵魂再次受到巨大撞击。仇恨激发勇气,他
终于战胜了自己。围绕这个人物而展开的叙事维度,既充分
展现了自然人性的真实性,又丰富和深化了信仰——牺牲这
一命题的蕴涵。

　　《锋刃》中多条叙事线索交织并行,相互呼应,情节的发展
和转折都很迅速,自始至终较好地保持了节奏的紧张,令观众凝
神屏气欲罢不能。如公开身份为南京汪伪政府特派员的地下党
联络员黄少峰,终于同与组织失去联系很久的沈西林接上头,两
人尚沉浸在战友相逢的喜悦中,未料事态急转而下——狡诈多
疑的武田令其手下加藤调查中国留日学生的卷宗,获悉了黄的
真实身份,立即布置沈西林前去抓捕,借机考验沈西林。两人在
被扣为人质的日本商人面前,上演了一场双簧戏,黄少峰为了保
护沈西林,牵引着对方的手使枪口对准自己胸口,扣动扳机。情
节递进环环相扣,既出乎意料又合乎情理。当然,这部电视剧也

还有不少可以提升艺术品格的空间。如从历史真实性、准确性方面衡量,对一些情节设置和细节安排应给予更加严格的要求,作出更为经心的打磨。

(原载《人民日报》2015 年 2 月 17 日)

湖光山色间的困惑和希望
——评电视剧《湖光山色》

电视剧《湖光山色》是根据著名作家周大新的同名长篇小说改编的,这部小说曾荣获第七届茅盾文学奖。它以当前农村走向现代化的复杂进程为背景,以中原大地上楚王村中詹家和旷家的恩怨纠结作为一条中心线索,在一种清晰、集中、紧凑的叙事结构和节奏中,通过一连串跌宕起伏的故事冲突,一系列细腻生动的细节描绘,展开了一幅生动的农村生活画卷。

这部电视剧体现出了可贵的现实主义艺术品格。它直面农村走向现代化的进程中所产生的嬗变和矛盾冲突,以及这种种变化冲突对人们的心灵世界所造成的巨大撞击。市场经济的到来,使得延续了千百年的传统生活秩序、人际关系和道德伦理,受到强烈的冲击,给人们带来喜与忧、失望与希望、痛苦与欢乐相互交织的复杂体验。经济发展了,钱挣多了,但潜藏在人心中的欲望被撩拨起来了,度假村建起来了,游人潮涌,但一些社会丑恶现象也随之出现了。可以说,这些严酷的现实,在这部电视剧中获得了较为充分的表达。

电视剧对主要人物形象塑造很着力,有不少生动传神之处,人性的复杂性也获得充分的展示。这既得力于原著小说中人物描写的功力,也与电视剧编剧对原著准确的把握和创造性的改动有关。女主角楚暖暖,既有胆识,又有远见,兼具传统女性的善良美德,和现代女子的自尊自强、奋发进取的意识。在这个显然是理想化的角色身上,寄托了作者的审美期待。而从其丈夫旷开田身上,则可以看到原本纯朴诚实的农民在权力以及金钱的双重诱惑下,所发生的人性和道德的畸变,对其心理变化的过程描绘得十分真切可信。

与小说原作相比,电视剧在力图客观地展示善与恶并存、美与丑交织的生活现状的同时,更多地展示了善和美的力量,对光明、温暖、希望的一面描绘得更为充分,相应地减少了令人感到残酷、灰暗、压抑的成分。詹石磴在原作中是仗势欺人、劣迹斑斑的一个人物,电视剧中改动比较大,虽然有不少让人讨厌甚至憎恶之处,好面子,心胸狭隘,算计报复人,但关键时刻不乏良心觉醒人性复苏;旷开田的变坏,相比小说来说在电视剧中也是有限度的,后面几集中表现了他的反省和悔恨,主动去投案自首,结局更是让楚暖暖和他复婚。也许编导不忍看到这片明丽的山水被丑恶玷污,不愿让观众过于感到沉重吧,才做了这样的改动。总之,小说原著中较为浓重的悲剧性意味,在电视剧中被淡化处置了。对这种改动,可能会见仁见智,但作为一种面向大众的艺术形式,电视剧作出这样的处理也有其道理,从接受美学的角度讲,观众更喜爱这样的结局。从积极的层面讲,这种处理也可以说是体现了一种美学观、价值观的引领。相应地,美德在这部电视剧中还是主色调。楚暖暖无疑是最能够体现这种亮色的人物，集善良、怜悯等传统美德与自尊、自强、进取等现代意识于一身。此外，像老支书、青葱嫂、九鼎等人物身上，也都体现了人性之美、道德之美。

电视剧触及了对传统文化的精神底蕴的思索，并给予了比较准确并且不乏生动的展示。这是农村题材电视剧中较为少见，且做得较为成功的。涉及这个方面的内容，可以从三个层面上加以理解。第一个层面是外在的，如利用当地的楚文化资源开发旅游，楚王戏表演等，这方面的内容最为直观形象，也最为热闹，但却是表层的，是某种符号性的东西。第二个层面的呈现，是经由剧中不同人物的言行中透露出来的、源自传统文化的人生观价值观等，如村主任詹石磴处处在意、也时时挂在口头上的"有面子""没面子"等，涉及了某种对于地位、尊严的理解，虽然这种理解是个人的、某种程度上可以说是扭曲变形的。而从剧中一些角色说出的"退一步天高地阔""得饶人处且饶人"等话语，折射出的则是传统中的和为贵、宽恕容忍的思想。最为深刻的是第三个层面，即有力地揭示了传统文化精神资源中的负面因素对人的灵魂的浸润和渗透。旷开田开始时处处受到詹石磴出于私心的压制和报复，他对这种不公的权力充满了仇恨，但等他当上了赏心苑度假村的负责人，不知不觉中也变得颐指气使，喜欢摆架子，因青葱嫂未称他官衔而发脾气，和詹石磴没有什么不同。在他身上，权力对人的腐蚀作用体现得很充分。这固然和其个人的素质有关，但也与来自乡村中国延续了几千年的深层结构有关联，这就让人意识到某种看不见但却是客观存在的巨大的力量,它是一种毒素,是需要摒弃的负面成分,对人有着潜移默化的影响,这使得人的精神世界的蜕变变得十分艰难,从而预示着农村的现代化也会是一个漫长而艰难的过程。这使得这部电视剧体现出了一种文化关怀的浓厚意味,增加了其内容的深度和厚重感。

这部电视剧属于较为传统和纯正的现实主义美学风格,但植入了适度的喜剧成分和幽默色彩。说适度,是因为与此有关的艺术手段是服务于全剧的主题表达和情节推进,而非干扰它们。这样的处理既增强了电视剧的观赏性,又不曾损害整体的严肃和庄重,不像某些农村电视剧那样一味追求噱头,流于插科打诨,小品化色彩明显。因此,这部电视剧给人的感觉就像它的剧名一样,质朴清新,仿佛掠过湖面的一阵清风。

(原载《人民日报》2011 年 3 月 29 日)

《圣天门口》：电视剧中的异数

对于众多电视剧观众来说，《圣天门口》带来的堪称一次充满挑战的观看体验。这部根据刘醒龙同名长篇小说改编的作品，描写了鄂东一个叫天门口的小镇上，雪家和杭家两个家族的恩怨情仇，从二十世纪初年一直到六十年代末期，通过刻画众多小人物的跌宕起伏的命运，艺术地再现了共产主义运动在中国乡土社会的传播和发展，塑造了一群在时代洪流中追寻个体生命意义的平凡英雄形象，也展现了将近七十年的历史风云变迁。像这样时间跨度巨大的电视剧，并不是很多，但这部电视剧的独特之处，首先还不是因为这点，而在于它所体现出的鲜明强烈的艺术追求，给电视剧增添了很多新的东西，也给观众提供了一种颇为新奇的陌生化审美体验。不夸张地说，它称得上是当前电视剧创作中的一个异数。

相信对于许多观众来说，这部电视剧给予他的最初的深刻印象，是它的别具一格的、个性化的艺术表现手段。这是从观看第一集时就能够鲜明地感受到的。电视剧特别注重气氛渲染，画面精致，意蕴丰厚。单单是一个教堂的镜头，就有远景、仰视、慢慢拉近等各种拍摄方式。画面运用了很多电影蒙太奇手法，甚至是先锋派电影的镜头语言。报纸在空中慢慢飘飞的长镜头;麦香在收到审讯时幻想用铅笔刺穿自己手掌;买回来准备用于暴动的红布在祠堂里展开,覆盖了那么多的人……这些画面都有很强的表现力。色彩的运用十分讲究,除了红旗等少量物象之外,整体影像呈现都是一种暗色调,造成了强烈对比。剧中一些人物的大段的诗意而富有哲理的独白,让人想到舞台上的话剧。象征和寓言的手法也有较充分的运用,像雪柠嘴里反复提到的二十四朵白云,究竟是什么意思,始终没有明确交代。一些镜头主观性很强,是虚和实、现实和想象的结合,如上一个镜头是杭九枫被父亲关在家里不准外出,下一个镜头却是他走在寻找革命者傅朗西的路上,他在金寨看到了共产党人组织的游行,镜头马上又切换到几个即将押赴刑场的共产党人与杭九枫手拉手一起唱国际歌,而这最后一个画面显然是属于杭九枫的想象。

这些探索和创新,肯定会给看惯了电视剧的观众带来一些困惑和不适应。电视剧作为一门大众艺术,尽管在情节设置、矛盾冲突方面可以波诡云谲,一波三折,但在艺术呈现的手法上,却始终追求让观众没有观看障碍。这正是当前绝大部分电视剧秉持的原则。但《圣天门口》十分明显地挑战了这一点,是要动脑子去看的一部作品。

这部电视剧的艺术探索之处,或者说审美陌生化的表现,还不仅仅体现在镜头修辞上,而是涉及不少方面。

首先,它塑造了一系列给人深刻印象的人物。杭九枫、阿彩、雪大爹、杭大爹、马鹞子、张霁青、马镇长、段三国、常守义等,众多人物构成了一个生动的人物画廊。撇开浓墨重彩描绘的主要人物杭九枫等人不说,一些相对次要的人物刻画也颇具功力。按惯常的说法,我们会说这些人物形象栩栩如生等,但在这些之外,对此剧还可以增加一个观察角度、一种评判维度,这样更有助于加深对作品的理解。在我看来,一些人物在体现了自己的个性之外,还因为与历史文化的熏陶濡染相关联,而具有一种代表性。对这些人物的刻画,也因而具有了一种文化观照的意味。如雪大爹显然是代表了正统儒家文化精神的乡绅,而最初靠抢劫起家的杭大爹,成了守护镇子平安的头面人物,虽然和雪家世代有隙,但当外敌来犯时,却倾力相助宿敌雪家,这里面的江湖规矩、桑梓之情等,也都是传统文化谱系中的因素。在革命之前,雪家和杭家这一文一武两个家族对天门口镇的共同治理,也隐喻了长期以来乡土中国的某种秩序。段三国体现的是小人物生存的艰辛,他把两个女儿分别嫁给代表两种政治势力的杭九枫和马鹞子,隐喻了普通民众朴素的、实用主义色彩浓厚的生活观念。这些人物身上,都折射出了当时的社会政治文化生态,达到了一定的深度。

其次,它要表达的主题,它试图告诉人们的东西,也都与一些同类题材的作品有很多的不同。譬如对革命的动机、目的和意义的思考,以往许多作品的价值判断清晰明确,穷人忍受不了饥寒交迫、受剥削被奴役的生活,遇到革命的引路人,于是一呼百应,义无反顾投身革命,在斗争中克服自身存在的缺陷,成为坚定的革命者,为了理想不惜献身牺牲。某个变节者往往是动机不纯，或者受到敌人的金钱女色的诱惑。总之，好人和坏人，正确和错误，一目了然。近年来的一些影视剧，在表现人性和历史进程的复杂性上有不少拓展，但走得最远的当属这部。它在揭示了贫苦农民参加革命的正义性和必然性、指出这是历史发展的大趋势的同时，也对具体的参与者各自的动机，对革命中的一些失误、错误甚至是残酷，给予了大胆的展现。如常守义是底层的贫苦百姓，有强烈的改变自身命运的意愿，因而第一个被发展进入革命队伍，投身激烈的斗争中。但随着剧情进展我们看到，他其实更多是想通过革命来满足自己阴暗的私欲，马镇长、王巡视员等人都是死于他的暗算。从这个人物身上，就会让人认识到革命运动中鱼龙混杂的情形，是对历史真相的一定程度的还原。这样，对这样一场改变了现代中国历史进程的巨大而复杂的社会运动，这部作品摆脱了模式化的处理，给出了自己的观照和思索。这些都体现出了创作者的主体性和艺术追求的勇气。

从整体上看，这是在一个贯穿数十年之久的、以革命为主要脉络的背景下，在家族叙事的框架内，对人性的一次深入的勘测。历史、家族、革命，这些要素并不陌生，它们通常都是容易受到观众欢迎的题材，电视剧凭借其长度所提供的巨大空间，也更有能力表现这一切。但相比之下，这部作品将对人的悲欢、聚散、沉浮等经历遭际的描绘，将不同政治势力的分分合合，将历史的进程、文化传统的影响，结合在一起加以表现，就使得作品的意蕴显得更为复杂、多元、丰厚。它带给观众的思考，涉及历史进程的波诡云谲、善恶美丑的相互交织、个人命运和社会变革的关系等方面,有着丰富的阐述空间,难以简单地用一句话来加以概括。它只是将丰富复杂的生活给予艺术化的展现,而让观众去思考。

概括我观看这部电视剧的感受,这是一部充分彰显了探索意识和创新追求的作品,对于丰富电视剧的审美品质是一次有益的尝试,值得给予关注和研究。如果说很多作品更多地考虑收视率等市场因素,为此而设法努力迎合观众的欣赏喜好的话,这部作品表现出的姿态则显然是相反的。种瓜得瓜,种豆得豆,它的收视率的欠佳,也是一种十分自然的结果。由此不难引申出这样的思考:在个性化的表现风格与大众化的艺术形式之间,怎样的火候才是最为恰当的,怎样的契合才是最为合适的? 编导当然有理由彰显自己的艺术追求,但为已经习惯了通俗性表达手法的观众考虑,创新的步幅是不是可以迈得更小、更平稳一些? 这些话题所涉及的,就不仅仅是这一部作品的问题了。

长征精神的创新表达
——电视剧《十送红军》观后

长征，是人类历史上的一个伟大事件，是一座永不磨灭的丰碑，其所蕴含的人类对精神信仰和神圣价值的坚韧追求，吸引了一代代的艺术家，已经有很多成功的文艺作品问世。艺术贵在创新，对今天的艺术家们来说，如何才能对这样一个并不新鲜的题材进行富有新意的再创造，显然是对其思想水平和审美功力的考验和挑战。

新近播放的电视剧《十送红军》，对此作出了有益的尝试。制作者以求新求变作为艺术追求的出发点，将可歌可泣的长征历史给予了别开生面的呈现，是一部体现了鲜明独特的艺术风貌的作品。这部电视剧给观众带来了一种陌生化的审美体验，并使他们借此进一步加深了对于长征历史的认识，对长征精神的理解。

《十送红军》叙事立足点的出新，成为这部电视剧最鲜明的特色。那就是通过描写普通人的经历和命运，来反映长征这样一个波澜壮阔的伟大历史事件。制作者有意避开了同类题材作品中多聚焦于领袖人物、政治斗争、重大战役的手法，将普通红军战士作为真正意义上的主角，加以浓墨重彩的刻画，展现他们的忠诚、坚韧、勇敢、顽强、牺牲,谱写了一曲革命英雄主义和理想信仰之歌。将个体具体经历与宏观历史视野相结合,将微观的人性表达和一代人的理想信仰相映照,使得这部描绘长征途中小人物的作品,获得了某种史诗的品格。

给内容以恰当的形式,是一切艺术表达都须遵循的重要圭臬。与将普通红军士兵作为主角相呼应的,是该剧突破了习见的故事形态,用十个单元来结构起了整部剧作。每个单元都有一组人物,讲述了一个有头有尾的完整的故事。每两个相邻的单元之间,又通过一个承前启后的人物,实现了故事的连接和转折。从这些既相互联系又各自独立的故事中,可以了解到告别瑞金、湘江血战、遵义会议、四渡赤水、飞夺泸定、翻雪山过草地、吴起会师等重大历史事件。所有这些故事连起来,由小见大地折射出了长征的整个历史。在尊重历史真实性的前提下,出色地抵达了艺术的真实性。

通过十个单元,十个故事,《十送红军》塑造了十组红军战士的英雄群像。他们年龄、性别、所属兵种不同,有敢死队员、神枪手、政工干部、炊事班老兵、战斗模范、文艺女兵、卫生员等,同时每一个人也有着鲜明的性格,彰显出个体生命的生动质感。红军队伍告别瑞金开始长征之初,红军老爹钟石发奉军团首长命令去前线阵地,要从他的四个参加了红军敢死队的儿子中,带回一个到相对安全的中央纵队中,以便为革命家庭保留下一条血脉。四个儿子性格各异,或柔顺或文弱或勇猛或叛逆,但每个人都不肯接受这个生还的机会,抱着赴死之念坚守阵地,相信只有鲜血的浇灌才能使革命胜利之花绽放。同一天内,老大老三老四三个儿子,年轻的生命都在钟石发的眼前陨落。最后,无比悲恸的父亲钟石发也和身为机要员的二儿子一起,为掩护大部队转移,不惜暴露自己藏身位置,发电报引导敌军向相反方向行进,在与敌人的搏斗中壮烈牺牲。一家人怀着革命必胜的信念英勇捐躯,催人泪下;掉队的红军女文艺兵戴澜,男扮女装混进敌军中,只是因为得知这支部队是奉命去追击红军的,她想借此机会找到部队。为了不被敌人发现,她不惜毁坏如花的容貌和动听的嗓音。开始时看到流血和尸体都害怕的柔弱少女,历经磨难变得勇敢无比,亲手杀死凶残的敌人。她最终找到自己的队伍,重新换上了红军军装,并立刻投入了一场必定要献出生命的战斗。她失去了外貌的美丽,而蕴藏在其柔弱的躯体中的精神力量和信仰之美,却在残酷的遭遇中得到强化和升华。这种强烈的对比,产生的是震撼人心的效果。

《十送红军》就是这样以十组红军战士在长征途中成长、抗争与牺牲的故事,诠释了什么是信仰、承诺和献身,什么样的生命才富有尊严,讴歌了革命英雄主义情怀。这些发生在普通红军战士和老百姓身上的故事,可以说最为深刻地揭示了长征历经千难万险而最终取得伟大胜利的原因,那就是它体现了广大人民群众人心的指向。

《十送红军》从一个新的视角、以一种新的形式,对一个人们早已熟悉的主题进行富有新意的发掘,为主旋律题材拓宽了艺术表达的空间。剧中戏剧冲突的极致化,人物命运的极致化,对于人物之间关系的深入描写,生动的台词,逼真的影像效果,使得作品极富艺术感染力,达到了思想性和艺术性的和谐统一。观看这部作品,让我们通过感受艺术之美,重温了一段波澜壮阔的历史,同时也加深了对于崇高理想信念的重要性和其所具有的无坚不摧的力量的认识。在全党加强理想信念教育的今天,《十送红军》的播映,无疑具有强烈的现实意义。

（原载《人民日报》2014 年 7 月 8 日）

元帅本色是仁人
——《聂荣臻》观后

　　二十四集重大革命历史题材电视剧《聂荣臻》，艺术地再现了共和国开国功勋、国防科技战线的卓越领导人聂荣臻元帅波澜壮阔、功绩彪炳的一生，充分展现了其崇高卓越的品德风范，观后令人内心深处生发出深深的敬仰之情。

　　聂荣臻元帅长达九十多年的人生历程，是为祖国而奋斗奉献的一生。与二十世纪初开始活跃在时代舞台上的一大批革命先驱一样，他毕生的思想和行动，他的整个生命，都与中国人民摆脱压迫和侵略、争取民族解放的奋斗历程，与新中国的建设事业息息相关。电视剧将主人公个体生命历程与祖国命运的紧密关联，作为一条叙事主线，在银屏上展现出来：开篇第一集，尚在读高中的聂荣臻愤慨于巴黎和会对中国主权的践踏，在爱国激情的驱使下，烧了卖洋货的店铺，被迫逃离四川江津故乡，远赴法国勤工俭学。在留学岁月中，他接触了马克思主义，从一个"实业救国论"者，转变为一名为以天下为己任的共产主义者，从此踏上了一条为使中华民族摆脱奴役和屈辱、获得解放和幸福而毕生奋斗的献身之路……电视剧将他在地下斗争、土地革命、抗日战争、解放战争、新中国建设等各个历史时期的亲身经历和最具影响力的历史事件,将其为民族的解放、祖国的崛起而呕心沥血、奋斗奉献的一生,给予了鲜活生动的艺术再现。在这个贯穿全剧的内在灵魂的引领下,电视剧按照时间的流程展开了叙事,但在历史资料的选择和裁剪上,又跳出了流水账式的平铺直叙,而是有主次详略之分,重点突出,节奏流畅。同时,作为一部艺术作品,该剧在尊重史实的基础上,也进行了适当的艺术想象,像杨阿灿、赵铁头等人物的成功塑造,极大地增强了该剧的艺术表现力和感染力。

作为一部人物传记类文艺作品,当然要充分展现传主的生平事迹,但并不仅仅限于这点,而是首先要看是否写活了人。成功的传记作品,都是在绘声绘色地描画人物中展现其生平事迹,人和事互为映照,相得益彰。以这样的标准衡量,可以说这部电视剧在塑造聂荣臻的人物形象方面是十分成功的。毛泽东当年这样评价聂荣臻:"聂荣臻是个厚道人。"聂帅数十年的革命生涯中,形成了一以贯之的人格特征:信仰坚定,耿直坦荡,光明磊落,淡泊名利,谦虚谨慎,行事严格按照党的原则,绝不搞人情交易,绝不看风使舵,对待同志诚恳忠厚,等等。这些闪光的品格,在电视剧中都是通过生动的故事情节而获得艺术表现的。如对于他的浓郁的人情味,剧中描绘得非常充分。在战火纷飞的抗日战争年代,和白求恩大夫结下的深厚情谊,令人感动和感慨;救助日本人的遗孤美惠子姐妹,给予细心的照料,在送回两姐妹时,还给接收她们的日本官兵写了一封信,历数日军暴行,说明侵华战争是日本军阀发动的,战争使中日两国人民都深受其害。

这个情节，令人为将军的大仁大爱、对生命的尊重和呵护深为动容，也将聂荣臻既是军事家也是政治家的博大胸怀，表达得深刻而充分；新中国成立后长期主持国防科技工作领导研制"两弹一星"，在当时"左倾"思潮肆虐的局势下，对受到冲击的科技人员给予大力保护，关怀备至，努力发挥他们的才干。生活上的关心照料更是无微不至，发现科研人员在没有暖气的房间内搞科研，手都生了冻疮，一向为人温和的聂帅立即疾言厉色地责令后勤保障人员限期加以解决。透过这一切言谈举止，观众看到的是一个充满人情味的可亲可敬的共和国元帅的感人形象。

电视剧在塑造聂帅的形象时，特别注重通过一系列富于表现力的感人细节加以渲染，获得了生动饱满的艺术效果。如白求恩大夫的羽绒被，剧中前后出现过多次：白求恩逝世前，将其赠送给了聂荣臻作为纪念；多年后，当女儿丽丽参加工作时，聂帅将羽绒被转交给她作御寒之用；在生命的暮年，当军事博物馆征集革命文物时，他又让女儿把羽绒被捐赠出来。小小的一条羽绒被，却承载了战友情谊、父女深情，承载了血与火交织的岁月的记忆，堪称意味深长丰厚。

这部电视剧将恢弘的历史叙事和细腻的情感刻画结合为一体，在尊重历史、还原历史的同时，借助生动的艺术表达，将一代伟人的形象血肉丰满、活灵活现地展现在观众眼前，其丰功伟绩、高风亮节让人景仰和缅怀。

（原载《人民日报》2014 年 1 月 24 日）

再现辛亥革命的伟大卓绝

——《辛亥革命》观后

在举国上下纪念辛亥革命一百周年之际，电视剧《辛亥革命》的播出，无疑是影视界献上的一份厚礼。电视剧以孙中山、黄兴为首的革命家的活动为主线，艺术地再现了二十世纪初中国发生的历史性巨变——一举推翻腐朽的清朝政府、结束统治中国两千多年的君主专制制度、建立起民主共和政体的伟大的辛亥革命。

观看这部电视剧，仿佛在欣赏一幅巨幅的油画长卷。作为第一部完整地、全景式地再现辛亥革命的电视剧，它对那一场艰难曲折、伟大卓绝的革命的整个历史过程的主要脉络，都有着堪称详尽的展现和描绘。该剧围绕中国同盟会成立、武昌起义、建立中华民国以及革命成果被袁世凯窃取后进行二次革命、护国战争到取消帝制等一系列重大历史事件展开，时间跨度上长达十多年，再现了那个风云激荡的大时代。电视剧气势恢弘，大气磅礴，具有一种非凡的气势，一种史诗的品格。从这个意义上说，它也可谓一部荧屏版的生动的历史教科书。

这部电视剧，既是辛亥革命波澜壮阔的历程的真实再现，更是一曲对理想、信念、献身和牺牲的激情讴歌。二十世纪初年，灾难深重的中华民族面临最为黑暗的岁月。清政府腐朽透顶，对外丧权辱国，对内疯狂镇压，内忧外患相交织，亡国灭种的阴影笼罩着华夏大地。以孙中山为首的革命先辈们，认识到只有用革命的手段才能推翻清王朝的统治，挽救民族于危难之中。为了实现这一崇高目标，他们不懈追求，百折不挠，不达目的决不罢休。为此甘愿抛头颅洒热血，虽九死而犹未悔。正是由于秉持了这样的献身精神，他们才能屡败屡战，不惧牺牲，前赴后继，最终实现了革命胜利的神圣使命。陈天华为唤醒麻木的同胞，不惜蹈海自尽，以生命为代价呼吁他们团结奋进，不可作奴隶苟且偷生。徐锡麟、秋瑾在起义失败后，慷慨捐躯，用自己的鲜血祭奠民主共和的神圣理想。黄花岗七十二死难烈士，在临刑前面对两广总督张鸣岐只要悔过就可获得自由的引诱，丝毫不为所动，大义凛然从容赴死。像这样的为信仰而牺牲生命的情节，在这部电视剧中可以说比比皆是，这种可歌可泣的精神和情怀，也自始至终在荧屏画面上激荡、洋溢，给观众的心灵带来了强烈的叩击和深深的感动。

电视剧《辛亥革命》对那一段长达十多年的跌宕起伏的历史岁月的生动再现，一方面缘于对历史脉络的清晰梳理和展现，另一方面要归功于细节描摹的丰富和生动。如果说电影、戏剧等艺术形式由于时间上的限制，在描绘重大历史事件时需要更多的取舍剪裁的考虑，那么电视剧的长度则为展现丰富繁杂的历史史实提供了一个远为开阔的空间。这部电视剧四十多集的容量，使得它能够对催生了辛亥革命这一重大事件的历史进程进行较为全面、细致的展现。我们既看到了每一个大事件的发生，还看到了大事件的酝酿、发展的过程。因此，这部电视剧的叙事风格在体现出大气磅礴的同时，也有一种细腻绵密的品质，产生了生动的现场感。尤其值得肯定的，是电视剧制作者坚持了历史唯物主义的立场和观点，从尊重历史的真实性出发，实现了对于历史的还原。如围绕革命旗帜的设计方案，孙中山和黄兴两位革命领袖产生了激烈争论；孙中山被迫离开日本后，同盟会变得矛盾丛生一盘散沙；章太炎为了筹措去印度研究佛教的费用，向两江总督端方写信谋款，引起了革命党人的不满；等等。电视剧中对这些都有着如实的描绘。

历史是由具体的人来推动、书写和缔造的，对于历史进程的展现离不开对于人物的描绘。电视剧作为一种艺术形式刻画历史中的人物时，就要依据艺术的内在规律，借助于艺术的表现手段。而人物形象的成功塑造，无疑是其中至为关键的一点。《辛亥革命》的出场人物多达两百多位，其中不少人物形象鲜活生动，可以说塑造了成功的人物群像，引领电视观众走进了一个长长的人物画廊，充分地领略了不同人物在大时代风云际会中的音容笑貌、命运沉浮。

作为一部以"革命"为主题词的电视剧，无疑首先当推革命者群像的成功塑造。作为第一角色的孙中山，其高瞻远瞩的雄才大略、坚定的革命信仰、愈挫愈勇不达目的誓不罢休的强悍意志、人格魅力，有着浓墨重彩的刻画，可谓呼之欲出。对黄兴的刚毅稳健、甘当配角、顾全大局的实干家的个性特征，也有生动的描绘。其他贯穿全剧的人物如宋教仁、廖仲恺、汪精卫、谭人凤、章太炎等，以及为革命壮烈牺牲的邹容、陈天华、秋瑾、徐锡麟、林觉民等，也都是有血有肉、个性鲜明。此外，对康有为、梁启超、杨度等保皇党人士，也都有较为准确的把握。反动派阵营中，袁世凯的工于心计老谋深算，载沣、铁良等保守派群臣的无知无能而权欲熏天，都有入木三分的刻画，如见其人如闻其声。

人物的个性气质和精神境界，经常体现于举手投足、一颦一笑等细节之中，因此电视剧《辛亥革命》尤其致力于通过细节刻画来表现人物，特别注重描绘人物的内心波澜。孙中山为发动镇南关起义从越南回国，一踏上多年未得亲近的祖国土地，激动万分，掬起一捧泥土，此刻他的面部表情的特写，生动地描绘了他对祖国的大爱。在远避南洋时，陶成章自东京找来，为办《民报》向孙中山讨要一笔巨款未果，不相信孙中山缺乏资金的解释，大发雷霆，把孙中山赠予他的怀表狠狠地摔到地上。此时，孙中山默默地坐到桌前，用交织着歉疚和无奈的目光望着陶成章，那种不被理解的内心痛苦，和为了革命事业而顾全大局的忍辱负重，都表露得很充分，有一种"此时无声胜有声"的效果。

"世界潮流，浩浩荡荡，顺之者昌，逆之者亡！"观赏电视剧《辛亥革命》，心潮澎湃，激动不已。它让我们真实而深刻地认识到了百年之前的那一场伟大革命的重大意义，为革命先辈们为民族生存和发展而不懈奋斗、英勇牺牲的崇高精神和壮烈情怀而生发出深深的感动和敬仰。先辈们的革命精神，也是在百年后的今天激励我们奋斗前行的宝贵资源。

对祖国的爱和忠诚

——观《五星红旗迎风飘扬》

　　长篇电视连续剧《五星红旗迎风飘扬》是一部气势恢宏的作品,它全景式地展现了中国"两弹一星"工程艰苦卓绝、曲折跌宕的研制过程,塑造了从共和国领袖、开国元勋到杰出科学家的群像,讴歌了中华民族坚韧顽强、永不屈服的民族精神,唱响了艰苦奋斗、无私奉献的主旋律,让人看后心潮澎湃,沉浸于深深的感动之中。

　　在一个宏大的叙事框架中,以一种简洁明快的纪实风格,浓缩展现数十年间的风云变幻,是这部电视剧突出的特点。它以时间顺序为主线,串联起了自新中国成立伊始到二十世纪七十年代间的若干重大事件,举凡国民党政权的覆灭、朝鲜战争、解放军炮击金门、美国联合舰队进入台湾海峡、美国核威胁、中苏论战、赫鲁晓夫撤走专家、三年自然灾害、"文化大革命"等,在该剧中都有所反映。在这样的背景下,淋漓尽致地展示了"两弹一星"计划的酝酿和决策的过程,生动描绘了众多杰出科学家隐姓埋名献身国防事业的丰功伟绩。在刻画这一段历史的同时,这部电视剧也塑造了一大批堪称民族脊梁的人物群像。从毛泽东、周恩来、聂荣臻、张爱萍等共和国的领袖和开国元勋,到钱学森、钱三强、邓稼先、郭永怀、王淦昌等一批杰出的科学家,言谈举止之间,都有着鲜明而独特的个性风貌。

观众在观赏这部电视剧波澜起伏的故事、栩栩如生的人物的同时,更会受到一种强大的精神力量的撞击、鼓舞和激励。不妨将之命名为"两弹一星"精神。可以用这些话语来概括其主要内容:理想和抱负,雄心和壮志,对于祖国深深的爱,强烈的民族自豪感,不惧外侮,发愤图强,追求自立于世界民族之林,不达目的不罢休,等等。它们的构成是丰富、深沉而强大的。这种精神力量贯穿了全剧,仿佛湍急的洪流在河道中奔腾激荡。它鲜明地昭示了一点:中国人民是有志气的,什么困难都可以战胜,什么人间奇迹都可以创造出来。

这种精神的核心和实质所在,是作为共和国的一名儿女,对于民族、对于祖国的无限忠诚。这一点,强烈而集中地体现在以钱学森为代表的科学家群体身上,可歌可泣,感人至深。

推翻国民党的腐朽统治而建立起来的人民共和国,以其蓬勃的朝气,让人们看到了中华民族的未来和希望,也让旅居海外的中国科学家欢欣鼓舞,迫切地希望回到祖国,以自己的所学所长,投入建设祖国、促进民族复兴的大业。基于这种对于祖国的爱和忠诚,他们毅然放弃国外优渥的生活待遇和工作条件,不顾威逼利诱,在受到躯体和精神的双重折磨下,仍然不改初衷。钱学森先是被关押,后来被软禁长达五年之久。赵忠尧、邓稼先等人在回国途中被关进东京的美军监狱达几十天,受到非人的折

磨。所有这些都丝毫无损他们报效祖国的意志和热忱,在克服
重重障碍后,终于回到祖国母亲的怀抱。

有了这种对民族的忠诚,就有了强大的内心力量,就有了
战胜一切艰难困苦的意志、勇气和能力。他们全身心地投入
了"两弹一星"的研制中,在条件简陋的研究室实验室里,在荒
凉贫瘠的戈壁大漠中,在食不果腹的三年自然灾害时期,凭借
坚韧的毅力和过人的智慧,吃苦耐劳,默默奉献。即使在非正
常的政治生态中,他们备受不公正的对待,内心处于委屈痛苦
的煎熬中,仍然不改初衷,令人想到屈原的名言"亦余心之所
善兮,虽九死其犹未悔"。所有这些令人感动、敬仰的崇高品
德,都是建立在这种对于祖国、对于民族的爱和忠诚之上的,
是由之而生发开来、延伸出去的。正是基于这种忠诚,他们才
能够隐姓埋名、和家人两地分居长达数十年。邓稼先在长达
28 年的时间里,很少回家,成为自己孩子眼中的陌生人。他
严守保密纪律,对妻子许鹿希都不透露一星半点自己的工作
情况。钱学森"失踪"两个多月,令妻子蒋英心急如焚。妻子
虽然不清楚丈夫在忙些什么,但都明白丈夫承担的一定是国
家的重大工程,也就毫无怨言地全力支持丈夫的事业,在做好
自己工作的同时,担起了全部家务,担起了扶老携幼的重任。
夫妻之间的款款深情,融入了民族腾飞的激情大合唱中,令人
感佩不已。

这些将"祖国的利益高于一切"作为自己始终秉持的信念
的杰出科学家们,奉献自己的青春、热血和生命,使"两弹一星"

的研制取得巨大成功,为提升国家的国防实力、为中华民族的崛起作出了彪炳千古的伟大贡献。他们的胸怀和行动,深深感动着荧屏前的每一个观众。他们不愧是民族的脊梁,祖国的强盛和民族的复兴,需要这样的脊梁。

衡量一部艺术作品是否成功,需要采用也只能采用艺术的标准。电视剧作为一种艺术形式,在锤炼主题、塑造人物时,必须要遵循艺术的规律,通过运用艺术的手段,来达到艺术表达的目的。这部电视剧颇值得称道的一点,是在以大写意风格讲述故事推进情节的同时,十分注重对细节的大量使用,这些细节对刻画人物、渲染气氛、烘托主题等,起到了很好的作用。这部属于宏大叙事风格的作品,虽然因为必须要反映和容纳太多的内容,而难以对故事作精雕细刻式的展示和描写,但仍然具有较强的艺术冲击力、感染力,无论是领袖元勋还是科学家,许多人都活灵活现,生动传神。这种效果的取得,除了在题材的取舍和提炼上处理得比较恰当之外,与生动的细节描摹是分不开的。观众可能记不住众多的事件、繁杂的情节,但一定难以忘怀下列这些朴实而生动的细节:周恩来把大半瓶茅台酒留下来,一直等到钱学森成功归国后,在接风宴上拿出来喝,充分体现了领导人对爱国知识分子的深情厚谊;郭永怀归国前,在美国校园里当众烧掉多年的讲稿,以表达其"壮士一去兮不复返"般的决绝;邓稼先和王淦昌离家研制"两弹一星",为了保密,彼此都不能用真名称呼。除夕夜,当邓稼先大声叫出"王淦昌同志"时,两个大男人不禁抱头痛哭……所有这些看似细微的地方,都仿佛一篇文章的文眼,仿佛给业已画就的一条龙点上了眼睛,具有以小搏大的冲击力,有力地提升了这部电视剧作品的美学境界和艺术品格。

（原载《中国电视》2011 年第 4 期）

热血和激情谱写的青春交响乐
——观《我们的法兰西岁月》

青春是美好的、宝贵的，充满了憧憬，洋溢着热情，迸发出力量。而当它们全部倾注于一个伟大的目标时，也就益发能够放射出一种熠熠夺目的光彩，令人由衷地景仰和赞美。由江苏省广播电视总台、共青团中央网络影视中心联合制作的电视剧《我们的法兰西岁月》，便是对于旅欧革命先驱们矢志献身民族解放事业的青春岁月的一次激情讴歌，观后让人心潮澎湃。

二十世纪初的中国，内忧外患交集，积贫积弱，灾难深重。以周恩来、赵世炎、邓小平（邓希贤）、蔡和森、陈毅、聂荣臻等为代表的一批经历了五四运动洗礼的热血青年，以天下为己任，远赴资产阶级大革命的发源地法兰西勤工俭学，探寻救国之道，以期挽救深陷苦难中的祖国。这部电视剧就是通过艺术的手法，完整、充分而形象地演绎了那段历史，再现了一代风流人物的青春岁月。电视剧艺术所具有的受众广泛的特性，也使得荧屏前的亿万观众可以对那一段历史获得一种深入了解。

三十一集的篇幅，使得这部电视剧有了充足的叙事空间，得以全景式地呈现那段跨度长达五年的难忘岁月，展现主要过程和重要事件。从勤工俭学运动的由来，到留学生们到法国后的求学和打工的经历，从他们维护民族利益的一次次抗争，到对救国之路的不懈探求，从主要人物的命运遭际，到整个运动的结局走向，电视剧勾勒出了一个清晰的轮廓。我们看到了周恩来、赵世炎为参加第一次世界大战的华工争取权益并最终获得胜利，看到了观点不同的留学生们为了维护民族尊严团结一致，与北洋政府、北洋政府驻法使馆和法国政府斗争，召开"拒款大会"，迫使北洋政府取消了出卖国家主权的密约；我们看到了群情激奋的抗议运动"里昂大学事件"，也看到了法国警方对留学生的残酷镇压和遣返。轰轰烈烈的勤工俭学运动，锻造了这些年轻人的灵魂，使他们的人生道路从此与国家民族的命运紧紧相连。

自始至终贯穿这部作品的，有一条最为主要的脉络，那便是强烈的爱国主义激情。这种情怀，来自作为中国人在国外时时处处遭遇到的歧视，更来自祖国的贫弱所蒙受的无边耻辱。他们的一切抗争和奋斗，都是为了让祖国获得独立和尊严。这种高贵的追求，使得他们的奋斗和求索具有了不竭的情感动力，也使得他们在经历了一系列的挫折之后，最终信仰了共产主义，并把普罗米修斯之火带回祖国。这部作品艺术性地揭示出了中国选择马克思主义的历史必然性。

这是一部百折不挠的成长之歌。这些年轻的革命者，充满了朝气、激情和活力，尽管生活艰难，屡遭挫折，但凭借着崇高的理想和充沛的生命力，他们保持了乐观的精神和进取的姿态。

也有过幼稚和冲动,有过轻信和盲从,但这都是成长过程中必然要付出的代价。在交织着血与火的斗争中,他们得到了洗礼,逐渐成熟起来,形成了伟岸的人格、开阔的胸襟和杰出的能力。从这个意义上,也可以说它是一部给人以深刻启发和激励的励志之作。

这更是一部至情洋溢的作品。年轻的留学生们情同手足,相互之间呵护关爱,感人至深。像邓希贤就多次把面包留给工友和同学,宁可自己挨饿。为了救出入狱的战友,他们或变卖微薄的财产,或设法到处寻求帮助。蒙达尼派和勤工派的留学生们尽管在行动策略上有着分歧,也为此展开过激烈的辩论,但对维护民族利益的追求,使他们能够在关键时刻团结一致,并最终共同走向了对共产主义的信仰。友情之外,电视剧对男女主人公们的爱情的描绘,也令人动容。周恩来和张若名、邓颖超之间的情感纠葛,蔡和森与向警予的"向蔡同盟",都是建立在共同的理想追求之上的。宗玉佩对陈乔年的爱是那样强烈而深沉,为此不惜和反对自己的这种选择的家庭断然决裂,甚至付出生命,催人泪下。

一部电视剧能够有几个活灵活现的人物形象,就已经很难得了,这部电视剧却成功地塑造了一组鲜活的青年革命者人物群像。赵世炎的成熟大度,周恩来的细心从容,邓希贤的机敏幽默,蔡和森的率性耿直,陈延年的孤傲狷介……那么多个性独具的人物,在我们眼前闪现晃动,栩栩如生。陈毅和李立三,一个任侠狂放,一个豪爽豁达,两人之间情同手足,但又常常互相调侃争执。特别是两人因"里大"事件被驱逐，在回国的轮船上因为下棋而打架的那一幕，令人忍俊不禁。

这部电视剧很好地体现了历史题材文艺创作应当遵循的"大事不虚、小事不拘"的原则，对于见诸史料的重大事件、人物的主要经历，都给予充分的尊重和忠实的再现，保证了作品在整体上、本质上的真实性。同时，在历史的空白之处和情感的细微之处，进行合理的艺术想象与虚构，大大增强了电视剧的戏剧性。如周恩来和赵世炎在调查随法军参加第一次世界大战的华人劳工遭受到不公正待遇的过程中，遇到了一位当年被华人挽救了性命的法国士兵，这位士兵退伍后成了电话接线员，在他的帮助下，留学生们获悉了法国政府与北洋政府的秘密电话，以此作为证据，迫使北洋政府放弃了将严重损害民族利益的借款密约。这一段故事虽然于史无据，但就艺术逻辑而言却具有合理性，生动的悬念设置，环环相扣的情节推进，造成了很强的吸引力。那一段历史原本头绪繁多、分散零碎，一些人物和事件彼此之间并无关联，但经由许多类似的戏剧化处理，便产生了内在的勾连，被整合在一起，形成了一个有机的艺术整体。

这部电视剧堪称一部宏大雄浑的青春交响曲，它所表现的重大题材，它的丰厚的思想含量，使之具有了史诗的品格。而艺术追求的高度用心和制作上的精良考究，也保证了它拥有不凡的审美品位。我们分明聆听到了剧中主人公们心灵的激越跳荡，热血汩汩流淌的声音，灵魂始终被一种强大的精神力量有力地叩击，为当年老一辈革命家们以挽救民族危亡为己任的信念和激情而深深地感动。岁月流逝，但这种情怀却不会湮灭和消散，而只会作为实现中华民族复兴的伟大事业中一股强有力的精神动力，永远地传递下去。

（原载《文艺报》2012 年 6 月 27 日）

纪念与祭奠

——《三八线》观后

对于一个宏大历史事件来说,成功的艺术表达,总是体现为通过高度概括凝练的叙事,达到对于某种精神底蕴的深入揭示。三十八集电视剧《三八线》便充分彰显了这一点。对于半个多世纪前的抗美援朝战争,这是第一次以电视剧的形式、以如此规模的体量给予的集中充分的艺术呈现,唤醒了人们尘封已久的战争记忆,是对为保家卫国而流血牺牲的英雄们的一次深情祭奠。

剧中的故事情节,大部分取材于战争中的真实事件。如尖刀连受命向敌后长途穿插奔袭,抢先一步占领了龙源峰,截住向南逃跑的敌人,给予沉重的打击,但负责阻断敌人退路的六班,却因严寒和饥饿,全班被冻死在阵地上,每一具烈士的遗体都保持着持枪瞄准的战斗姿态。这个惊心动魄的情节,分明是对松骨峰阻击战、长津湖战役的一种典型化、综合化的艺术表现。319高地的七天坚守,则是艰苦卓绝的上甘岭战役的生动写照。此外,像敌方间谍渗透到后方搞破坏,战争后期拉锯战阶段的"冷枪冷炮运动"等,也有着或详尽或简略的描绘。其他像志愿军将士对朝鲜老百姓的关心乃至牺牲自己生命,像以人道主义情怀善待美军战俘等，都有生动的描绘。创作者基于对历史真实的充分了解和高度尊重而进行艺术构思，该剧所呈现的艺术的真实感也就更为深刻和厚重。

文艺作品对宏观历史事件的描绘，总是要通过具体的人物和故事来加以实现。《三八线》就是从小人物的经历切入，再现了一场影响深远的现代战争。剧中的几位主要角色都是来自中朝边境一个村庄中的青年农民，他们报名参军的动机很具体和单纯，因为在鸭绿江上打鱼的父亲兄弟被美军飞机无辜炸死，让他们萌发复仇的念头。这就使得这场中国人民的抗美援朝战争，具有了保家卫国的天然的正义性。他们的遭遇串联起了战争中重大的和有代表性的事件情节，成为这场战争的亲历者和见证人。

李长顺和栓子加入了尖刀连，奔赴前线战场，经历了一场场生死厮杀。张金旺阴差阳错地成了一名汽车兵，冒着敌机的轮番轰炸，向前线运送物资，向后方转移伤病员。长顺的恋人王常芳和妹妹长清，则成为战地医院的护士，从死亡线上挽救生命。流血与牺牲，每时每刻都在考验着每个人。他们从淳朴的猎户、农民、村姑，在血与火的淬炼中，迅速成长为智勇双全的合格战士。这种成长既包括作战能力、驾驶和医护的本领，更包括他们精神人格上的提升。李长顺摆脱了个人英雄主义的散漫作风，懂得了纪律的重要和集体的力量，并成长为一名出色的指挥员。栓子克服了内心的怯懦，勇敢地将枪口对准了敌人。金旺完成了从好强蛮干到足智多谋的转变。长清战胜了自己的晕血症，镇静地面对鲜血淋漓的伤口。电视剧令人信服地揭示了这一点：来自广大的人民的力量，正是抗美援朝战争取得伟大胜利的根本原因。

作为艺术作品的电视剧，不同于历史文献片，它的表现主体是人，即便直面描绘事件，也要写出事件背后的人，写出人的灵魂，人的情感。因此，电视剧《三八线》在宏大的战争场面后面，是丰富细腻的情感刻画。以前线战场、连接前后方的运输线、后方医院和村庄为主要场景，由战斗、情感两条叙事线索的相互交织，推进了故事的进展。对几对青年男女间纯真的感情，刻画得尤其出色。长顺和常芳的彼此牵挂，栓子对长清的单相思，金旺和朝鲜女子珍英的爱恋，护士长张秋萍和指导员陈平彼此倾心而又不说破的情感，长清对陈平的痴情，多姿多彩。还有战场上深挚的战友之情，互相关心扶助，在生死关头甘愿牺牲自己，把生的机会留给战友。在生死悬于一线的特殊情境下，这些感情美好动人，放射出人性的光辉。而所有这些情感，又都是以一种雄浑苍茫的家国情怀为背景和铺垫的。

当这种情怀在一些极端化的情境中迸发时，就体现出崇高庄严之美。《三八线》真实地还原了战争的残酷。敌人装备精良，供应充足，而我方条件艰苦，运输车队被炸毁，弹药食品供给受阻，在冰天雪地里，衣着单薄的前方战士们只能一把炒面一把雪，顽强战斗。到处是废墟、弹坑、尸体，战争的血腥惨烈让人心悸。当弹尽粮绝的李长顺和他的战友们拔出刺刀，跃出战壕，迎面扑向坦克开道、枪炮精良的黑压压的美军时，志愿军将士炽热的爱国主义精神和顽强的战斗意志，便得到了酣畅淋漓的表达。

人物形象的成功塑造，也是这部电视剧的一大亮点。上述几个人之外，具有鲜明个性特质的人物还有不少。志愿军英勇顽强的战斗作风和思想政治工作的重要作用，通过骁勇无畏的尖刀连长张达铁，善战善辩的指导员陈平，得到了令人信服的呈现。另外像通过言传身教把长顺培育成优秀战士的一班长，金旺的师傅、一口陕西话的严肃苛刻的运输班长，都能给人深刻的印象。对于敌方阵营人物的描绘，也不曾陷入概念化脸谱化的窠臼，无论是在军人职责和对战争意义的思考之间纠结不已的韩国军队指挥官朴弘哲，还是刚愎自用的美军指挥官乔治，以及种族主义观念严重、对同为战俘的黑人同伴倍加凌辱的美军小头目，都有着丰富的人性依据。

《三八线》有着精雕细刻的美学追求。场面真实，细节严谨，充分体现了现实主义手法忠实再现生活的艺术准则。如对人物在特定情境中的心理状态、情感变化，都是通过真切的表情和动作，达到了准确生动的呈现。在 319 高地上，已经升任营长的原尖刀连连长张达铁，做完战斗布置刚刚走出掩体，就被突然间密集倾泻下来的敌人的炮弹击中。长顺闻声赶来，目睹亲密的战友奄奄一息，那种悲恸欲绝的心情，通过杂乱的肢体动作，被剧烈痛苦撕扯得变了形的面部神情，语无伦次、带着哭腔的声音，极其生动地表现出来，让人震撼。可以说，具有这样的特质的丰富的细节，构成了这部电视剧的整体面貌。

"雄赳赳，气昂昂，跨过鸭绿江……"雄壮高亢的歌声，几十年后听来仍然让人热血沸腾,因为其中灌注了浩荡丰沛的正义情感,时光流水无法侵蚀和劫掠。电视剧《三八线》表达的是一个国家的记忆,是对将青春和热血挥洒在那片异国土地上的我们的父辈、对十几万为国捐躯的英烈们的深情告慰和神圣祭奠。艺术既可以铭记他们用鲜血生命锻造的历史,也同样能够传承他们对民族的忠诚情怀和英勇无畏的精神。时光移易,而精神永存。

去哪里寻爱

——《大丈夫》观后

婆媳纠纷，姑嫂勃谿，大男剩女，出轨逾墙，是近年来家庭情感电视剧中最为常见的模式。新近热播的四十八集电视剧《大丈夫》，凭借此类作品中过去较为少见的老少恋、姐弟恋、翁婿冲突等，为类型剧增添了新的元素，也理所当然地成为吸引观众的一大看点。

但如果说这些就是它备受好评的根源所在，却未免聚焦失准，至少也是不够全面。都市情感剧、家庭伦理剧——《大丈夫》无疑是这些类型的融合——是否能够感动人，最关键的还是要看其情感揭示和呈现的深刻程度。尽管老少恋等陌生化的情境足以吸引眼球，但它既然仍然隶属于爱的情感，检阅标尺也依然是它在观众灵魂中所唤起的反应。这部电视剧既有两性之爱，也有父母子女之爱，且并未止步于外在动作行为的描绘，而是在电视剧这种艺术样式的审美属性所许可的范围内，更多地向理性层面靠拢，探讨了爱和幸福的本质和核心层面的内容：相互间的信任、坦诚、扶持、呵护等。这样来理解《大丈夫》，就能够较准确地把握它在人物关系设置上的创新的意义。当这种言说以其真诚的姿态、货真价实的分量和生动的艺术表达呈现时，自然能够拨动观众的心弦。

强情节性无疑是该剧故事设置中的一大亮点。准女婿初次上门，刚亮明身份，就被年龄只大他几岁的岳父打出来；好不容易瞒过老爷子举办了婚宴，连襟任大伟的"小三"又来报复，杯盏乱飞遍地狼藉；翁婿终于和解，海外前妻却又回国搅局，和欧阳剑夫妇生活在同一个屋顶下，变故迭出，纠纷不断……当同类型电视剧日益陷入故事琐细零碎、矛盾冲突常常只是一些茶杯中的风波时，《大丈夫》跌宕起伏的故事设置显示了另一种气象，自有其过人之处。一波接一波的冲突，与当事人的个性、职业、修养等有关，但归根结底来源于价值观的分歧。顾大海百般阻挠女儿顾晓珺和欧阳剑结合，是因为认定了年长二十岁的欧阳剑无法使女儿幸福，还将成为女儿的拖累，所以一定要将两人分开。顾大海在婚礼上回答女儿饱含委屈的责问的那一段，是电视剧前半部分的高潮。对事情原委不得已作出的回答，将日常隐藏在难以接近的冰冷面孔之下的父爱的强烈深沉，酣畅淋漓地表达了出来，令人落泪。他在前面表现出的那些过分过火有悖常情的言行，也都变得可以理解了。

冲突的原因反过来也成为和解的动力。顾大海终十接纳了欧阳剑，表面上看是木已成舟无可奈何，但实质是因为逐渐认识到他对顾晓珺的爱是真诚的。这种对同一个人的爱，成为两个个性经历迥异的人的公约数。年龄相仿的翁婿在后半部中无话不谈，十分默契，这种颇带喜剧性的转折却具有内在逻辑的真实合理性。

强烈的父爱却是以一种类似苛刻的方式表露,这种悖论式的处置,建立在编导对于生活的复杂性及其辩证法则的理解上。欧阳剑历经世事而颇有些玩世不恭的言谈举止,和内心深处对于感情的执着坚守,同样也体现了这点。老少恋走不到头,但如果幸福,这样的婚姻就值得;选择生命的宽度,而不是长度……借助欧阳剑和顾晓珺的对白等,编导试图表达对作为一种爱情形态的老少恋的见解,这种表达是众说纷纭的,从而是开放的,这种不确定性也正是该剧作为话题剧最能够吸引观众之处,荧屏内外不同观点的交锋也进一步丰富了电视剧的意蕴。

除了对爱的属性的思索之外,此剧的人文情怀还体现在它清醒地触及了时光流逝带给生命的衰疲和无奈。老少恋题材内蕴的张力之一,便是使看不见摸不着的时间成为隐形主角,处处使当事人陷入尴尬。欧阳剑像年轻人一样健身美容,试图驻留时光的步伐,却在关键时刻屡屡穿帮掉链子。当面对自然规律备感无奈又试图保持自己的尊严时,最有效的方式便是用自嘲来化解。电视剧轻喜剧式的风格,也比较适宜于表达这种生命感悟。尽管笑中有泪,但至少它是健朗旷达的。正因为这种幽默感植根于对人的限度的理解,所以,这部电视剧中的接连不断的那些笑点,很多是能够让人笑过后感悟到什么,而不是流于轻佻的插科打诨。

通观全剧,台词的精彩对该剧的走红所起的作用不容小觑。很多让人难忘的对白,都打上了人物自身的个性化烙印。身为大厨的顾大海提醒对自己的美貌信心满满的女儿早点解决自己的终身大事，"香椿芽再嫩，过了谷雨也没人要了。"性格叛逆敢爱敢恨的顾晓珺反驳父亲对自己婚姻的阻挠，"只要两个人相爱，性别都不是问题，更别说岁数啦。"欧阳剑一度消沉退缩时她给他打气："我不委屈，我就是爱大叔，我就是爱你这个大叔。"而这一句则不啻是她的爱情宣言，掷地有声："我就是想跟我爱的人在一起，而不是做别人眼中的般配夫妻！"生活历练丰富的欧阳剑则用调侃表白了自己的决心："那话不是说，舍不得孩子套不着狼，丢不起老脸，娶不回娇娘嘛！"类似这样幽默而富于表现力的句子比比皆是，带给观众的是一种别致的享受。

王志文、韩童生等几位戏骨的出色表演，将人物和情感演绎得扎实生动，质感十足，让《大丈夫》洋溢着浓郁的生活烟火气。观众不知不觉中就沉浸在了情境中，仿佛化身为其中的某个角色，感同身受。当一部作品能够时常令人产生这种代入感时，它的这儿那儿的瑕疵如人物性格固化缺乏发展、表达过满留白不够等，也就都成为可以容忍的了。

（原载《文艺报》2014 年 3 月 10 日）

幸福生活应该如何经营

——观《夫妻那些事》

电视连续剧《夫妻那些事》甫经播出，就赢得了一片叫好之声。凭借生动鲜活的人物形象，一波三折的故事情节，明快温暖的轻喜剧风格，幽默诙谐的对白等，它牢牢地吸引了荧屏前观众的目光，堪称当前众多的同类题材电视剧中的一部出色之作。

它的热播，首先要归因于它对当下都市白领阶层生存状况尤其是婚姻状况的真切生动的描摹。它以一对"丁克"夫妇唐鹏和林君"造人"的经历为主线，通过对几对夫妻间的爱恨恩怨、分分合合的描绘，对当前人届中年的白领阶层的婚姻关系给出了充分的揭示，具有强烈的现实性，可以说是对生活的一种"高仿真"般的还原和再现。由此所引发的感喟和思考，也就具有了相当的覆盖性。

作为电视剧中的一个主要类型，家庭剧最喜欢表现和探讨的一个主题就是幸福。这部电视剧，也把目光聚焦于这一话题，借助艺术手法对它进行形象化的思考。它所展现的生活画面，尽管林林总总，其实都是在"幸福"这个主题的辐射范围之内，被投射上了斑驳的色调。林君、安娜和那依三人是大学同学，毕业后十多年间也保持了密切的联系，彼此间都是无话不谈的

"闺蜜"。她们都已嫁作人妻,但每人的家庭生活以及对幸福婚姻的理解却大为不同,由此而衍生出了一系列的戏剧化冲突。安娜嫁给了台湾商人,生了三个孩子,成了职业家庭主妇,满足于相夫教子,但这个令外人羡慕的幸福外表终归被证明是假象:丈夫对她不再有感情,在外寻花问柳,最终抛弃了她,卷走钱财。自视甚高、十分任性的那依,生活优越,受到忠厚老实的丈夫的百般呵护,却不满意,盼望着能够找到符合自己理想的男人,为此不惜瞒着丈夫自作主张流产,葬送了自己的婚姻,周旋于多个男人之间,却一次次梦想破灭。作为剧中第一女主角的建筑设计师林君,相貌美丽,事业出色,有丈夫体贴、老人关爱,应该说具备拥有幸福的最为充分的条件,但她在事业追求和家庭幸福之间难以取舍,进退失据,纠结不已。

经由一连串既起伏跌宕而又入情入理的故事,这部电视剧形象地表达了对于家庭生活中的幸福的理解——幸福应该包括哪些内容,以及如何才能够获得这种幸福。通过设身处地地体验剧中人物的处境和感受,观众可以获得对幸福的多方面的理解和感悟。它揭示出,幸福有赖于夫妻双方之间的互相忠诚。唐鹏虽然很欣赏青春气息洋溢的苏珊,但始终坚守自己的行为底线,面对后者的不屈不挠而颇有心机的攻势,不曾陷入迷乱和动摇。它揭示出,幸福不能靠金钱来维系,必须要有人格的独立。安娜为了家庭,完全失去自我,却处处受到义夫的控制和歧视直至被抛弃,给人以警示。它还揭示出,幸福的真谛就在于其日常性。王长水对那依那样的爱,恒久如一,细致入微,任劳任怨,是多么弥足珍贵。但人性总是好高骛远,容易忽略身边真实可触的幸福,而去追寻镜花水月般的空幻梦想。那依所遭遇到的一系列悲喜剧,就源于这种认识上的误区。

如果说涉及上面这些内容的思考,并非这部电视剧所独有的,许多同类题材的剧作也曾经有过或出色或平庸的表达,那么,这部作品的一个堪称独特的地方,便是它较为充分地表达了一个观念:幸福生活有赖于诸种因素之间的平衡。从这个意义上,不妨说它是一部教人如何经营成功的婚姻、如何获取美好生活的教科书。

电视剧开始时,林君是一位坚决不要孩子、一心追求事业成功并以此来体现自身价值的知识女性。随着剧情的发展,她一步步地感受到来自各个方面的压力:公婆对及早抱上孙子的热切期待,由公公的病友不堪忍受年老孤独而自杀所受到的强烈震撼,尤其是公公临终前因未能见到孙子而难以瞑目的遗恨。她逐渐认识到,公公婆婆的心愿具有天然的合理性,生活是一个多元的复合体,追求事业和养育孩子并不具有根本的对抗性,缺乏任何一个方面,都是残缺的、不完整的。每一个人都不是孤立地生存的,而是家庭及社会关系链条中的一个环节,他对自由独立的追求都是有条件的、受到限定的。认识到这些,她的观念因而发生了根本性的变化。所以,电视剧有一个典型的大团圆式结尾:不但林君经过千辛万苦终于生下了孩子,王长水和那依也破镜重圆,并有了自己的孩子。也许有人会说这样的结尾落入了俗套,但也不妨理解为这个结局是基于对"重生"思想也即对生命的高度尊重的传统智慧的认同。这种观念既是属于传统文化范畴的,更是超越时空而深深植根于人性的深处的。

相对于一些家庭题材电视剧容易陷入琐细零碎,这部电视剧,是在一个较为广阔的背景下展开叙事的,除了对几对夫妻间的二人世界中的生活有着生动的描绘,更涉及父母、朋友、同事、职场,涉及"空巢老人""中年危机"等话题。这就使得它在表现生活方面具有了更强的概括力,也进而扩大了它的意蕴内涵。爱情之外,它对于亲情、友情的刻画也颇为出色。唐鹏父母对儿子儿媳那种骨肉亲情的自然流露,令人动容。唐鹏、王长水、袁大头之间,林君、那依、安娜之间,那种相互间的信任帮助,困厄中的关心扶持,让人感动。从这个意义上,《夫妻那些事》也是一部爱情、友情、亲情的合奏,以一种秋日暖阳般的温煦明亮,感动了无数的观众。

(原载《人民日报》2012 年 3 月 23 日)

幸福之所凭依

——《有你才幸福》观后

　　电视剧《有你才幸福》之所以备受关注,首先应该归结于其题材兼具当下性和普泛性,契合了人们的关切。它聚焦老年人的生活困境,将他们与儿女关系中的复杂纠结,他们孤独凄凉渴望得到理解和关爱的情感世界,描绘得淋漓尽致。中国正在疾速迈入老龄化社会,众多观众从电视剧中看到了这种变化带来的诸多问题,相信更有不少人的亲身经历可以呼应和印证其间所表达的那一份忧虑和焦灼。作品让人内心隐痛,但显然也有助于唤起人们的悲悯之情——小到对于自己年迈父母多一分理解和呵护,大到对于一个数量庞大的群体的瞩目和同情。

　　这部电视剧以都市生活为背景,以家庭叙事为骨架,以伦理思考为指向,具有很强的直面现实和烛照人性的批判力度。社会转型期的变动剧烈而广泛,在家庭层面上,延续了几千年的几代同堂、子孝父慈的传统式家庭结构和伦理秩序被改写,原本温情脉脉的人伦亲情,很大程度上让位于对金钱利益的掂量算计。作品对体现在这种变化中的人性浇薄寒凉的一面,揭示得充分而犀利,通过几个不孝子女对父母拆迁补偿款的觊觎,揭露了亲

情是如何受到了物质的异化,让人联想到在十九世纪左拉、巴尔
扎克等自然主义和批判现实主义小说家笔下,金钱是如何腐蚀
人性的。它展现了传统道德伦理沦陷的危机,具有叩击灵魂令
人警醒的强度。

　　一部具有深度和力度的作品,在对生活进行具象展示的同
时,也总是致力于追求思想的含量。《有你才幸福》,剧名已经
给出提示。在生活和生命的质量备受瞩目的今天,有关幸福的
话题无疑最易于拨动心弦。它的生动纷纭的镜头画面,最终聚
拢于相关的思索、诘问和辩驳,仿佛群鸟翔集于树冠。

　　这部电视剧对幸福的本质的形象化揭橥,给人以有益启示。
幸福,尤其是老年人的幸福,有赖于多重因素的生发交融。《有
你才幸福》中的"你",不妨说具有一种多义性。首先是伴侣间
的心心相印,相濡以沫。开头几集中,祺瑞年和老伴刘锦云数十
年患难与共的深情,祺瑞年对病重妻子的悉心照料,妻子过世后
的悲恸和思念,无不让人感慨和感动。后来因为共同的戏曲爱
好,他与同样丧偶独身的宋茹君相识,进而相知继而相恋,重新
找回了对生活的信心。其次,是来自子女的情感慰藉,一种有尊
严的精神赡养。血缘亲情是天然的,"善事父母为孝"的古老训
诫又为人伦之情打上了文化的烙印。随着时代变迁,传统的赓
续面临中断之虞。剧中祺满雨沈洁夫妇不尽作为晚辈的责任义
务,只知一味索取,令人愤慨,但电视剧对代际间龃龉争执的处
理,却颇有耐人寻味之处:在不回避对小夫妻行为的价值评判的
同时,始终小心翼翼地将矛盾维系于一种斗而不破的状态。这

既源自对于生活真实性的尊重,也未尝不是出于一种对于理想的家庭代际状态的期待。如果这样理解的话,对结局时所呈现的家庭成员间的和解以及人物性格转变的可信度,也许会有一种更为开放的解读。此外,为自己找寻一种恰当的精神寄托,也对提升老年生命质量至关重要。祺瑞年、宋茹君、康云生等一群退休老人,以结伴研习演出京剧自娱,为情感觅到了一处栖息之地,驱除了内心的阴霾,让暮年的生命获得了新的生长。所有这些,既有功于建构个体生命的尊严,也关涉社会的和谐。在上述这些构成幸福的要素之外,它还标举了主体对待幸福的姿态,揭示了一个朴素的但也容易被忽略的道理——人应该作自己的主人,要"活出自己",大胆追求属于自己的幸福,而不应有不必要的顾忌。

不少家庭题材电视剧热衷于表现杯水风波,婆媳反目姑嫂勃谿,都被处理得剑拔弩张。相比之下,《有你才幸福》体现出了对生活的真实性和人性的内在逻辑的尊重,以一种沉稳、扎实的写实品格取胜,没有刻意追求强烈的戏剧性,没有明显人为化的矛盾冲突。显然,在这种艺术观的统领之下,离奇的情节设置,对演技的无限制的炫弄,都是应该被摒弃的,因为它们是荒腔走板,只能演绎真实生活的"变形记"。《有你才幸福》致力于于朴实平淡中感知和传递深味,对细节的刻画,对氛围的营造,都不乏令人击节之处。特别是李雪健、刘炳琦等人的出色表演,一颦一笑举手投足之间,将内心世界的风起云涌、潮涨潮落,表现得炉火纯青臻于化境,令人想到那个"静水流深"的比喻。这些,无疑有效地提升了这部电视剧的美学品格。

（原载《人民日报》2013 年 5 月 9 日）

生命的礼赞

——观《感动生命》

电视剧《感动生命》有一个虽然朴实无华、但却比较准确地揭示了故事内涵的剧名。恰如开头几集中燕达医院叶明辉院长所说的："我们是医生，医生两个字，在我们心目中，等同于生命。""我们这个职业的第一原则，就是尊重生命。"尊重生命，善待生命，关爱生命，挽救生命——这正是这部电视剧浓墨重彩表达的理念，也是自始至终贯穿这部电视剧、勾连起了主要情节和矛盾冲突的一条精神脉络。

电视剧中，古希腊医生、医学之父希波克拉底的誓言悬挂在医院大厅里的墙壁上，反复出现。这是每一个从医者都熟知的、需要遵循的医德操守。这也是这部电视剧的精神底色和价值依据。这部电视剧，正是通过好几位性格各异的医生形象，经由一连串观赏性很强的故事冲突，深刻地阐释了什么才是医学的真谛，什么是从医者应具备的品德和素养。心胸外科主任医师司马博铭对自己作为医生的职责，有着近乎信仰般的坚守与执着。院长叶明辉对医生的使命有着深刻的理解，并时时将这种认识灌输给年轻的医生，他全身心地投入工作，掌控大局，处理各种突发事件和危机。他们的言行堪称为从医者树立了标高。从国外深造归来的主治医生韩子航,医术精湛,前途不可限量。实习医生关姗、巩凡和代培医生任丘组成一个"三人组",事业上齐心协力,生活上相互帮助。他们周身洋溢着的青春气息,俏皮谐谑的对话,使得这部从内容上容易显得沉重的作品,充满了阳光的气息,不乏喜剧性和时尚性的元素。由老中青三代人组成的医生群像,展现了这个群体的敬业尽责的精神面貌。

围绕他们发生的一连串的故事,都表达了对生命的尊重和关爱。作为医生,他们既疗治身体的疾患,更是心灵的救治者。电视剧尤其对后一点给予了充分的艺术表现。从第一集,就引入了这个主题,怀孕的女犯人郝琳入院生产,为了孩子的未来试图逃出去,情急之下挟持一个刚出生的婴儿。关姗等临危不惊,说服她自首,终于使得她迷途知返,顺利化解了危机,获得了心灵的重生。而接下来数集中,围绕陈佳子的几次手术,为了使患者情绪稳定以便取得手术的圆满成功,几个年轻医生想方设法去做陈佳子已经离异的父母的工作,使他们化解隔阂破镜重圆,更是把"疗心"这一职责表现得十分充分。这些地方还有很多,如司马医生对实习医生的提醒:一定不能把病人物化,一定当成活生生的人;好的动机,不一定有好的效果;不起眼的细节,进入治疗中会产生重大的影响;等等。所有这些,都是在说明"治病先要治心"的道理。

为了体现医生们的大爱精神和人格光辉,电视剧把他们的生活置于不同的困境之下,在典型环境中塑造人物形象。他们的家庭生活、身世遭际等,无一不是带有缺憾的。司马博铭长久忍受着和亲生儿子不能见面的痛苦，而后来的暂时的转机却只是一个更大的灾难的序曲：因为正在手术台上为别的患者做手术，未能及时抢救遭遇车祸的儿子，而使得儿子死亡，他的精神也几乎崩溃。韩子航面对自己的身世之谜，在爱与恨之间，经受着巨大的困扰。即便如富家女关姗，从生下来就没有母亲，父亲常年忙于事业而无暇关爱她，也让她心灵中布满了阴影，产生了叛逆的性格。院长因为年轻时的情感挫折而一直单身，以医院为家。他们都要忍受这样那样的生活的不如意和心灵的煎熬，来疗治病人，救死扶伤，这些都充分展现了这一职业所具有的牺牲精神，和从业者具有的人性的光辉。

但如果仅仅是表现和讴歌他们的职业操守和奉献精神，还不足以让观众产生现在这样的感动和思考。事实上，作品中灌注了更为深入的思考，有了更为丰富和复杂的意蕴层面，这使得它具有了一种更为广阔的覆盖性和一种纵深感。

最为突出的一点，是对于医生这个身份的一种新的揭示：他们是医生，承担着救治患者的神圣使命，但同时也是患者，也是需要关爱的人。这一点往往是被人们所忽略和漠视的。他们身体的疾患需要疗治，但他们精神情感的危机也需要拯救。特别是后一种疾患，对他们生命的戕害是不容忽视的。作为社会上的一个个体，他们同样受到一系列生存难题的困扰，婚姻家庭的、经济上的、代价沟通方面的，等等，给他们带来心灵的痛苦。拯救来自同事朋友们的帮助关爱，来自社会的理解，但最关键的还是要靠自己。靠大无畏的勇气，靠强烈的责任感的支撑，靠对生命的理解和信仰，靠相互之间的宽容和理解。剧中作为两条主要叙事线索的关姗和关明海父女之间、韩子航和傅洪波父子之间的矛盾冲突的产生、发展和化解的过程，也都是对上述这些理念加以形象地阐释的过程。

特别是关姗和韩子航，两个生下来就没娘的孩子，虽然各自内心都处于一种纠结之中，却互相说服对方"放弃、接受、改变"，和自己的父辈达成和解，摆脱过去的阴影，建设未来的生活。这样的描写让人感到温暖——既反映了心理的、人性的真，是出于尊重现实人生的复杂性的真切的描写，同时也因对宽容、理解的呼唤而具有了伦理的善。剧中提到"心因激素"理论和自愈机制，应该有着医学上的依据，但我更愿意将它理解为一种隐喻——热爱生命，执着于生命，笑对一切艰难挫折，不放弃不屈服，自然就会有生命的蓬勃健旺。

作为一部现实题材，也不可避免涉及了有关医患关系的内容。在后面几集中才出现的退休的老院长的一番话，虽然不长，但却很有分量。老院长对年轻医生和媒体记者说过这样的话："我们是几十年救别人，但有一天我们也会成为患者。"在每个人都无法逃避的衰老、疾病乃至死亡面前，医生和患者之间的身份界限只是暂时的、迟早会消失的，他们成了同一战壕的战友，面对同一个敌人：病魔。虽然老院长这番话是为了促进相互间的理解沟通、建立和谐的医患关系，具有一种现实的目的性，但因为这个话题揭示出了生命存在的限度，便具有一种哲学的意味，一种理性的高度，从而加深了这部作品的意蕴。

总之,这部电视剧,虽然从形式上看是一个医疗题材的作品,但却涉及了生命与死亡、拯救他人与自我救赎、历史与现实的恩怨纠结、亲情和友情的珍贵等众多的话题。这些内容的交织合奏,汇聚成为一曲对生命的礼赞。只有尊重生命,才能够想方设法呵护和挽救生命,才能够为生命中所拥有的真、善和美所感动。这部作品在让观众情感起伏的同时,也清晰地展现了这样一条内在的逻辑关系,引人深思。

(原载《中国电视》2012 年第 3 期)

守护土地就是召唤幸福
——《守望》观后

对每一个人来说,故乡都是他的生命之根。而对于一生与土地相伴的农民来说,他的整个生命,更是和他耕耘劳作、歌哭生息其间的那一片热土息息相关。二十二集电视剧《守望》,正是在这种人和土地的关系的背景上,聚焦于改革开放大背景下的华北地区两个相邻山村的发展和新农村建设,展开了深入的思考和发掘,给予了艺术化的表达。电视剧生动地描绘了农民们今天的梦想和所面对的困惑,并令人信服地揭示出,只有建立在对故乡土地的挚爱基础之上的追求和拼搏,才能开辟出一片希望的天地,才能拥有有尊严的生活,才能实现个体的生命价值,才能创造出可以赓续不绝惠及子孙后代的幸福。

电视剧 开始,就以泉头村到底要不要重开矿区所引发的激烈争执,营造出了一种剑拔弩张的紧张气氛,将观众快速引入情境。这场风波背后的实质,相当程度上可以说是关涉当今华夏大地农村发展的方向。开矿经济收益快,但却污染环境,破坏生态,戕害了青山绿水,贻患于子孙后代,是一条不归之路。在紧要关头,在几位具有现代眼光和新思维的年轻人的带领下,阻止了这种短视的行为,他们多方努力,在县乡两级政府的支持下，促成燕赵镇水泉村和泉头村两个邻村利用土地流转等政策，以现代有机农业意识、城乡联合发展的观念，联手经营，整合资源，优势互补，合作建立了果园林地油鸡散养基地，携手走上了一条通往幸福生活之路。不但家乡的青山绿水得到了良好的保护，村民之间、亲人之间的矛盾冲突，也最终在彼此之间的善意和宽容中，获得了化解。电视剧在描绘当代农村丰富多彩的生活景观的同时，也致力于对食品安全、生态保护这些现代文明的理念给予生动的形象化的阐释，是以艺术方式对践行科学发展观，建设和谐社会、"美丽中国"的呼应。

这部电视剧中，有三个人物形象成为故事的灵魂。他们是性格泼辣的妇女主任钱秀云，回乡的退伍军人赵宝亮，早年进城打工取得成功返乡投资的月月。他们性格不同，人生遭际各异，但却凭借着共同具有的对家乡土地的深厚感情和受到先进文明熏染的观念和思维方式而走到了一起，齐心协力，解决了一系列的难题，率领村民们走上了生态农业的致富之路。同时，在这个造福桑梓的过程中，他们也使自己的人生获得了提升——或者是完成了自我的救赎，或者是获得了更开阔的视野更出色的才干，或者是事业格局的进一步开拓。

观看这部电视剧，能够感受到一股鲜活强烈的生活气息扑面而来，可以看出创作者对新时代农村生活的熟悉，对新形势下农村社会出现的新矛盾、新的发展症结的深入认识。改革开放四十多年来，农村的变化是丰富而深刻的，而这种变化，最终又可以归结为和体现在农民精神情感生活的巨大变化上。电视剧以当今农民的情感诉求,作为贯穿全剧的叙事主线和故事发展最强劲的内在驱动力。这种情感诉求,包括对于物质富足的期盼,对于真正爱情的向往,对于有尊严的生活的梦想,等等。它们被嵌入了一个发展生态农业的完整的故事框架中,一面是故事的起伏推进,一面是情感的跌宕嬗变,互为表里,互证因果。电视剧矛盾冲突设置真实可信,故事进展自然流畅,张弛有度,既符合人物性格的逻辑,也与时代的脉搏相应和。这部电视剧固然可以看作对新时期党的农村政策的阐释,但由于它是源自生活,充满了真实的泥土气息,是对生活的艺术化概括,从而较为成功地避免了这类作品容易出现的理念先行、概念大于形象的弊端,具有独立自足的艺术品格。

对农村生活的熟悉,使得这部电视剧在塑造钱秀云、赵宝亮、赵秋月这些新农村建设中的领军人物之外,还推出了不少生动传神的人物形象。如水泉村村长赵宝刚,几十年基层干部正直质朴中不乏某些小农式狡黠的人格特点,在这个人物身上有着生动的演绎;春明无怨无悔地照顾因工伤成了植物人的春喜,充分体现了讲义气重然诺的传统美德,他与春喜妻子秋菊的感情纠葛,又给人五味杂陈之感;秀秀敢爱敢恨,"嫁不了武松就嫁武大郎"的举止背后,是视爱情为生命的炽烈决绝。尤其值得一提的是,这部剧作的清新、轻快、不失幽默的风格,很大程度上也来自对以下这些颇具喜剧色彩的人物的描绘上:一门心思算计如何占便宜的赵大拿,言辞夸张动辄神灵附体的秦二婶,好吃懒做、油嘴滑舌的赵喜旺等。有过乡村生活经历的观众,当会从这些人物身上感到一种熟悉和亲切。但即使是对这些人物，创作者也是更多地表达出善意，在揶揄讽谑的同时，致力于表现他们本质中的良善和向上的一面，也因为如此，随着故事的进展，他们每个人也都在与过去的自己告别。此外，生动鲜活的乡村生活细节的铺陈，也有助于提升这部作品质地的细致绵密。一言以蔽之，这部电视剧的观赏过程，可谓一次温馨的审美体验。

（原载《当代电视》2013 年第 4 期）

对土地和家园的珍爱

——评《清凌凌的水 蓝莹莹的天 II 》

反映农村生活的电视剧,在诸多表达一心一意致富奔小康主题的作品之后,当前开始发生了一些变化,展现了新的指向和路径,即在追求富裕的同时,更加关注生活的内涵和质量,更加看重对更高层次的价值和理念的追求。正在央视热播的三十六集电视剧《清凌凌的水 蓝莹莹的天 II 》,便是这样的一部具有标本意义的电视连续剧。可以说,它是对于科学发展观思想的一个艺术的诠释:是竭泽而渔,以牺牲环境为代价积聚财富,还是追求在自然生态得到良好保护前提之下的生活富裕、长久而可持续的发展? 这是当前建设社会主义新农村进程中,面临的一个普遍性的问题。创作主体这种敏锐的题材关怀,这种直面现实、与时俱进的社会责任意识,值得称道。

当然,电视剧艺术作品要表达这样的主题,凭借的只能是艺术语言,而不能是说教、政策图解等方式。它需要借助人物、性格、故事、细节、结构、对话、画面等属于自身的艺术手段,借助营造生动充分的观赏效果,完成对有关理念的诠释、表达和传播。用这样的评判尺度来衡量的话,该剧称得上是一部成功之作。

故事发生在东北黑土地上一个依山傍水的村庄里。天性争强好胜的上水村村委会主任钱大宝,因邻村下水村的富裕和到处大出风头而备受刺激,发誓要争一口气,带本村的乡亲快速致富,赶超下水村,为此绞尽脑汁。而村子所辖的花岛上因为蕴藏了大量可带来丰厚利润的石材,让他看到了希望。但开发石材势必要牺牲花岛秀美的自然环境,这与他的女儿、回乡创业的大学生钱多多的将保护自然与发展经济融为一体的观光项目"花岛工程",构成了水火不容的矛盾。围绕父女之间冲突这条贯穿全剧的主线,还有若干其他的纠葛:钱大宝的兄弟钱二宝一心算计着承包花岛开发石材自己赚钱,城里的不法商人也在觊觎这个巨大的宝库,短视的村民因心态浮躁急于致富而时时刁难,等等。这些线索交织错杂,衍生出一系列的冲突和纠纷,演绎了一部曲折起伏、热闹好看的故事。它涉及人性情操的善恶美丑,人格境界的高尚与卑下,价值观念上的先进和陈旧,孰是孰非,并不难分辨。

但艺术作品的魅力所在或者说独擅胜场之处,就在于捕捉生活表层之下的潜流,描绘作为事件驱动力的情感心绪的产生和流转。这部电视剧在展开叙事时,始终紧密依托了这样一点——对于人性、对于人的情感和心灵世界的着力发掘和描摹。这一点,使它作为艺术作品的自足性得到了保障,获得了孕育和生长的充分空间。如果说围绕开发花岛的冲突是一条明线,那么平行展开的还有另一条更为重要的线索,那就是情感和意志的纠缠、较量。一表一里两条线索相互交错,你中有我,我中有你,同时又互为因果,共同驱动故事的展开和演进,深化了对于人性的刻画，对于主题的表达。钱大宝、钱多多、钱二宝、满一花这钱家四口人之间的爱与怨，亲密和龃龉，构成了戏剧性的中心，其间血缘亲疏、代际隔阂、个人恩怨的交织，公与私、亲情和道义、利益和原则的纠结，使故事的递进获得了张力。围绕这个中心，电视剧同时勾连了许多各色人物，派生了一系列故事，使得全剧情节丰富，跌宕起伏，观赏性强。整个故事的走向连同最终那个圆满的结局，因为契合了人性演变发展的内在逻辑轨迹，也令人信服，从而传递出了对于祖祖辈辈生息于斯的土地和绿色家园的珍爱，使得保护生态、促进人与自然的和谐、追求可持续发展的理念，获得生动形象的解读和传播。

电视剧中若干人物形象可圈可点。钱大宝生性豁达诙谐，但置身于情人、女儿、兄弟之间的恩恩怨怨中，却时常陷入拎不清摆不平的尴尬中；满一花作为外姓人、钱大宝的"未转正"的妻子，和钱家父女叔侄间的龃龉，作为城里人和村民之间的隔阂，使她长期处于夹缝中，内心的委屈和憋闷可想而知。这些地方都有着深刻的人性依据，描绘得入情入理，细腻传神，颇见功力。同时，剧中地域文化元素也有着鲜明的体现，黑土地上民风的质朴、爽朗、诙谐，为电视剧的轻喜剧风格提供了丰厚的生活背景。多位小品明星的加入，也使喜剧效果更为鲜活浓郁。而明亮的画面色调，也很好地应和了这部电视剧活泼明快的主题。

当然，以更高的标准衡量，作品还有待进一步的切磋打磨。有的人物在性格的连贯性上出现了某些断裂，个别细节不甚合理，经不住推敲；一些次要情节有过分夸大渲染的倾向，有的噱头似无必要;某些对话失于细碎絮叨,而油滑和风趣的分野,有时表现得较为模糊。听说这部连续剧还要拍摄续集,期望届时这些瑕疵能够得到祛除。

（原载《人民日报》2009 年 2 月 26 日）

以艺术手段助力基层法治建设

——《小镇大法官》观后

　　刚刚在央视播完的电视剧《小镇大法官》，是当前行业剧创作中值得给予格外关注的一部作品。以幽默风趣的轻喜剧风格，表达在人们心目中通常是严肃庄重的法治内容，无疑是这部电视剧审美追求上的一个鲜明特点。对这种创新的意义的认识，不应该仅仅止步于形式上，它对内容的表达产生的助益作用同样也有必要探讨。

　　电视剧中的荷塘镇法庭，是行政级别最低的法庭，是中国成千上万个基层法庭的缩影。将它作为电视剧叙事的立足点，显然最具有现实贴近性，是观望乡间民情世态的一方窗口，比较容易让观众获得一种当下农村法治建设的现场感。法庭庭长王德忠等几位法官所面对的纠纷，也正是中国农村社会最常见、最具有代表性的民事诉讼——夫妻离婚后争夺孩子抚养权、子女为赡养老人互相推诿、财产赔偿问题、坟地迁移问题……充满了现实生活的生动质感，有一种泥土般的朴素和鲜活。当事各方面对种种矛盾纠纷时，都选择了通过法律的手段来争取和维护自己的合法权益，折射出基层社会法治意识的日渐普及，反映了社会生活日益走向法治化的必然趋势。

法治观念的深入人心,显然离不开广大基层法律工作者的努力和付出。电视剧塑造了王德忠、姜浩、何见、彭小青、肖丽云等几位基层法律工作者的生动形象,通过描绘他们的工作、生活和情感世界,艺术地展现了这个群体的追求和奉献。他们性格、年龄、经历、学历各异,但都以"公正司法、司法为民"作为基本遵循,秉公办案,默默奉献。面对各种案件纠纷,他们的默契合作,是基于共同的对于法律尊严的敬重和坚守,对于自身作为法官的使命感和担当意识的认同;而他们的执法理念和方式的不同乃至交锋,则折射出了彼此间对于何谓法治精神以及如何才能更有效地实施执法的理解上的歧异。随着剧情的发展,在具体的办案实践中,他们彼此启发,互相配合,达成了越来越多的共识,在法理和人情之间架构了桥梁,促进了矛盾纠纷的更好解决,维护了一方社会的安宁和谐。

在多重矛盾的交织缠绕中推进剧情发展,塑造人物形象,是该剧给人留下深刻印象的地方。小镇方寸之地,是典型的熟人社会,一个人在人际网络中往往具有几重角色属性。剧中几起诉讼案中,多位当事人都与荷塘镇法庭庭长王德忠有着关联,构成了矛盾冲突的主线:被他大义灭亲送进监狱的高大宽是他的义弟,当年正是高大宽的父亲高良田收养了孤儿王德忠,并抚养成人;肖巧巧是他的小姨子,正和离婚的丈夫为了儿子的抚养权而纷争不已,又被高大宽所追求……这些剪不断理还乱的纠葛,既真实展现了基层农村社会的复杂人际关系,也为戏剧性冲突的开展提供了丰富的元素。人情和法理之间的矛盾,给王德忠提出了挑战,这就需要他在处置复杂的纠纷时,应具备更多的智慧和勇气。同时,他与女儿肖丽云的冲突,涉及亲情、生活与事业的矛盾;他与几位法官同事的碰撞,则如前所述更多地涉及了对法治精神的理解。正是在错综复杂的局面中,在这几条矛盾冲突线索的产生、发展和化解中,不但使法治精神得到了生动的诠释,更让王德忠等人物形象获得了鲜活饱满、栩栩如生的呈现,让他们的精神和灵魂之美得到彰显。这样来看《小镇大法官》,就会发现其剧名显然是富有蕴涵的:"小"的是镇子,是基层法官低微的身份地位,"大"的是他们的情怀境界,是法律的无上尊严。

幽默讽谑的对话,不乏夸张的动作表情,构成了该剧外在喜剧性叙事风格的显著标示。但这并不妨碍其现实主义内在属性的充分显现。因为它触及了乡村生活的某种本质,尤其是它着眼于乡村生活中的基于血缘、人情的复杂人际关系,从"法"与"情"的纠葛入手,较好地把握住了两者既相互冲突又相互依存的尺度,体现出了编导对于中国乡村社会文化的深刻理解。

致力于描绘生活之美,展现人性之善,是这部电视剧厚重的底色。剧中矛盾纠纷的当事各方,都是日常生活中普通平凡的人物,各自具有自身的优点和不足,即便是那些负面色彩相对更浓的人物也并非十恶不赦,而是在某些具体的人性方面存在缺陷。这种处理,既是源自对于生活的真实状况的理解,也是为了给作品的主题表达设置一个合适的逻辑起点。基于对人性的信念,通过善意、宽容和相互间的妥协,使矛盾双方减少冲突、化解矛盾,显然更有助于和谐社会的建设。

电视剧《小镇大法官》以特色浓郁的艺术语言,生动形象地传递了深切的价值关怀。除了一切艺术作品都要遵循的基本规律之外,该剧对广阔生活与具体领域之间关系的把握,对艺术手段的调动和运用,较为鲜明地体现了自身的思考和追求,这一点对包括法治题材在内的行业剧的制作显然不乏启示意义。

（原载《人民日报》2016 年 5 月 10 日）

乡村民警的情怀和梦想

——《草帽警察》观后

公安题材电视剧《草帽警察》，一经播出就获得了广泛的好评。对乡村民警生存状况的真切生动的描绘，鲜活生动的人物群像塑造，以及将深刻人生哲理寄寓于平凡生活之中的表达方式，该是这部电视剧对观众产生强烈亲和力的关键所在。

基层民警的工作和生活，此前已经有一些优秀影视作品如《营盘镇纪事》等给予展现，这部电视剧，则将表现范围进一步扩大到"草帽警察"即合同工警察这个群体。他们是特定历史时期的产物，虽然身着警服，但身份依然是农民。这个群体的草根属性，无疑最为鲜明。他们生活条件艰苦，待遇极低，工作繁杂琐碎，但承担着确保一方平安的职责，是维护基层社会安定的重要力量，责任重大。在这样的背景下，《草帽警察》以主人公刘五四的成长经历为主线，展现了这个群体鲜为人知的、平凡而复杂、同样蕴含了人生百般滋味的生活。

刘五四从部队退伍回到家乡农村，命运的安排，使他成为一名"草帽警察"。他本性质朴真诚，正义感和责任心强，认真踏实地履行职责，努力追求自己的梦想。乡村警察每日面对乡间种种鸡零狗碎、棘手难缠的案件纠纷，不被理解、甚至遭到责骂是家常便饭,他也曾备感委屈、彷徨动摇过,但最终坚守了警察的职业操守,秉持着公平公正的原则开展自己的工作。他的直接领导、派出所钟所长对他说的一番话,让他始终铭记在心:遇到任何困难,只要挺住了,一切都会过去;倒下了,一切不会再来。正是凭借着这样的信念,他跨越了人生道路上的一处处坎坷,出色地完成了各项任务,一步步实现了自己的愿望,成为一名优秀基层警察,不但职位获得了升迁,也赢得了美满的爱情和婚姻。一个出身卑微的草根人物,凭借着内心的力量而获得了成功。从这个意义上看,这部电视剧无疑有着强烈的励志作用。

贴紧生活的原初状态,忠实而生动地给予艺术还原,是《草帽警察》产生了较强烈的艺术感染力的根本原因。这是一部充分接地气的作品,生动再现了今日农村的生活,观众看着那些朴实真切的乡间生活画面,仿佛闻到了炊烟的气息,油盐酱醋的味道。电视剧中涉及的那些民事和刑事案件,也都具有鲜明的乡间特色:邻里间长久的积怨,因为一点琐事而爆发,大打出手;致富心切的村民们上当受骗,拿出全部积蓄买了"金腔鸭",骗子却不见踪影……没有刻意编织的矛盾冲突,没有耸人听闻的爱恨情仇,多是当下农村习见的十分琐碎的龃龉纠纷。另一方面,"草帽警察"们本身也都是土生土长,和管区内的村民乡亲们甚至和犯罪嫌疑人,或为邻居,或为亲戚,或为朋友,基层中国社会盘根错节的血缘、家族、人际关系,直接作用于他们的工作和生活中,无可逃避,剪不断理还乱,他们履行职责时必然要面对重重的掣肘和牵绊。这样的基层日常生活形态,各种似曾相识的人物,具有广阔的覆盖性,为广大的电视观众所熟悉,对其进行艺术再现和升华,也最能够激发起他们的审美期待。

倚靠着这样的生活背景,人物形象的刻画便有了坚实的基础。衡量叙事性文艺作品成就的一个重要标尺,是看它是否塑造了栩栩如生的人物。许多公安题材电视剧以案件侦破为主线,着力展现故事和冲突的过程,但在人物塑造上每每流于类型化、脸谱化。《草帽警察》不然,人物的活灵活现是它的一大亮点。你会感到很大程度上是剧中人物的个性和情感驱动了故事的进展,影响了剧情的走向,而不是人物被动地为事件所操纵摆布。对人物形象的塑造,也是立足于真实生活,聚焦于人物所处的社会关系,着力描绘其行为动机,展现其内心世界的波澜起伏。对于刘五四来说,一方面是在部队接受的教育,另一方面是酒鬼父亲被乡亲们耻笑所带来的屈辱,让他发誓"一定要做一个有用的人"。贫穷的家庭带给他的自卑感,让他忍受内心巨大的痛苦,拒绝了村长女儿赵小静炽热的追求;姐夫辛玉成私贩炸药,他不徇私情大义灭亲,却招致了姐姐的家庭生活悲剧;他数次将违法犯罪的"发小"和同学膀子送进高墙内,默默地照顾对方年迈的母亲,用无微不至的关爱一点点化解老人的怨恨……一面是亲情和友情,一面是良心和职责,刘五四总是处在种种矛盾纠纷的中心位置。尽管电视剧中没有刑事大案那样惊心动魄的外在冲突,但主人公内心的撕扯和纠结,分明也有着非同寻常的强度,令观众感同身受,产生了强烈的艺术感染力。正是这样经由浓墨重彩地刻画人物的情感心理,电视剧描绘了一个优秀的基层民警的成长轨迹,在展现复杂的社会生活的同时,也抵达了人性发掘的深度。尤其值得称道的一点,是在主人公刘五四之外,《草帽警察》还成功地塑造了众多鲜活的人物形象。钟所长、万福林、郭文海等基层民警,都是让人过目难忘的人物,没有夸张,没有符号化,都体现了警察的职业角色和各自鲜明个性的结合。每个人的喜怒哀乐,优点和缺点,长处和局限,展现得十分充分到位,让人如闻其声如见其人。几个主要女性角色,火辣奔放敢爱敢恨的赵小静,稳重大方温婉细腻的于艳华,都传递出一种雕刻般的生动质感。

《草帽警察》的备受赞誉,又一次彰显了一个美学常识:即使在普通平凡的生活中,也处处蕴含了艺术的美,关键是要有发现美的眼光,表达美的本领。而这方面成就的高下,与艺术家对生活的深入程度密切相关。俗话说"画鬼易画人难",正是因为惯常的生活人人都是参与者,对表现这种生活的文艺作品,人人都可以作出评判,因此创作者把握和表现生活的功力的高下优劣,也就一目了然,难以遮掩敷衍。《草帽警察》显示出了制作方对生活沉潜涵泳的功力,有着坚实饱满的质地,更印证了一个颠扑不破的艺术真理:只有俯身大地,辛勤耕耘,才可能有丰盈的收获。

(原载《文艺报》2015 年 3 月 2 日)

我看《神犬奇兵》

　　一群军犬，和它们的主人一道，作为一部长达三十多集的电视连续剧的主角，被充分地描绘摹写，这无疑是《神犬奇兵》的一大看点。在当今节目众多、注意力成为稀缺资源的时代，作为第一部集中塑造军犬的艺术形象的电视剧，它在题材上的富有创意的拓展带来的陌生化效果，显然有助于使之成为观众目光的第一落点。但观众目光也是会游移的，题材的独特并不能保证一定会取得成功，关键还是要看其是否有真正值得看重的内涵，以及审美呈现方式是否恰当。

　　看完这部电视剧，可以得出这个结论：它给出的答案是肯定的。

　　同样属于军旅题材，在推出《我是特种兵》《麻辣女兵》等成功作品之后，由"完美影视"创作团队新近创作的这部作品，依然着眼于聚焦军人的精神情感世界，致力于弘扬军营中的核心价值观，那就是忠诚、坚守、爱国、奉献和牺牲，一个并非新鲜的价值谱系，但只要有军队存在，它们就和阳光空气一样须臾不可或缺。和以往众多军旅题材作品不同的是，这些价值的信奉和践行者，既是一群官兵，同时也包括一群与他们情同手足的军犬。他们和它们，在日常的训练中，心灵相通，亲密无间，在和武装犯罪集团的搏斗中,齐心协力,同仇敌忾,谱写出一曲感人至深的乐章。

三连作为边防线上的一个基层连队,其职责就是收养那些因年老或因罹患疾病失去了战斗力的军犬,为其养老送终。在丰富多彩的军营生活中,这显然并不是一个"高大上"的工作,因此因为种种原因来承担这一项任务的士兵,像被称为"郭油子"的炊事班长郭有栋,绰号"谢一刀"的汽车连战士谢连城等,在来到三连之初所表现出的那种另类气质,消沉抱怨、吊儿郎当、玩世不恭等,也就有了一定的可信性,而不完全是艺术夸张。

但这个剧情开始时已经透露要被撤销的连队,最终因为这样一系列的事情而得以保存下来:连长龙飞对于连队光荣历史念念不忘,一个执着的念想,就是要让三连的旗帜永远不倒;兽医老付多年中舍弃了不少工作调动的机会,坚持要与三连共存亡,而他的妻子也将生命献给了这里;郭油子发誓要把从野外捡到的野狗"步枪"训练成合格的军犬;把军犬巴伊产下的几只幼犬滔滔、沧海和小米养育大,并培养成为骁勇的军犬,也分别成为熊雄、龙飞、谢一刀的强烈愿望。在这些人和事中,都贯穿了一个共同点:信念。而坚持或者说守护,便是这种内心的信念在行动中的投射和体现。正是因为这种秉持和坚守,经过战士们的精心喂养和艰苦训练,这些曾经被人轻看和嘲笑的犬只,成为合格的军犬,"步枪"甚至在大赛中力战群雄,成为"犬王"。而在这个过程中,军人们的内心世界也产生了深刻的变化,超越了昨日的自己,拥有了更为强大的精神素质。

　　一个关于成长的主题,就这样被巧妙地嵌入军人和他们的爱犬之间,并获得了充分的艺术表达。值得一提的是,在电视剧中,这种精神的深化,情感的升华,是入情入理、令人信服的,有着坚实的人性依据,和清晰可辨的逻辑脉络。从失望到希望,从沮丧到振作,从关心小我到心系天下,他们经历了血与火的洗礼,战胜了武装犯罪集团,为自己和集体争得了尊严,获取了荣誉,证明了自己是"奇兵"和"神犬",是可以信赖和倚仗的捍卫祖国边疆的坚强力量。

　　在对军人和军犬的成长历程的展现中,人犬之间那一份情同手足、相濡以沫的神奇而深沉的感情,经由那么多生动鲜活的情节和细节,得到了酣畅淋漓的描绘,动人心弦。兽医老付蹲在难产的巴伊身边,忧心如焚,一口一个"闺女"呼唤,令人动容;而巴伊身负重伤拼命向三连方向跑,死也要死在三连,更是让人落泪;桀骜不驯的谢一刀,面对爱犬小米时,却是万般柔情,让人感到内心流淌着一股暖流;在郭油子和步枪、熊雄和滔滔、龙飞和沧海之间,那种心心相印,忧乐与共,同样感人至深。人犬之间这种灵性洋溢、充满默契的交流沟通,无疑成为该部作品的最强的张力。前面谈到,这部作品的一个突出的特点,是它对于责任、尊严、信念等理念的表达,表现得十分自然、流畅、贴切,没有从外部硬贴上去的感觉,其中一个重要的原因,就是与题材的独特性有关。这些充满灵性的军犬,其生命存在和情感表达的方式都是自然真切的,它们在人心中所唤起的情绪,所引发的思索,也最大限度地隔绝了造作和伪饰。这些军犬对其主人的忠诚,更是催人泪下。军犬子弹用自己的躯体抵挡敌人射向主人的子弹,英勇献身。小米叼起即将爆炸的手雷飞奔而去,让谢一刀脱离危险。忠诚,在作品中是以一种二重奏的形式体现出来的,有军犬对主人的忠诚,更有战士们对于祖国的忠诚,共同诠释了"军人报国,魂佑疆土"这一被三连作为连训一直传承下来的信念。

《神犬奇兵》故事情节设置的曲折跌宕,人物性格的活灵活现,妙趣横生的台词对白,浓郁的喜剧性色彩,都很好地提升了观赏性。该剧对于军人情感世界的多方位、多层面的开掘,使得它成为一部情感饱满、有力度的作品。作为军旅题材剧作,既洋溢着热血男儿铁骨铮铮、勇敢无畏的阳刚之美,也流淌着温情脉脉、细腻缠绵的阴柔之美。这后一点突出体现在人犬之间的情感互动上,凭借题材的独特性,拓展了军旅题材情感表达的空间。

当然,这部作品也还有进一步切磋琢磨的空间。郭油子和金凤凰、龙飞和林果的恋情,如能给予更为展开更为深入的描绘,当会使作品的情感色调更为丰富。官兵们与边境武装罪犯团伙的较量,作为一条主要叙事线索,体现出的假定性色彩更为强烈,与军人军犬这条叙事线索所呈现出的写实和细腻,在风格上有较为明显的差异,二者之间若能呼应共振,对进一步提升该剧的艺术品格会产生正面的效果。

(原载《文艺报》2014 年 7 月 30 日)

海纳百川的气度

——上海电视剧印象

很高兴参加今天的研讨会,使我得以重温观赏上海优秀电视剧带给我的审美享受和感动。今天好几位在发言中不约而同地用了同一个词"井喷",来描绘上海电视剧这两年异军突起的态势,我相信这是大家发自内心的共同的感受。

从题材上看,这些电视剧充分体现了丰富性、多样性。既有对重大革命历史事件的再现(《开天辟地》),也有对令人眼花缭乱的今日上海大都市生活的描摹(《儿女情更长》和《浮沉》);既有对人所共知的英模人物的艺术重塑(《焦裕禄》),也有对鲜为人知的隐蔽战线斗争的揭秘(《誓言今生》和《悬崖》),堪称异彩纷呈。

这些优秀电视剧的成功,首先是制作方怀着一种强烈的社会责任感,一种使命意识,凭借着高度的敬业精神和良好的专业素养,遵循艺术创作的内在规律,来从事电视剧的创作。在电视剧的取材立意、人物塑造、情节布设、细节刻画、氛围营造、角色表演等各个环节各个方面,都认真筹划,精心构思,仔细打磨。特别是对创新性的追求这一点,体现得十分突出。创新是艺术的生命。近年来上海出品的一些优秀电视剧,题材上的创新是一个鲜明的特点。像《开天辟地》，第一次全面反映了 1921 年中国共产党成立到 1927 年南昌起义这几年间波澜壮阔的历史，并且将历史脉络的清晰展现和细节的生动描画很好地结合在一起。又如《誓言今生》，在长达数十年之久的时间跨度下，展现国安战线上的刀光剑影，将家族内部成员之间的恩怨情仇与国共两种政治力量的冲突较量相互映衬，家国情怀，人生沧桑，令人感喟不已，怅然久之。同时，这些电视剧也充分体现了艺术手段上的创新。如《悬崖》作为一部谍战剧，是在此类题材电视剧已经播出很多种之后，但它那种从容沉稳的叙事节奏，精雕细琢的情节和细节，与精心营造出的心理的紧张感，使得它甫经播出就予人以耳目一新之感，区别开了不少同类剧的故弄玄虚和彼此雷同，其艺术品格明显高出许多，产生了"后发制人"的效果。

其次，海派文艺的审美特色，也在这些电视剧中得到了较为生动的反映。说到上海的文艺创作，总躲避不开一个"海派特色"的话题，这是因为这个城市的文化气质十分独特，十分浓郁，势必对文艺作品的生产及其美学风貌产生影响。概括起来讲，应该主要体现为两个方面。一是草根性和大众性。贴近普通百姓、草根阶层，关注日常的生活，关注生活的细部。擅长从平凡的人和事切入，真实细腻地表达人物情感，生动准确地塑造人物形象。看似平淡细碎，但却往往能够发掘出人性中的深层次的东西，捕捉并表达出时代脉搏的跃动。二是开放性和时尚性。上海作为现代化的国际大都市，既博采融汇了中国各地文化,也是中外文化撞击和融合最为活跃和强烈之地。对不同文化的充分吸收和包容,形成了一种海纳百川的气度和胸怀。由此出发,也决定了它的得风气之先的时尚性。这种时尚性既体现在器物和生活方式上,更体现为新观念新思想等属于精神层面的东西。这方面上海始终引领全国。所有这些,体现在文艺作品中,就形成了一种独特的"海派味道"。远至二十世纪三四十年代,一批优秀的老电影如《十字街头》《乌鸦与麻雀》《一江春水向东流》等,就已经形成了颇为鲜明的海派特色。二十世纪九十年代以后的《上海一家人》《孽债》《儿女情长》,和今天的续集《儿女情更长》,这方面的特色也是十分浓郁。

对一些以表现上海本土生活为主要内容的电视剧,它们的成功,我理解为是较好地把握和处理了普遍性和特殊性二者之间的关系。特殊性中包括了普遍性。它们受到欢迎绝不仅仅是因为它描写了上海人和他们的生活,而首先是因为它对这种生活及其本质的揭示,达到了真实和深刻的结合,塑造了有个性有特点的人物,生动展现了矛盾冲突的过程,表达了时代的精神,而这些正是一切优秀文艺作品的共同特点。在这种前提和基础之上,再进一步加入和放大一些带有特殊性的地域文化的元素,就更易于成功。这是锦上添花,首先你的东西要是一块质地上乘的绸缎。或者换一种说法:其实,一部描绘特定区域生活的文艺作品,只要创作者真正忠实于生活,遵照艺术创作的一般规律来处理,也就同时能够生动准确地反映出地域的风土人情,这是一个自然而然的、并不需要刻意地经营的过程。《儿女情更长》

就是一个具有说服力的例证。

期待今后的上海电视剧创作进一步解放思想，拓宽题材范围，要努力表达中国人的生存经验、中华民族的梦想和追求，表达当前这个前所未有的大变革时代的精神气质。要具有拥抱一切的宽阔胸怀和远大抱负，而不可拘囿受限于某一些题材范围。应该采取的姿态是"立足上海、面向全国"，按照"思想性、艺术性、观赏性"三性统一的标准，精心锻造艺术精品。当然，在此前提下，也可以更多结合自身的资源特点，如红色革命历史的富矿区、东西方文化融合的大都市，改革开放的前沿阵地等，深入发掘，做足做好文章。预祝今后上海电视剧创作更上层楼，不断创造辉煌的业绩。

光与影中的燕赵情怀

在叙事性文艺作品中,人物形象是否鲜活生动十分关键,因为它直接关系到一部作品的艺术质量,关系到是否为受众接收和欢迎。近年来,河北电视剧的创作呈现出一种井喷之势,出现了很多优秀的作品。数点《我的故乡晋察冀》《闯天下》《先遣连》《营盘镇警示》《打狗棍》……这些备受好评的作品,或关注现实光影,或聚焦历史风云,或表达重大深刻的主题,或讲述曲折动人的故事,各擅胜场,亮点纷呈。其中具有共同性的一点,就是它们都塑造了栩栩如生的人物形象。

"齐鲁多鸿儒,燕赵饶壮士"。一方水土养育一方人,一个地方的地理环境、历史和文化,对于生长于此地的人的性格气质的形成,具有十分重要的影响,这点已经为人们所公认。唐代大文学家韩愈的一句"燕赵古称多慷慨悲歌之士",之所以流传至今,首先要归功于这句话很好地捕捉和概括了古代燕赵之士最为突出的精神风骨和人格特点:豪爽任侠,嫉恶如仇,重义轻生,等等。精神的流布和传承有着自身的特点,它会穿越历史烟云,在一代代人身上体现出来。在近年来河北拍摄的许多电视剧中,特别是在以抗日战争为题材的作品中,我们能够看到这种精神血脉的传递和赓续。《打狗棍》中的热河抗战的传奇人物戴天理,一位有情有义、勇猛无畏的血性汉子,有着野驴一样倔强不羁的个性,率领"杆子帮"和日本鬼子斗智斗勇,为了保家卫国甘洒一腔热血。《闯天下》的吴桥杂技艺人赵沧海、燕青山等人,为了保护八路军战地医院的伤病员,不惜毁掉千辛万苦组建起来的杂技班子,以一场绝命演出吸引鬼子,掩护伤病员转移,将民族气节表达得淋漓尽致。《我的家乡晋察冀》中的耿三七,原本是保定山货店的小伙计,误打误撞加入了八路军,凭着江湖生意场上练就的机智和鬼点子与鬼子斗智斗勇并屡屡获胜,电视剧将一位草根英雄的成长史刻画得生动传神。

人性、文化,都是复杂多元且呈现变化的,在艺术创作中,对于创作对象的任何简单的以及固定化的概括描述,总是会陷入思维的表层化和单一化,而难以全面、深刻、准确地把握和描绘对象。随着时代的发展,地域文化之间的交融,人员和信息的流动,都会影响到一个地方的风俗、民风等产生变化。因此,对于燕赵风骨、燕赵情怀,也应该作一种开放性的理解和把握。在"风萧萧兮易水寒,壮士一去兮不复返"的慷慨悲歌之外,燕赵情怀中有着更为丰厚的内涵,和更为广阔的覆盖。如果说上面谈及的人物,更多让人想起那种为信念不惜挥洒热血抛掷头颅的一面,那么,以坚韧的精神、执着的态度,克服千难万险,不达目的不罢休的精神,同样也是燕赵风骨的重要内涵。在电视剧《先遣连》中,通过对以先遣连连长、河北人李狄三这个真实人物为代表的一系列人物形象的艺术重塑,艺术地演绎了二十世纪五十年代解放军第一支先遣部队在进藏过程中的千难万苦。

爬雪山、登高峰,在缺衣、缺粮、缺盐,出现雪盲和高原反应的情况下,先遣连凭着顽强意志和强烈的责任感,战胜了艰难险阻,完成着一个个不可能完成的任务。英雄们"不怕苦、不怕死"的坚韧意志和"生命未卜,信仰犹存"的奋斗精神,在电视剧中得到了酣畅淋漓的表现。即便在《闯天下》中,与表现主人公的慷慨侠义、为报国恨家仇而不惜牺牲生命相平行的,也还有另一条重要的叙事线索:赵天福、赵沧海、燕青山等忍受帮会盘剥,军阀欺侮,历经风险和辛酸,就是为了实现梦想,拥有一个属于自己的杂技班子,这种忍辱负重、坚韧不拔、不达目的誓不罢休的精神,作为燕赵风骨的一个重要内容,同样也得到了很好的刻画。

此外,善良、诚实、本分、勤勉、忠厚、重传统、重礼仪、做事认真笃实等,同样构成了燕赵文化浓重的底色。尤其是在和平时期的平静而庸常的日常生活中,这些方面的品德的表现更为普遍和突出,更容易成为审美观照的对象,同时,对于它们的艺术表现,也更容易见出艺术功力上的高下优劣之分。在这方面,公安题材电视剧《营盘镇警事》尤为值得称道。剧本中的主人公范党育,同样有着真实的人物原型,他作为一个小镇上的基层派出所所长,和普通民众心心相印,没有丝毫距离感,他一心一意为百姓排忧解难,像泥土一样的朴实,又像泥土一样的可以信赖依靠。他凭着自己的朴实、亲和、幽默,赢得了百姓的尊敬和爱戴,能够将大事化小,小事化了,人送绰号"范大了"。在这样的人物身上,体现了古道热肠的传统美德与模范共产党人立党为公的宗旨的融合,是燕赵情怀的当代呈现。

　　既关注地域特色而又超越了地域局限,既发掘性格的独特性也关注人性的普遍性,正是这种普遍性和特殊性、历史性和现实性的结合,使得这些电视剧在对于人物的把握和描绘上,尺度把握得比较好,成功捕捉到了人物的精气神,塑造了生动鲜活的人物形象,提升了电视剧的艺术品位,为电视剧的成功奠定了扎实的基础。个中的经验,值得加以认真的研究、探讨和总结。

　　(原载《文艺报》2014 年 1 月 17 日)

优秀传统文化是一泓清泉
——观《记住乡愁·讲和修睦》有感

《明月湾村——讲和修睦》,作为百集大型纪录片《记住乡愁》系列片的第三集,围绕明月湾古村的人们千百年来对于"和睦"的信奉践行,表达了对于人与人、人与自然之间建立和谐的关系的思考,也揭示了中华优秀传统文化的深厚魅力和强大生命力。

明月湾古村位于太湖深处的西山岛上,湖山阻隔,远离陆地,是南宋时躲避战乱的人们所建。面对太湖碧波,背倚葱郁青山,古村仿佛喧嚣人世间的一处世外桃源。千百年来,村民们过着悠然怡然的生活,与世无争,平和宁静。

这种生活,来自大自然的赐予和庇护,更来自村民们对于信念的秉持。讲求"人和",是村民们所奉行的最基本、最重要的价值尺度,也是他们的这种安宁悠然的生活得以延续的重要保证。祠堂匾额上镌刻的"敬宗睦族","心气平和,事理通达"的对联,族谱中"让则无争,无争则俗厚"的教诲,所标举的都是"和为贵"的理念。类似的意思也都写进了家训,并得到了切实的实施。但再好的邻居,也难免会有磕碰龃龉的时候。过去数百年间,通常是通过"喝讲茶"的古老习俗,来化解矛盾纠纷。

争执的相关方在茶馆坐在一起,各说各理,再由长辈公议,裁定是非曲直。时代发展到今天,这种做法又被一种更为亲切的方式替代,那就是由家族中德高望重的老人来作居间劝解、调和。被族中人们称呼为"老娘舅"的吴剑明,就成功地调解了兄弟间因旧宅维修引发的纠纷。尽管与"喝讲茶"在表现形式上有所不同,但二者所凭借的都是为国人所看重的血缘和亲情关系。这些看似普通的做法,却颇为有效地遏止了矛盾的进一步发展,起到了息事宁人的效果,维持了古村的秩序。千百年来明月湾从未发生过一起刑事案件。一代代朴素的村民们,对"万事和为贵""家和万事兴"的格言谚语等都耳熟能详,而且真心信奉。而这些理念的根源,正是传统文化中的"和"的思想。它们代代传递,已经内化为人们心中的伦理认知,并进而成为他们的行为规范。不但同族人内部如此,村子里由四个姓氏组成的"四大家族"之间,千百年来也都是以这样的姿态相处,互相礼让,彼此帮衬,同舟共济。村里的石板路,连接了外面世界的古码头,都是由四个家族共同出资修建的。

明月湾人重视邻里之间的和睦,同样也看重天人之间的合一。"和"的观念,也投射在他们和大自然的关系上。特殊的地理环境,使得明月湾村受到大自然的分外眷顾,峰峦叠翠,林木葱茏,空气清新,水质优良,清代著名诗人沈德潜称道其为"人烟鸡犬俱在花林中"。良好的生态环境,有效地调节了古村的气候,水土流失等自然灾害极少发生。自然环境的美同时给村民们带来了心灵的惬意安宁。他们真切地体验到什么是"天人合一"境界,也自古就懂得如何善待带给他们幸福感的大自然。立于乾隆年间的"永禁采石"碑,写入了乡约的"凡有树之地,不得稍为砍除"等,都彰显了他们敬畏和关爱大自然的决心。为了保护村头一棵树龄一千二百多年的古香樟树,全体村民团结起来,数次阻止了土匪和侵华日军的砍伐,为此几乎付出了生命的代价。今天,为了保护好面前太湖的万顷碧波,专门集资建立了污水处理厂,对一个只有百来户人家的村子而言,堪称大手笔。

经济社会的发展仿佛大潮涌动,势不可当,但绝不应以家园的倾圮、灵魂的无处安放作为献祭。能否"望得见青山,看得见绿水,记得住乡愁",是衡量现代化建设是否成功的一把标尺。令人钦羡的明月湾村,是对什么才是生活的理想状态的一次生动形象的阐释。其中,以"人和"为目标讲求邻里和睦,以"天人合一"为旨归追寻与大自然的和谐,对这些传统文化价值的信奉和践行,无疑是他们的幸福感的极为重要的源泉。

明月湾村有一口南宋时代的古井,甘甜的井水至今还可饮用。优秀文化传统中那些具有强大生命力的内容,今天也依然可以成为一泓浇灌我们灵魂的清泉。明月湾古村启发我们,要回望和致敬优秀的传统文化价值,那里贮满了文化乡愁,那里有我们灵魂的根,对它们的传承,也是为我们的幸福夯实根基。

(原载《人民日报》2015 年 1 月 16 日)

每一处地方都是我们的家园

——《天山脚下》观后

　　过去二十年间,我曾数次到过新疆,领略了天山南北的无穷魅力。在南疆,在飘荡着烤馕香味的喀什老街,沉醉于动听的维吾尔音乐;在和田热闹的巴扎上,看着身着色彩鲜艳的"艾得莱斯"的姑娘们从眼前轻盈飘过,仿佛一队行走的花朵。在北疆,置身乌尔禾魔鬼城奇特怪异的风蚀地貌中,为大自然的鬼斧神工惊叹不已;在薰衣草盛开的伊犁河谷,观看哈萨克人激烈奔放的赛马活动,骏马驰骋,骑手矫健……这一片广袤的大地上所呈现出的自然和人文之美,每一次都令我心潮激荡。

　　正在央视播出的大型纪录片《天山脚下》,唤醒了我的记忆,让我获得了一次重新的沉浸。高清的画质,将如临其境的感受推进到了极致。在观看的过程中,眼前的画面和记忆中的场景相互叠加,那些新疆魅力的源泉,那些让我当年身置其中时激动不已而又模糊不清的东西,获得了某种提示和点化,这片土地的大美的本质,益发清晰地袒露和显现出来。

　　由《家园》《成长》《生活》《传承》《寻路》五集纪录片组成的这部大型纪录片,每一集的命名,显然都有着深刻的寄托。每一集都是一种视角,一个窗口,试图在一个相对凝聚的题旨中,在天山南北的广阔背景下,凝视一幅幅具体而细微的生活画面,并通过一种舒缓从容的叙事节奏给予呈现。

在第一集《家园》中,新疆大地的风光之美多姿多态,既有壮阔粗犷,也有柔美细腻。伊犁河谷春天的野杏树,鲜艳的花朵漫山遍野绽放,如梦如幻。四岁的哈萨克男孩阿依布兰,忍住树枝划破脸颊的剧痛,顽强勇敢地学习骑马。虽然他马上要去县城上学,但这种经历一定会镌刻进他的童年记忆,那里面有着对生活最初的理解,对自己身份的朦胧认知。而对于生活在火洲吐鲁番的孩子们,炎热的夏天,与火一样的太阳炙烤并存的,还有坎儿井中流淌的清凉的雪山融水,有葡萄架下吹拂的习习凉风。冰与火交融,大自然提供了一种神奇的馈赠。大自然的美好,人与自然和谐共生的观念,以具体生动的方式,注入人们的灵魂深处,让他们敬畏天地,深切地意识到自己作为自然之子的身份。

在这样的家园中诞生和发育,一个人的生命,更容易获得广阔、深厚和敏锐的品性。壮美的大自然,悠久的历史文化,都在参与心灵的塑造。在第二集《成长》中,画面聚焦于生命绽放的种种姿态。花儿一样的塔吉克小姑娘,小学生夏衣达和凯巴努,用歌声和舞蹈,用纯真和美丽,和全班同学一道,在有一千多年历史的塔什库尔干古城遗址,演出《花儿为什么这样红》;在现代化的石油城克拉玛依,老一辈石油人的后代,年轻的街舞者们,用奔放的舞姿传递这座时尚城市的充沛活力,表达自己对于未来的向往。生命之光无处不在闪耀,有传统精神的陶冶,也有现代文化的撞击。虽然偏僻遥远,但生命成长所依循的节律,所呈现的色彩,这些最本质的方面,和内地的通衢大邑并无二致。

于是,在这片土地上所展开的生活形态,很自然地会引发人们的兴趣。第三集《生活》中,镜头捕捉了新疆城乡日常生活的滋味和色泽,那是被这里天高地远的大自然、被悠久厚重的时光濡染浸泡而形成的一种氛围,古朴而醇厚。喀什的维族老人,每天坐车二十公里去老城里的老茶馆喝茶,与老伙伴们谈天叙旧,茶烟袅袅,岁月从容。在并行的时间里,梦想、激情和活力,也在这里的每一个角落里跃动。跟着姐姐学做裁缝的年轻库车姑娘,勇敢地接下了好友婚礼上的十几件伴娘礼服,要在很短时间内裁剪制作完成,她感觉到不小的压力,但这件事情一定要做好,既是对友情的祝福,更关系到自信心的建立,自我价值的实现。古老文明的回响,现代生活的气息,交织融汇于同一个时空。

每一种生活都有自己的来路,第四集《传承》试图将今天与过去贯通,向时间的深处,追溯一个特定的族群精神生活形成的内在基因。阿克苏的哈萨克牧民,费尽心力将古老的鹰舞传授给自己的儿女,希望通过他们传承下去,因为这种雄鹰崇拜中深藏着一个民族的精神密码。在吐鲁番,当沉寂已久的木卡姆,经过一位青年艺术家的热心推动,终于被一群高龄民间艺人重新弹奏和吟唱起来时,这一块土地的魅力,也就获得了一种有力的延续。鹰舞者的儿女并没有表示出特别的热心,也许这些古老的传统和技艺注定了会走向式微,但只要有目光投向它们,根系的存在就不会被遗忘。就仿佛一条道路,即使向无限遥远延伸,却总是生发于某一个原点,那是它自己的零公里处。

无数条道路贯通了新疆大地,也绾接了天山南北多彩的生活,因此它总是更能够让人关注。第五集《寻路》中,"路"具有十分广阔的意涵,既是现实中的客观事物,又体现为一个意象,一种修辞。阿尔泰的冬季寒冷漫长,牲畜饲料就要吃完了,不同民族的几家邻居通力合作,从齐胸深的雪中开拓出一条通向草料场的路。路无疑是具象的,但大自然的凛冽也使其负载了勇敢、勤劳、团结、协作的意义。达坂城的哈萨克三姐妹,跟随父母沿着天山西行,去哈萨克斯坦探望亲戚,一路上为壮美的风光欢呼惊叹。这里是曾经的丝绸古道,拥有过多少个世纪的荣光,"一带一路"又赋予了它新的意义和价值,其深刻的创造性,需要未来的时光给予验证和阐释。

这样的故事或故事片断,在《天山脚下》中一共有二十二个。经由一个个生活截面,一个个具体故事,我们得以深入新疆日常生活的皱褶,瞩目于种种局部和细节。而它们的集合,则从总体上呈现出生活的丰富性,正是一种与此处大自然的壮阔相谐和的状态。人以及它们的生活,人的情感和精神世界,成为纪录片的主角。这些故事或者流光溢彩,或者沉静朴实,它们彼此之间并无关联,但都是人的真实而生动的生活,都流淌着鲜活而饱满的情感。这一点共性,成为贯穿整部作品的一条脉络,仿佛人体中的骨架,仿佛房屋中的柱梁。

纪录片中的这些人物大都是普通人,是散步时迎面走来的人，是茶馆里坐在邻桌的人，他们所过的生活，每个人的喜怒哀乐，梦想和追求，折射出的也是这种生活的素朴光泽。因此，这就使得原本是分散的、具体的生活，通向了一种情感和人性的普遍性。这也正是这部作品和以往许多新疆题材纪录片明显的不同之处。猎奇并非制作者的初衷，虽然这片土地因为自然和人文的独特性，的确具备了鲜明强烈的传奇色彩。正是由于它并非聚焦于某一个具体的领域，风光或者歌舞，丝路或者考古，而是力求展现日常生活的整体性，也因而产生了更为丰厚的蕴涵。热爱家园，延续传统，追求梦想，拥抱现代生活，多民族的和谐相处……你从画面中读到了众多的题旨。

我读到一段纪录片制片人的主题阐述，它印证了我的感受："我们坚信，如同每一滴水珠都能折射太阳的光芒，在每一个有关日常生活的故事或故事片断里，隐藏着坚韧的生命能量，能照见世道与人心，童真与青春，爱与希望，快乐与伤感，敬畏与执着。这些全人类普遍的情感与价值，在跨文化传播的语境中，就是氧气，是水。"说得再清晰不过了。

编导者们通过一条心的管道，串联起了这些故事。同样也是凭借着这一点，在影像里的生活和电视机前的观看者之间，也搭设起了一条无形然而确凿的纽带。在这种不需要转译的普遍人性面前，那些地域的、民族的、语言的、文化的隔膜，会变得无足轻重，甚至化为乌有。在巴音布鲁克草原，一位蒙古族老牧人按照当地习俗，将一匹即将走到生命尽头的老马放归大自然中，这匹马已经与他的家庭共同生活了将近四十年。生离即死别，空旷的大草原上,老牧人转过身时的满脸泪水,老马眼角上的一滴泪珠,也让荧屏前的我们禁不住潸然泪下。同样地,我们也能理解喀什老城中,那一对异国夫妇的相守相望。聚少离多的背后,那种一如当初的炽热和深沉,足以消弭时空阻隔造成的情感空白,让爱持续地生长。对于这种情感的无界相通,《寻路》中的一个故事,仿佛是一个生动的隐喻:一位生活在克拉玛依的俄罗斯厨师,用从巴基斯坦瓜达尔港捕捞的新鲜印度洋海鱼,烹制意大利风味的佳肴。辽阔疆域、不同语言、多样文化中的生活,完全可以是互通互融的,因为它们秉持了共同的人性法则。

观看这部纪录片时,或早或迟,有一种感受会进入你的内心:这里的每一处地方都是我的家园,每一个人都是我的家人、邻居和朋友。占到了中国版图的六分之一,新疆的疆域广袤无垠,但是,镜头中表现的生活及其蕴涵,所造成的共鸣不会仅仅限于天山南北,甚至也不限于中华大地。因为它关注的目标是灵魂,而灵魂的辐射是没有边界的。

(原载《人民日报》2018 年 7 月 26 日)

血与火的红色记忆
——《平山记忆》观后

八集文献纪录片《平山记忆》，是一部影像版的根据地老区河北平山县的革命史，是一曲交织着血与火、苦难与辉煌的红色乐章。从《播火》《堡垒》《家园》《支前》到《长歌》《转战》《曙光》《情怀》，这部纪录片按照时间顺序清晰地勾勒出了历史脉络。在这样的框架结构中，它通过大量厚实生动的史实，反映了平山人民在抗日战争、解放战争、新中国建立中，对中国革命所作出的巨大贡献和牺牲，展现了革命先辈们伟大崇高、万世不朽的精神情怀。观看这部纪录片，是一次红色记忆的打捞，灵魂受到强烈的叩击，心中升腾起对峥嵘岁月中那些铁骨铮铮的革命先辈的无限景仰。

看过这部作品，我要毫不迟疑地说，它堪称文献纪录片中的上乘之作。它的感人至深的效果，当与以下几个特点有关。

第一，通过脉络清晰、层次分明的叙述和追忆，还原了平山可歌可泣的革命历史进程，揭示了战火中的伟大精神。《平山记忆》既记录了聂荣臻、彭真等领袖和将领们的卓越功绩，更彰显了普通人民群众是历史中的无名英雄的深刻主题。平山具有光荣的革命历史传统，是北方革命斗争最为活跃的地方。这里二十世纪三十年代初就建立了党组织，当时河北全省共有五千名中共地下党员，平山就有七百人，占到了七分之一。正因为有良好的群众基础，所以才成为抗日根据地的核心腹地和坚强堡垒。抗战爆发不久，一千五百多位平山青年组建成八路军一个整团。这支英勇之师"平山团"后来离开家乡，转战各个抗日战场，一共牺牲了九百多人，直到迎来抗战的胜利。晋察冀军区司令部和中央北方分局机关在这里度过了三年多时间，五大书记在西柏坡会合，解放战争的三大战役是在这里指挥的，新中国的巨人般的身影，也正是从这里的天穹下开始显现其清晰的轮廓。

　　纪录片秉持的美学原则是"让史实说话"。《平山记忆》每一集侧重表达一个主题，以亲历者追忆当年革命战争时期中的几个主要人物的身世、经历和故事为主，再配合历史学者、档案工作者，介绍有关的历史背景、史料和记载，真切准确的效果。通过这样点与面的结合，每集都反映了平山人民革命斗争历史的一个方面，以及一种伟大的精神品格。如《家园》反映了抗战期间平山人民艰苦卓绝的斗争：日军一千多人龟缩在县城和温塘镇，其他地方都是在我们的控制之下。最大规模的温塘战斗给敌人沉重打击，我军也牺牲惨重。整个抗战期间，日军在平山境内大肆实施"三光"政策，杀害抗日军民近一万五千人，居河北省之首。全县共二十五万人，有七万人参军，五千烈士。这些既让人看到了敌人的残暴，更凸显了平山人民捍卫家园、浴血奋斗的决心和意志。《长歌》则集中展现了知识分子群体在抗战中的卓越功绩。华北联大四千多位师生从延安转到这里，住满了文都河畔的几十个村庄。《没有共产党就没有新中国》的歌声从这里唱响,铁血剧社在这里发出战斗的呐喊;以笔和照相机作为武器,邓拓和《晋察冀日报》、沙飞和《晋察冀画报》,都载入了文化抗战的不朽史册。在日军疯狂的大扫荡中,几十名新闻工作者英勇殉国,包括著名战地记者雷烨和杨开慧的侄女杨展。

如果说每一集是由点到面地表达一个主题,那么这八集中不同的主题汇合起来,便仿佛一幅立体的画卷,展现出了平山革命的整个进程和在那块土地上生活和战斗的人们的整体的精神风貌。同时,《平山记忆》不仅仅是对平山本地革命史的单纯呈现,而是在正面叙述这片土地上的风云变幻的同时,折射出整个时代波澜起伏的大背景,涉及中国革命史上一些重大的事件、活动和决策。平山的人、事始终是主角,是着力介绍和描写的对象,但对全国革命的宏阔场景和进展脉络也有着有力的勾勒。对于这种前景和背景、局部和整体二者之间的关系,这部纪录片把握处理得十分恰当。正是这种个人记忆与民族国家记忆的结合,赋予了《平山记忆》一种史诗的品格。

第二,朴实凝重的美学风格,深切隽永的艺术感染力。《平山记忆》的影像呈现节奏较为舒缓,给观众提供了充分地沉浸感受和深入思考的空间。画面平实沉稳,解说冷静节制,没有什么煽情的手段和炫目的技法,但因为内容和素材的分量,因为真实本身所具有的力量,让观众感受到强烈的情感冲击,同时又促使他们认真感悟其中的精神蕴涵。资料镜头的"实",与诗意空间的"虚",较好地结合在一起,既扎实沉稳,又空灵蕴藉。还是以《家园》一集为例，抗战老战士、后来成为解放军高级将领的李彩伍、韩琳等人，深情回忆起了当年一同战斗、后来壮烈牺牲的战友。对战友的无尽缅怀，以及残酷战争带给他们的从身体到心灵的创伤，都是通过他们的面部表情而得到表达的。李彩伍两个叔叔被日寇杀害，房屋被烧，本人也失去左眼，右耳失聪。"每当回忆起战斗经历时，李彩伍总是面色凝重，不愿意过多提及。丧失生命之痛，给老人留下了一生中挥之不去的记忆。"晋察冀五团政委萧锋的女儿回忆说，几十年后父亲在整理当年战争时代的日记时，仍然老泪纵横。这些画面以及解说词，看似朴素平实，却因为凝聚了岁月和人生的况味而撼动观众的灵魂。

这部纪录片注重调动具有鲜明地域气质的文化元素，如片中回荡的河北梆子的明朗刚劲的旋律，不但与太行山巍峨雄浑的自然风光相谐，也生动形象地诠释了平山人的仁厚实在、忠勇稳定、与韩愈所言"燕赵古称多感慨悲歌之士"一脉相承的人格特征和精神境界。

第三，深远的历史意义和鲜明的现实意义的结合。《平山记忆》是革命老区平山的史诗，是一部生动的革命历史教科书，对于今天的人们，它也是一册珍贵的精神启示录。

它记录了平山儿女的苦难和辉煌，传递出了丰富而深刻的精神价值。那就是天下兴亡、匹夫有责的爱国情怀，是大义凛然、宁死不屈的民族气节，是英勇顽强、血战到底的英雄精神。它大力弘扬了理想和信念的力量，是进行革命历史和传统教育的好教材，是一笔宝贵的精神财富。习近平总书记倡导要"讲好中国故事",弘扬中国精神,这部片子便是一个出色的印证。

《平山记忆》在纪念抗日战争暨世界反法西斯战争胜利七十周年之际播映,不但会让人们深刻认识到中国人民取得抗战胜利、实现民族独立和解放的根本原因,同时对于当前我们克服重重艰难险阻、实现中华民族伟大复兴的中国梦,也有着强烈的精神启发和情感激励作用。

(原载《电视研究》2015 年第 11 期)

信仰的力量

——《苦难辉煌》观后

去年夏天,我曾到井冈山干部学院短期学习。十多天的时间里,系统学习了井冈山时期革命斗争历史,亲临其境的现场体验式教学,无论是瞻仰井冈山革命烈士纪念碑,还是祭奠小井红军烈士墓地,无论是伫立在毛泽东居住办公的八角楼前,还是跋涉于朱德挑粮上山的险峻小道上,都让我仿佛返回了几十年前那个血与火相交织的岁月,激动不已,思绪万千。这次观看历史文献纪录片《苦难辉煌》的过程,让我又一次体验到了那种强烈的心灵震撼。

这种感受和思考,可以归纳为核心的一句话:信仰的力量。

这部历史文献纪录片,是在金一南教授引起巨大反响的同名原著的基础上进行改编和再创作的。它围绕"中国的红色政权为什么能够存在并能够取得胜利"这一命题,对中国共产党成立到工农红军长征抵达陕北那一段艰难曲折的历史,给予了生动的展现、深入的思考。作品忠实地传递了原著的精神内涵,以一种宏阔的国际化视野、鲜明的当下意识解读历史,其纵横开阖的战略思维特点,既激情洋溢又冷静深沉的叙述方式,为人们更深入地了解那段历史,开启了全景式的认知角度。从中获得的启发是多方面的,对我来说,至关重要的也是感受最深的一点,是其间弥漫荡漾、贯穿始终、无时无处不在的革命者对信仰的忠诚。

中国共产党之所以能够领导人民取得中国革命的胜利,从根本上讲是因为其伟大的追求符合历史发展的规律,符合人民的愿望。但是,倘若不是无数革命先辈拥有革命必胜的坚定信念,拥有"亦余心之所善兮,虽九死其犹未悔""我以我血荐轩辕"的奋斗意志和勇于牺牲的精神,也难以想象会有这样的胜利。党和工农红军的发展和壮大的历史,是一部饱蘸苦难的历史,是一部血与火交织的历史,惊涛骇浪,血雨腥风,伴随始终。四一二大屠杀,五次反围剿,湘江血战,爬雪山过草地……极其艰苦的环境,极端困窘的生活条件,敌人的围追堵截是家常便饭,流血和牺牲如影随形,而革命胜利却遥遥无期。这种情况下还能坚持下去,归根结底,凭借的就是信仰,相信自己追求的理想是光荣美好的,是终将会成为现实的。秉持这样的信念,才能够甘愿忍受一切常人难以忍受的苦难,无怨无悔,愈挫愈勇,屡败屡战,甚至抛头颅洒热血亦在所不惜。

对这种坚守信仰、为信仰而献身的精神,纪录片《苦难辉煌》中表达得浓墨重彩,非常充分,可以说这一点构成了作品的灵魂,是贯穿于全片十二集中的一道红线。革命诞生始于信仰,浴血坚持源于信仰,而最后的胜利归功于信仰。那么多的可歌可泣,那么多的气壮山河,都是因为有信仰之火的炙烤,信仰之光的映照。这些都是经由一系列真实的人物、事件、场面和细节获得表达和揭示的,因而具有特别强烈的触动心灵的力量。为了理想,朱德抛弃了旧军队中优渥的待遇,寻找共产党。在南昌起义失败后,队伍中笼罩着悲观失望的情绪时,他以俄国二月革命的失败保留了革命火种,才有十月革命的胜利,来鼓励大家夯实信念。红军主力撤离中央苏区后,在粤赣边坚持游击战的陈毅,写下了"此去泉台招旧部,旌旗十万斩阎罗"这样悲壮的诗句,死亡的巨大阴影都无法遮蔽他心中理想的光亮。转战皖南赣北的红十军团三个师一万多人,在怀玉山被数倍于己的敌军围困全军覆没,军政委员会主席方志敏和黄埔一期毕业的军团长刘畴西被俘,蒋介石托人劝降,许诺给以高官厚禄,但他们丝毫不为所动,怀着对信念的忠诚慷慨就义。红21师师长胡天桃被俘,让敌人大吃一惊的是这位红军师长在冰天雪地中身上只有几件打满补丁的衣服,而在国民党的威逼利诱下,胡天陶始终只有一个字"不",从容赴死。这就是共产党人的信仰,感天动地。这个军团只有参谋长粟裕带领四百人突围成功。但正是这支队伍,在战斗中不断壮大,十四年后在解放济南的战役中,活捉了当年进攻怀玉山时审讯和杀害胡太桃的王耀武,当年的国民党军队旅长,现在的国民党山东省主席。这种体现于历史进程中的巨大转折,以其强烈的戏剧性,令人悬想不已。"捷报飞来做纸钱",这是信仰的胜利,足以告慰英烈的在天之灵。信仰的力量至人至刚,可以移山填海,可以改天换地。

忠诚源自信仰,而背叛则意味着信念的丧失。和同类的作品相比,作品更为充分地触及了"忠诚和背叛"这一主题。在那个腥风血雨的残酷岁月，有上述那样可歌可泣的坚守，但无可讳言也有着频繁的背叛——不少人忍受不了艰难困苦，放弃了信仰，投向敌营。纪录片《苦难辉煌》对此并没有刻意回避。我们看到，包括一些共产党高级领导人和红军将领在内的意志薄弱者变节了，像担任红七军参谋长、红军总参谋长的龚楚等人，就叛变了革命，将枪口对准自己从前的战友。但大浪淘洗掉了泥沙，留下了真金。这些寡廉鲜耻者的行径，反而愈发映衬出了有着坚定信仰的人们的内心的崇高、人格的伟岸。纪录片在探测人性的深渊中，获得了审美表现的深度，也凸显了信仰的品格和无坚不摧的巨大力量。

正是凭借了对理想的执着，这些被内心中信仰的火苗炙烤着的人们，才能够前赴后继，不屈不挠地向着遥远的目标行进，就像纪录片中的一句解说词形象地描绘的那样，"像那大江的流水一浪一浪向前进，像那高空的长风一阵一阵吹不断"。中国革命一次次濒临险境，又一次次绝处逢生。中国共产党经历了地狱般的磨难，经历了千难万险百折千回，终于迎来了最后的胜利，从苦难走向辉煌。在苦难与辉煌这相隔遥远的两极之间，信仰是一条坚韧的纽带。

这部文献纪录片所体现出的美学品格也很值得称许。影像呈现的方式，相比原作大大增强了视觉的冲击力。大量的历史照片和影像资料，有许多是过去从未看到过的，那些褪色的斑驳画面，拉近了观看者与逝去已久的历史的心理距离。动画演示则复活了当时的场面和氛围，使之生动可感。这些艺术手法，营造了一种凝重的氛围，更烘托出了历史的苍茫感，令人在观看的过程中，思绪在今与昔、诗与思之间往返穿梭，沉浸于激情和思想的双重收获中。

克罗齐说过，"一切历史都是当代史"。历史具有现时性，已经隐入时光深处的昨天，与当今的生活依然存在着相互间的贯通、印证和映照。今天，通过观看这部作品，我们可以从那个波澜壮阔的岁月中汲取丰富的精神滋养。老一辈革命者凭借理想和信念，实现了取得中国革命胜利的伟大梦想，今天，实现中华民族伟大复兴的"中国梦"，是全民族的共同的梦想，当代共产党人作为这场伟大的"新长征"的领导者，必须要敢于破除阻挡发展的一切艰难险阻。那种攻坚克难的勇气和毅力，仍然来自对所从事的伟大事业的执着信仰，只有这样，才能够使"中国梦"尽快梦想成真。我想，这正是《苦难辉煌》这部历史文献纪录片给予今天最重要的启示之一。

（原载《文艺报》2010 年 5 月 14 日）

对闽商精神的着力发掘

大型历史文献电视片《闽商》，以恢弘的气势，开阔的视野，丰富翔实的史料，纵横开阖的表达，追踪了闽商闯荡世界的足迹，描绘了他们艰辛创业的历史，展现了他们对于环球贸易、对于中外文化交流和融汇所作出的突出贡献，并深入发掘了寄寓于闽商群体中的独特的精神禀赋，是一部文化解读意味浓郁的电视专题片。

通览全片，对我触动最深的，是它对于闽商精神的深入发掘和生动展示。

有道是"有华人的地方就有闽商"。在 2004 年的首届世界闽商大会上，曾把闽商精神归纳为三十二个字："善观时变、顺势而为；敢冒风险、爱拼会赢；合群团结、豪爽义气；恋祖爱乡、回馈桑梓"。精于把握机会、超强的应变能力、敢想敢干的血性、恋祖爱乡的情结……从每一位成功闽商的身上，都不难发现这些特色鲜明的精神禀赋。

这部电视片，首先借助历史、民俗、民族学等多方面的资料，对闽人独特的生存形态、精神气质的形成，对于"闽文化、闽商的海洋性基因"，进行了追根溯源的分析。从地域文化角度，指出了孕育闽商精神的八闽大地在生存空间上的相对独立性，并从人类学的视角,指出构成闽人的是原住民、入闽汉人、海上来的其他族群。他们不仅构成了闽人的重要生理遗传,且拥有共同的精神气质:为生命中躁动的力量驱使,永远不满足于自己的处境,渴望变动。正是这种精神禀赋,驱使他们以四海为家,闯荡全球。闽人的历史生存形态,显现出典型的海洋文化特征,而闽商更是将这种特性发扬、放大到了极致。在长达许多个世纪的漫长岁月中,闽商走向世界,经营环球贸易,促进了白银、丝绸、茶叶、瓷器、漆器等在大洋两岸、在东西方不同国家之间的流通,为"海上丝绸之路"的架设作出了突出贡献,并极大地促进了中外文化、思想的交流,促成了中国和世界的对话。这一切,都可以说依赖于这种精神气质。正是从这样一个原点出发,才逐渐地衍生、丰富和深化了闽商精神,才驱使闽商一步步走向了遥远和"无疆"。

在这部电视片中,对闽商精神中的每一个层面的表达,不是流于空洞浮泛的议论,而都是经由可证可信的史料、情节乃至细节而获得实现的,从而使得闽商精神的内涵得到了生动形象、富有说服力的诠释,也使观众对于闽商精神有一种切身的感受、真实的认知和深入的理解。像任清代广州十三洋行总商、行首的闽商潘振承,遵循产品优质和诚信经营这些闽商商业智慧的核心价值,来经营自己的商业,有口皆碑。面对从英国退回的一千多箱不合格的茶叶,虽然因为标签脱落而不清楚是属于哪一家商号的,但为了维护闽商良好的商业信誉,他毅然支付高达一万银元的高额赔偿。而从明代建阳书商余象斗身上,我们看到了新意迭出的商业创意,看到了不输于今天商学院的品牌教材的成熟的经营策略。今天的闽商,在品牌的守护和建设上,更是青出于蓝而胜于蓝,屡出高招,屡创佳绩。总之,由一整套完备而系统的商业道德、经营理念等所构成的"泱泱商道",成就了闽商的辉煌业绩和巨大影响力。

尤其值得一提的,是这部电视片在发掘和阐释闽商精神的同时,还进一步深入闽商群体的情感世界,从源头上揭示了内心美好情感对于闽商精神的产生、形成和完善所起到的重要作用。"天一信局"的创办者、"水客"出身的郭有品,毅然变卖家中田产,偿还随身携带的八百元侨款,分文不欠。这就不只是一般的商业诚信所能够解释得了的,因为侨款是遭遇沉船事故而沉入海底的,被人从死神手中救起的,他完全可以不承担责任。电视片是从爱的意义层面来解释他的行为的。"金钱只是对亲人、邻里、族人表达爱意的一个工具与载体。有这样的经商理念,闽商的事业怎能不得到天助与人助呢?"这种理念,也是闽商群体的共同遵循。这种爱,还可以延伸到对故乡、对民族、对社稷、对国家。它体现在不独作为民族英雄、也作为"海洋商人"的郑成功的"通洋裕国"的策略上,更体现在被毛泽东誉为"华侨旗帜、民族光辉"的南洋巨商陈嘉庚可歌可泣的爱国壮举中。

如果说第一代闽商是为生计而远走他乡,历经千年的演变,现代的闽商则是为了发展而向外扩张,开放、拓展的意识早已融入他们的血液,成为闽商文化特有的禀赋。当代闽商在推进"海峡西岸经济区"的产业升级、科技创新、体制改革,在建设两岸经济共同体,推动台湾海峡两岸共荣、祖国和平统一方面,承担了责无旁贷的使命,发挥着重要的作用。这部分内容,主要体现在电视片的最后部分。虽然没有长时段、浓墨重彩的渲染,但有了前面的对闽商历史的介绍、对闽商精神的发掘作为铺垫,便具有了以少胜多、画龙点睛般的效果,让观众对今日闽商的使命和担当有了深入了解,对今后更好的发展和腾飞充满了信心。

在艺术表达上,这部电视片画面效果清晰,质感生动。节奏从容不迫,画面的切换自然流畅,时空的转换尽管经常是大幅度的,但因为被较好地整合在一个个理念之下,显得叙述脉络清晰,并不给人生硬、突兀和杂乱之感。它大量采用了老照片、文献纪录片、老故事影片画面,对还原历史形貌、营造历史氛围起到了积极作用。它还穿插了不少艺术作品,如介绍闽商把茶叶输送到西方时,就用了好几幅表现饮茶场景的印象派的画作,提升了画面美感。它注重对细节的把握,大量近距离、特写镜头的运用,强化了影像的冲击力。

（原载《文艺报》2010 年 5 月 14 日）

缅怀逝去的温暖和美好

——观深圳卫视《年代秀》有感

对于一档新创办的电视节目,开创之初的半年多时间,通常正是慢慢扩大影响的阶段。但却有这样一档节目,凭借其鲜明的创新特性,浓郁的文化底蕴,新颖丰富的表现手法,甫经推出,就迅速吸引了众多观众,收视率一直稳定在省一级卫视前三的位置,在第三季即将收官时,更一跃成为同时段的收视冠军。这就是深圳卫视 2011 年 5 月份开办的《年代秀》,一个以代际文化为内容的综艺节目。

每周一期的《年代秀》节目,其内容定位和框架设计都颇具特色,让人眼前一亮。在这个节目中,时间是第一主角,是一条贯穿始终的轴线,也是节目高潮迭起掌声不断的内在的推动力。节目以当今社会颇受关注的代际话题作为切入点,邀请各个年龄层的明星嘉宾,按照他们青少年时期生活的年代,分别代表"60""70""80""90"和"00"五个年龄组。通过主持人与嘉宾之间围绕不同时代有关文化内容的问答,以及游戏、歌舞、时尚表演、讲述趣闻轶事等环节,对半个世纪以来我国社会进步文化发展的历程和轨迹,进行了一番温情回望,深情款款而又风趣幽默,感人至深。

每期的《年代秀》,话题不同,但都是在一份浓浓的情怀中,拉开观众的记忆序幕。对逝去的美好事物的追忆,是一种普遍而恒久的人性内容。不妨说,这个节目正是建立在对人性的洞悉之上,从而奠定了一个较为坚实的收视基础。制作者把节目素材定位于近六十年社会发展进程中,那些产生过积极而巨大的影响的人物、事件和艺术作品,它们都无一例外地具备了某种"经典"的特质。由此出发,从每一道题、每一个细节开始,节目致力于构建、拼接中国人近六十年的记忆版图,它所唤醒所展现的都是一个个美好的记忆,从而在嘉宾和广大观众中产生了强烈的共鸣。

如有一期节目讲到二十世纪八十年代南极科考站,题目是"一封家书从长城站寄出要多久才能收到回信? 是三个月、六个月还是一年呢?"二十世纪八十年代在南极建科考站是一个新闻事件,信件是八十年代人生活中最为普遍的沟通方式,放在南极那么遥远和神秘的地方,作为一个给五个年代的题目,节目就有了一个既熟悉又陌生的内容,有了不一样的情怀。通过一封家书往来的时间,体现了八十年代南极科考的艰难和孤独。出题的方式是由现在南极科考队队员从南极给《年代秀》拍摄的 vcr 来呈现,揭晓答案的是坐着轮椅来到现场的第一任南极科考站的站长。不仅如此,他还带来了八十年代在南极升起的第一面五星红旗,带来了八十年代长城站和中山站建站不为人知的艰苦故事。因为如此厚重而深刻的感情,当时在场的嘉宾和观众都被深深地感动,眼眶湿润。

每期节目中,都设计了不同的主题,如"童年的记忆""婚恋习俗""红星闪闪""时代偶像""老师您好"等。节目在主题的统领下展开，历史上的英雄和故事被重温，曾经的理想和梦想被不断提及；对时代英雄的敬仰，对经典文艺作品的热情，对社会建设成就的自豪等，构成了节目的主旋律。所有这些，都呈现出丰富的情感层次，唤起了不同时代人们对快乐记忆的共同追寻，击中了观众内心中最为柔软的地方，受到欢迎便是自然而然了。经由这个节目，原本分属于不同年代的美好事物和情怀，得到了充分的交汇；而不同年龄的人之间，在回望各自青春岁月的过程中，也收获了一份深入的沟通和默契。

自以上列举中不难看出，《年代秀》中氤氲着一股极为浓郁的文化气息，文化情怀成为节目的浓重底色，这亦是它有别于众多综艺类节目的地方。这一点，既体现在对六十年时间跨度中不同时代文化面貌的勾勒、文化特点的把握上，也体现在所激发出的情感的质地和属性上。它在人们内心中唤醒的，是对于善良、忠诚、关爱、奉献等美好价值的缅怀、赞美和向往。它在时间维度上指向的并非仅仅是过去，也连接了当下和未来，让人在笑声和感动中思索，应该如何传承那些美好的价值，使之成为今天和谐社会构建的宏大工程中的一份宝贵资源。

一档节目的成功，内容固然最重要，然而形态、手法的恰当也同样是不可或缺的。《年代秀》凸显了强烈的创新意识。综艺节目彼此雷同、相互模仿的很多，但这档节目更新了人们的观赏经验，是一次创意的出色突围。这个节目独有的亮点至少体现在两个方面：一是引入了大量的纪录片、老电影、新闻资料作为节目的素材,拓展了综艺节目的取材范畴;二是每个问题、每个信息点的呈现,都采用更立体、更直观的方式加以演绎或再现,解决了一般益智类节目只运用题版的单一方式,趣味性和表现力,都得到了有效的增强。它打破了目前综艺娱乐类节目类型之间的界限,是多种手段的混搭和杂糅,影像、道具、服装、现场表演、知识竞赛、时空穿越,等等,这些观赏性很充分的元素,以一种多层次的设计方式,被整合在一起,生动再现了当年的氛围,还原了彼时的情境,令观众有一种如临其境之感。如在介绍京九铁路沿途经过的省份时,由一群演员表演出各个地方的地域文化特色,直观生动,令人印象深刻。再如,在一道选择测试题中,当介绍三十年代著名影星和歌星周璇在电影《马路天使》中演唱的歌曲《天涯歌女》时,由三位演员分别扮演的周璇上场,穿着那个年代的不同服装,分别做出不同的动作,嘉宾要回答哪一种服装、哪一个动作才是电影里的,并很自然地播放出电影中的相应画面。一个并不复杂的章节,却能够负载并非单一的功能,融知识性和怀旧情怀于一体,值得称道。

《年代秀》以现在时的视角,回望成为昨天的岁月,缅怀曾经的青春和梦想,向已经逝去的温暖和美好致敬。它以注重品质、突出人文价值为宗旨并努力践行,收获可感可触,获得观众的认可和欢迎也是自然而然、顺理成章的。它也为综艺类节目的良性发展,提供了一份可资借鉴的有益启示。

(原载《光明日报》2012 年 1 月 16 日)

复活一个神秘的古国
——《中山国》观后

　　历史是消逝了的现实,它遁隐于时光的深处,却能够对当下产生映照和启发。它的蕴涵和魅力丰富而厚重,因此会引发一代代人的关注。在观照和思考历史的诸多方式中,电视纪录片具有独特的优势。凭借影视艺术的具象化综合性的表达方式,诉诸直接而生动的视觉感受,它能够使这种对话变得更为感性,而鲜活丰沛的感性也总是更有助于将理性思索推向深入。

　　大型历史纪录片《中山国》,便是一部充分体现了这种特质的作品。

　　中山国,是历史上"战国七雄"之外的"第八雄",强盛一时。从春秋晚期创立,到战国中后期被赵国灭掉,它前后共延续了两百多年。不同寻常的是,在这期间,它曾数次覆灭,又数次重生,堪称列国中一个特异的存在。然而出人意料,它在史书中却缺乏系统和准确的记载,多为一些断简残篇式的零散材料,与其地位和曾经产生的影响极不相称。这无疑给纪录片的摄制增加了很大难度。为了成功地讲述这一段历史,摄制组付出了巨大的劳动,在长达三年的时间里,对史料进行爬梳剔决,细致梳理了中山国立国、崛起、繁盛、灭亡的历史,对中山国文物与遗存进行了全面的整理和展示,足迹走遍大半个中国,远及日本,遍访这一领域的国内外专家,广泛吸收海内外的有关研究成国。

佛经中有言:功不唐捐。完整看过这六集片子,相信许多观众会与事先对这段历史知之寥寥的我一样,对中山国获得一种较为清晰的了解。在这部大型纪录片中,既有对实物和遗迹的现场拍摄,也有高科技动画和情景再现的虚拟表达,它们与专家访谈、史料介绍等画面交织并行,在相互补充和印证中,将碎片连接为整体,让模糊变得清晰,共同完成了对一段湮没已久的历史的生动还原,让一个沉埋于幽暗的时光深处的国家,在荧屏上重新获得了逼真的容貌和鲜活的气息。

这部纪录片共有六集,分别为《发现》《崛起》《繁盛》《拐点》《悲歌》《流韵》,如片名所喻示的那样,脉络清晰地再现了中山国的整个历史。这个由西北高原南下的游牧民族鲜虞人在太行山东麓建立的国家,既保留了祖先骁勇善战的传统,又能够汲取中原优秀文化为其所用,在一片陌生的土地上不断发展壮大,几乎跻身于强国之列。纪录片展现了这一过程,同时也令人信服地揭示出,它的覆灭,是一个打破七雄争霸、相互制衡局面的重要因素,加速了秦国的统一。它所创造的璀璨的物质文明,产生了深远的影响,成为中华文化瑰宝之一,即使在两千年后的今天,也仍然得到了有效的传承。

但这部纪录片所呈现的还不仅仅如此。制作者显然不满足于史实的梳理和过程的展现,而力图在这一切中写出血肉丰满的人,写出人的感情和思想,写出人性。这一点在《中山国》中不乏成功的写照。像中山国军民在赵武灵王的军队兵临国都城下的最后时刻,表现出的同仇敌忾、与家国共存亡的情怀,就有着生动的刻画。《吕氏春秋》记载的那个名叫吾丘鸠的力大无穷的中山国士兵,"以车投车,以人投人",顽强杀敌,直至"溅血断骨"战死疆场,这个惊心动魄的故事获得了生动的情景再现,也是中山人悲歌慷慨的民族性格的形象表达。正因为抵抗顽强,赵武灵王强大的军队经过长达七年的征伐,付出惨重代价,才最终灭掉了中山国。这种对于人性的关注也体现在其他方面。如君主和重臣之间的关系,历来是政权运作中极为重要而又十分复杂的因素,在讨伐燕国大胜、国力处于巅峰状态时,中山王𰯼对立下赫赫战功的相邦司马𰯼既称许又戒备的微妙心理,通过两件青铜重器上的几乎相同的铭文,得到了某种印证。纪录片中只是点到为止,但显然也给关注者预留了更大的探索和阐释的空间。

当然,纪录片《中山国》更直接也更重要的启示,是让观众生发关于一个国家的命运遭际、盛衰兴亡的思考。战国群雄竞逐,在巨大的历史舞台上,上演了一出出充满了强烈的戏剧性的活剧。纵横捭阖,交相控引,发生在七国之间,同样也发生在中山国和周边的数个邻国之间。以"千乘之国"的体量和实力而与各个"万乘之国"相周旋,无疑是一种更为复杂的情形。对于其间诸多因素的纠结和错杂,人性好恶与国家运势的相生相克、此消彼长,纪录片都有不同程度的触及和揭示。既浓墨重彩地描绘了中山国君臣和人民隐忍奋斗、复国兴国的辉煌,也揭示了国势走向衰颓、终至覆亡的多重原因。如中山王厝不顾强大的邻国齐国的强烈反对，参与"五国相王"，获得了梦寐以求的"王"的名分和诸国的重视，国家地位急剧上升，但却从此失去了齐国这一重要盟友的庇护。福祸相倚，得失互换，生活中的辩证法同样也作用于国家的走向上。又如，列国都在奖励耕战，但中山国君却不能审时度势，推行"贵儒学贱壮士"政策，致使"战士怠于行阵""农夫惰于田"，很快出现"兵弱于敌，国贫于内"的局面，为其后的衰亡种下了祸根。这些无疑都能够给后人以深刻的启发。历史是现实的镜鉴，司马迁自述撰写《史记》，是为了"鉴往事，知来者"，清末启蒙思想家龚自珍也说过"欲知大道，必先为史"，指陈的都是这样一个道理。

观看这部纪录片，还有一个深刻的印象，是它对于中山国出土文物的充分展示，对其蕴含的深入发掘。这是它和许多同类作品相比呈现出的一个突出特点。

中山国的物质文明，在战国诸国中达到了相当高的水平。造型奇特、工艺精湛的众多青铜器具，"中山三器"上既刚劲又飘逸的中山篆文字等，都令人叹为观止。纪录片对保存在故宫博物院、东京国立博物馆等国内外二十多家博物馆中的与中山国有关的文物，给予了详细生动的介绍，涉及这些内容的画面，在纪录片中占到相当的比重。仅以青铜器为例，我们看到了中山王陵中出土的铁足铜鼎、方壶和圆壶，看到了神秘狞厉的双翼神兽等。这些青铜器皿上的鸟兽纹、绳索纹样式的装饰，具有浓郁的草原游牧民族文化的特征，仿佛在无声地诉说着这个神秘国度的来路。

　　我想，这部纪录片如此浓墨重彩地展示这些文物，固然是因为中山国诉诸文字的记载较为稀少，需要通过实物来进行了解和探究，但除此之外，也应该与制作者对于精神产品的永恒性的理念认知有关。一切辉煌的事功都会随着时光流淌而湮没无闻，但精神和智慧的创造，却能够抵抗光阴的磨蚀。西哲有言："生命短暂，但是技艺永恒。"对于一位艺术家的个体人生是这样，对于一个民族、一个国家来说也是如此。这些精美的出土文物，正是由于凝聚和体现了中山国的特殊的精神文化气质，而获得了永恒的生命。在当时，它们或许更多地体现了统治阶层的意志，而历经千百年后，它们却又超越了具体的功利性目的，而成为一个时代的文化和精神的承载者和见证者。一部纪录片的制作者有这样的追求，显然有助于提升作品的精神内涵和审美品格。

　　（原载《文艺报》2019 年 3 月 20 日）

"登堂"所期在"入室"

——《八戒取经》的启示

电视媒介凭借其视听兼备、动态演示的特点,在铺陈故事、描绘形象、表现场面等诸多方面都独擅胜场,但当其承担起对通常是静态呈现的、诉诸逻辑思维的专业类知识的介绍时,如何做才能够取得好的效果?央视财经频道播出的动漫系列剧《八戒取经》,传递出了颇为令人鼓舞的启示。

这是一套以卡通动漫形式介绍日常生活中的经济学知识的节目,有着系列剧的外在形式,以《西游记》中唐僧、孙悟空、猪八戒、沙僧师徒四人为主要人物,每一集都是通过一个简单的、趣味盎然的故事,介绍了微观经济学中的一个知识点。像《养老院的一天》,悟空、八戒、沙和尚去养老院做义工,开始时各自都被指派做不适合自己的工作,结果闹出了不少笑话和乱子,后来唐僧根据各自的性格及特长作出调整,结果是皆大欢喜各方满意。故事形象地阐释了管理学中的"因事择人、因人任用、事得其人、人尽其才"的原理。《草坪变成停车场》中,明令禁止停车的草坪上却停满了车,原因在于有人违章却没有被制止,引发了众人仿效。故事由此引入了经济学上的"破窗效应"概念,指出管理者及时矫正和补救正在出现的问题的必要性,适当的时候要小题大做,以免弊病发展下去,积重难返,造成严重的损失;《八戒的独食》中,八戒独自在高家庄一条僻静冷清的街上开餐馆,小心眼里盘算着要大挣一笔,未料却无人光顾,不但未赚钱反而亏损不少,后来在师傅指点下,悟空沙僧也分别在旁边开起了自己的饭馆,并大作广告,一时食客盈门,三个人都赚足了钱。这佐证了普通人都会有的"饭馆商铺越扎堆越火"的印象,同时引入了一个"外在经济"的概念,从理论层面解释了何以会有如此变化:由于厂商的生产活动所依赖的外界环境得到改善而产生的行业规模和产量的扩大,使得个别厂商平均成本下降或收益增加。如此这般,一集讲述一个故事,一个故事牵连着一种解读,看下来,不知不觉中增长了不少知识。

观看这个节目,观众一是享受了愉悦,二是获得了知识,堪称对"寓教于乐"的成功诠释。经济学理论和某些形象具体的知识形态不一样,原本是偏于抽象、晦涩而深奥的,往往令一般人敬而远之,但在《八戒取经》中,借助生动有趣故事和画面,经济学知识得到了轻松幽默的介绍,使观众在开怀一笑中学到了知识,也同时解除了对经济学的生疏和敬畏。

比学到知识更为重要的,是观众有望通过这个节目,获得一种全新的经济学思维方式。作为当今"显学"的经济学原理,其实是体现在生活的方方面面的,只不过由于过去很长时间里高头讲章式的传授方式,人为地造成了人们和经济学的疏离,使得这门本来具有最大的覆盖性、开放性、与每个人生活密切相关的学科,变成了一个小圈子中的事情。这个系列剧,会让人意识到经济生活的无所不在，与自己利益攸关，会运用经济学的眼光来重新看待、安排自己的经济行为。由于这些经济知识是通过生动鲜活的具体情境，通过几个角色的亲身体验、感悟和实践而获得的，不是生硬灌输的，就显得更自然，更有说服力，也更能够深入人心。

这套节目吸引人的另外一个因素，是它借助于一些既成的戏剧元素、故事框架，用一种"旧瓶装新酒"的模式，敷衍新的故事，表达新的题旨，这样就起到了搭"顺风车"、事半功倍的效果。古典神话《西游记》中的师徒四人的故事，天然地会对观众产生吸引力，人们期待着看那些耳熟能详的人物在新的时代情境中如何表现。他们虽然在系列剧中都有了新的职业，但其性格设置都是和原作贯通一致的，让人感到熟悉和亲切。像猪八戒，仍然是爱耍小聪明，爱占小便宜，贪图享受，经常自以为是却屡屡跌跟头，有点儿"好色"，不错眼珠地盯着荧屏上唱歌的"梦中情人"嫦娥看。这些细节，为节目增添了趣味性和喜剧氛围。还值得一提的是，节目中加入了不少时尚的元素，如《第一桶金》中，唐僧为自己的新书出版开发布会并签名售书，从新书的名字《我的徒儿我的经》，到现场横幅广告上的"我只是个传说"，都是既时髦又搞笑，令人忍俊不禁。

当然，这个系列剧所介绍的经济学知识，只是最基本的、入门级的。我们无法要求一个每集只有五分钟长度的节目，能够讲解得详细深入，那是强人所难。作为一档面向普通大众的财经节目，只要能够普及一些基本知识，并唤起人们进一步了解、探询的愿望，目的也就基本达到了。知识的学习，是一个"登堂入室"的渐进过程，相信会有不少观众，看过这个节目后，会对经济学产生浓厚兴趣，愿意从最基本的概念、最初步的知识起步，不断学习和提高，逐渐窥其堂奥。这一点，相信也会是节目制作者的期待吧。

（原载《人民日报》2007 年 7 月 27 日）

童趣盎然的经典解读

——《老子道德三百问》观后

古籍经典的大众化、普及化，始终是一个值得关注的话题。特别是哲学类的著作，浓缩了对于宇宙、自然和人生的本质及规律的思考，具有高度的概括性，强烈的思辨色彩，同时语言表达又多是晦涩难懂。特别是像老子《道德经》这样的成为中华文化思想基础的重要典籍，玄妙深奥，迷离恍惚，成人读来尚且十分吃力，对孩子来说难度显然会更大。因为孩子们的生活经历简单，认知理解水平有限，如何才能理解其奥义？坦率地说，当刚刚看到这部以少年儿童为主要目标观众的五十集电视动画片《老子道德三百问》时，我心中是有着不少疑惑的。

但随着一集集地看下去，这种疑惑渐渐地减少了，被一种愉悦的观赏体验所替代。作为一部启蒙教育类的作品，它最值得称道之处，便是针对学龄儿童的心智水平和兴趣爱好，以他们喜闻乐见的方式，艺术性地揭示经典的内涵，展现经典的魅力。它的主题提炼、题材处置以及艺术呈现的方式，为经典的通俗化趣味化解读，提供了　种难能可贵的路径，值得研究和倡导。

每个人在童稚时代，都或多或少地会有缠着大人讲故事的经历。喜欢听故事是儿童的天性。道德观念的形成，人生价值的确立,一定程度上来自各种故事的启迪。《老子道德三百问》五十集,以童年李耳在母亲和开蒙老师商容的循循善诱下,好学敏思的成长经历为叙事线索,整部作品就是一连串的故事。特别需要指出的是,这些故事的设置,并非仅仅是为了机械地、一对一地与某个理念相关联,其发生和进展,也受到人物性格的驱使。剧中李耳和三个小伙伴,都有着孩子们的常见的鲜活个性,贪玩,调皮,懒惰,时常会玩点小聪明,天真烂漫的童心流露每每令人忍俊不禁。这样的处置使得这部片子中的故事超出了一般的诠释理念的功能,而具有了较为鲜明和自足的文艺属性。这些首先就会让人感到有趣,受到吸引。

有了鲜活性格和生动故事的统领,小观众们更容易饶有兴味地进入老子的观念世界。老子思想是一个综合体系,关涉天地规律、治国方略、人生之道等众多范畴,丰富博大。天人合一、有无相生、大音希声、大智若愚、以柔克刚、物极必反、祸福相倚……在《老子道德三百问》中,这些最为核心的思想理念,都是寄寓在一个个短小的故事中,获得了具象的表达或阐释。如《无中生有》,李耳去砍柴,发现伐下的树木中间都是空的,材质不好,不免沮丧,但善于思考的他却从中发现了问题:空的当真就是完全无用吗?经过一番由此及彼的推导,他认识到了"空"也即"无"的价值:空碗可以装米饭,空屋子可以住人,马车的空辐条可以安装车轴从而使马车行走,从而生动地揭示出了无和有这一对哲学范畴之间相互对立又相互依存、相互转化的辩证关系。

　　"寓教于乐"原则在该剧中的另外一种体现，是作品从儿童审美行为的特性出发，采用了他们喜闻乐见的动画形式，这种时尚化的艺术手段，为内容的表达灌注了生动盎然的趣味。其他，鲜艳细腻、美轮美奂的画面，大自然中种种惟妙惟肖的声响，也都给人深刻的印象。每集十多分钟的时长，也是考虑到了儿童注意力持续的时间，有着心理学的依据。

　　毋庸讳言，经典的通俗化表达，不可避免地会造成原作信息的某种耗损。一方面，是这种解读所凭借的简化的方式，难以准确地反映原著内在逻辑及思辨过程的完整性缜密性等；另一方面，当在不同的形式之间进行转译时，特别是文字在化作画面时，因为两种表达方式功能上的差异，势必会产生畸轻畸重的效果。尽管有这样那样的不尽如人意，但只要能够让人得以亲近经典，这种种尝试就是必要的。童年时产生的兴趣，容易持久，也往往会影响到整个人生。因此，重要的是在这个年龄不要和经典失之交臂。只要有缘走进经典的天地，那些不尽如人意的缺憾，是可以随着年龄、心智、思维能力的成长，通过直接研读原作而获得弥补的。而倘若孩童时因为理解的阻隔而产生抵触感，则很有可能终其一生与之暌违。这对人生无疑是巨大的损失。相信对看过《老子道德三百问》的孩子们来说，这部动画片会是一个有效的接引者，让他们初识经典的价值和魅力，并萌发出进一步探究的兴致。

　　今天，博大精深的中华传统文化受到高度重视，成为构筑社会主义核心价值观的重要资源。如何使传统实现创造性转化，成为今天我们的精神构成中的一个有机的部分？这是一个宏大而艰深的命题，而说千道万，一个最关键的前提，就是首先要让读者乐意贴近经典，进而才有可能了解和喜爱经典。倘无登堂，何以入室？电视动画片《老子道德三百问》让人感到鼓舞，一个重要的原因，就在于它拉近了普通人和高深经典之间的距离，让人依稀窥见传统文化之美，仿佛光风霁月，清辉动人。

（原载《文艺报》2014 年 5 月 16 日）

中国电视文艺发展历程的生动呈现
——评《绽放的力量》

今天,电视无疑已经成为第一强势媒体。每一个人,都会不同程度地受到电视的影响,无法让自己完全躲避开闪烁的荧屏光影。而各类文艺性的节目,在电视节目中又占了相当大的比重。不论是备受瞩目、评说纷纭的春节文艺晚会,还是情节跌宕起伏让人难以挪开目光的电视连续剧,不论是美轮美奂的歌舞,还是各类有关风光人文历史的纪录片……节目形态林林总总,栏目设置丰富多彩,令人眼花缭乱。很长时间以来,人们已经习惯了这些电视文艺节目所带来的精神享受和情感沉醉了,不能想象自己的文化生活中会缺乏它们的踪影。那么,有关电视文艺的面貌、特质、来龙去脉等,也理应成为人们希望了解的内容。

从这个意义上说,电视专题片《绽放的力量——中国电视艺术回眸》,堪称一个出色的向导。这部由国家广电总局中国电视艺术委员会和上海广播电视台联合出品的系列专题片,用三年半的时间精心制作而成,分为《与时代同行》《与人民同心》《创新求发展》《交流促传播》四集,系统地回顾了中国电视艺术五十多年来的发展历程,勾勒出了中国电视文艺的基本样貌,揭示了其所具有的独特魅力,脉络清晰,疏密得当。五十而知天命,对人生是如此,对一种已然走过这样长的一段生命路途的电视节目形态,也不例外。回望和前瞻是相伴相随的,回首来路,品味其间的酸甜苦辣,打量过程中的得失成败、圆满和缺憾,也是为了谋划下一步的更快更好的发展。

追本溯源,电视文艺是伴随着电视的出现而产生的。在第一集《与时代同行》中,画面上褪色的老照片、粗糙的影像资料,把观众拉回到当年,让他们了解到,在新中国成立不久,在电视机数量少、电视节目也少的情况下,就有了电视文艺节目,虽然按照今天的标准来衡量,非常稚嫩和粗糙。那是当时环境和条件的产物:那时没有专门的电视文艺人才,都是临时被指派的,有关的知识几乎是空白。因为当时技术条件限制,器材落后,拍摄制作手法也很原始。比如第一部电视剧《一口菜饼子》,是在十分简陋的屋子里拍摄的,并现场直播,甚至连影像资料都无法留存。但就是在这样的基础上,电视文艺节目诞生和发展起来了,从小到大,由弱到强,一直发展到今天的云蒸霞蔚、异彩纷呈。不但在反映社会生活方面有了前所未有的广度和深度,也一步步确立并提升了自身的艺术性。几十年中,在中国社会发展的每个时期,电视文艺都发挥了自己独特的作用,有力地配合了党和政府的工作,调动整合了社会资源,鼓舞了人民的斗志,推动了社会的进步。即以近年为例,不论是围绕汶川、玉树抗震救灾活动举办的赈灾晚会,还是北京奥运会、上海世博会、广州亚运会的开闭幕式,那一幕幕令人或潸然泪下或激情昂扬的场面,都注入了电视文艺的感召力量和艺术魅力,都离不开电视文艺工作者的辛勤劳动。可以说,电视文艺节目中,跳动着时代的脉搏,回响着社会前行的脚步声。

艺术来源于生活,电视艺术也是如此。从诞生到发展,都离不开脚下的土地,离不开人民大众的火热生活。文艺创作贴近实际、贴近生活、贴近群众的"三贴近"原则,已经被证明是文艺出精品佳作的必由之路,也同样是艺术门类之一的电视文艺获得强大生命力的最根本的原因、最有力的保证。只有秉持这一原则,才能创作出优秀的电视文艺作品,满足观众和时代的需求,才能涌现出繁花似锦、照眼欲明的动人景象。专题片第二集《与人民同心》中,用一连串的镜头和画面,深刻地揭示了这一点。我们了解到,中国电视文艺的突围之路,首先是从栏目开始的——1981年元旦,广东电视台开设了儿童节目《乐叔和虾仔》,备受观众喜爱。当时尚处于改革开放之初,人们头脑中的思想桎梏还未彻底打破,电视节目包括儿童栏目基本上还是那种正襟危坐的姿态和腔调,惹人反感,人们纷纷看香港电视节目,本地的节目没有人看。有鉴于此,广东电视人以敢为天下先的勇气,率先开办了这样一个人物性格鲜明、故事诙谐有趣的栏目,很快家喻户晓,取得了很好的收视率。这一节目的开办,标志着中国电视文艺节目开始走上真正重视观众之路,开始了对艺术本位的回归。而这一重要举措背后的根本的驱动力,正是一种重要观念的确立——电视节目要把为广大的电视观众服务、满足他们的需求作为第一要旨。此后,随着改革开放的深入,思想观念的解放,一连串的大动作在各地纷纷出台,为电视文艺的舞台吹来了一缕缕的春风。如1984年,上海电视台开办了《大世界》《大舞台》栏目,以浓郁的海派风格让人眼前一亮。其后,以央视的《综艺大观》为代表的一大批综艺类节目纷纷登台,精彩纷呈。光阴荏苒,二十多年过去了,如今各地电视台栏目都在不懈探索中寻找到了自己的着力点,可谓各擅胜场。如山东电视台的《天下父母》弘扬孝道,传递了传统伦理道德中的温暖和力量。江西电视台《金色舞台》为中老年人提供了一个呈现自己的舞台,只要有歌唱才艺都可以登台演唱。温州电视台《中国农民工》聚焦农民工的生存状况,展现了社会各界对这一群体的关注和扶助。尽管节目的内容、形式在在各异,但在服务观众这一点上,却是一般无二。

回顾电视文艺几十年的历程,尤其是改革开放四十多年来,全国的电视文艺工作者,情系父老乡亲,想百姓所想,努力为他们做好服务,无论是《为您服务》之类的服务栏目的设置,还是十几年间坚持组织和转播"心连心"艺术团深入厂矿边疆等基层单位演出,还是举办一场场慈善公益晚会,都体现出了强烈的社会责任心和担当意识。而演出现场热烈的气氛,观众们一张张绽开的笑脸和由衷的夸奖,也生动地印证了这些节目备受欢迎和赞誉的程度。

目的和实现手段、抵达路径密不可分。对于电视文艺节目来说,无论是推动社会进步,还是服务于广大民众,还是获得自身艺术品位的提升,每一个良好的愿望,都需要通过充分尊重艺术的内在审美规律，并借助合适的表现形式，才能获得良好的效果。围绕这一点，电视文艺工作者们殚精竭虑、不懈追求。专题片在第三集《创新求发展》中，结合众多实例，对此给予了充分的揭橥。

中国电视文艺诞生之初，可谓"一穷二白"，欠缺可资借鉴的经验，没有自己的艺术形式和美学特征，于是只有努力向其他艺术形式学习，在模仿中生成和发展。如电视剧就借鉴了电影的手段，而蔚为大观的各类晚会，更是充分撷取了舞台、影像、音乐等诸多艺术门类的多种手段，为我所用。总之，通过将各种门类的艺术元素加以综合、杂糅，将多元艺术形式与多种文化、科技样态整合连接，在不断探索中，才逐步形成了中国电视文艺的美学特质，才有了今天荧屏上所呈现出的多姿多彩、百花烂漫。这种强烈的创新意识，体现在不同的节目中。如每一届春节晚会为了呈现新意都煞费苦心、反复酝酿，数易其稿，如将古老的皮影艺术结合到老年舞蹈节目中，如将陕北民歌、贵州侗族大歌等原生态唱法引入艺术殿堂，等等。这些探索，都产生出了让人耳目一新的艺术效果。创新的努力，体现在电视文艺的各种形式中。如纪录片，其纪实审美特征逐渐得到了确立和充分凸显，长短镜头的选用，都成为与主旨表达密切相关的、同时又体现了创作者鲜明个性的手段。综艺节目，由开始的演播室内录制，发展到向室外和现场延伸，再到在长城上、大江中、卫星发射基地搭设舞台，并借助高科技声光电手段，造成雄浑阔大、气象万千的震撼效果，都是不满足于已经取得的成就、怀着超越的梦想向着新的高峰奋力攀登的结果。这一切鲜活的实例，都印证了一个鲜明的观点：中国电视文艺的核心竞争力，就是创新。只有创新，才能生存，才能发展。迄今为止所取得的骄人的成绩，最重要的原因，正是凭借上下求索不断创新，今后要想继续得到发展，同样也要秉持这一点。

在当今这个地球村时代，文化产品越来越具有一种跨越地域的功能、效用和影响力。电视文艺也不例外，它承担了一项重要使命：促进不同文化之间的沟通和交流，让世界了解中国，提升中国文化的影响力，中国形象的亲和力。专题片第四集《交流促传播》，用生动的事例展现了数十年间中国电视文艺走过的历程，作出的贡献。

如果说 1979 年中日合拍电视专题片《丝绸之路》时，双方围绕要不要拍摄破败凋敝的建筑所产生的龃龉，反映了文化的冲突，特别是彰显了当时中国电视人观念闭塞保守、认知水平远远落后于同时代其他国家的话，那么，其后三十年间，中国电视人以强烈的进取心、跨越式的姿态，努力学习和借鉴外国电视文艺的创作理念和表达技巧，给予本土化的创造性转化，产生了质的飞跃。中国电视文艺节目走出国门，走向世界，参加各种电视节并屡获大奖，许多节目远销海外，还有越来越多的节目在海外现场录制和播映，产生了越来越大的影响，可谓风生水起、亮点频现。上海—巴黎两地的庆典晚会电视现场直播，在全球多个城市举办的《手拉手》《为中国喝彩》等现场节目，还有中国著名演员在肯尼迪艺术中心等著名艺术殿堂的演唱会等，都生动地反映了这一点,对让世界了解中国的真实面貌,提升中国国家形象,对推动有着数千年悠久历史的中华文化走向世界,发挥了难以替代的作用。文化是不容小觑的"软实力",而电视文艺节目正是传播文化的重要载体。随着党的十七届六中全会作出了促进文化大发展大繁荣的战略决策,电视文艺的地位将会更为重要,其承担的向世界传播中华优秀文化的使命也更为重大。这是时代的嘱托,电视文艺工作者当铭记在心,全力以赴。

对于一位普通的电视观众来说,通过观看这部专题片,可以基本了解电视文艺的基本面貌和发展脉络。对专业研究者也不无裨益,因为大量穿插的珍贵的老照片中,有上百张是首次披露,既增添了生动现场感,也加深了时光的厚重感。电视文艺五十年间的发展,在光影交织中,在时空的跳跃闪回中,被一一数点评说,让人大开眼界而又感慨不已。

这部专题片的结构上的特点也颇堪圈点。在回眸电视艺术发展历程的总的主题下,每一集再围绕一个分主题展开,依据栏目、电视剧、晚会、纪录片、少儿节目等形态分类,再按照时间的顺序,分别予以介绍,把有关内容一一列举出来。这样就脉络清晰、要言不烦、举重若轻地描画出了各种电视文艺形式在不同时期中的相关呈现,在共时性的讲述中达到了一种历时性的呈现。专题片中几百档经典电视艺术作品的重现,可谓真美并具,史料价值和欣赏价值兼备。

片子中两百位老中青三代电视人的深情讲述,给人以特别的亲近和亲切之感。除了揭开普通观众眼中这一种职业的神秘面纱、还原了其本来面貌之外,更为重要的是,还凸显了电视文艺人对祖国和人民的感情,对事业的挚爱和投入。中国电视文艺的成就,凝聚了他们的心血,让人不由得对他们生出深深的敬意,也对电视文艺明天的发展充满了信心。

(原载《中国电视》2012 年第 12 期)

后　记

一本书付梓之际，作者通常要写点什么，前言或后记，介绍一下有关的情况。这已经是一种惯例，一个"规定动作"。既然如此，一些本来可说可不说的话，也就有了可以再絮叨一次的堂皇的理由。

这本书中收入的九十余篇文章，基本上都可归入文艺评论，是过去多年间发表的大部分这一类文字的汇集。它们言说所涉，有文学作品，也有影视艺术作品，书名《在文字与光影之间》便是由此得来。

这本小书的意义，首先当然是对自己过去多年间这方面劳作的一次盘点、一个纪念。此外，文艺评论近年来颇受重视，有时甚至与创作并称，有"鸟之两翼、车之双轮"之喻，也是我有勇气将它们结集的一个理由和动力吧。

我自己给这本书的定位，是一种阅读和观看文学艺术作品的印象记。谁若想从中找寻严整的论文架构、缜密的逻辑推衍、高深的知识体系和专业化的语汇表达，恐怕会失望的，因为这本来也不是作者的初衷，或者也可以说并非作者力所能及。这一方面缘于自己的新闻从业者身份，涉足文艺评论带有更多的业余或客串色彩，与在高校和研究机构从事专门教学及撰述者相比，工作性质和专业修为都有颇多不同；另一方面也与刊发文章的平台有关，它们几乎都是写给报纸上有关版面的，媒体的特定要求，篇幅字数的限制，面对的受众的特点，都在很大程度上确定了或者规限了这些文章的面貌。

但尽管如此，它们仍然是需要的。就仿佛散步时走入一片树林，既有虬曲的老树，也有摇曳的修竹，间以灌木丛生、野草滋蔓，展现了植物界生态的丰富性和完整性。文艺批评也理应如此，洋洋万言的长文，两三千字的短制，高屋建瓴的宏观把握，条分缕析的微观梳理，学术前沿的艰深探索，面向大众的赏析导引，都有着各自的功能、作用和需要。契诃夫名言"大狗要叫，小狗也要叫"通常比喻创作，但移来指代评论也未尝不可。这固然是因为不同主体都有表达的权利，同时也因为各自的声音都有自己的听众。

围绕文艺评论可说的话题很多，这里只想谈一点，就是对这类文章的文体表现的认识。文艺评论的对象是文学艺术作品，文学艺术是诉诸感性的，表达鲜活丰满的生命体验，因此，不但评论作品时应该紧密围绕这一基本属性，而且评论文章本身也应该是富有文采的表达，应努力追求艺术的感性与批评的理性之间的契合，让人读来时有美的愉悦。像现代文学史上李健吾先生那样的评论，一直令我无限心仪，"虽不能至，心向往之"。

在这本书里的多篇文章中，我力图践行这一认识。"书山缘径"和"艺海系缆"两辑，都是具体的文学和影视作品评论，"文心探幽"中，有若干篇理论色彩较为浓郁一些，但它们同样都是以感受性作为立足点，展开阐释、评点和思考。我希望其中有尽可能多的美的光亮。

是为后记。

彭　程

2020 年 2 月